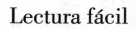

Lectura fácil

Cristina Morales

Lectura fácil

EDITORIAL ANAGRAMA
BARCELONA

Esta obra ha contado con el apoyo de las Becas de Escritura Montserrat Roig del programa **B** *del Ayuntamiento de Barcelona*

Barcelona
Ciudad de la
Literatura
UNESCO

Ilustración: © lookatcia

Primera edición: diciembre 2018
Segunda edición: febrero 2019
Tercera edición: marzo 2019
Cuarta edición: abril 2019

Diseño de la colección: Julio Vivas y Estudio A

© EDITORIAL ANAGRAMA, S. A., 2018
Pedró de la Creu, 58
08034 Barcelona

ISBN: 978-84-339-9864-4
Depósito Legal: B. 24683-2018

Printed in Spain

Liberdúplex, S. L. U., ctra. BV 2249, km 7,4 - Polígono Torrentfondo
08791 Sant Llorenç d'Hortons

El día 5 de noviembre de 2018, un jurado compuesto por Rafael Arias, Gonzalo Pontón Gijón, Marta Sanz, Juan Pablo Villalobos y la editora Silvia Sesé otorgó el 36º Premio Herralde de Novela a *Lectura fácil,* de Cristina Morales.

Resultó finalista *El sistema del tacto,* de Alejandra Costamagna.

*A mi aya Paca: Bernarda Alba que desa-
fiaba a carcajada limpia o con sigilo de guante blanco la autoridad de parientas, geriatras,
cuidadoras, enfermeras y trabajadoras sociales.*

*A los pechos adolescentes que a los ochenta
y dos años conservaba Francisca Vázquez Ruiz
(Baza, 1936-Albolote, 2018).*

[N]o hay que confundir que personas con problemas se acerquen a la danza con que la danza produzca problemas.

AMADOR CERNUDA LAGO, «Psicopatología de la danza», 2012

Afirmo que la puta es mi madre
y que la puta es mi hermana
y que la puta soy yo
y que todos mis hermanos son maricones.
No nos basta enunciar ni vocear
nuestras diferencias:
Soy mujer,
Soy lesbiana,
Soy india,
Soy madre,
Soy loca,
Soy puta,
Soy vieja,
Soy joven,
Soy discapacitada,
Soy blanca,
Soy morena,
Soy pobre.

MARÍA GALINDO, *Feminismo urgente. ¡A despatriarcar!,* 2013

Tengo unas compuertas instaladas en las sienes. Cierran en vertical, como las del metro, y me clausuran la cara. Pueden representarse con las manos, haciendo el cucú de los bebés. ¿Dónde está mami, dónde está mami? ¡Aquíiiiiiii!, y en el aquí las manos se separan y el niño se carcajea. Las compuertas de mis sienes no están hechas de manos sino de un material liso, resistente y transparente rematado en una goma que asegura cierre y apertura amortiguados, y su hermetismo. Así son, en efecto, las compuertas del metro. Aunque se pueda ver perfectamente lo que pasa al otro lado, son lo suficientemente altas y resbaladizas como para que no puedas ni saltarlas ni agacharte para pasar por debajo. De igual modo, cuando mis compuertas se cierran, se me pone en la cara una dura máscara transparente que me permite ver y ser vista y parece que nada se interpone entre el exterior y yo, aunque en realidad la información ha dejado de fluir entre un lado y otro y solo se intercambian los estímulos elementales de la supervivencia. Para sobrepasar las compuertas del metro hay que encaramarse a la máquina que pica los billetes y que sirve a su vez de engranaje y de separación entre una pareja de compuertas y otra. O eso o pagar el billete, claro.

A veces no son una dura máscara transparente, mis compuertas, sino un escaparate a través del cual miro algo que no me puedo comprar o a través del cual yo soy mirada, deseada de comprar por otro. Hablo de estas mis compuertas y no lo hago en un sentido figurado. Estoy intentando a toda costa ser literal, explicar una mecánica. Cuando era pequeña no entendía las letras de las canciones porque estaban cuajadas de eufemismos, de metáforas, de elipsis, en fin, de asquerosa retórica, de asquerosos marcos de significado predeterminados en los que «mujer contra mujer» no quiere decir dos mujeres peleándose sino dos mujeres follando. Qué retorcido, qué subliminal y qué rancio. Si por lo menos dijera «mujer con mujer»... Pero no: tiene que notarse lo menos posible que ahí hay dos tías lamiéndose el coño.

Mis compuertas no son una metáfora de nada, nada con lo que yo quiera hacer referencia a una barrera psicológica que me abstrae del mundo. Mis compuertas son visibles. En cada una de mis sienes hay una bisagra retráctil. Desde las sienes y hasta las quijadas se abren sendas ranuras por la que cada compuerta entra y sale. Cuando están desactivadas se alojan detrás del rostro, ocupando cada una su reversa mitad: media frente, un ojo, medio tabique y un orificio nasales, una mejilla, media boca y medio mentón.

La última vez que se activaron fue durante la clase de danza contemporánea de antesdeayer. La profesora bailó seis o siete gozosos y veloces segundos para ella misma y después marcó la coreografía un poco más lento para nosotras, que debíamos memorizarla y repetirla. Volvió a darle al play y se puso la primera delante del espejo para que la siguiéramos. Para mí es fácil seguirla si va despacio. Ejecuto los movimientos con un segundo o menos de retardo, tiempo que necesito para imitarla de reojo y recordar lo que viene después, pero los ejecuto intensa y redondamente, y eso me satisface y me hace sentir una buena bailarina. Soy una buena bailarina. Pero esta vez la profesora tenía más ganas de bailar que de enseñar a bailar y yo no podía seguirla. Contó cinco-seis-siete-ocho y arrancó, melena al viento por ella misma provocado, nombrando por encima de la música y sin detenerse los pasos que iba haciendo. Bisagras retráctiles que se activan, planchas de poliuretano que limpia y silenciosamente se deslizan del reverso de la cara a su anverso y se sellan. Ya no bailo sino que balbuceo de mala gana. Hago unos pasos a medias, me salto otros, imito a las compañeras aventajadas a ver si puedo reengancharme y finalmente me paro mientras las demás bailan, me apoyo en la pared y las miro. Parece que les estoy prestando una gran atención para aprenderme bien la coreografía, pero nada más lejos. No estoy deconstruyendo en series de movimientos el ovillo desmadejado que es la danza, no estoy agarrando el extremo del ovillo para no perderme en el laberinto de direcciones que es la danza. Lo que estoy es jugueteando con el ovillo como una gatita, fijándome en la calidad de los cuerpos y de la ropa de mis compañeras.

Entre las siete u ocho alumnas hay un alumno. Es un hombre pero ante todo es un macho, un demostrador constante de su hombredad en un grupo formado por mujeres. Va vestido con descoloridos colorines, mal afeitado, con el pelo largo y la apelación a la comunidad y a la cultura siempre a punto. O sea, un fascista. Fascista y macho son para mí sinónimos. Baila muy trabajosamente, está hecho de madera. Esto último no es en absoluto censurable, como tampoco deben serlo mis compuertas, de las cuales se percataron todas las mujeres y me dejaron tranquila. Sin embargo, el macho hizo como que no las vio, y cuando terminó la coreografía de la que yo me había salido, se me acercó para indicarme en lo que me había equivocado y se ofreció a corregirme. Además del cuerpo, tiene el cerebro de madera, y esto último sí que es censurable. Sí sí, ya ya, le respondí sin moverme del

15

sitio. Si tienes dudas pregúntame cuando quieras, concluyó sonriente. Madre mía de mi vida, menos mal que las compuertas estaban cerradas y que la machedad llegaba amortiguada por mi total carencia de interés hacia el entorno. Este es un claro ejemplo de cuando las compuertas son un escaparate detrás del cual yo estoy en intocable exposición.

No es que antesdeayer no pudiera seguir la coreografía, es que no quería seguirla, es que no me daba la gana de bailar coordinadamente con siete desconocidas y un macho, no me daba la gana de masturbar los sueños de coreógrafa de la bailarina que ha terminado de profesora en un centro cívico municipal y no me daba la gana de fingir el nivel de una compañía profesional de danza cuando en realidad somos un grupo de nenas en una guardería para adultos, y esto de tener la voluntad de no hacer algo la gente no lo entiende.

No sé si con el totalitarismo de Estado era menos desgraciada, pero joder con el totalitarismo del Mercado, me dice mi prima, que hoy ha sollozado en la asamblea de la PAH al conocer que para tener acceso a una vivienda de alquiler social debe ganar como mínimo 1.025 euros al mes. No llores, Marga, le digo dándole un klínex. Debes consolarte con que ahora el Mercado tiene nombre de mujer: es el totalitarismo del Mercadona, donde las cámaras de vigilancia no están en los pasillos sino sobre las cabezas de los empleados, y gracias a eso podemos mangar el desodorante y las compresas y hasta sacar los condones de sus cajas, que tienen la pegatina que pita, y llevárnoslos en los bolsillos. Le tengo dicho a Margarita que se pase a la copa menstrual para dejar de mangar compresas y tampones, así tiene sitio en el bolso para más cosas, la miel, por ejemplo, o el colacao, tan caro. Ella me dice que la copa menstrual vale treinta euros, que ella no tiene treinta euros y que la copa no está en los supermercados sino en las farmacias, y que en las farmacias es dificilísimo mangar, ahí sí que están las cámaras enfocando al cliente y además las puertas suenan cada vez que alguien sale o entra. Yo intenté mangarle a otra amiga una copa menstrual por su cumpleaños y es verdad que no encontré dónde, ni en El Corte Inglés, y que las farmacias dan reparo. ¿Pero y una farmacia donde el farmacéutico sea muy viejo, que sea de noche y esté de guardia? Tú deberías dejar de mangar los condones y pasarte a la píldora, me dice ella, porque el ratito que echas abriendo los cuarenta plásticos de la caja es muy cantoso. Ni hablar, estar chutada de hormonas, estar sistemáticamente medicalizada con tal de darle al macho el gusto de no sacarla. Yo no sé qué coño tiene la píldora de emancipadora. La recetan los dermatólogos para que a las chicas se les vayan los granos, porque por supuesto el acné juvenil es una enfermedad y no se trata de estar más guapa o menos, no, ni de ser un depósito seminal, tampoco. Se trata de la salud de nuestras adolescentes, que no me entero. No se puede ser promiscua sin condones, Marga, nada más que por las enfermedades de transmisión sexual, nada más que por eso. Ah, eso sí son enfermedades, ¿no?, responde ella. ¿Ah, no?, respondo yo. Pero si el sida no existe, Nati, qué dices. Ni el uno por ciento de la población. Más suicidios hay al año en España que diagnósticos de sida. Pero es que yo no follo con españoles, Marga, porque son todos unos fascistas. Joder, Nati, eres más reaccionaria que el copón bendito. Y tú eres una jipi, a ver si te cortas ya esas greñas.

En otra clase de danza de la Guardería para Adultos Barceloneta (GUAPABA), otra profesora de contemporáneo nos dijo que nos quitáramos los calcetines. Íbamos a hacer unas piruetas y quería asegurarse de que no nos resbalábamos. Todo el mundo se quitó los calcetines menos yo, que tenía una ampolla en proceso de curación en el dedo gordo del pie derecho. La profesora repitió la disimulada orden. Era disimulada por dos motivos: primero, porque no dijo «Quitaos los calcetines» sino «Nos quitamos los calcetines», es decir, que no dio la orden sino que enunció su resultado, ahorrándose la impopular pronunciación del verbo en imperativo. Y segundo, era disimulada porque no se dirigió a la otredad que en toda clase, sea de danza o de derecho administrativo, constituimos las alumnas con respecto a la profesora. Ella dijo «Nos quitamos los calcetines» y no «Os quitáis los calcetines», incluyéndose a sí misma en la otredad y con ello eliminándola, creando un falaz «nosotras» en que profesora y alumnas se confunden.

Repitió la disimulada orden redisimulándola: yo era la única persona con calcetines en la sala y, sin embargo, en lugar de decir «Te quitas los calcetines» repitió el plural «Nos quitamos los calcetines». O sea, que además de disimular el imperativo y el vosotros, disimulaba el hecho de que una única y singular alumna la hubiera desobedecido. Si hubieran sido varias las personas con calcetines, la profesora habría comprendido que alguna causa, por minoritaria que fuera, las movía motivadamente a actuar de un modo distinto y habría tolerado la diferencia. Una causa minoritaria de insumisión puede llegar a ser respetable. Una causa individual, no. Todo el mundo miró los desnudos pies de los otros. Soy miope y para bailar me tengo que quitar las gafas, por eso no puedo afirmar a ciencia cierta que todas las miradas se concentraran en mis pies vestidos. Por suerte, las compuertas están graduadas, 2,25 dioptrías en la plancha derecha y 3,10 en la izquierda, preparadas para la nítida observación del fascismo contra el cual me pertrechan.

Tras las dos disimuladas órdenes fallidas, la profesora sueca Tina Johanes llegó a la conclusión de que yo, aparte de miope, debía de ser sorda o no hispanoparlante. Movida por esa humana comprensión, le dio al play y, mientras los alumnos practicábamos la pirueta marcada, se acercó a mí, interrumpió mi torpe giro y me habló, ahora sí, en la persona verbal adecuada.

—¿Estás bien?

—¿Yo?

—¿Entiendes el español?

—Sí sí.

—Es que no te has quitado los calcetines.

—Es que tengo una herida en el pie.

—Ah valevalevale —dijo dando un paso atrás y mostrando las palmas de las manos en señal de disculpa, de evitación de conflicto, de no tenencia de armas dentro de la malla elástica.

Ya ni pirueta ni nada. Ya, constatación ininterrumpida del lugar en el que me encuentro, de quiénes son los demás, de quién es Tina Johanes y de quién soy yo. A la mierda el espejismo de estar aprendiendo a bailar. A la mierda los cuatro euros la hora en que se me quedan las clases con el descuento para parados. Cuatro euros que podría haberme gastado en ir y volver en tren de la sala de ensayo de la Universidad Autónoma, donde bailo sola, mambo, desnuda, mal. Cuatro euros que me podía estar gastando en cuatro birras en la terraza de un chino, cuatro euros que inaugurarían una fiesta o que me lanzarían mortalmente en la cama sin espacio para pensar en la muerte. Estoy en la Guardería para Adultos Barceloneta (GUAPABA). Los demás son votantes de Podemos o de la CUP. Tina Johanes es una figura de autoridad. Yo soy bastardista pero de pasado bovarístico, y por esa mierda de herencia todavía pienso en la muerte, y por eso estoy muerta por adelantado.

¿No puedes saltar las compuertas de la estación de tren para ir a la Autónoma? Es muy arriesgado, el viaje es largo y estar pendiente del revisor del que huir durante doce paradas me revienta los nervios, que se me arremolinan en el estómago y me entran ganas de cagar, y son doce las paradas que me paso aplacando los retortijones. Empiezo a tirarme pedos silenciosos, apretando el culo para que no suenen, haciendo equilibrios sobre los isquiones en el asiento, avergonzándome del olor. Alguna vez he llegado a la Autónoma con las bragas cagadas. Después de soltar un poquito de caca ya puedes aguantar mejor, pero siguen quedándote seis paradas con el lametoncito de mierda en el culo. ¿No hay lavabos en el tren? No, en los ferrocarriles de corta distancia de la Generalitat no hay lavabos. Hay que subirse en el tren meada, cagada y follada. En los trenes gestionados directamente por la Renfe y el Ministerio del Interior sí que hay lavabos. Entre Cádiz y Jerez, que están a la misma distancia que separa Barcelona y la Universidad Autónoma, puedes echar un polvo. Concluyamos, pues, que la ausencia de baños en los trenes es una medida represora más, y que en lo que a baños y a trenes se refiere la Generalitat es más totalitaria que el Estado español.

Dímelo, Angelita, te estoy leyendo el pensamiento y estoy deseando oírlo: Tina Johanes te estaba pidiendo que te quitaras los calcetines por tu bien (Angelita no dijo Tina Johanes, dijo «la maestra»). Para que no te resbalaras. Para que no te cayeras y te hicieras daño. Para que bailaras mejor. Lo mismo que el chico de la otra clase cuando tú te saliste de la coreografía (no dijo coreografía, dijo «baile»). Eres una exagerada. Eres incapaz de toda empatía (no lo dijo así, dijo: «No sabes ponerte en el lugar del otro y eres una egoísta»). Has pagado por unas clases de danza, o sea, has pagado por recibir órdenes (tampoco lo dijo así, dijo: «Te has apuntado a unas clases de baile y de qué sirve apuntarse a unas clases de baile si no quieres aprender los pasos de baile»). Estás (esto sí lo dijo tal cual) en misa y repicando, Nati, y encima eres un poco españolista. ¡Ahí quería yo llegar, Angelita! ¡Ese era el traje con el que me quería ir de marcha esta noche! ¡Gracias, gracias, gracias! (A eso ya me responde ofendida porque la llamo por su nombre original en español y no por su neobautismo catalán –Àngels–, y encima por usar el diminutivo.) Se te perdona el reaccionarismo, Nati, porque eres medio guapa (que en realidad fue: «Te portas como una niñata y nadie te dice nada porque eres mona»). Si fueras medio fea o rotundamente fea te tratarían de resentida y serías una apestada (o sea: «Si fueras fea o vieja o estuvieras gorda les darías lástima y no te harían ni caso»). Te equivocas, le respondí yo. Te equivocas muchísimo. Una medio guapa, y ya no te digo una guapa o una tía buena, no tiene derecho a la radicalidad. ¿Por qué se queja con lo guapa que es? ¿Cómo es posible que, siendo guapa, no esté feliz de la vida? ¿Cómo es posible que, siendo guapa, suelte esos sapos y culebras por la boca, con lo feo que está eso en una mujer que no es fea? ¿Cómo se atreve a afearme un piropo o un chiflido si lo que estoy es halagando a la muy puta? La otra versión censora contra la radicalidad de las guapas se parece a la que tú misma acabas de enunciar: critican porque son guapas, se atreven porque son guapas y al ser guapas, al constituir un bonito embalaje para la contestación, su crítica llega y es escuchada. ¡Pero cuidado, que eso es una mierda como la que llevamos tú y yo encima ahora mismo, Angelita! Eso se lo aplican las jipis que se ponen florecillas en el pelo, que tienen medidas de top model, que no pasan de los veinticinco años, que enseñan las tetas en el Congreso y en el Vaticano y que más que Femen deberían llamarse Semen, de las poluciones que provocan en sus patriarcales objetivos.

Me encanta entonarme con Ángela porque apenas se nos nota por fuera pero por dentro vamos a mil, estamos superlocuaces, a ella se le acentúa la tartamudez y marginamos al resto de la escasa reunión, casi siempre integrada por las mismas personas: la propia Ángela, Marga y yo. A veces se suma mi medio hermana Patricia con alguna amiga suya, que son chicas Semen, o con algún amigo suyo, que no sé si son machos porque ni son españoles ni he hablado con ellos más de quince minutos porque lo que sí que son es bohemios, y eso es todavía más inaguantable que las Semen, sus naturales compañeras reivindicativas. Pero la única vez que mi medio hermana ha enseñado en público sus tetas diminutas, pezones como yemas de huevo adheridos a los lisos pectorales, fue en la taquilla de un espectáculo de pornoterrorismo a petición de la taquillera, que le dijo que si se las enseñaba entraba gratis.

Marga no lee nada de nada, ni revistas en la peluquería, ni siquiera las revistas de peluquería donde solo hay fotos de cortes de pelo, así que ha sido absolutamente generosa la molestia que se ha tomado al traerme un fanzine del ateneo anarquista adonde la han derivado los de la PAH. El fanzine reproduce el feliz momento en que la boliviana María Galindo acuña el concepto de bastardismo, sito en las páginas 106 y 107 de su libro *Feminismo urgente. ¡A despatriarcar!*, publicado en 2013 en Buenos Aires:

> Porque el deseo ni circuló, ni circula libremente por la sociedad, porque el deseo fue disciplinado bajo un código colonial de dominación, es que no podemos hablar de mestizaje.
>
> Por esa domesticación colonial del deseo erótico sexual es que yo prefiero hablar de bastardismo y no de mestizaje. Hubo mezcla, sí, la mezcla fue tan vasta que abarcó la sociedad entera, sí, pero no fue una mezcla libre y horizontal; fue una mezcla obligada, sometida, violenta o clandestina, cuya legitimidad siempre estuvo sujeta a chantaje, vigilancia y humillación. El mestizaje es una verdad a medias que quitándole el manto de la vergüenza e hipocresía se llama

bastardismo. Verdad a medias que, quitándole los maquillajes, disimulos y disfraces se llama bastardismo.

El mestizaje es una verdad a medias de un lugar social brutalmente conflictivo, desgarradoramente irresuelto, ardorosamente ilegítimo y cientos de veces prohibido. Es un acto liberador nombrarlo con nombre propio y también poder decir que aquí no hay mestizas sino bastardas. La condición de blancas como la condición de indígenas es una especie de refugio ficticio para tapar aquello que es más angustiante y que es la pregunta irresuelta del origen.

Podría decirse que el bastardismo es mi ideología, a pesar de que la acuñadora del concepto abomina del concepto de ideología por lo que este tiene de vanguardia, de academia y, por tanto, de estructura jerárquica y patriarcal. De hecho, María Galindo no habla de bastardistas sino de meras y simples bastardas. Lo de bastardista, con esa terminación en *-ista* que designa la clásica adherencia ideológica, es cosa mía.

Hace unos meses gocé de una charla que la autora daba en el Museo de Arte Contemporáneo de Barcelona (MACBA), los mismos meses que han hecho falta para que sus libros, inencontrables en España y por eso traídos por ella misma desde Bolivia, hayan sido fanzineados y distribuidos en los espacios libertarios. Aunque muy baratos (10 euros sus libros de más de 200 páginas, con fotos a color y hasta con un dvd incluido), yo no tengo dinero, y no era plan mangar los libros de aquella cuya charla me había hecho llorar. Al principio pensé que lloraba por las mismas razones por las que deben de llorar los niños al nacer, por el tránsito de una vida a otra, el tránsito de las tinieblas a la luz. Pero ese llanto implica dolor, y a mí las palabras de Galindo no me habían hecho daño sino que me habían acariciado, me habían abrazado, me habían hecho el amor cual comprensivas amantes experimentadas a una amante menos experimentada o incluso virgen. Yo era virgen en lo que a conciencia bastarda se refiere. Galindo no cree que el dolor o el trauma sean ninguna fuente de liberación. Yo lloraba, pues, de placer. En este caso concreto, del placer de la politización, o sea, el placer de emerger de los fangos de una situación de sometimiento. El placer de localizar el dedo índice de la mano, estirarlo y dirigirlo contra tu sometedor. Aprender a señalar, pasar de víctima a sujeto: ese placer. La politización se había producido rápido, en los cincuenta minutos escasos que María Galindo tenía para hablar.

Alguna eurocéntrica de izquierdas dirá que Galindo habla de la sociedad boliviana y que ese contexto no es trasladable a mi situación de opresión barcelonina. A esa blanquitocéntrica hay que responderle lo siguiente: ¿acaso viviste tú en la Inglaterra de 1848?, ¿y no te aplicas al abuelo cebolleta de Marx cada vez que hablas de clases sociales? ¿Acaso viviste tú en los gulags de los años treinta?, ¿y es ello óbice para que invoques al autoritario Trotski? ¿Y no tienes en un altar laico a las divertimentas burguesas de Simone de Beauvoir y de Simone Weil no habiendo nacido en el París ni en el Berlín de entreguerras? Parece que la facha de izquierdas solo ve universalizables las teorías políticas que vienen de Occidente, en esas no ve la facho-feminista problemas de contexto. A esa tía de mierda hay que recordarle que en el extrarradio del progreso también se articula pensamiento, se escribe y se aplica, y si una no es una niñata occidental, sabrá encontrar la potencia aglutinadora que se proyecta desde el suburbio de origen hasta estos otros suburbios nuestros. Yo hablo no de bastarda sino de bastardista y lo hago para dotar al bastardismo de una proyección teórica que trascienda su contexto y que la propia María Galindo propone, y que en mí, a nueve mil kilómetros de su fundación, ha tenido eco.

Anteriormente y sin ceremonia de iniciación fundé el club de las Bovarís o las Bobarís, informado por el bovarismo o bobarismo, según la cantidad de estupidez que imprimiéramos a los quehaceres amorosos. Éramos cuatro miembros y, de nosotras, solo una había leído *Madame Bovary* y solo yo había visto las dos películas que hay basadas en el libro, del cual no pude pasar, con grandísimo esfuerzo y compromiso por mi parte para con la historia de la literatura, de la página catorce. Las pelis, sin embargo, son estimulantes, alimentadoras. En una, Madame Bovary es rubia y en la otra, morena. Completaban el club dos compañeras más, representantes de los grados superior e inferior de dolencia bovarística y que solo sabían de *Madame Bovary* lo que la única lectora del libro y yo les contábamos. Creo que el tránsito del bovarismo al bastardismo es algo normal y una muestra de adultez. Creo que no terminar de leer *Madame Bovary* también es una muestra de adultez y un primer gesto bastardista.

Mi época bovarística coincide con mis años de conservatorio, llegando a su apogeo cuando hice el máster y al colapso cuando entré en el grupo de investigación para sacarme el doctorado. Ahora, viéndolo en retrospectiva, me doy cuenta de que el Pepito Grillo de la conciencia bastarda me susurraba desde muy temprano. Recuerdo que estaba una tarde estudiando para el examen de danza clásica de tercero y sentí por primera vez en mis carnes lo que era la alienación. Por segunda vez. La primera fue cuatro años antes, a los dieciséis, cuando las manifestaciones del No a la Guerra por la segunda invasión de Iraq. Igual que con la lectura de *Madame Bovary,* tras quince minutos marchando con la masa tuve que salirme. Gesto indudablemente bastardista.

La alienación puede ser dos cosas: la originaria del abuelo Marx y la adaptada a la opresión de cada una, basada en aquella. El yayo Karl decía que alienación es la desposesión del obrero con respecto a su manufactura. Yo digo que alienación es la identificación de nuestros deseos e intereses con los deseos e intereses del poder. La clave, sin embargo, no está en dicha identificación, que se da constantemente en democracia: creemos que votar nos beneficia y vamos a votar. Creemos que los beneficios de la empresa nos benefician y trabajamos eficientemente. Creemos que reciclar nos beneficia y tenemos cuatro bolsas de basura distintas en nuestros pisos de treinta metros cuadrados. Creemos que el pacifismo es la respuesta a la violencia y recorremos diez kilómetros haciendo una batucada. La clave, digo, no está en la ridícula vida cívica sino en su constatación, en darse cuenta de que una está haciendo lo que le mandan desde que se levanta hasta que se acuesta y hasta acostada obedece, porque una duerme siete u ocho horas entre semana y diez o doce los fines de semana, y duerme del tirón, sin permitirse vigilias, y duerme de noche, sin permitirse siestas, y no dormir las horas mandadas se considera una tara: insomnio, narcolepsia, vagancia, depresión, estrés. Ante la omnipresente alegría cívica pueden pasar tres cosas. Uno, que no te des cuenta de lo obediente que eres, de modo que nunca te sentirás alienada. Serás una ciudadana con tus opciones electorales y sexuales. O sea: seguirás estudiando danza clásica de tercero porque es tu obligación, que para eso te han dado una beca. Seguirás manifestándote al grito de No más sangre por petróleo, de Salvemos la Sanidad, de In-Inde-Independència, que para eso vives en democracia y tienes libertad de expresión.

Segunda posibilidad: te das cuenta de lo obediente que eres pero te da igual. No te sientes alienada porque justificas la obediencia debida. Haces tuya la frase de que vivimos en el menos malo de los sistemas y de que los partidos políticos son males menores. Eres una defensora de lo público. Sigues estudiando danza clásica porque no te queda más remedio, porque mejor eso que estar poniendo copas y porque aspiras a un puesto de trabajo decente. Sigues manifestándote al grito de Los de la acera a la carretera, de Salvemos la Educación, de A-Anti-Anticapitalistas porque crees que hay que tomar las calles, que consideras tuyas.

Tercera posibilidad: te das cuenta de lo obediente que eres y no lo soportas. Entonces sí que estás alienada. ¡Enhorabuena! No soportas hacer cola para pagar. ¡Hacer uno cola para pagar en vez de ellos hacer cola para cobrarte es el colmo de la alienación! No soportas los domingos de elecciones. El electorado sale bien vestido y afeitado, se encuentra con el vecino y comenta lo que vota y por qué, mira con curiosidad todas las papeletas, se permite un mínimo margen de duda acerca de su elección pero siempre prevalece la que trae tomada de casa. Llevan a los niños, los niños juegan con otros niños, corretean, son subidos por sus padres a la altura de la urna para que ellos depositen el voto, o, si ya son mayorcitos, lo depositan sin ayuda. Hay hasta quien coge una papeleta de cada partido y se la guarda porque las colecciona. Luego salen y se echan una caña, en una terraza si hace buen tiempo. ¡La fiesta de la democracia! ¡Gane quien gane, la democracia siempre gana! En las últimas europeas fui al colegio a reafirmarme en mi repugnancia y todo el mundo me miraba las tetas. Iba sin sujetador y con una camiseta ceñida. A los ciudadanos y a las ciudadanas, a los alegres cívicos y cívicas, les salían gusanos por la boca mientras animada y domingueramente hablaban y desviaban la atención de su interlocutor a mis pezones, de la mesa de las papeletas a mis pezones, y me parecieron pacatos y pacatas sostenedores y sostenedoras de la prostitución, aun sin haber ido ellos nunca de putas (pero sí haberse follado muchas veces a sus novias y mujeres cuando abiertamente ellas no tenían ningunas ganas) ni haber ellas nunca cobrado explícitamente por follar (pero sí haber follado muchas veces con sus novios y maridos sin ganas, impelidas por el contrato de sexoamor que los une). Ellos, prostituyentes. Ellas, servidoras de la cena del prostituyente cuando vuelve a casa. La prostituta no era yo ni la repre-

29

sentaba, pues toda mi insinuación fue existir. Iba callada, no increpé a nadie, salí tan pronto sentí que las compuertas empezaban a activárseme. La prostituta, esto es, el ser sobre quien ejercer dominio, estaba ausente. No era necesaria puta alguna en el colegio electoral porque la tarea política del votante, en tanto que mística, en tanto que simbólica, no necesita objeto al que dominar. A diferencia de la tarea política del tirano o del violador, que necesita de la inmanencia de su objeto y de la experiencia del dominio, al votante le basta con la ilusión de la posesión, del tener en un sobrecito con su papeletita el destinito de algo. La fiesta de la democracia es una misa en donde el festín se reduce a una oblea consagrada por cabeza. Como no podía ser de otro modo, los votantes se quedaban con hambre de dominio y por eso se zampaban mis erectos pezones con la mirada. Con la mirada y, por supuesto, con nada más. No follo ni con españoles ni con nadie que haya votado en las últimas elecciones, sean locales, autonómicas, nacionales o europeas, o elecciones sindicales o elecciones primarias para elegir al líder de un partido, o en referéndums por la independencia, por la firma de un tratado de paz, por la extensión del mandato presidencial, por la reforma de la Constitución, por la cancelación del rescate europeo o por la salida de la Unión Europea, imbéciles ciudadanos todos.

El macho tiene una niña, pobrecita. Se paseaba con ella de la mano esta tarde por las inmediaciones del centro cívico de la Barceloneta. ¿Quién recogía a quién de la guardería? Como en esos cuentos del mundo al revés donde la bruja enamora al príncipe y la sopa se come con tenedor, a la GUAPABA van los niños a buscar a sus padres, tíos y abuelos. Esta tarde los niños llevaban pacientemente a sus mayores al baile de fin de curso de la Guardería, protagonizado por doce adultas que demostrarían lo aprendido durante nueve meses de talleres de danza contemporánea, danza-teatro y perspectiva de género aplicada a las artes escénicas. El espectáculo sería en la calle y los niños, en tanto que las adultas y su directora Eleonora Stumpo aguardaban en el hall de la Guardería el paso de los quince minutos de cortesía para el público tardón, mientras tanto, digo, los niños entretenían a sus papás dejándose subir en volandas por ellos, dándoles el gusto de bailotear con ellos al ritmo de las ráfagas de música de las pruebas de sonido y hasta de bailotear sin música, fingiendo que la caída de bruces sufrida en el transcurso de uno de esos bailoteos alocados no les había dolido, aguantándose las lágrimas ante la eterna exigencia adulta de «no ha sido nada, campeón, campeona, ¡no se llora!», y

31

no llorando y no avergonzándolo delante de los otros padres con tal de tener la fiestecita adulta en paz.

¡Qué ricos son los atardeceres veraniegos en la Barceloneta! La temperatura es cinco grados más baja que en el resto de la ciudad, el aire parece limpio y, a poco que se interne uno en el barrio, el número de turistas por metro cuadrado desciende hasta límites tolerables gracias a las intimidantes tomas de las plazas por parte de los charnegos viejos y de las familias de pakistaníes, que sacan las mesas, las sillas, las radios y las teles y juegan a las cartas y al dominó mientras ven el fútbol o el Pasapalabra. No franquean los turistas el cambio de pavimento de la acera a la plaza tomada y se limitan a hacer la foto desde la distancia. Si yo fuera una de esas viejas que juegan al cinquillo me acercaría al guiri y le exigiría que borrara delante de mí la foto en la que, sin mi permiso, me acaba de sacar, igual que se hace cuando hay disturbios, que siempre hay un periodista, un hipster flipao, o hasta un turista sobreexcitado por la única dosis de realidad que se llevará de Barcelona que le saca primeros planos a los encapuchados que revientan cristales y cajeros automáticos. Entonces sale de entre los manifestantes otra encapuchada que se ocupa de cargar contra los amantes de la información objetiva y, palo en ristre y hombro con hombro con el fotógrafo cagadito, ambas nucas apuntan al cielo hasta que la última foto es borrada de la pantalla del aparato. Acabada la serie encapuchada empieza la infinita serie de selfis con filtro vintage, pero el todavía acojonado periodista-hipster-guirimierda sigue pasando las fotos delante de la encapuchada para demostrar su buena fe: piececitos con las uñas pintadas de colores, musculitos en el espejo, conductor y copiloto brindando en el coche, morritos y uves con los dedos mirando de reojo a la cámara, escotes petados, platos de comida, jarras de cerveza, atardeceres con la luz de frente donde la foto sale oscura, flores, mascotas abrazadas, escorzos de la Sagrada Familia, de la estatua de Colón, de las butifarras del mercado de la Boquería, del lagarto de Gaudí, y así trescientas imágenes aunque la encapuchada ya hace rato que se ha ido y la cola de la manifestación se ha alejado, pero el guirimierda-hipster-periodista de su propia existencia se ha quedado clavado en el asfalto con la cerviz doblegada al móvil, pasando las fotos mecánica y ciegamente, no respondiendo a los wasaps que le llegan, no respondiendo a las llamadas que, pasada una hora, recibe de los amigos con los que había quedado, no apartándose de la mitad de la carretera cuando la policía abre el tráfico y los coches empiezan a pitarle, inmune a los insultos y a los zarandeos de los conductores, al guardia urbano que le dice acompáñeme, al brazo por encima del hombro del enfermero que le dice acompáñeme, pero nada, el periodista-guirimierda-hipster de laca en el flequillo no se separa ni del móvil ni de la carretera. Parece un bailarín de butoh o un tentetieso con un balón medicinal sobre el cogote, no hay modo de hacerlo ni caer ni caminar ni levantar la cabeza, ni con la invitación en el mentón del enfermero más guapo preludiando un cinematográfico beso. Tiene los abdominales en tensión dancística o pugilística, listos para saltar cinco metros hasta los brazos de su partener o para lanzar el derechazo del nocaut. No queda otra, pues, que reducirlo, y ahí que llega la aguja buscando una parte de piel al aire y ahí que encuentra una pantorrilla de pelitos rubios. Los enfermeros estrechan el cerco en torno a él y lo primero en ceder es el móvil, oportunamente salvado del impacto y puesto a buen recaudo por otro de los enfermeros. Después se vencen las rodillas y ya hay una enfermera lista para agarrarlo por los sobacos. Como la cabeza ya estaba agachada se queda como está, pero ahora, en el trasiego de subirlo a la camilla, bambolea.

A las ocho y cuarto salieron las adultas de la Guardería y, muy marciales, tomaron posiciones en la plaza Carmen

Amaya, donde todos las esperaban y donde yo vivo, por eso pude ver el espectáculo desde el balcón, un primero al que se le meten las ramas de los árboles. La directora Eleonora Stumpo se acercó al público y, sin necesidad de micrófono porque había poca gente, explicó que eso iba a ser una performance callejera por diferentes puntos del barrio y que el público era libre de verla desde donde quisiera. Ella los guiaría hasta el primer escenario y, desde ahí, serían las bailarinas las que sugerirían los demás recorridos. No pudo reprimir Stumpo su latiguillo de puericultora de adultos y concluyó preguntando: «¿Alguna pregunta?» Ay, Eleonora, Eleonora, con lo bien que enseñas danza contemporánea, con las poquísimas veces que se me han cerrado las compuertas en tus clases, ¿por qué sucumbes tú también al didactismo? ¿Por qué crees que al público se le debe enseñar a mirar? ¿También tú crees que la enseñanza es algo inocente? ¿También tú, Eleonora, como cualquier maestrillo de las mareas amarillas por la enseñanza de calidad, crees en la alfabetización al margen de la politización emancipadora? ¿Finges, pues en eso te van los garbanzos? ¿En eso te va que energúmenos como el macho facha de ropa descolorida sigan apuntándose a tus clases? Yo he dejado de ir a tus clases por su culpa. Ya ves, amiga, quién es capaz de expulsar a quién y cuál es la ideología predominante en los centros cívicos.

Una vez el macho se atrevió a corregir el acento italiano de Eleonora Stumpo. Ella dijo «esequiutar» queriendo decir «ejecutar». Dijo «para esequiutar este movimiento» no sé qué, y cuando se disponía a ejecutarlo, el macho la cortó:

—Se dice ejecutar, Ele.

—Perdón, mi español no es demasiado bueno, a veces entiendo que no me entendáis. Gracias por corregirme. Esecutamos este movimiento... —le repitió aplicadamente al macho mirándolo desde el espejo del aula hacia el que todas estábamos vueltas, listas para empezar a bailar.

–No no. Tú dices ecequiutáh, ¡español de los montes! E-je-cu-tar. ¡Jjje! ¡Jjje! ¿No te sale el sonido «jjjj» de la garganta? –insistió guasonamente, como si fuera a escupir un gargajo.

–¡Ay, me cuesta, en italiano es que no existe! –sonrió todavía Stumpo con su boca grande invadiendo sus finas y cetrinas mejillas, le repitió la cucamona al parvulito–: ¡Jjjj! –Y todas las alumnas sonrieron decimonónicamente menos yo, porque ese mismo sonido es el que emitieron entonces los engranajes de mis compuertas, faltas de aceite después de un cierto tiempo en feliz desuso.

–¡Eso eso! ¡Así! ¡Ejjjjjecutar!

Clausurada yo cual luna frontal de un furgón antidisturbios, era evidente que ya nadie que no le hubiera pegado una paliza a un mendigo la noche anterior debía seguir bailando, por mucho que quedara media hora de clase y que las hembras hubieran acompañado el chiste fonético sembrando seis dulces sonrisas cosmopolitas en el espejo. Aislé la cabeza del estar dancístico al que seguía sometido el resto de mi cuerpo para hablarle a Eleonora y no a su reflejo:

–Se te entiende a la perfección y tu español es excelente. Esequiutar suena además muy bonito.

–¡Ah, muchas gracias! Yo agradezco siempre que me corrijáis porque así mejoro. Buenno, ¿seguimos?

–Claro, por eso la corregía yo a ella, Nati, porque así es como se aprenden los idiomas, ¿verdad?

–Eleonora, tu acento es precioso y solo un fascista pretendería que lo cambiaras.

La palabra fascista le convirtió al espantapájaras los ojos hechos de botones en ojos de verdad, la boquita dibujada con pespuntes de hilo rojo en babosa de verdad y las manos de palo en abiertas manos quincemeras:

–¡Eh eh eh eh! Que yo no he insultado a nadie, ¿vale? –le dijo a mi reflejo sin abandonar su puesto coreográfico.

–Buenno, chicoss, ya está, no passa nadda, no discutáiss

35

—regó Eleonora las sonrisas del espejo que empezaban a marchitarse. Aún manteníamos todas la etérea compostura del baile, la altura de la coronilla, el resbalamiento de los hombros, las rodillas levemente flexionadas, los pies paralelos, la represión del volumen del culo, y así contemplábamos la discusión a través del espejo. Yo fui la primera en romper la formación:

—¿Acaso hablar bien es hablar como en la tele, tío? ¿Por qué no me corriges a mí también, eh, que digo «eecutar» porque soy de un pueblo que linda con Portugal? ¿Por qué no, ya puestos, te corriges a ti también, que eres andaluz?

—Mira, yo no hablo perfecto, ¿vale? —se esforzó en pacificar el macho desde la posición de danza que él entiende como posición de firmes, desde la que no se atreve ni siquiera a gesticular por miedo a olvidarse del abandono y la alerta, de la resistencia y la relajación que tanto cuesta conquistar y en la que consiste estarse dancísticamente quieto—, pero e-je-cu-tar lo digo bien aunque sea de Cádiz. En muchas otras cosas habrá que corregirme, pero no en esta palabra en concreto. E-je-cu-tar, e-je-cu-tar, ¿ves?, lo digo bien.

De reírme se me empañaron las compuertas y las chicas me imitaron, tomando mi amarillenta sonrisa por una bandera blanca. En un despliegue de inteligencia nunca visto, el macho captó que estaba riéndome de él y que por el espacio que separa mis paletas se emitía, silbada y amortiguada por las compuertas, la sentencia condenatoria de su idiotez. Creyó por tanto que las risillas inocuas de las demás mujeres eran también de burla y eso le exorbitó la mirada, que recorrió el espejo como las bolas tras el primer tiro en la mesa de billar. Él fue el segundo en romper la formación:

—¿Pero tú me conoces de algo, tía? ¿Qué coño dices de fascista? ¿No serás tú la fascista insultando a la gente sin tener ni puta idea?

Rompió filas Eleonora Stumpo y tras ella el resto del cuadro. Balbució «por favor, chicos» o algo así y formó un cuadro nuevo: ahora las bailarinas daban la espalda al espejo y nos rodeaban al macho y a mí. Pretendían calmar la cosa pero la nueva disposición espacial solo conseguía jalearme, dar un paso más hacia el macho con las compuertas por delante como una cornamenta:

–Mira, ideas tengo yo pocas, pero ideas putas e ideas de puta tengo pa echarle a los marranos como tú, ¿o es que aparte de las italianas hablando español te hacen gracia las putas pensando, machista de mierda?

Después ocurrió lo de siempre en estos casos: el macho te dice que estás loca y que no tienes educación y las hembras te agarran amorosamente los hombros y te dicen que no te pongas nerviosa. Entonces tú te las sacudes y respondes que no estás ni nerviosa ni loca y que la educación no te hace falta para nada, que lo que estás es harta de que se le rían las gracias machas al macho y de que ninguna se dé por aludida. Todas te acusan en silencio de haber reventado la clase. Todas conduelen en silencio al macho por los excesos sufridos por tu culpa. Esperas la complicidad de alguna hembra pero solo encuentras miradas bajas, incluida la de Eleonora Stumpo. Cuando se te saltan las lágrimas, todas lo toman por arrepentimiento o por estallido de los nervios crispados a causa de dios sabe qué íntimos conflictos personales que a ellas les ha tocado pagar esa mañana sin comerlo ni beberlo. Ninguna lo toma por rabia o por frustración o por humillación inmediatas e inmanentes a esa mañana, a esa clase de danza y a ellas mismas. Creen que necesitas consuelo cuando lo que necesitas es que alguien entre esas cuatro paredes entienda el significado de la palabra «corregir», de las expresiones «hablar bien», «hablar mal», «español de los montes», «ni puta idea». El primero que viene a consolarte es, por supuesto, el macho sensible. Te pide perdón por lo que haya podido ofenderte, te dice que los dos os habéis puesto tensos pero que ya está, que somos humanos, que ya pasó, que no pasa nada. Y tú vas y en vez de propinar un testarazo con las compuertas te callas, las compuertas se te retraen como si ya no hubiera amabilidad de la que protegerse y hete ahí expedita para recibir un nuevo avasallamiento macho mientras te atas los cordones de las zapatillas. Por enésima vez te tragas el grito atravesado en la garganta como una bellota de hachís, por enésima vez lo llevas en el estómago un día, lo cagas al siguiente y mientras te fumas el porro de la siesta le das la razón al macho porque, en efecto, todo pasó y no pasa nada.

Caso de okupación de Gari Garay
Derivada de la PAH
Acción Libertaria de Sants, 18 de junio de 2018

Mi nombre es Gari Garay y el caso que traigo para la oficina de okupación es el siguiente. En el piso de la plaza Carmen Amaya número 1, 1º 2ª, del barrio de la Barceloneta, viven cuatro parientas, las cuatro discapacitadas intelectuales. La menos discapacitada de todas es la que ve más la tele, tiene el teléfono móvil más avanzado y un raspado 40% de discapacidad que se corresponde con otros asimismo raspados 189 euros de pensión. Esa es la que manda, pero su mandato es fácilmente ignorado por las otras tres, organizadas también según una jerarquía que varía en función de su tozudez y sus habilidades psicomotrices. La que camina más recta y con los brazos más acompasados (que no es la menos discapacitada de todas, porque la menos discapacitada de todas es obesa y eso la hace andar con una oscilación lateral y los brazos pegados al cuerpo) tiene la potestad de dar el alto a las demás por la calle, caso de tener que cambiar de acera o si ella o alguna otra se quiere parar a mirar un escaparate. Que tenga la potestad no significa que las demás necesariamente la obedezcan, solo significa que no le discuten, que la dejan ordenar inocuamente, y ese no rechistarle le basta a la ordenante para darse por contenta y obedecida.

Las que se cortan solas las uñas (cosa que hacen la menos discapacitada de todas y la segunda menos discapacitada de todas, distinguible esta última porque fuma sin toser y porque se maquilla) tienen la potestad de decidir cuándo deben cortarse las uñas las demás y, por extensión, cuándo y de qué color deben pintárselas y cuándo y cómo deben cortarse el pelo, pero para lo del pelo la menos discapacitada de todas las obliga, y esta orden sí que es inflexible, a ir a la peluquería (paga ella, cuya participación en la experiencia piloto de integración laboral del Mercadona como ayudante de reponeduría la legitima como tesorera de la casa), en contra de la opinión de la segunda menos discapacitada, quien, con un 52% de discapacidad y 324 euros de pensión del Estado, querría cortarles el pelo a sus parientas ella misma.

La tercera menos discapacitada de todas es la más silenciosa, con la expresión más dulce y la que más pastillas toma porque la psiquiatra le dijo que además de discapacitada estaba deprimida por ser discapacitada, porque un día Marga (66%, 438 euros), que así se llama la tercera menos discapacitada, se dio nítidamente cuenta de que era retrasada mental y de que las tres mujeres con las que vivía también lo eran, y ese descubrimiento, según la psicóloga, era lo que tenía a Margarita ora masturbándose a escondidas por los rincones de la casa, cual gato doméstico que orina y defeca en señal de protesta cuando lo dejan mucho tiempo solo; ora masturbándose encerrada en su cuarto para evitar la bronca y la espontánea bofetada de su prima Patricia, la segunda menos discapacitada, la que se maquilla.

Oscurecida su lucidez por las pastillas, puede de nuevo Marga ejercer su potestad en lo que mejor sabe hacer: limpiar. Pero como Marga, a fin de cuentas, es casi la más discapacitada de la casa, ni su prima segunda Patricia ni su prima carnal Àngels, que así se llama la extrabajadora del Mercadona, le hacen ni puñetero caso. Solo la más discapacitada de todas le echa una mano de vez en cuando a la depresiva Margarita. A pesar de la insistencia de la educadora social, Susana Gómez, y de la psicóloga, Laia Buedo, de que a la pobrecita Nati, achacada por el conocido como síndrome de las Compuertas (70%, 1.118 euros), hay que sacarla más a la calle y satisfacer alguno de sus gustos, a su medio hermana Patricia y a su prima segunda Àngels no les gusta salir con ella porque temen reproducir las actitudes de los que fueron sus no-discapacitados tutores, curadores, enfermeros, educadores y trabajadores sociales y de los que tanto les costó emanciparse. Nati tiene, al igual que todas las habitantes de este llamado piso tutelado de la Generalitat, un juego de llaves, y se supone que puede entrar y salir cuando quiera. Margarita soy yo pero en el ambiente okupa, por precaución, prefiero que me llaméis Gari.

Al oír la música salimos todas al balcón en sendos camisones lila, celeste, verde pistacho y amarillo crema. Este último es el mío. Todos son iguales salvo por el color y nos hacen parecer locas o señoras mayores porque hoy en día ninguna chica de 32 (Nati), de 33 (Patricia), de 37 (yo) ni de 43 años (Àngels) usa camisón. Son sintéticos de los chinos y meten un calor que flipas, pero si me lo quitara me quedaría en tetas, en mis buenas tetas de pelirroja, y Patri me reñiría porque ella tiene con respecto a mí un 14% menos de discapacidad pero también un 99% menos de tetas, y cuando estoy desnuda o simplemente en sujetador se queda mirándomelas con sus cincuenta y dos puntos porcentuales de retraso mental y el labio inferior, pintado de *rouge*, colgando. Así que con tal de no verle el epitelio a mi prima me dejo el camisón puesto pero me lo remeto por las bragas (también calurosísimas sintéticas de los chinos) para tener

fresquitas las piernas, mis piernazas de pelirroja con sus ho-
yuelos de celulitis por debajo de los cachetes, promesa de vo-
luptuosidad.

Nati, en camisón verde pistacho, dijo que eran del centro cívico de enfrente y que habían sido compañeras suyas en
las clases de danza. Àngels, en su orondo camisón celeste y
sin separar la vista de la pantalla del móvil, le preguntó que
por qué no participaba en la actuación de fin de curso de su
curso, pero se lo preguntó riendo, riendo sin separar la vista
del móvil, de modo que parecía que se estaba riendo del móvil o de algo que había visto en el móvil. Quizás la risa se debía a eso y la pregunta de por qué no bailaba con sus compañeras iba en serio. Nati, que o no admite o no entiende las
bromas debido al síndrome de las Compuertas, se la tomó
igual de en serio que se lo toma todo, y le respondió lo de
siempre: que porque eran fascistas todas y que porque el
centro cívico era una guardería para adultos todavía peor
que el centro ocupacional (el centro ocupacional no tiene
nada que ver con la okupación, es un sitio adonde van los
discapacitados intelectuales para hacer manualidades). Vale
que Nati es más reaccionaria que el copón bendito, pero
también es verdad que Àngels es la menos discapacitada y
Nati la más y que así es muy fácil reírse de ella, aunque es la
que anda más derecha y con más garbo de todas nosotras,
por haber sido bailarina me imagino.

Patricia, camisón lila y uñas lila de las manos y de los
pies, las mandó callar porque el espectáculo empezaba. Una
mujer sentada en un banco de la plaza tocaba un violonchelo
y otras dos se movían como gatas ronroneantes encaramadas
en los bancos de enfrente del chino, que se había salido de la
tienda para mirar. Una tercera bailarina se puso a girar vapo-
rosamente alrededor de la fuente dedicada a Carmen Amaya
y a rozar el agua con la punta de los dedos. Una cuarta su-
bía y bajaba robóticamente las escaleras que comunican la pla-

za con la autopista de guiris que es el paseo marítimo. Una quinta, ya en el paseo marítimo, se agarraba a una barandilla con una, con dos o con ninguna mano y ese era su baile. Cada una iba de un color, como nosotras, pero sin uniformar, no como nosotras, que tenemos los camisones iguales porque el chino se los dejó a Àngels a doce euros los cuatro según la factura. Para poder vivir en un piso tutelado como este, de todo lo que compramos hay que pasarle la factura a la Generalitat, respetando cada final de mes la siguiente cadena de mando: Patri, Nati y yo les pasamos nuestras respectivas facturas a nuestra prima Àngels; Àngels se las pasa a Diana Ximenos, que es la directora de nuestro piso, o sea, quien vela por el cumplimiento de los objetivos de integración, normalización y vida independiente de nosotras cuatro; y la directora del piso se las pasa a la Generalitat. Para las facturas de Àngels y de Patri ahí acaba la dación de cuentas, pero para las de Nati y las mías todavía queda que la Generalitat se las pase a quien nos incapacitó judicialmente a las dos, o sea, a la jueza de primera instancia que vela por que nuestra tutora, que es la Generalitat, vele por nosotras en pos del superior interés del incapaz, aunque la jueza ya es la Generalitat, Diana Ximenos ya es la Generalitat, nuestra prima Àngels ya es la Generalitat y Patricia, Natividad y yo también somos la Generalitat, con lo que la cadena de mando no es más que una fantasía burocrática.

La cosa es que Patricia mandó callar a Àngels y a Nati con un leve chistido aunque la potestad de mandar callar, leve o vigorosamente, no la tenemos ninguna. No mandar callar a nadie es, de hecho, la regla de oro de nuestra convivencia, porque nos hemos pasado la vida en colegios para niños subnormales, en Centros Rurales y Residencias Urbanas para Discapacitados Intelectuales (CRUDIS y RUDIS respectivamente) y en la casa de nuestra tía Montserrat siendo acalladas por hablar inoportunamente. Àngels y Nati escucharon el chistido de Patricia pero hicieron como si nada. En ese momento yo estaba callada mirando el baile e intentando comprender lo que las bailarinas bailaban, prestando atención como Patri, que fumaba mansa y pensativamente, regodeándose en su papel de público. Se estaba a gusto porque ya a esa hora no da el sol en el balcón y la brisa es fresca, y porque cuando me cansaba de mirar abajo miraba al frente y me encontraba el mar, y cuando me cansaba de mirar el mar miraba abajo y me encontraba a las ninfas urbanas, que eso es lo que creo que querían transmitir con su baile, que eran duendecillas esparciendo sus polvos mágicos por el recalentado asfalto veraniego, duendecillas que al salir de los capullos en los que vivían traían el bello atardecer a la ciudad para librarla del monstruo de la canícula diurna, animando a sus habitantes, encerrados en sus casas o en sus puestos de trabajo con sus ventiladores y sus aires acondicionados y sus televisiones, a abrir al fin las ventanas, a darse una ducha y a salir a la calle oliendo a champú y a bodymilk, con el pelo mojado que se seca al aire, con sandalias de finas tiras de cuero, con pantalones cortos y vestidos fresquitos de algodón, con la pelota lista para tirársela a los perros, con los niños descalzos en sus carricoches o en sus marsupiales.

¡Vaya asquerosa mierda de performance!, exclamó Nati, y como algunos miembros del público recién duchado dejaron de mirar el baile y los móviles con los que fotografiaban o grababan el baile para mirar y fotografiar o grabar nuestro balcón, insistió: ¡Vaya asquerosa mierda de performance de mierda!

Como ya se habían vuelto hacia nosotras todos los miembros del público sin excepción, a Nati, crecida porque la escuchaban y porque a continuación venía lo que todas sabíamos que venía, se le activaron las compuertas. Se le puso en la cara la máscara transparente que le amortigua la voz y que la obliga a hablar al doble de volumen y tuvo por eso que pe-

44

garse con su camisón verde pistacho a la barandilla y doblar el tronco para poder hacerse oír, por eso y porque estaba excitadísima ante los diez segundos de lo que ella llama acción directa y que Patricia llama insulto directo que se le ofrecían: ¡Qué mierda fascista de película de Amelí es esta danza! ¡Que levanten la mano los reprimidos que están apretando el culo y los gilipollas que votan a Ada Colau y los gilipollas que hacen la cadena humana por la independencia y los gilipollas que hacen las dos cosas! La chelista no dejó de tocar ni las bailarinas de bailar, pero durante esos segundos de acción o insulto directo que coincidieron con el tiempo que tarda un no retrasado en constatar que éramos cuatro retrasadas, tocó una y bailaron las otras más lento y el público recién duchado dudó si aquello sería parte de la performance o si verdaderamente una síndrome de las Compuertas en camisón se estaba atreviendo a increparles con esa violencia. Yo me fijé en uno con rastas que estaba estupefacto, murmurando por lo bajo y que, aunque no llegó a hacerlo porque acabó por verle el retraso mental, a punto estuvo de replicar a la acción-insulto directo de Nati (que es, por supuesto, lo que ella quería) como si fuera una interlocutora válida y no alguien digno de conmiseración.

Patricia redobló la prohibida orden de silencio. ¡Que te calles! ¡Que no me callo!, le dirigió Nati sus amenazantes compuertas. Pero efectivamente se calló y no solo se calló sino que se fue del balcón y de la casa dando un portazo. La vimos atravesar con su equilibrado andar de bailarina la performance de las ninfas urbanas por mitad de la plaza, en línea recta y sin mirar ni esquivar a nadie, todavía con las compuertas clausuradas, como una antidisturbios en camisón verde pistacho.

Hasta aquí la descripción del caso tal y como se lo planteé hace dos semanas a la Plataforma de Afectados por la Hipoteca (en adelante PAH), que son quienes tras considerar el

45

mío no un caso habitacional crítico sino un caso perdido me han remitido a vosotros porque, en palabras de ellos, o sea, en pahlabras, «sois más directos». Porque los de la PAH, después de negar con la cabeza por no ser ni víctima de una ejecución hipotecaria, ni de un desahucio a la vista, ni tener descendentes o ascendentes a mi cargo, me han dicho que antes de okupar habría que agotar todos los recursos legales disponibles porque así la okupación tiene más legitimidad y tardarán más en desalojarme. Los de la PAH no han entendido que ya es bastante el estar yo a cargo de mí misma sin disponer de un céntimo porque todo se lo queda mi prima Àngels. Tampoco han entendido, habiéndolo dicho en asamblea tan claramente como sigue, que yo de la Administración Pública no quiero volver a saber nada porque llevo toda la puñetera vida encerrada en instituciones, ni han entendido que estoy incapacitada judicialmente y que si le vengo con quejas del piso tutelado a un funcionario, ese funcionario va a llamar a Servicios Sociales y me van a devolver derechita a la RUDI-Centro Ocupacional (que, insisto, nada tiene que ver con la okupación de un espacio –tiene que ver con la ocupación de una persona, con «tener una ocupación», con «estar ocupado», en concreto con estar ocupado haciendo puntos de lectura en cartulina y cestas de mimbre –aunque si consigo okupar voy a llamar a mi okupa «centro okupacional» para recochinearme)–. El rudicentro también es un recurso legal disponible, ¿no, pahlomitas? Los de la PAH no han entendido nada de lo que les he dicho: que los recursos legales a mi disposición nunca se iban a agotar sino que, bien al contrario, se iban a multiplicar (cuando dije esto, los pahquidermos se indignaron silenciosamente) porque la Administración está deseando volver a encerrarme y a reconvenirme cada vez que me saco una teta. O quizás sí me han entendido los pahcifistas pero piensan que soy una subnormalita pija que se queja de que el Estado le dé techo y comida, ¡y gratis!, cuando yo, sencillamente, todo lo que quiero es no vivir más con estas tres retrasadas que me están volviendo a mí todavía más retrasada, porque tener esta depresión y darme cuenta de las cosas (o darme cuenta de las cosas y por tanto tener esta depresión) es lo mejor que me ha pasado en la vida.

Doy las gracias al compañero Jaén por su generosidad y paciencia a la hora de poner por escrito mis palabras, dado que yo no sé escribir.

Gari Garay

Declaración de D.ª Patricia Lama Guirao, dada en el Juzgado de Instrucción número 4 de Barcelona el 15 de junio de 2018 en el proceso de solicitud de autorización para la esterilización de incapaces, a resultas de la demanda presentada por la Generalitat de Catalunya contra D.ª Margarita Guirao Guirao.
Magistrada: Ilma. Sra. D.ª Guadalupe Pinto García
Secretario Judicial: D. Sergi Escudero Balcells

Informada la magistrada antes de la presente audiencia por la psicóloga D.ª Laia Buedo Sánchez, número de colegiada 58698, trabajadora en la Residencia Urbana para Discapacitados Intelectuales de la Barceloneta adonde la declarante acude a realizar actividades de ocio y autonomía personal, se da la particularidad de que esta sufre un trastorno del lenguaje (logorrea) que hace preferible que la declaración sea grabada en lugar de transcrita por el taquígrafo.
Informados la declarante y el taquígrafo de este cambio en el procedimiento habitual, a ambos les parece bien.
A continuación se recoge la transcripción realizada a partir de dicha grabación, dada a leer a la declarante en un trámi-

te celebrado al día siguiente para que le diera su aprobación y la firmara, quedando sumada al expediente.

Le voy a contar a su ilustrísima las cosas tal y como son, ni más ni menos, ni más ni menos, como dice la rumba.

La Àngels lo hizo muy bien desde el primer momento aunque el primer momento se hizo esperar unos años, el tiempo que tardó en comprender lo que era un CRUDI, lo que era una RUDI, lo que era la LISMI y lo que era una PNC. Antes que nada tuvo que descifrar ella sola las siglas, porque el personal del centro no la entendía cuando hablaba o no la quería entender. La Àngels es tartamuda y más tartamudea cuanto más nerviosa se pone y, como todos los «tartajas», cuando canta no «tartajea», aunque la Àngels, cantar, canta poco. Nunca terminaba de vocalizar las tres palabras de la pregunta «¿qué significa RUDI?». Las veía claramente en su cabeza pero al hablar se atascaba en la «g» de «significa» como si se hubiera tragado una espina de pescado. Escribir lo hacía fatal y ni se lo planteaba.

Habían pasado ocho o nueve meses desde que se murió su madre, mi tita Loli, que la había tenido con 48 años y que dicen que por eso nació la Àngels retrasada. Esto que le voy a decir ahora no se lo tendría que decir porque podría traer cola con la Seguridad Social, pero para que vea que no le oculto nada y que quiero que las cosas se hagan bien le voy a decir todo lo que pienso: yo creo que mi prima Àngels no es retrasada. Yo sí soy claramente retrasada al 52 % y subiendo porque aunque estoy bastante buena gracias a un trastorno alimentario adolescente, y aunque tengo mucha labia gracias a un trastorno del lenguaje, tengo un poco de esclerosis tuberosa en el lóbulo frontal y otro poco en los ojos, por eso llevo «gafazas» y por eso a veces me quedo pillada mirando el móvil, y como no veo las letras me «encabrono» y lo tiro al suelo. Antes no se rompían porque los móviles eran duros, esos Nokia y esos Motorola de dos dedos de gordo, pero cada vez los hacen más delicados y al tirarlos se hacen trizas y ya no me compran más.

De la Àngels se creen que es retrasada porque tartamudea, porque pesa 120 kilos y porque nunca aprobó ni una asignatura en la escuela. Pero la Àngels ni estaba enmadrada ni nada, como solemos estar los retrasados. Era muy independiente, siempre estaba sola o jugando con los perros o con los otros niños porque mi tita Loli tenía más de 50 años y se pasaba el día en el campo, se llevaba una silla plegable y se sentaba debajo de una higuera del camino de Los Maderos. Los Maderos era un «puticlub» de toda la vida que construyeron en la antigua casa de otros titos míos y de la Àngels, vendida a los chulos cuando nosotras ni habíamos nacido.

Lo que yo creo, y se lo digo a usted igual que se lo he dicho a mi prima porque le debo mucho, es que mi tita Loli era «prosti» y que ella es hija de un cliente, porque mi tita nunca estuvo casada y hacía mucho que no vivía «arrejuntada» con nadie. A lo que la Àngels siempre protesta, poniéndome en duda y demostrando que de discapacitada no tiene ni el 33 % imprescindible para vender cupones de la ONCE, protesta la Àngels, digo, que si su madre se hubiera puesto a robarles los clientes a las «prostis» en las mismas puertas del «puti», las «prostis» o sus chulos habrían ido a por ella para escarmentarla.

—Veis muchas películas —nos acusó la Marga un día, despertando repentinamente de su depresión–. La tita Loli se acostó con su primo hermano Henrique el portugués un día que había verbena, y santas pascuas. Tú —le dijo a la Àngels— eres retrasada mental porque eres hemofílica, lo mismo que todas nosotras —remató en un sano despliegue de conciencia de discapacidad, y de corazón que nos alegramos la Àngels y yo de ese avance. Pero lo que para la Marga es una conclu-

50

sión y un paso adelante en su tratamiento, para la Nati es exactamente lo contrario, o sea, un hilo del que tirar, una herida en la que hurgar, una brasa que avivar, total: un nuevo episodio «compuertero». Levantó la vista de la rueda de la bici, que la tenía boca abajo en el balcón poniéndolo todo perdido de grasa, y nos sermoneó con la llave inglesa:

–Peliculeras, hemofílicas y además «machas» fascistas –así nos llama ella y vaya usted a saber por qué– porque no concebís que una mujer a los cuarenta y ocho años pueda «echar un polvo» de una noche con quien le dé la gana y luego si te he visto no me acuerdo –esas palabras bajunas y no otras utilizó–, ni concebís que pueda tener una hija y no cuidarla puericultoramente. No, tiene que ser –con perdón, señora jueza, pero es que así habla mi hermana Natividad– puta. Tiene que cobrar por –con perdón otra vez, pero se lo tengo que decir tal cual ella lo dijo– follar. Tiene que pasarse el día lejos de su hija por alguna buena razón, debe haber una justificación mercantil en esa falta de amor maternal –tiene la edad mental de una niñata de instituto, señoría–. Si no, no os lo explicáis. ¿No se puede follar por gusto, «coño»? ¿Y no puede una estar hasta el «coño» de su hija? –La Nati es que está todo el día con el «coño» en la boca–. ¿Y no puede una desentenderse de su hija del mismo modo que se desentendió su padre –y no se sabe defender de otro modo pues acude a los insultos–, el «cabrón» del padre del cual aquí nadie está hablando?

Es verdad que la Àngels y yo vemos en el ordenador muchas películas que nos sacamos de la biblioteca y que esto me lo había sacado yo de una en la que una mujer mayor muy emperifollada se lleva su sillita todas las tardes a un camino de tierra y ahí se tira hasta que algún hombre la devuelve a su casa en coche. Pero como se le estaban activando las compuertas a la pesada de la Nati me lo callé, porque tenemos la norma de no mandarnos callar las unas a las otras aunque en realidad lo que yo estoy es callándomelo todo todo el tiempo con tal de no discutir con la superintransigente de mi hermana, que con todo lo retrasada que es la «cabrona» siempre gana las discusiones, se le ponen las compuertas delante y te desmonta los argumentos hasta que te hace quedar como una tonta, una consumista y una facha, y ya puedes insultarla o darle donde más le duele que las compuertas lo repelen todo y te lo rebotan. Pero el día aquel estallé y la mandé callar.

Estábamos todas tan tranquilas tomando el fresco en el balcón. Nuestro balcón está en primerísima primera línea de playa, es la envidia de todos los pisos tutelados de la Generalitat entera, con el metro a cinco minutos y el autobús a cinco segundos, con cuatro habitaciones, dos baños, salón grande con tele grande de plasma, cocina grande y eléctrica, cuarto de la plancha, lavadero y el susodicho balcón, tan ancho como ancha es la fachada del edificio y profundo como para sacar una mesita y echarte tu birra, tus «papas» fritas y tu cigarro, que era lo que yo estaba haciendo y lo que me tenía en paz con el mundo, hostia, en paz conmigo misma y con el mundo después de toda la santa vida yéndome a la cama a las diez de la noche en los CRUDIS y en las RUDIS, en paz conmigo misma y con el mundo porque me había reconciliado con la Marga por la última bronca que tuvimos por la limpieza de la casa, porque una casa como la que tenemos merece estar limpia y ordenada, además de porque la educadora social doña Susana Gómez viene y lo primero que hace es pasar un dedo por las repisas, es lo primero que pone doña Susana en los informes sobre pisos tutelados y lo primero por lo que pueden sacarte del piso y revocarte la «condicional subnormal», como la llama la Marga desde que ha adquirido conciencia de discapacidad: el autocuidado, la higiene personal y la del hogar, y aquí, estando en primerísima primera línea de playa entra muchísima arena, todos los días

52

hay que barrer y limpiar el polvo porque además la de Servicios Sociales se presenta sin avisar, como los inspectores de trabajo en las discotecas, que llegan a las tres de la mañana, se toman un cubata en concepto de dietas y luego piden los contratos. Lo sé porque una amiga mía es camarera en la Mágic y así empapelaron al jefe, que las tenía a todas en negro.

Yo misma había sacado sillas para las cuatro, había abierto una bolsa de «papas» fritas y una litrona (las litronas me las pone el chino de abajo como zumo de naranja en las facturas que tenemos que pasarle a la Generalitat: para que vea su señoría que puede confiar en mi testimonio, que hasta los secretos que me pueden comprometer se los cuento) y a todas les había ofrecido tabaco (con la estanquera no hay manera de hacer pasar el tabaco por sellos o por chicles en la factura, así que le doy el dinero a un amigo que no vive en piso tutelado para que él me lo pille, y luego yo voy con ese amigo a comprar lo que sea que él necesite del Mercadona y pedimos una factura y la ponemos a mi nombre).

Solo la Nati quiso fumar y teniendo que liarle yo el cigarro, porque a ella su discapacidad le dejará bailar *El lago de los cisnes,* pero psicomotrizmente liarse un piti la criatura pues no puede; y solo la Àngels metía ordenadamente la mano en las «papas» y lo hacía sin dejar de mirar el móvil. La Marga, que es muy calurosa, tenía remangado el camisón, pero esta vez no le dije nada porque por lo menos iba bien depilada, yo le había hecho las piernas completas y las ingles el día de antes. Eso hemos acordado yo y la Marga: que puede sacarse todas las tetas que quiera en todas las partes que quiera, vale, pero sin pelos en los pezones, por favor. Que puede salirse en bragas a la terraza, de acuerdo, pero que solo se vean las bragas y no greñas rizadas alrededor de las bragas. Bueno, pues que como la Marga es muy calurosa ella sí que le estaba dando a la birra fresquita, y eso me gustaba, ver relajada a mi prima viendo el baile de la plaza. Relajada y no deprimida.

Unas del centro cívico se habían puesto a hacer una danza «clásica-moderna», de música nostálgica y «ensoñante», un baile como de anuncio de colonia de las buenas, una Chanel, una Cacharel, una Lancôme, de anuncio fino y de buen gusto en el que la modelo es la protagonista absoluta y en el que no sale ningún hombre. El hombre solo está en la mirada de la modelo. A ese hombre que no aparece dirige la modelo su tonteo de como quien no quiere la cosa, su deseo guardado a buen recaudo bajo siete cerrojos. Imaginándome ese encuentro amoroso que siempre está a punto de llegar pero que nunca llega estaba yo cuando la Nati soltó un improperio de los suyos que ella llama acción directa pero que son simple y llanamente insultos directos, insultos que se pasan veinte pueblos. Estaban la danza y la música transportándome a ese a punto de llegar del amor, ese a punto de llegar no al beso sino al instante tembloroso previo al beso que siempre, siempre, siempre es más interesante que el beso. El beso lo das porque no te queda más remedio, porque ya que estás lo das, no vas a hacer la cobra y acabar con todo. Pero puedes desviar una «chispititica» la boca y recibir un besito «ladeao», con lo que ganas tiempo para más diversión verdadera, que no es la de las lenguas sino la del escondite, la del teatrito de que la noche es joven, la superdiversión de decir que no. ¡Y va la Nati y me jode la película con su «puto» síndrome, «hostia puta»! Más inofensivas no podían ser las muchachas del centro cívico, en serio, pero la Nati no sé qué «cojones» les vio que se puso a gritar como una fiera, se sintió insultada por ellas y se puso a insultarlas, que si «gilipollas», que si fascistas, que si asquerosas. ¿Se pasa o no se pasa la Nati? Y a decir cosas de política que no tenían nada que ver con el baile: que si la Ada Colau, que si la independencia de Cataluña y que si la película de *Amélie*. ¡Con lo preciosa que es la película de *Amélie!* ¿Qué ha podido hacerle la película de *Amélie* a mi hermana, por Dios bendito? Todas aquí sabemos lo que tiene la Nati y cuando se le ponen las compuertas lo mejor es dejarla, no decirle ni que sí ni que no, dejarla, ni contradecirla ni darle la razón, porque si la contradices no para hasta ganarte la discusión y si le das la razón, aunque de verdad la tenga, se le ponen los ojos brillantes y te dice que venga a boicotear el asunto, venga a vengarse, y no para hasta que la acompañas a hacer alguna trastada o por lo menos hasta que te quedas vigilando.

Pero esta vez no pude más, me pareció que la había tomado sin motivo ninguno contra la gente de la plaza. Estaba siendo profundamente intolerante y maleducada, y eso, aunque seamos discapacitadas intelectuales, aunque nos hayan matado a terapias conductuales y a cuentos infantiles, aunque después de muertas en manos de las Consejerías de Sanidad y de Educación hayamos resucitado y ahora seamos discapacitadas intelectuales pero zombis, discapacitadas intelectuales pero comedoras de cerebros, discapacitadas intelectuales expertas en discapacidad intelectual, a pesar de todo eso el respeto y los buenos modales debemos aplicarlos incluso hacia nuestro peor enemigo, porque la directora del piso tutelado (doña Diana Ximenos, gran profesional y mejor persona, señoría) no solo viene a nuestra casa sino que pregunta por nosotras en el barrio, le pregunta al chino de abajo, les pregunta a los vecinos y pregunta en el centro cívico, y ahí ya la hemos liado. Los del centro cívico de la Barceloneta dicen que ellos son extremadamente respetuosos con la especial situación personal de la Nati, que está en las clases de danza como una más, que todos se adaptan a su ritmo y que toleran sus más que ocasionales salidas de tono, pero que ella, aunque sea debido a su severa discapacidad intelectual y a pesar de no tener la culpa, no valora o no percibe el esfuerzo de integración realizado por parte de sus profesores

55

y de sus compañeros, de modo que cuando algo no le gusta, los ataca y revienta las clases, o bien se aísla y los coloca a todos en una tesitura incomodísima, porque por un lado no quieren enfadarse con ella pero por otro no los deja bailar a gusto. De eso depende también nuestra permanencia en el piso, de las habilidades comunicativas, de la participación en la vida de la comunidad, de la adecuación de nuestras expectativas con nuestras capacidades reales, de tolerar la frustración, de reconducir determinados comentarios y tipos de desahogos, de favorecer un adecuado autoconocimiento, y por mi «coño» se lo digo a su ilustrísima que toda la *Aberrant Behaviour Checklist Versión Comunitaria Segunda Edición* le va a entrar a mi hermana en la cabeza ya haya que echarle abajo las compuertas con un ariete.

La magistrada   La declarante   El taquígrafo/transcriptor

Guadalupe Pinto   Patricia Lama   Javier López Mansilla

NOVELA
TÍTULO: MEMORIAS DE MARÍA DELS ÀNGELS
GUIRAO HUERTAS
GÉNERO: LECTURA FÁCIL
AUTORA: MARÍA DELS ÀNGELS GUIRAO HUERTAS
CAPÍTULO 1: PRESENTACIÓN

RUDI significa Residencia Urbana
para Discapacitados Intelectuales.
No se dice «me encerraron en la RUDI»
ni «me ingresaron en la RUDI».
Se dice «me institucionalizaron»,
y diciendo eso ya no hace falta decir RUDI.

Antes no estaba institucionalizada en una RUDI.
Estaba institucionalizada en un CRUDI.
CRUDI significa Centro Rural
para Discapacitados Intelectuales.
Ese estaba cerca de Arcuelamora.
Arcuelamora es mi pueblo.

Me institucionalizaron ahí
porque cuando murió mi madre

se quedó la casa el banco.
Mi madre tenía un usufructo vitalicio sobre la casa.
Usufructo vitalicio significa que tú y tus hijos
podéis vivir en un sitio hasta que os morís.
El mismo año, el mismo banco
se quedó con el club Los Maderos.
Las prostitutas no tenían usufructo vitalicio.

Me fui a vivir a casa de mi tío Joaquín
y a los tres meses apareció la trabajadora social
Mamen o doña Mamen.
Trabajadora social significa mujer que ayuda
a las personas en riesgo de exclusión social.
Exclusión social significa
ser una persona mendiga, delincuente, drogadicta
o que no tiene casa.

¿Yo soy una persona en riesgo de exclusión social?,
le pregunté a Mamen.
Ella me dijo que desgraciadamente sí.
Le pregunté que por qué.
Me dijo que porque yo tenía unas necesidades especiales
y en casa de mi tío no había ni cuarto de baño.
Yo le dije que en ninguna casa de Arcuelamora
había cuarto de baño
menos en Los Maderos.
¿Las putas eran las únicas en toda Arcuelamora
que no estaban en riesgo de exclusión social?,
le pregunté a Mamen.
Ella me respondió que estábamos ahí para hablar de mí
y de nadie más.
También me dijo que no se decía puta,
se decía prostituta,
porque si decía palabrotas

me ponía todavía más en riesgo de exclusión social.
Ahí fue cuando aprendí la palabra prostituta.

Mamen me hizo muchas entrevistas.
Entrevista es como en las revistas y en la televisión
pero en tu casa.
Vino a la casa de mi tío muchas veces,
a veces por la mañana y a veces por la tarde,
en invierno, en verano, en primavera y en otoño.
Pero eran entrevistas muy aburridas
porque siempre me hacía las mismas preguntas.

Una vez me regaló un pijama
y otra vez un jersey,
pero ya se me han roto de viejos.

Hasta que un día las entrevistas se acabaron
y ya no nos fuimos a dar un paseo las dos solas
como hacíamos muchas veces,
ni tampoco se vino al huerto
mientras mi tío Joaquín y yo
recogíamos las habas, o las manzanas, o arábamos,
o le dábamos de comer a la Agustinilla.
La Agustinilla era la yegua de mi tío.

Tampoco se quedó en el tranco de la calle
para tomar el fresco con los vecinos.

Ese día Mamen nos pidió a mi tío y a mí
que pasáramos adentro de la casa,
como habíamos hecho alguna vez en invierno,
pero con la diferencia de que era verano,
y nos sentáramos,

porque quería decirnos una cosa importante
y en privado.
Pero no fue una cosa.
Fueron cuatro:

1) La primera cosa que nos dijo fue que el gobierno
me iba a pagar una pensión.

Gobierno son los políticos que salen en la tele
o que dan el pregón en las fiestas.

Pensión significa que te dan dinero todos los meses
pero para dártelo tienes que abrirte
una cuenta en el banco.

Cuenta en el banco significa
que el gobierno le da el dinero al banco
y después el banco te lo da a ti.

Abrimos la cuenta en el mismo banco
que se había quedado con mi casa
y con la casa de prostitutas
porque era el único banco de Arcuelamora.
Este banco se llama BANCOREA.

BANCOREA significa Banco de la Región de Arcos.

Todo el mundo sabe lo que es un banco
y lo que es la Región de Arcos
y no hace falta que lo explique.

2) La segunda cosa que nos dijo
fue que yo me podía ir a vivir al CRUDI de Somorrín.

Somorrín es un pueblo más grande que mi pueblo
que pilla cerca en coche
y que tiene los médicos, las tiendas, el colegio,
el BANCOREA y el ayuntamiento.

El ayuntamiento es donde están los políticos del pueblo.

Si vas en bicicleta o en carro
Somorrín no pilla tan cerca,
pero a mí siempre me llevaban en coche.

3) La tercera cosa que nos dijo
fue que yo le daba permiso al CRUDI
para quedarse cada mes con casi toda mi pensión
para poder pagar mi habitación,
mi ropa, mi comida,
mi cuarto de baño,
mis excursiones de los fines de semana
y todo lo que yo necesitara para vivir.

Con el resto de tu dinero podrás hacer lo que quieras,
me dijo Mamen.
Pues menos mal, doña Mamen, le respondí yo.
¡Pero no me llames doña, mujer,
que ya somos amigas
y solo tengo seis años más que tú!, me respondió ella.

Si yo tenía 18 años,
Mamen tenía 24.
Ahora yo tengo 43
y ella, si no se ha muerto, tiene 49.
Cuando yo tenga 49, ella,
si no se ha muerto, tendrá 55,
y así mientras no nos muramos ninguna.

Ahí fue cuando empecé a llamar a doña Mamen
solo Mamen a secas.

Mi prima hermana Patricia no la llamaba Mamen,
la llamaba «la Mamen»,
igual que a mí me llama «la Àngels»,
a su hermana «la Nati»,
a su otra prima «la Marga»,
al chino de abajo «el Ting»,
y a todo el mundo le pone el «la» o el «el»
delante de su nombre
igual que hacen los catalanes
cuando hablan en catalán
y también a veces cuando hablan en español
porque se les pega.

Pero mi prima hermana Patricia
no es catalana ni sabe catalán.

Yo soy catalana por parte de tía
y me llamo Ángela.

Ángela, en catalán, se dice Àngels.
Ahora vivo en Cataluña
y tengo que integrarme en la sociedad catalana.
Tengo que respetar su diversidad lingüística
para que los catalanes respeten
mi diversidad funcional.
Por eso en Barcelona digo que me llamo Àngels.
No es una mentira.
Solo es una traducción.

En catalán sí se puede decir «la Àngels»
o «la Marga» o «la Nati»,

pero en español no.
En español queda muy feo
y es de mala educación.

Cuando Patricia decía «la Mamen»
aprovechaba para hacer siempre el mismo chiste,
que era que cuando cualquier institucionalizado pedía algo,
o se quejaba por algo, o necesitaba algo,
Patricia le decía:

Que te la Mamen.

Por el «Que te la Mamen» castigaron a Patricia sin tele,
sin paga y sin el paseo de los domingos muchas veces.
Yo le dije que mejor dejara de decirlo
y ella me hizo caso
y se volvió más educada.
Ya no le decía ni la Mamen ni Mamen.
Le decía doña Mamen.
Esta vez Mamen no le dijo que no la llamara de doña.

Por entonces tendría ella 34 años
porque yo tenía 28
y Patricia 18.
Patricia estaba recién institucionalizada
y todavía no se sabía bien las normas.

Creo que a Mamen le gustaba el doña
porque ella no era amiga de Patricia
y ya era la directora del CRUDI de Somorrín.

Directora es la que manda en un sitio
y tiene el despacho más grande.

Entonces un día un institucionalizado
dijo que no encontraba el plastidecor de color naranja
y Patricia le respondió:

Que te la doña Mamen.

Ese institucionalizado no me acuerdo cómo se llamaba
pero sí me acuerdo de que tenía el síndrome de X Frágil,
que es una cosa difícil
que sé que pocos saben lo que es
pero que ahora no puedo entretenerme en explicar.

Solo quería decir que fue entonces
cuando le pusieron a Patricia las pastillas
porque dijeron que tenía
alteraciones de la conducta.

Lo de Patricia y lo del síndrome de X Frágil son digresiones.

Digresión significa ponerse a contar una historia
en mitad de otra historia.

En Lectura Fácil no debemos hacer digresiones
porque así es más difícil
entender la historia principal.
La historia principal, en este texto,
es la mía.

Me falta todavía por explicar
la cuarta cosa que nos dijo Mamen
a mi tío y a mí.
Era la cosa más importante.

Pero cuando escribes en Lectura Fácil
también hay que explicar todas las palabras

que creas que la gente no va a entender
porque son difíciles o poco conocidas.
Por eso ahora yo debería explicar
lo que significa síndrome de X Frágil,
alteración de la conducta
y Lectura Fácil.

Pero eso serían tres digresiones más.

Veo que aquí hay un problema
que no pueden resolver
las Directrices para Materiales de Lectura Fácil
de la Sección de Servicios Bibliotecarios
para Personas con Necesidades Especiales.

Bueno.

Se lo diré a mi persona de apoyo
de mi Grupo de Autogestores
de los martes por la tarde.
Pero mientras tanto yo sigo como yo crea.

No voy a explicar
lo que significa Directrices,
ni lo que significa Sección de Servicios Bibliotecarios
para Personas con Necesidades Especiales,
ni lo que significa persona de apoyo,
¿vale?

Solo voy a explicar
lo que significa Grupo de Autogestores
porque es una cosa muy importante.
No es la misma cosa tan importante

que esa cosa número cuatro
que nos dijo Mamen a mi tío y a mí,
pero también es importante.

Como esta historia la estoy escribiendo yo,
se supone que yo decido qué es importante
y qué es digresión.

En la página 19
de las Directrices para Materiales de Lectura Fácil
lo pone muy claro:

«No limite demasiado la libertad del autor.»

Y más adelante,
una cosa que no entiendo bien
pero que creo que quiere decir
más o menos lo mismo:

«No sea dogmático.
Deje que la ficción sea ficción.»

Me parece que ficción
es la ciencia ficción,
como «Avatar» y «La Guerra de las Galaxias».
Me parece muy bien,
así que yo a lo mío.

Grupo de Autogestores significa
grupo formado por personas adultas
que tienen discapacidad intelectual
o diversidad funcional intelectual
y que se reúnen una vez a la semana
para hacer seis cosas:

1) Adquirir habilidades de comunicación.
2) Alcanzar mayor autonomía personal y social.
3) Aumentar sus posibilidades de hablar y decidir por sí mismos.
4) Aprender a tomar decisiones en su vida cotidiana.
5) Aprender a participar en la vida asociativa.
6) Debatir sobre los temas que les interesan.

De momento no voy a explicar
lo que significa discapacidad intelectual
ni lo que significa diversidad funcional
ni lo que significa vida asociativa,
¿vale?

En Lectura Fácil
hay que escribir frases cortas
o tú misma cortarlas,
porque así se lee más rápido
y te cansas menos leyendo.
También te cansas menos escribiendo.

En Lectura Fácil no se puede sangrar ni justificar el texto,
que no tiene nada que ver
ni con la sangre ni con dar justificaciones.
Significa que las líneas empiezan todas a la vez
por el lado izquierdo de la página.
Eso es no sangrar.

Y como las líneas van hacia el lado derecho
hay que dejar que cada una
llegue hasta donde llegue,
aunque sean unas más largas y otras más cortas
y el texto no sea una columna perfecta.
Eso es no justificar.

Una de las pruebas que sirven para probar
que un texto es un buen texto de Lectura Fácil
es poner la página tumbada.
Entonces tiene que parecer
que las frases son hierba
o montañas
o edificios de una gran ciudad
como los de las películas.

Hay muchas más Directrices
de Lectura Fácil.
Yo me las estoy aprendiendo
y creo que se me da bien.
Mi persona de apoyo
de mi Grupo de Autogestores
me ha dicho que si sigo así
puedo escribir un libro que hable de mí misma
y publicarlo en una editorial.

Publicarlo significa que esté en las librerías
y venderlo para que otros lo lean.
Entonces yo sería una escritora
y vosotros mis lectores.
Es muy fuerte.
Es lo más fuerte que me ha pasado
en la prostituta vida.

No pienso en otra cosa desde que Laia me dijo eso.
Me paso el día estudiando las Directrices
de la Sección de Servicios Bibliotecarios
de Personas con Necesidades Especiales.

Esta digresión ha sido muy larga.
Este material,

como dicen las Directrices,
ya no sería publicable.
Me da un poco de rabia
porque llevaba cuatro días escribiendo.
Pero también sé que en las películas
los escritores hacen muchas bolas de papel
con las cosas que han escrito y que no son publicables
y las lanzan a la papelera
como pelotas de baloncesto.

Estoy deseando acabar esta frase
para conectar el móvil al ordenador,
descargar todo lo que llevo escrito
de digresiones no publicables,
imprimirlas,
hacer una bola de papel
y tirarla a la basura.

Iba lo caliente que se tiene que ir para saltar el torno del metro y me bajé en Plaza España sintiéndome una guerrillera bastardista. En el trayecto todo el mundo me miraba porque iba en camisón y con las compuertas cerradas, aunque decir que me miraban es mucho decir porque en el metro la gente no mira nada que no sea su teléfono móvil. Diré, pues, que me ojeaban, pero yo me crucé de piernas y me puse a campanillear las llaves, que era lo único que llevaba encima. Merecían que les increpara con un qué coño estáis ojeando, volved a encajar la cabeza en el yugo y seguid arando la pantalla del móvil, pero cuando te saltas el metro hay que ir de perfil bajo porque te puede llegar el de seguridad con la perrita y ese llamar al revisor y este último a la urbana y cascarte cien euros, y si te niegas a enseñar el dni, darte de hostias ante la absoluta pasividad de los aradores de pantallitas, que a lo sumo se atreven a levantar el móvil y grabar periodística, heroica y denunciantemente la agresión para colgarla en internet mientras tú te retuerces en el suelo.

Tiré por la carretera de La Bordeta, que es la única calle que sale de plaza de España con un solo carril para el tráfico y que por eso es más silenciosa, más sucia y tiene menos comercios. Detesto los bares pero sobre todo detesto las tiendas, y de entre las tiendas las que más detesto son las de ropa, seguidas de las librerías y los supermercados. En La Bordeta no hay ni una sola librería ni una sola tienda de ropa. Hay dos supermercados de pakistaníes, una tienda de electrodomésticos, una tienda de atletismo, un banco, un viejo que tiene a la venta todos sus trastos amontonados contra el escaparate, un instituto, una guardería, cinco o seis cuchitriles de borrachos fijos, el local de la PAH-Barcelona adonde fue Marga a pedir información y salió con el rabo entre las piernas, y El Bloque La Bordeta, nave nodriza del Grup d'Habitatge de Sants, originalmente okupado por la PAH pero a día de hoy expulsado de la organización colauista porque la PAH-Barcelona, desde que entró su santa en el ayuntamiento, no tolera que los de La Bordeta promuevan la okupación con tanta alegría, tanta mala leche y tanta efectividad. Ambas organizaciones conviven en la misma calle pero, dado que tienen horizontes políticos radicalmente distintos (PAH-Barcelona es pacificadora en tanto que aliada de los Servicios Sociales mientras que El Bloque es confrontador en tanto que okupa), ni se saludan. Por eso los pahcolauistas enviaron a Marga diez calles más arriba, al ateneo libertario, el cual consideran, como inocentones burócratas que son, un lugar sin incidencia política real al que solo va la muchachada a fumar porros.

Aunque en La Bordeta no me miraban apenas, en buena medida porque las compuertas se me estaban abriendo pero sobre todo porque allí las vecinas también salen a la calle en camisón, cogí un pantalón que encontré en lo alto de un contenedor de basura. Estaba bien, ni cagado ni sangrado ni nada, de algodón fino, y era ancho, fresco y ligero, sin bolsillos ni botones y con algunos lamparoncillos de lejía, razón por la que lo habrían desechado. Este dejar la ropa, los muebles, los libros y la comida en buen estado encima o al lado del contenedor, y no dentro, es algo muy frecuente que yo no he visto en ningún lugar del mundo como en Barcelona. Es, de hecho, generosidad, una generosidad anónima, incondicional, fácil y muda, sin intermediarios ni burocracia, cosas todas ellas que la distinguen de la caridad, del oenegeísmo y del pensionismo de Estado.

Era de noche y no refrescaba porque La Bordeta no es La Barceloneta, porque donde La Barceloneta tiene el Mediterráneo contaminado La Bordeta tiene la Gran Vía contaminada. Siempre lavo la ropa de la basura antes de ponérmela, por bueno que sea su estado, pero estaba pasando tanto calor con el camisón sintético que seguí rebuscando algo más para cambiarme en el gurruño dejado por algún generoso. Extraje una camiseta de tirantes con el estampado cuarteadísimo de un gatito cursi, motivo este (el del cuarteamiento, no el de la cursilería) por el que la habrían desechado. El generoso de ese gurruño de ropa empezó a caerme mal, porque era evidente que esa camiseta del gato no estaba bien y sin embargo el generoso la creía digna de quien toma de la basura lo que no puede, o no quiere, comprarse en una tienda. Si de verdad fuera generoso debería haber intentado quitarle lo que quedaba del gatito cursi antes de ofrecerla públicamente. Si no, que la hubiera metido dentro del contenedor, donde le correspondía estar en tanto que mierda de camiseta, o que se la hubiera quedado dejándola como trapo para el polvo. Pero ni lo uno ni lo otro: este, de generoso, no tenía nada. Este no integraba la red de suministro de las superficies de los contenedores. Este había salido a tirar su basura separada para el reciclaje, entre ella la ropa, para la que también existe un contenedor especial, el único junto con el del vidrio del que no se puede sacar nada de que lo que entra. Y viendo el falso generoso que no había contenedor de ropa en las inmediaciones, después de haberse molestado en buscarlo calle arriba y calle abajo, decidió vaciar el contenido (porque la bolsa se la lleva de vuelta a casa para reutilizarla, que para eso ha pagado dos euros por ella) encima de un contenedor, tal y como ha visto y censurado tantas veces en silencio por lo que afea la basura al aire libre, pero con tal de no tirar la ropa en un contenedor equivocado.

Este no había cogido en su vida nada de la basura, ni ropa, ni comida, ni libros, ni muebles, si no, sabría que las cosas se dejan ahí cuando están mínimamente decentes, a falta en todo caso de un pequeño arreglo o de quitar las partes demasiado maduras, nada más que por respeto a quien hace ruta de contenedor en contenedor buscando sustento, respeto que merece no por ser un desfavorecido (cosa que diría un alma caritativa), ni por ser víctima del capitalismo salvaje (cosa que diría un oenegeísta), ni por ser un ciudadano igual a todos en derechos y obligaciones (cosa que diría la Consejería de Familia y Bienestar Social). La razón por la que el contenedero, al igual que el hurtador y el ido del bar sin pagar, merecen respeto y admiración y deben ser modelos a seguir, es por no ser cómplices del sostenimiento de las lacras de esta ciudad que son las puñeteras tiendas y los puñeteros bares.

Total: que tiré a la basura esa camiseta de mierda, me metí los pantalones debajo del camisón, el camisón me lo quité y me quedé en sujetador, más fresquita imposible, más mirada tampoco, y me fui al ateneo anarquista adonde la PAH derivó a Marga para que la ayudaran a okupar, a ver si hacían algo esa noche y se me quitaba el mal sabor de boca que me habían dejado las bailarinas de la Barceloneta, a ver si había fiesta o charla o posibilidad de no expresar ni escuchar opiniones personales sino puras y simples verdades sobre las cosas.

Nunca en toda mi vida universitaria de congresos, seminarios, mesas redondas y clases magistrales había escuchado hablar con tanta clarividencia como en el ateneo anarquista. Con balbuceos y con pausas para la búsqueda, pausas que

duraban todo lo que el hablante necesitaba sin serle arrebata-
do el silencio por un replicante ansioso. No había discursos
aprendidos sino hablas pasadas por los veinte filtros del cuerpo de cada uno. Siendo que se notaba cómo alguien estaba
hablando con el coño, otro con el coño y la cabeza, otro con
la pierna que le renqueaba, otro con la carótida, otro con el
culo y el corazón, el hablante no opinaba sobre el asunto. El
hablante poseía el asunto y lo mundializaba al resto de la
sala. Alguien contaba lo difícil que era lanzar cócteles molotov a la fachada de determinada comisaría por la distancia
que quedaba entre las vallas y la multitud y eso no era un
testimonio, no era nada personal, no había mano lanzadora
del cóctel y por tanto no había relato: solo había significado,
solo desvelamiento de una realidad hasta entonces oculta
que el hablante venía, con su habla, a regalar a quienes querían escucharlo. Gracias a él, todos los demás pasábamos a
ser cautelosos lanzadores de cócteles molotov ante la complicada fachada de la comisaría esa. ¡Qué regalazo!, pensé. ¡Qué
distinto es regalar un significado a vender una idea, qué feliz
ausencia de seducción hay en el regalo de significados y qué
asquerosidad retórica hay, sin embargo, en la venta de ideas,
en que calen los mensajes y en saber transmitir los pensamientos! ¡Eso era generosidad como la de la comida en buen
estado encima de los contenedores de basura!

Ese día estaban discutiendo la conveniencia de unirse a
una huelga convocada por CC.OO. y UGT, a las que despre-
ciaban, pero de cuya convocatoria querían aprovecharse para
sus objetivos. Sentados en círculo, no existía el turno de palabra porque no era necesario: tal era la escucha entre ellos,
tanto percibían el deseo de habla de su vecino, tan bien sabía
el vecino cuál era el momento de intervenir sin atropellar a
nadie y, dado el atropello, tan certeramente denunciaba el
atropellado el abuso perpetrado y así de rápido se le suma-
ban otros, que intentaban hacerle ver su abuso al abusón ad-

virtiendo que los profetas no eran bienvenidos. Si el abusón no reculaba, si se ponía chulo y el muy tonto se hacía el listo, entonces el grupo lo acorralaba verbalmente, con lo que él acababa gritando por encima de la voz de todos y empezaba a insultar. Se le invitaba entonces a abandonar el ateneo, invitación que por supuesto no aceptaba pronunciando las palabras mágicas: sois unos fascistas. ¡Me quedé loca! ¡Estaba ocurriendo también allí! ¡Resulta que los hacen en serie y todos los fascistas llaman fascistas a quienes les plantan cara! Es la ley facha-macha: para el facha, tolerar significa que el otro se ponga de su lado. El facho-macho no admite la alteridad salvo que le sea sumisa o, como poco, cómplice, o, cuando menos, silenciosa, y mucho mejor si la alteridad está muerta. Marga y yo habíamos entrado allí sin tener ni idea de sus historias sindicales, y no sé si a ella, pero media hora después de llegar, a mí, siendo una perfecta desconocida, ya me habían regalado una huelga entera y las compuertas se me habían activado contra el rácano desagradecido que no compartía sus juguetes. Era el momento de echarlo por la fuerza de los empujones y de las palabras: «Este es un espacio politizado en el que no se admite ni media mierda fascista, ¿está claro? Si quieres que alguien se trague tu mierda te vas a un puto bar o a un puto centro cívico, ¿estamos?», le dijo alguien antes de cerrarle la puerta en las narices. Volvieron a su asiento y prosiguieron la reunión.

¡Qué hermosa tarde! ¡Qué deseos de amasar en la boca significados que besen y que alimenten! ¡Qué ciudad refundada se inauguraba ante mí, como si en el transcurso de dos horas Barcelona hubiera ardido y una nueva civilización la hubiera levantado! Ese día me miraron y miraron a Marga como si fuéramos policías secretas vestidas de paisano, que es como se mira en esta ciudad a cualquier recién llegado la primera vez que pone un pie en una okupa, que grita muy alto en una manifestación o que le dirige la palabra a una prostituta, a un chatarrero o a un senegalés. Esta segunda vez que he aparecido por el ateneo me han mirado distinto porque ninguna secreta, por bien que interprete su papel, va en sujetador por la calle y con pelos en los sobacos, y me he encontrado con que había un documental que era un insulto machista sobre las guerrilleras sirias en el que no aparecía ni una sola guerrillera siria, es más, en el que las dos veces en una hora que salía una mujer lo hacía para hablar sobre los guerrilleros varones o para poner la mesa, pero como después del vídeo había debate con el director y una guerrillera y cena a tres euros, me quedé a cenar y a debatir. Entonces dije, en primer lugar, que el punto de vista del documental era el de un machista con buenas intenciones, cosa por la que el director se excusó diciendo que fueron las mujeres las que se negaron a hablar y a ponerse delante de la cámara. En segundo lugar, le dije a la guerrillera que con el fusil no sé, pero que el té lo servía de maravilla, cosa por la que la guerrillera y otras ateneístas me llamaron eurocéntrica; y en tercer lugar y por último, dije que no llevaba un duro para pagar la cena, pero en el ateneo, si no tienes pasta y lo dices, te invitan.

Un porté que, improvisado, sale bien, es lo más parecido a un beso sorpresa. Un beso sorpresa deseado. Se puede decir porté o porte. En clase se suele decir en español cuando va en plural: hacer portes. En singular se suele decir en francés, o sea, hacer un porté. También hay profesores españoles que lo llaman cogida: vamos a hacer cogidas, qué buena cogida, cuidado al salir de esas cogidas difíciles. Esta última denominación me parece la idónea debido a su connotación sexual, porque efectivamente los portes son besos más o menos largos, más o menos saboreados, con o sin choque de dientes, y me gusta pensar que los bailarines españoles que dicen hacer cogidas en sus clases de danza lo hacen a sabiendas de que una cogida es un polvo latinoamericano, queriendo así inocular lubricidad entre sus alumnos, pero tras diez años bailando puedo asegurar que ningún bailarín español dice cogida por esos motivos, sino simplemente porque «porte» o «porté» le suena a rancio ballet clásico. Los bailarines latinoamericanos no dicen cogida ya los maten, con lo fácil que lo tendrían. Tristemente, el de la danza es un oficio muy conservador.

Eso fue lo que respondí cuando me preguntaron qué era un porté en la reunión de autogestores a la que van Patricia y Ángela todos los martes y a la que me llevaron obligada, pero lo hice por Marga, que es una artista y les ha metido el dildo doblado a todas. Marga se ha librado del coñazo de los autogestores porque ya está oficialmente deprimida. Llevaba semanas luchando por el diagnóstico de la psiquiatra y al fin lo consiguió ayer, en contra de los informes de la psicóloga y de la educadora social que decían que lo que le pasaba a Marga es que era muy calurosa, que este verano estaba siendo muy sofocante y que eso estaba aumentando la frecuencia de sus episodios exhibicionistas, de los que la gente o se ríe o sale despavorida o llama a la guardia urbana, y que en contadísimas ocasiones acaban en encuentro sexual, que es el objetivo masivo de Marga y cuya no consecución la tiene encerrada en su habitación masturbándose con todo lo que pilla. La terapia que proponían la psicóloga Laia Buedo y la educadora social Susana Gómez era, por supuesto, el lavado de su coño y su cerebro bajo las siguientes consignas: aumentar la frecuencia de su asistencia a las actividades sociales y de ocio organizadas por las RUDIS a nivel local y provincial, entre ellas la reunión de autogestores de los martes por incluir sesiones de educación sexual y reproductiva, con el fin de propiciar la interacción de Marga con personas de su edad y de su entorno y favorecer el establecimiento de una relación íntima saludable con un compañero o compañera.

Para la felicidad de mi prima y el avasallamiento de ese fascismo terapéutico, el tratamiento que proponía y finalmente impuso el fascismo médico, o sea la psiquiatra, fue un comprimido de Tripteridol cada doce horas durante dos meses y no obligar a Marga a hacer nada que, habiendo ya obrado su efecto domador el fármaco, no quisiera hacer. Y como la educadora social hizo un mohín el otro día al verme llegar a casa a las diez de la mañana en mitad de su explicación de cómo untar en el pan la mantequilla, y como Patricia y Ángela comen pollas con tal de que no las saquen del piso tutelado, ahora ni se separan de mí ni le pían a Marga, que por lo demás se toma el Tripteridol cuando se lo pide el cuerpo, y las tres horas que estamos fuera entre que llegamos a la reunión de autogestores, la reunión se celebra y nos volvemos, Marga se baja a la calle, se sube a quien quiere a casa y se lo folla tranquilamente (más tranquilamente que de costumbre si va colocada de Tripteridol) y si no hay suerte o ganas se masturba enfrente del espejo del salón y gime como una cerda en el matadero. Puede masturbarse con lo que pille, pero tan sensible es el clítoris de mi prima y tan sofisticada su técnica que es capaz de masturbarse sin manos y sin ningún objeto. Le basta con ponerse a cuatro patas y mover la pelvis para que el roce de las costuras le dé gusto, y hasta puede hacer eso mismo sin que le roce nada y estimularse genitalmente con el mero movimiento. Esto último se lo enseñé yo: es un ejercicio de calentamiento que se hace en las clases de danza. Sirve para desbloquear todos los músculos y articulaciones que hay más allá de las caderas. No se trata de estirarse como un gato; si haces eso pierdes el foco del placer y sudas en vano. De lo que se trata es de ubicar mentalmente, siquiera de forma aproximada, tus caderas, tu bajo vientre, tu pubis, los labios externos de tu vulva, tu periné, tu coxis, tus isquiones, tu ano. Nivel superior es ubicar los labios internos, la vagina, el recto. Ubicas mentalmente todo eso y te clavas a cuatro patas. Clavarse quiere decir que tus brazos, tus piernas y tu espalda son como las cuatro patas y la superficie de una mesa. En este ejercicio consideramos que la superficie de la mesa empieza donde te quedaría el elástico de unas bragas altas y termina en la coronilla, o sea que el cuello debe estar alineado de tal manera que tu mirada caiga exactamente en el espacio de suelo que queda entre tus manos. La posición del cuello es fundamental. Si en vez de caer la mirada ahí cae más atrás y lo que te miras son las piernas, o cae más adelante y lo que miras es la pared, el ejercicio deja de ser una masturbación y se convierte en un mero calentamiento tendente a evitar la lumbalgia.

Una vez convertida en mesa, debes transformarte en una mesa con motor, pero un motor que no sirve para desplazarte en el espacio sino internamente; o en una mesa sobre la que reposa una adivinatoria bola de cristal dentro de la que relampaguean los vectores del futuro: tu motor interno o tu bola de cristal es tu sistema masturbatorio previamente identificado. Debes amasarlo en el aire y con el aire, y amasar el aire con él, moviéndolo adelante y atrás, en círculos, en semicírculos, con rebotes o sin ellos, más lento o más deprisa, según te vaya pidiendo el cuerpo, y no falla. Es una estimulación de baja intensidad pero inusitadamente estable en el tiempo. Te tiras así diez minutos y diez minutos que dura la caricia a lo largo de la raja del coño. Yo no me he corrido haciéndolo, pero se me queda el clítoris afilado y ardiendo como si lo hubiera pasado por una piedra de afilar cuchillos. Rompo la posición de mesa para masturbarme clásicamente y en tres segundos estoy lista.

Había empezado a contar eso en la reunión de autogestores porque era la invitada bailarina. Me preguntaron por mis clases y yo empecé por el principio, por el calentamiento, por las últimas tendencias en la danza contemporánea, que incluyen también la activación de los genitales, pero cuando pronuncié la palabra vagina pasó lo que fascistamente tenía que pasar. Patricia me interrumpió y me toreó un cambio de tema. Clic de las compuertas y luces led rojas atravesándolas con el mensaje SI NO QUERÍAS QUE HABLARA PARA QUÉ ME HAS TRAÍDO, COMEPOLLAS DE FUNCIONARIAS PRECARIAS. Pero mi hermana, aparte de facha ocasional, está cegata perdida y no ve ni las letras de neón. Esto de las luces led es figurado, mis compuertas no tienen luces. Lo que quiero decir es que como Patricia es tan miope y como no la tenía sentada cerca, no se daba cuenta de que las compuertas habían hecho clic, no se daba cuenta de que el mensaje figurado en leds se iba a convertir en mensaje literal en mi boca. Ni es mi culpa que ella no vea un pimiento ni son mi culpa sus ramalazos fachas, o sea que se merecía el por qué me invitas a hablar si solo quieres que le haga eco a tu mierda de discurso que ni siquiera es tuyo, y sin embargo cedí. Me dio pena Patricia representando el papelón buenista delante de la payasa sin gracia que es la persona de apoyo de los autogestores, quien debía moderar, o sea reconducir, o sea censurar determinados derroteros que pudiera tomar la reunión, pero cuya censura no hacía falta porque ya se encargaba mi hermana de hacer de presentadora de programa de sobremesa. Me dio pena Àngels leyendo en la pantalla del móvil los primeros párrafos de la novela que está escribiendo y siendo felicitada. Me dieron pena todos los demás que al ser preguntados adónde iban a ir de vacaciones respondieron que a Port Aventura, sobre todo otra autogestora que tenía compuertas como las mías y que se las contenían con una diadema de aeróbic. Lo que duele eso cuando te la quitan, que te salen las compuertas disparadas, que se te chocan en el centro y hasta se te pueden romper.

—De lo que se trata es de ubicar mentalmente, siquiera de forma aproximada, tus caderas, tu bajo vientre, tu pubis, los labios externos de tu vulva, tu periné, tu coxis, tus isquiones, tu ano. Nivel superior es ubicar los labios internos, la vagina...

—Qué interesante lo del calentamiento, Nati, ¿verdad? Pero como no tenemos mucho tiempo, ¿por qué no nos cuentas directamente eso tan bonito que haces cuando bailas con una pareja? —me toreó Patricia.

Retraje las compuertas para que su orden me penetrara, para evitar mi habitual rebote de los lanzamientos de autoridad, que le habría impactado en toda la cara y le habría hecho trizas las gafas de culo de vaso. Pensar para actuar a lar-

81

go plazo es una claudicación. Pensar para actuar a medio plazo es una claudicación. Pensar para actuar a corto plazo es una claudicación. Cualquier proyección a futuro es una quimera que nos han inoculado importándola de lo institucional, o sea de lo militar, o sea de lo capitalista, que lo único que consigue es inhibir nuestra reacción inmediata dándole, así, ventaja al agresor, en este caso mi hermana. Y sin embargo heme ahí pensando que esa me la guardaba para cobrármela más tarde en forma de algo.

Dejé, pues, a medias, la descripción del aparato masturbatorio y me puse a contarles que en una jam de danza un desconocido con barba y yo hicimos un porté velocísimo que no duró más de tres segundos pero tan bien hecho, tan limpio y volado que todavía me duraba el sabor en el cuerpo. Fue entonces cuando me preguntaron qué era un porté y yo les expliqué lo de las cogidas. También me preguntaron qué era una jam de danza. Les respondí que una improvisación de danza hecha entre bailarines que pueden o no conocerse previamente. Volvieron a preguntarme qué era un porté porque seguían sin pillarlo.

—¿Un porté es algo de sexo? —me preguntó uno que se llama Ibrahim con su esforzado idioma gutural, sus manos contraídas, sus rodillas zambas y su andador.

—¡Ibrahim, siempre con lo mismo! —interrumpió de nuevo mi hermana, a su vez interrumpida por la persona de apoyo:

—Patricia, por favor, dejemos hablar a Ibrahim y a Natividad, ¿te parece?

—Perdón, Laia.

Qué educada la facha de Laia y qué obediente la facha de mi hermana.

—Pues puede ser de sexo o puede no ser de sexo, Ibrahim. Es sexual si estás predispuesto para el placer a todas horas, lo que no significa que tengas ganas de follar a todas horas. Significa más bien que eres un buscador de placer, parecido a un zahorí de esos que buscan monedas con un aparato por la playa. Para que un porté dé placer sexual debe ocurrir el milagro, dificilísimo, de que tú y tu compañero os comportéis como ese aparato, estar atentos al cuerpo propio y al ajeno, y una vez que el aparato pita, que es como decir que has tocado o te han tocado de un modo exacto y preciso, de un modo en que te despiertas, de un modo en que de pronto la vida cobra sentido, cuando así te tocan, digo, dejar todo lo que estás pensando y todo lo que estás haciendo y ponerte a desenterrar el tesoro, es decir, darte a los brazos de tu compañero, a sus piernas, a su espalda, a donde quiera que el porté vaya a producirse, siendo que tu compañero a su vez se convierte en tu salvador, en la única persona que existe para ti en el mundo, que bajo ningún concepto te dejará caer sino que te acompañará hasta el final del vuelo. Esa unión es el buen porté improvisado. ¿Es una penetración de un cuerpo en el otro? No. ¿Es una masturbación solitaria o recíproca? Tampoco.

—¿Es un polvo rápido? —gatureó lentamente Ibrahim.

—Yo nunca lo he vivido como un polvo rápido. Lo he vivido como un beso, pero un beso largo de lengua mullida, de lengua que se derrite como un helado al contacto con la lengua del otro. Retomando tu pregunta inicial: ¿entendemos ese beso, no cualquiera, sino ese que acabo de describir, como un proveedor de placer sexual? Mi respuesta es un rotundo sí. Por tanto, si un porté es equiparable a ese beso, ¿es un porté algo de sexo? Debo concluir que también.

—Gracias por explicarlo, Natividad. Aunque no entiendo bien la mitad de las cosas que dices, algo se me queda. —Esta frase tan larga de Ibrahim me costó más entenderla porque se sorbía la saliva a cada palabra que pronunciaba, pero yo creo que dijo eso. Un machito guapo que se sentaba a su lado corrió a traducirme lo que Ibrahim decía. Paralelamente, la macha de mi hermana se puso a traducir lo que yo había dicho. Qué bien les han lavado el cerebro con la lección de no preguntarle al otro si necesita ayuda o si la quiere. Qué requetebién han asimilado la máxima asistencialista de que ayudar es actuar por el otro, es decir representarlo, es decir sustituirlo. Qué legión de asistentes sociales sin sueldo ha instruido bajo sus órdenes la sinvergüenza de la asistente social con sueldo, sentada en el círculo de sillas observando a sus reclutas librar batalla contra los modos de hablar oscuros. Librar batalla las glebas de seres no normalizados contra su propia lengua no normalizada y por el triunfo de la sí normalizada, la entendida por todos los normalizados, la lengua de la novela de Angelita. Facha sobre facha y macho sobre macho, la docena de autogestores aprovechó que se rompía el silencio que les obligaban a guardar y se montó un cotorreo dentro del que Ibrahim y yo terminamos nuestra conversación.

—Gracias a ti por tu interés en la danza, y perdona, pero es que no sé expresarme de otra manera.

—No pasa nada. ¿Tú me entiendes a mí cuando hablo?

—Me entero de casi todo. Lo que no entiendo lo saco por contexto.

—Entonces te voy a hacer otra pregunta.

—Venga.

—¿Tú crees que yo podría hacerte un porté a ti o tú hacerme un porté a mí?

Ateneo – Acción Libertaria de Sants. Acta de la asamblea del grupo de okupación. 25 de junio de 2018

Del inventario de viviendas vacías susceptibles de ser okupadas, la compañera Gari Garay pide ayuda a la asamblea para revisar el piso de la calle Duero n.º 25, el de la calle Viladecavalls y la casa del pasaje Mosén Torner. Menciona explícitamente el número de la calle Duero que le interesa porque, según sigue diciendo la compañera, en esa calle hay más viviendas inventariadas, y recalca que salvo por esta vez siempre y en toda conversación ha mantenido los números en secreto.

La compañera Mallorca le hace notar que revisar un piso y entrar a okuparlo son casi siempre la misma cosa, salvo que el piso esté en tan malas condiciones de habitabilidad que haya que dejarlo. Esto es así, sigue diciendo Mallorca, porque abrir un piso puede ser muy complicado y llevar mucho tiempo y planificación, e implicar a muchas compañeras, de modo que no es factible revisar varios previamente para después elegir.

Badajoz está de acuerdo y le recomienda a la compañera que quiere okupar mirar bien los bloques de pisos desde fuera para hacerse una idea de su estado, intentar entrar en el portal como una vecina más o una repartidora de publicidad y ver qué tal están la escalera y el ascensor, si lo hubiera. Badajoz se ofrece a acompañar a G. G. en la revisión exterior de los inmuebles y añade, por último, que efectivamente es necesario que sea discreta con el asunto de la okupación, pero que entre nosotras, estemos dentro o fuera de la asamblea, puede decir los números con total tranquilidad.

Murcia se ofrece a acompañarlas y adelanta que la casa de Mosén Torner está hecha un asco, y no se explica por qué se puso en el inventario si salta a la vista que tiene el techo medio hundido.

Coruña responde que porque en el inventario había que poner todas las viviendas vacías del distrito, a lo que Murcia replica que no solo vacías, sino también susceptibles de ser okupadas, a lo que Coruña le responde que la casa de Mosén Torner es perfectamente susceptible de ser okupada, de hecho es más fácil de okupar que muchas otras por lo deteriorada y abandonada que está y que seguro que por eso mismo también tardarán mucho más en identificarte y desalojarte. Murcia le dice que parece mentira que haya sido okupa media vida y que a estas alturas no sepa que la celeridad del desalojo no depende ni mucho menos del estado de la casa sino de la especulación urbanística de la que esté pendiente el propietario. Pero es que además, sigue diciendo Murcia, okupar no es solo abrir y entrar, sino abrir, entrar y vivir dignamente, que para eso existe esta asamblea, para eso se autodenomina espacio autogestionado y para eso defiende y propicia la autogestión de otros espacios como las casas okupas, a lo que Coruña replica que a lo mejor lo que es indigno para

uno es digno para otro y que a lo mejor también hay que autogestionar la dignidad, en el entendido de que cada cual tiene necesidades distintas y las satisface de manera distinta,
porque, por ejemplo, para vivir dignamente una familia de
cinco miembros necesitará un piso de por lo menos dos dormitorios, apurando mucho, mientras que a una persona sola
con una buhardilla o un estudio puede bastarle para vivir
dignamente.

O quizás no, dice Ceuta, y puede que una persona sola necesite tres dormitorios y un patio por sus especiales necesidades.

O por su capricho, dice Tarragona, que el capricho no tiene
nada de malo y no estamos aquí para juzgar las necesidades
o las motivaciones o las manías de nadie.

Murcia dice que sí que estamos aquí para juzgar las necesidades de alguien, porque si nos viene un neonazi contando que
necesita okupar una casa para hacer sus reuniones de neonazi
lo sacamos de aquí a hostias, ¿verdad?

Coruña le responde que eso nunca se lo dirá el eventual neonazi suicida que hipotéticamente se atreviera a poner un pie
en un ateneo anarquista, y le pregunta a Murcia si es que
va a preguntarle a todo el que entre por la puerta si es neonazi y lo que piensa hacer en la casa que le vamos a ayudar a
okupar.

Oviedo interviene para decir que, por esa regla de tres, también habría que preguntarles a todos los hombres que vienen
a la oficina de okupación si piensan maltratar a sus novias de
puertas okupadas para adentro, y añade que esta disquisición
es interesante pero que la estamos abordando desde la banali-
dad posmoderna con tanto relativizar las necesidades y la

87

dignidad de las personas, porque da la casualidad de que hasta el neonazi y el maltratador necesitan una casa a la que no se le hunda el techo para vivir dignamente, en eso estaríamos de acuerdo hasta con los neonazis y los maltratadores, y se pregunta Oviedo si siendo así no vamos a estar de acuerdo entre nosotros.

A Murcia no le queda claro si la opinión de la compañera que acaba de intervenir es a favor o en contra de la retirada de la casa de Mosén Torner del inventario de viviendas okupables.

Favorable, evidentemente, responde Oviedo, pero a Murcia sigue sin quedarle claro y le pregunta si a lo que es favorable es a la casa o a la retirada de la casa, pregunta esta que provoca varios comentarios cruzados y superpuestos que no se recogen en el acta.

Retomado tras unos segundos el orden habitual de escucha e intervención, G. G. dice que no sabe si ha entendido bien pero que le ha parecido oír antes que esta asamblea defiende la autogestión, a lo que muchas compañeras responden que sí que ha oído bien y que por supuesto somos un espacio autogestionado que defiende la autogestión. G. G. vuelve a intervenir y pregunta si entonces somos autogestores, a lo que Coruña le responde que no utilizamos esa palabra pero que a él le parece que lógicamente, o al menos según la lógica gramatical, si nos autogestionamos es que somos autogestoras. Badajoz objeta que esa palabra no le gusta porque le suena a gestoría y a vocabulario empresarial, y que ella no se considera autogestora sino simple y llanamente anarquista, pues con decir anarquista ya se está diciendo que una misma gestiona sus conflictos y sus deseos sin formar parte de los circuitos institucional, económico, social y cultural neoliberales, que son los que a todas y por la fuerza nos gestionan la vida entera.

Ceuta le propone a G. G. que, precisamente porque él cree en la autogestión y defiende que todas debemos autogestionarnos, y teniendo en cuenta que ha sido la propia G. G. la primera en fijarse en la casa de Mosén Torner por las razones que sean, le propone, digo, este compañero, que sea ella misma quien decida si le vale la pena esforzarse en abrir esa casa y no otra con mejor pinta.

G. G. se muestra de acuerdo y el anterior compañero le dice que no hace falta que lo decida ahora mismo ni mañana ni la semana que viene, que puede hacer la observación exterior de los inmuebles con calma, pensar bien con cuál se queda y venir cuando guste a la asamblea para comunicar su decisión.

G. G. agradece las facilidades y los consejos pero le dice al compañero que ella con lo que se muestra de acuerdo es con abrir la casa de Mosén Torner ya, que no dispone de tiempo ni de tranquilidad para reflexionar demasiado porque su situación habitacional actual es crítica, que ha tomado la decisión mientras escuchaba hablar a los distintos compañeros en la asamblea y que ha comprendido perfectamente que okupar es difícil pero que esa casa no lo es tanto.

Varias compañeras insisten en el hecho de que la casa está muy mal, pero que si lo tiene claro, adelante.

Otras compañeras insisten en el hecho de que la casa está tan mal que, si siguen adelante, en cuanto G. G. entre y vea cómo está de ruinosa se arrepentirá de haber tomado una decisión tan apresurada.

Tánger dice que antes se ha dicho que okupar no es solo abrir y entrar, sino abrir, entrar y vivir dignamente; a lo que él añade que okupar no es solo abrir, entrar y vivir dignamente sino abrir, entrar, vivir dignamente y hacer todas las reparaciones que la casa necesite, pues poco dignamente se va a vivir, sigue diciendo Tánger, teniendo que dormir hecho un ovillo en un rincón para evitar el viento o la lluvia, o cagando en un cubo, o no pudiendo ni hacerte un café por las mañanas, y le pregunta a G. G. si se ve con fuerzas para ponerse a hacer, o sea, a autogestionar, todas esas reparaciones, y más teniendo en cuenta que quiere vivir sola.

Palma dice que hasta hace un siglo todo el mundo cagaba en un cubo, más concretamente en una escupidera, y que no se dirimía en ello ninguna dignidad o indignidad. Tampoco ve que sea asunto de dignidad el desayunar café en vez de desayunar, por ejemplo, un cruasán y un zumo de naranja, que no requieren para su preparación ni gas ni electricidad, si es que a la falta de gas o de electricidad se refería Tánger al nombrar la dignidad del café.

Eso suponiendo que el cruasán lo has comprado en una panadería o lo has mangado o te lo has encontrado en la basura, replica Tánger.

Efectivamente, responde Palma, porque doy por hecho que normalmente no horneamos cruasanes en nuestras casas, para lo cual sí se necesitaría gas o electricidad.

O no, que también existen los hornos de leña, contrarreplica Tánger, y pregunta a la asamblea si ve probable que en la casa de Mosén Torner haya un horno de leña para desayunar cruasanes.

90

Ceuta dice que una chimenea sí que puede que haya porque es una casa muy vieja.

Tánger dice que lo de cagar en el cubo y lo del café nos ha dado vidilla para debatir, cosa que le alegra, pero que sin embargo nada hemos dicho sobre dormir arrinconadas por el frío y la lluvia, o sea que parece que sí que vemos un asunto de dignidad en eso y que eso precisamente es lo fundamental de la casa de Mosén Torner, esto es, el techo medio hundido.

Oviedo responde que ella personalmente se caga no en un cubo sino en la dignidad, y, si no en la dignidad, cuyo significado no tiene muy claro, se caga en el uso que le damos a la expresión «vivir dignamente», que considera periodística e institucional, es decir profundamente capitalista, porque solo hace referencia a las condiciones de vida materiales al entender que más dignamente vive quien duerme calentito que quien duerme aterido. Siguiendo ese razonamiento, continúa diciendo la compañera, más dignamente vive quien tiene un colchón viscolástico que quien lo tiene de muelles, más dignamente vive quien almuerza una mariscada en el puerto que quien almuerza un potaje de garbanzos en torno a la mesa camilla, o quien almuerza en el McDonald's, ¡o quien directamente no almuerza!

Tánger le contesta que está llevando el razonamiento al absurdo, que está metiendo en el mismo saco la comodidad burguesa y las simples necesidades, necesidades por supuesto materiales que los seres humanos, también hechos, por cierto, de materia, deben tener cubiertas para su mera supervivencia; a lo que la compañera interpelada replica que sí, que efectivamente se ha marcado un argumento apagógico porque los razonamientos deben ser llevados al absurdo para probar su falibilidad, es decir su carga de razón, es decir su verdad, y este razonamiento sobre la vida digna no resiste el envite. Y añade que ella ha empleado la *reductio ad absurdum* conscientemente pero que el primer compañero acaba de emplear sin darse cuenta dos *reducciones por identidad*, o sea, dos analogías, madres de la demagogia, al identificar, primero, las necesidades materiales de los seres humanos con los propios seres humanos; y segundo, al identificar el materialismo burgués al que ella se había referido antes con la carne y la sangre y los huesos y los nervios de los que todas estamos hechas.

Mallorca le pide a la compañera que acaba de intervenir que por favor se explique un poco más, petición a la que se suman otras cuantas compañeras y a la que Oviedo accede, según ella misma dice, encantada. Las analogías que Tánger ha planteado, dice, son falaces en sentido argumentativo y tendentes a la justificación capitalista en sentido ideológico. Esto es así porque el compañero vincula dignidad y posesiones materiales, reproduciendo el discurso del Estado asistencialista que dice dignidad donde quiere decir bienestar. ¿Y qué es el bienestar?, pregunta, o más bien se pregunta a sí misma la compañera, y aclara que se refiere al bienestar del Estado del Bienestar, porque de hecho ella cree que el concepto de bienestar no existía antes de que los estados occidentales salidos de la Segunda Guerra Mundial lo inventaran, y, si existía, desde luego no era con la connotación que los estados le dieron e implementaron para siempre. El bienestar estatal de posguerra se configura entonces como el mecanismo necesario para, en la destrozada Europa, resucitar la economía, y en Estados Unidos, lanzarla al estrellato capitalista. Subsidios de desempleo, seguros de salud, pagas extras, vacaciones pagadas, medidas de fomento de la natalidad, industrias subvencionadas, abaratamiento de los otrora productos de lujo, extensión de las escuelas y universidades públicas. Dice la compañera que no está descubriendo la pólvora cuando habla de la reactivación keynesiana del consumo y el nacimiento del consumismo, y pregunta, esta vez abiertamente al resto y no retóricamente a sí misma, si nos interesa lo que está contando o si mejor volvemos a hablar del tejado de la casa de Mosén Torner, no sea que precisamente, y la compañera nos pide que le permitamos el chistecito porque según ella viene muy a cuento, no sea que precisamente estemos empezando la casa por el tejado al ponernos a hablar del puto Keynes cuando deberíamos estar preguntándonos quién puede conseguir una hormigonera.

Coruña le responde que a él sí que le está descubriendo la pólvora y Ceuta dice que para él no hay divorcio entre reflexión y acción pues la acción, en este caso la okupación de una casa ruinosa, debe siempre estar inspirada en unos motivos, que para nosotras son el establecimiento de la sociedad anarquista. De lo contrario se trataría de una acción no politizada, o al menos no politizada en la opción radical, y en tanto que no radicalizada, inofensiva y desarmada y vulnerable a los ataques del opresor, ataques en este caso procedentes de los eventuales propietarios que quisieran recuperar el pleno dominio de la casa, del juez que ordenara el lanzamiento de ocupantes y de los mossos d'esquadra que fueran a desalojarlos. Concluye el compañero que él ve no ya bien, sino fundamental para que nuestra acción no se vuelva mero activismo, hablar de okupación, de hormigoneras, del precio de las patatas, de John Maynard Keynes y de Paulo Freire a la vez, y le pide a Oviedo que por favor siga, y Oviedo sigue, pero dice que antes de seguir con el tema de la dignidad quiere, por un lado, transmitirle al compañero lo alimentadora que ha sido su reflexión y, por otro, dejar siquiera apuntado que los aparentemente bondadosos subsidios no existirían sin otros ingenios bienestaristas tales como el endurecimiento del código penal, la ampliación de las cárceles y los manicomios en espacio y número, el establecimiento masivo de la psiquiatría, las farmacéuticas, la publicidad y la televisión, la aniquilación de selvas y bosques y la provocación periódica de guerras en los países del extrarradio del progreso para la explotación de las materias primas, por nombrar solo unos pocos y evidentes pilares de este Bienestar que nos ha convencido a todos, incluida a buena parte de esta asamblea de anarquistas, de que vivir bien es vivir con facilidad para consumir, elevando esa buena vida consumista a la categoría de vida digna, desposeyendo lo que antaño se entendía por dignidad de su carga moral, carga moral que, sigue diciendo la compañera, es lo que esta asamblea debería poner sobre la mesa y preguntarse si a la hora de ayudar a G. G. a okupar deben priorizarse consideraciones de tipo estrictamente material, como el tejado y la falta de agua corriente, o más bien consideraciones que no tienen en los objetos su fin último, como por ejemplo la necesidad de escapar de una situación familiar y personal crítica, como la propia G. G. escribió en la exposición de su caso y como ha repetido hace un momento, y que no es otra cosa que una perentoria necesidad de emancipación a la que poco le importan el frío, la lluvia y la escupidera.

Tánger replica que no le parece que tener una casa con tejado y váter sea caer en el consumismo ni en el capitalismo, es más, le parece que tachar de burgués el deseo de vivir en unas condiciones mínimas de salubridad es un argumento propio no ya de burgueses sino de un tipo de opresor mucho más mezquino, a saber, el líder revolucionario, quien apelando a retóricas emancipadoras justifica la miseria de los peones de la revolución. Dicho eso y antes de que otros compañeros continúen el debate, este levantador de acta recuerda a la asamblea que son cerca de las doce de la noche, que la principal interesada, G. G., se fue hace más de media hora y que todavía no se ha tratado ninguno de los otros puntos del orden del día.

Palma pregunta a la asamblea si preferimos continuar debatiendo sobre vivienda y dignidad, aunque le ve poco sentido puesto que G. G. ha tenido que irse, o si avanzamos en los puntos, o si nos vamos todas y seguimos extraordinariamente mañana o pasado, siendo este levantador de acta el primero en responder y urgir que se tiene que marchar ya de ya de ya porque el metro le cierra en cinco minutos, levantándose, recogiendo sus cosas, terminando esta frase de pie, pidiendo que le digan lo decidido por Telegram y anunciando que otro se tiene que encargar de seguir escribiendo.

NOVELA
TÍTULO: MEMORIAS DE MARÍA DELS ÀNGELS
GUIRAO HUERTAS
SUBTÍTULO: RECUERDOS Y PENSAMIENTOS
DE UNA CHICA DE ARCUELAMORA
(ARCOS DE PUERTOCAMPO, ESPAÑA)
GÉNERO: LECTURA FÁCIL
AUTORA: MARÍA DELS ÀNGELS GUIRAO HUERTAS
CAPÍTULO 2: COMIENZA EL VIAJE

4) La cuarta cosa que nos dijo Mamen
a mi tío y a mí
era en realidad la primera cosa de todas,
pero Mamen nos la explicó al final
porque era la más complicada.
Resulta que la cuarta cosa
era la que hacía posible las otras tres.
Si yo quería la pensión
e irme a vivir a Somorrín
tenía que ir al médico,
que el médico me viera
y después enseñarle a Mamen

los papeles del médico.
Cuanto antes fuera al médico
y antes tuviera los papeles,
antes me darían el dinero
y antes podría irme a vivir a Somorrín.

Mi tío le preguntó a Mamen
si es que yo estaba enferma
como para tener que ir al médico.
Fue como si mi tío,
con todo lo bruto que era
y hasta sin saber leer,
me leyera el pensamiento.
Entonces Mamen respondió
que yo gracias a Dios estaba sana
pero más sana del cuerpo que de la mente.
Entonces mi tío le respondió
que si acaso era Mamen médica
como para estar tan segura
de si yo estaba sana o no,
y que si eso de menos sana de la mente
quería decir que yo estaba loca.
Yo me asusté un poco
porque nunca había oído a mi tío Joaquín
hablar con tanta seriedad
ni con el cuerpo tan echado para adelante,
que casi alcanzaba a Mamen
al otro lado de la mesa.
Ni en el entierro de mi madre,
que era su hermana,
se había puesto mi tío tan serio.
En el entierro de mi madre
mi tío cantó la canción del Vito,
que dice

con el vito vito vito,
con el vito vito va,
o sea, que no es una canción triste.

Mamen no se enfadó
por la seriedad de mi tío.
Le pidió perdón porque ella
no se había sabido explicar bien,
y a mí me pidió
que me saliera de la casa un momento.
La casa solo tenía una habitación,
que era en la que estábamos,
y me lo pidió por favor.
La única otra habitación
era la cuadra de la Agustinilla.

Quiero dejar clara una cosa:
cuando se dice el nombre de un animal
sí se puede poner «el» o «la»
delante del nombre
aunque estemos hablando en español
y no en catalán.
Por eso sí se puede decir
«la Agustinilla» o «el Refugiat».
Pero si la Agustinilla fuera una mujer
en vez de una yegua,
y si el Refugiat fuera un hombre
en vez de un perro,
habría que decir obligatoriamente
«Agustinilla» y «Refugiat».
El Refugiat es el último perro callejero
de la Barceloneta,
y puede que de toda Barcelona.

Mientras Mamen y mi tío hablaban
yo aproveché y me puse a recoger
las lechugas más crecidas.
Una vecina se me acercó
a preguntarme por mi tío
y yo le conté que estaba con Mamen
hablando sobre los papeles y el médico.
Esta vecina era Eulalia
la de Romualdo
el de los conejos.
Eulalia me dijo
que lo mismo había pasado en su casa,
porque querían llevarse a Romualdo,
que es su hijo.
Pero que ella había dicho que no
porque en la casa de Somorrín
te cambiaban la pensión de orfandad
por la de sunormalidad,
que aunque era más dinero
se la quedaban entera,
y encima ella,
si se iba su hijo,
se quedaba sola
y sin nadie que la ayudara en el campo.
También me dijo que ella misma
iba a llevar a Romualdo
al médico de la sunormalidad
y luego ella misma presentaría los papeles
para que el dinero se quedara en su casa
sin nadie de por medio.

Ahí fue cuando escuché por primera vez
la palabra sunormalidad,
y aunque yo no le hice mucho caso a Eulalia

porque todo el mundo sabía
que era una borracha
y que al pobre Romualdo
lo tenía de mulo de carga,
me quedé pensando
en eso de la sunormalidad
y en que había mucho dinero.

Quería preguntárselo a Mamen
pero cuando volví ya se había ido.
De Mamen se pueden decir muchas cosas
pero lo que no se puede decir
es que no te respondiera a las preguntas.
Mamen te respondía a todo.

Al no estar ella
se lo pregunté a mi tío.
Pero mi tío ya había hablado bastante
por aquel día y por toda la semana
y no me respondió.
Lo único que me dijo fue
que si quería irme a Somorrín,
que me fuera,
y ya está.
Como sabía que era tontería insistir,
me puse a lavar las lechugas
y a preparar la cena.

Al día siguiente
fui a hablar con Romualdo
cuando estaba solo
y con el espinazo doblado,
que era casi siempre.
Me dijo que él no quería irse a Somorrín

100

aunque era verdad que ya mucha gente
de Arcuelamora y de otros pueblos
se había ido.
Pero que era gente que no tenía
que trabajar tanto como él.
Gente que no tenía
conejos y cochinos que alimentar.
¿No te has enterado
de que se fueron los Gonzalos?, me dijo.
¿El viejo o el joven?, le dije.
Los dos, me dijo.
¿Los dos?, le pregunté,
porque me pareció raro.
Los dos, me repitió.
¿Pero no tenía novia el viejo?, le dije.
Pues ya no la tiene.
¿Y sabes Encarnita la de Tomás el de Cuernatoro?, me dijo.
¿Qué le pasa?, le dije.
Pues que ella y su primo carnal
también se han ido, me dijo.
Cuernatoro es un pueblo
más o menos como Arcuelamora de grande
famoso por su procesión del Cristo de los Caños,
que se hace en el mes de octubre.
Me acuerdo de la conversación sobre Encarnita
porque era la más guapa del colegio,
y la que mejor cantaba,
y si ella se había ido a Somorrín
no podía ser tan mal sitio.

Me acuerdo de la conversación sobre los Gonzalos
porque eran conocidos dentro y fuera de Arcuelamora,
porque cuando hicieron la mili
le pegaron una paliza a un sargento

y luego otros sargentos
les devolvieron la paliza a ellos.
Por esa paliza
Gonzalo el joven se quedó cojo
y Gonzalo el viejo se quedó tuerto,
pero por lo menos tuvieron la suerte
de no ser condenados a pena de muerte.

También era famoso el Gonzalo joven
porque por esos meses se hablaba mucho
de que fue él quien preñó a mi tía Araceli
de mi prima Natividad,
la que ahora vive conmigo,
que por entonces tenía cuatro o cinco años
y la misma nariz de gitana
y los mismos colmillos de punta
que el Gonzalo joven.

Me acuerdo que cuando Romualdo
me dijo que los Gonzalos
también se habían ido a Somorrín,
yo no me podía imaginar que Encarnita
estuviera viviendo en la misma casa que ellos.
Pero luego pensé que la casa de Somorrín sería muy grande,
como decía Mamen,
y así no se molestarían.

Romualdo me dijo muchas cosas más
pero de la sunormalidad
tampoco tenía ni idea.

Quiero dejar clara otra cosa:
las conversaciones que he escrito
no fueron exactamente como las he escrito.

Las he escrito haciendo memoria
y puede que se me hayan olvidado cosas
o que haya añadido cosas.
Eso se hace siempre en los libros
para que los lectores se enteren mejor.
Porque si yo tuviera que ponerme a escribir
todas las cosas que me dijo Romualdo
sobre sus conejos y sus cochinos,
este libro no se acabaría en la vida
y los lectores se aburrirían,
y yo también me aburriría.

En la página 72 del libro titulado
«Lectura Fácil: Métodos de redacción y evaluación»,
escrito por Óscar García Muñoz
del Real Patronato sobre Discapacidad
del Ministerio de Sanidad, Servicios Sociales e Igualdad,
se dice que hay que eliminar todo tipo de contenido,
ideas, vocablos y oraciones innecesarias.
Contenido significa lo que hay dentro del libro.
Vocablo significa palabra.
Oraciones significa frases,
no oraciones de rezar.
Innecesario significa que no es necesario.
También dice la página 72
que hay que contar solo lo que se necesita saber
y dejar fuera lo que no va a utilizar el lector.
El lector de este libro de mi vida,
que aunque se diga solo lector
puede ser más de uno,
es decir lectores,
y que también puede ser una mujer,
es decir una lectora,
o más de una mujer,

es decir lectoras,
no necesita saber nada
de los conejos ni de los cochinos de Romualdo.
Lo que el lector necesita saber
es que yo no sabía
ni cuánto dinero daban,
ni qué me iba a hacer ese médico de la sunormalidad.
Yo solo había ido al médico
dos veces en mi vida.
La primera porque me caí de una peña
y me echaron puntos en la cabeza
y me pusieron una vacuna;
y la segunda para ponerme el recordatorio de la vacuna.

A los pocos días volvió Mamen
pero no fue directa a mi casa
como otras veces.
Paró primero en casa de Josefa.

Josefa era prima carnal mía.
Vivía con su padre,
que era mi tío Jose,
y con su medio hermana Margarita,
que es una de mis primas que ahora vive conmigo
pero que por entonces tendría 11 años.
Cuando se murió mi madre
yo quería irme a vivir a la casa de mi tío Jose
porque era más joven y hablaba más que mi tío Joaquín,
y porque Josefa y yo hacíamos buenas migas
pero en su casa ya no había más sitio.

Mamen salió de la casa de mi tío Jose
con Josefa de una mano
y una ristra de chorizos en la otra,
de regalo de la última matanza

de un cochino de Romualdo.
Abrió la puerta de delante de su coche
por el lado del que no conduce
y Josefa se subió y se quedó dentro
con la puerta abierta
despidiéndose de media Arcuelamora.
Yo estaba sentada
en el tocón de abrir las almendras
zurciéndome una camisa,
y mi tío se había ido al terreno con la Agustinilla.
Me levanté para ir a decirle algo a Josefa,
porque estaba claro
que ella debía de saber más que yo
sobre el médico y el dinero,
y se la veía contenta.
Pero entonces Mamen tiró para mi tocón.
Era verano y la gente miraba mucho a Mamen
porque iba con un pantalón muy corto
y una camiseta sin mangas.
Mi tío Jose y otros hombres
que habían salido a despedir a Josefa
le decían guapa y otras cosas.
A Mamen, no a Josefa.
Mamen sonreía
y seguía muy derecha hacia mi tocón.
Me dio dos besos,
miró mi camisa
y me dijo que era muy buena costurera.
En ese momento me dio vergüenza mi camisa
delante de la camisa tan bonita
que llevaba Mamen.
Entonces le dije una mentira.
Le dije que no era mía
sino de mi tío Joaquín.

Me preguntó por él,
le dije que no estaba.
Eso no era mentira.
Me preguntó si me lo había pensado.
Pensado el qué, le dije.
El venirte a Somorrín, me dijo.
Era mi última oportunidad
para hacerle las preguntas importantes.
Mamen, ¿qué es la sunormalidad?,
le pregunté.
Mamen abrió mucho los ojos,
y me preguntó que dónde había oído eso.
Me hice la loca
porque parecía que había dicho algo malo
o contado algún secreto.
Pensé que podía ser
el secreto de Eulalia
para ir con Romualdo
al médico de la sunormalidad
y quedarse con el dinero
sin que Mamen se enterara.
Y como no quería
buscarle problemas a Romualdo,
pues me hice la loca
y dejé que Mamen hablara.
Me cogió las dos manos
con la camisa a medio zurcir de por medio.
Me pinché con la aguja
pero no dije nada.
Ella dijo: Angelita,
tú no eres sunormal.
Sunormal es quien te dijo eso.
Eulalia, pensé yo,
pero no lo dije.

Y siguió diciendo:
Tú eres una chica joven
con toda la vida por delante
y tienes derecho a hacer
todo lo que hacen las chicas de tu edad:
trabajar,
salir con los amigos
y ponerse guapa
para la verbena,
en vez de estar
en un pueblucho perdido
cosiendo los trapos de un viejo.
Al próximo que te diga
que eres sunormal
le respondes que sunormal será su tía.
¿Estamos?
Eso me dijo Mamen.
Yo creo que ella pensaba
que fue mi tío Joaquín
el que me dijo lo de la sunormalidad,
porque Mamen no esperó
ni a que llegara del campo
para meter mi hatillo en el maletero,
con lo cumplida que había sido Mamen siempre.

Declaración de D.ª Patricia Lama Guirao, dada en el Juzgado de Instrucción número 4 de Barcelona el 1 de julio de 2018 en el proceso de solicitud de autorización para la esterilización de incapaces, a resultas de la demanda presentada por la Generalitat de Catalunya contra D.ª Margarita Guirao Guirao.
Magistrada: Ilma. Sra. D.ª Guadalupe Pinto García
Secretario Judicial: D. Sergi Escudero Balcells

Con las mismas palabras con que lo dije en el Grupo de Autogestores se lo voy a decir a su señoría, porque ya me dirá usted la necesidad que tienen ni la Nati ni la Marga de saltarse el metro, por el amor de Dios, teniendo como tenemos todas la Tarjeta Rosa por ser discapacitadas, que cuesta tres veces más barata que la T-10 normal. La T-10 vale 10,20 y la Tarjeta Rosa, 4. ¡A 40 céntimos el viaje! ¡Ya quisieran muchos poder ahorrarse el dinero y el peligro de saltar! Que yo también he saltado, oiga, cuando estábamos recién llegadas a Barcelona yo, la Àngels, la Nati y la Marga y no teníamos ni «pa» tabaco porque nuestra tía Montserrat se quedaba con todo el dinero de la Nati y de la Marga hasta que la Generalitat las incapacitó.

¿Sabe usted la de cigarros que yo he tenido que pedir por la calle? ¡Cientos! Menos mal que a las mujeres los tíos nos dan siempre a poco que nos pongamos «putonas». A mí no me han negado un cigarro en la vida, aunque también es verdad que si eres guapa y joven lo tienes ya todo hecho y no tienes ni que ponerte «putona», pero bueno, te pones pues para dar las gracias. En esas circunstancias de riesgo de exclusión social tan claras he saltado yo el metro, señoría, y entiendo a quien, en esas mismas circunstancias, lo salta, y no se me ocurre afeárselo cuando lo veo, como sí hacen muchos viejos «tocapelotas», ¡viejos tocapelotas que por ser pensionistas también tienen la Tarjeta Rosa, ojito! ¡Claro, con la Tarjeta Rosa de 4 euros en el bolsillo es muy fácil decirle a alguien que se compre una T-10 de 10,20! En fin, su ilustrísima, lo que se llama el salto generacional, la diferencia entre la vieja política y la nueva política.

Le digo esto porque tiene que ver con los puntos a favor y en contra. Verá usted: las junté a las tres el día que a mí me tocaba cocinar y les dije que hasta que no me escucharan, no me pondría a hacer de comer. Curiosamente ninguna protestó. La Àngels estaba viendo *Los Simpson* con una bolsa de Cheetos entre las piernas, con una mano comiendo y con la otra escribiendo su novela en el móvil. La Marga estaba mirando al infinito en la terraza, sin duchar todavía y dándole la solana de las dos de la tarde, que yo no sé cómo aguantaba; y la Nati estaba leyendo unos cuadernillos en su habitación con una «pata» estirada «parriba».

Nos sentamos en el comedor. La Àngels apagó la tele sin que nadie se lo pidiera, cosa que me pareció de mucho respeto. La Àngels ya sabía de qué iba la cosa. De hecho, era ella quien iba a contar el asunto, pero quedamos en que lo contaría yo, primero porque a la Àngels se le dispara el tartamudeo cuando tiene que decir cosas serias, y segundo, para que las demás no pensaran que se aprovechaba de su posición de tesorera y de menos discapacitada de todas, Dios la libre, para darnos lecciones. A veces hay que recordarles a mi prima y a mi hermana que fue la Àngels quien nos sacó a las tres del infierno de Somorrín, quien se atravesó España con tres parientas bajo sus faldas, quien nos trajo a Barcelona a la casa de la tía Montserrat y quien luchó por sacarnos de allí y meternos en el piso tutelado, o sea, que alguna lección, si quisiera y fuera menos «tartaja», podría darnos la Àngels.

Me quité las gafas y me pellizqué el principio del tabique nasal, como he visto que hacen en las películas cuando alguien está muy preocupado, y yo estaba muy preocupada. Me puse mirando al suelo, con la frente apoyada en una mano y sujetando las gafas con la otra. Llevaba puesto el vestido estampado de loritos con un redondel en la espalda. La moda del escote por detrás en vez de por delante me ha cambiado la vida, porque pecho tendré poco o ninguno, pero las escápulas se me marcan como dos cuchillas y son «sexis» a rabiar, son mis tetas de la espalda. Entonces dije lo que tenía que decir: que nadie se asustara pero que la educadora social y la directora del piso hacía días que no estaban muy contentas.

Corrieron unos segundos largos de silencio. Entendí que la Àngels se quedaba callada para no condicionar, ni para bien ni para mal, la respuesta de las otras dos. La Marga y la Nati, pensé, estarían dándole vueltas a lo que acababa de decir, o quizás, por ser las más retrasadas, no me habían entendido y tendría que explicárselo con otras palabras. Pero cuando volví a ponerme las gafas me di cuenta de que la Àngels estaba tecleando en el móvil, la Marga seguía con la mirada perdida en dirección al balcón y la Nati seguía leyendo los cuadernillos esos. Era evidente que no había sabido transmitir seriedad y a la vez deseo de diálogo, gravedad y a la vez horizonte de esperanza, a mis palabras. Entonces, ¿qué «coño» era lo que había transmitido? ¿Qué parte de «las jefas no están contentas» era tan difícil de entender? Calma, Patricia, tía buena, me dije. Descruza una pierna, cruza la otra y repite el mensaje pero con las gafas puestas, que así, con tu mirada levemente sensual y alarmada, mirada de superheroína a la que el villano tiene inmovilizada de muñecas y tobillos con unos grilletes, podrás desenterrar de sus huecos maceteros los otros tres pares de miradas y conducirlas ante ti, ser de luz, como esos girasoles de Van Gogh que cuelgan de la pared del cálido cuarto de la plancha. Y volví a la carga, a frase por parienta: Chicas, hay una cosa importante que tenéis que saber. Tenéis que saber que la Diana y la Susana no están contentas con nosotras por algunas cosillas que han pasado. Pero tranquilas, que todo en esta vida tiene solución, menos la muerte.

¿No lo dije con las mejores maneras del mundo, Virgen santísima? ¿Podía haber algo en mi tono que diera a entender que me estaba «choteando» como para que la única reacción fuera de la Nati y la reacción de la Nati fuera decir que «perdona, hermana, perdona, pero te equivocas, porque la muerte sí que tiene solución»? Descrucé las piernas, planté en el suelo los dos tacones y cogí y le dije a la Nati que yo no me iba a poner a discutir con ella si la muerte tenía o no solución porque con mi hermana no se puede discutir nada, pero que lo que seguro que no tenía solución eran sus modales y su falta de respeto por estar leyendo los cuadernillos esos cuando otra persona, en este caso yo, le hablaba. Entonces deja de leer y va la tía y me corrige: me dice que no son cuadernillos, que son fans del cine o no sé qué de fans de cine, y que por qué no le digo lo mismo a la Àngels por no soltar el «puto» móvil. Como dijo «puto» pude evitar ir a saco a por la Àngels, que la verdad que ya le valía no dar una chispa de ejemplo siendo como es la menos discapacitada y soltar el «puto» móvil cinco «putos» minutos, y lo que hice fue saltar por las cuatro de la tarde y afearle a la Nati lo malhablada que era hasta con su propia hermana.

Aproveché la indignación que tan bien me estaba saliendo para soltarlo todo del tirón: que el informe de la Susana Gómez de este mes había sido desfavorable, que la Diana Ximenos lo había corroborado y que llamó el otro día a la Àngels para mostrarle su preocupación. ¿Es o no es, Angelita?, le dije a mi prima. Estaba enfadada y me salió el Angelita sin querer, pero manda «cojones» que la Àngels, que no había levantado la vista del móvil ni para ver *Los Simpson,* la levantara en ese preciso momento para también ella, diciendo su nombre con todo el engolamiento catalán que puede ponerle a su acento una tartamuda arcuelamorense, corregirme.

Me empezó un taconeo de máquina de coser dando pespuntes en el pie derecho que me meneaba toda la pierna y los loritos de ese lado. Yo, perfecta, no soy. ¿Cuándo he dicho yo que sea perfecta, madre de mi vida? A mí hay que corregirme y enseñarme cosas como a todo el mundo, porque una nace sabiendo nada más que a comer y a cagar y a «follar», pero a comer y a «cagar» y a «follar» como un animal, no como una persona, y en eso llevo yo mis treinta y tres años de vida: en aprender, con los apoyos adecuados, las aptitudes y habilidades sociales necesarias para convertirme en un miembro de pleno derecho dentro de la comunidad, en una ciudadana integrada cuya diversidad funcional contribuye a la pluralidad, bienestar y riqueza de las sociedades democráticas.

«Hablas como una funcionaria de clase C de medio pelo, Patri, hija, qué lástima. Con lo quinqui que tú has sido», va y me dice la Nati, y ya me harté y las mandé a todas a «tomar por culo». Me fui a preparar el almuerzo y al pegarle un tijeretazo a la esquina del cartón de tomate frito me saltó un poco al vestido y a las gafas y me puse a llorar. Habían vuelto a poner *Los Simpson* y no oían mi lamento, y eso me hizo llorar más fuerte. Desde chiquitita, cuando lloro, me gusta mirarme en el espejo. Llorar, como dicen todos los psicólogos del mundo sean de la corriente que sean, será no reprimirse y será sano, vale; pero verte a ti misma llorar te deja nueva. El llanto se alarga, toses, escupes, te quedas afónica, zapateas, golpeas las cosas, revoleas el tomate frito, lanzas al suelo todo lo que encuentras en la alacena, vacías la leche y el aceite, muerdes los estropajos, vuelcas la basura y al final ya no lloras por el motivo que te hizo llorar sino de puro gusto. ¿Y cuando se te acaba el fuelle, la modorra que te entra? Ni Valium ni Trankimazin ni «hostias»: «llantoterapia» en el espejo. Hay que aprovechar el llorar cuando se presenta, así que en esas estaba yo, mirándome en la tapa de una olla de aluminio porque en la cocina no hay ningún espejo salvo el de un «imán-souvenir» diminuto del frigorífico. Tampoco tenía cerca el bolso para socorrerme con el espejito de mano, y no podía salir de la cocina si quería mover la compasión de alguna de esas tres gordas que ya estaban peleándose como todos los santos lunes: la Nati diciendo que era su día de elegir lo que se veía en la tele y que ella elegía no ver nada, o sea, que la tele se quedaba apagada; la Àngels diciendo que si no hacía uso de su derecho lo perdía y pasaba a otro, porque los derechos no se pueden desperdiciar con lo que ha costado conquistarlos; y la Marga diciendo que por qué ese otro al que pasaba el derecho tenía que ser la Àngels y no ella, que no quería ver *Los Simpson* sino ponerse una peli guarra. Pero como la Marga, con la depresión, no tiene ánimo para discutir, fue la primera en asomarse a la cocina y me dijo lo que me faltaba por oír aquella mañana para agarrar el cuchillo de picar verdura: «Patricia, eres subnormal perdida.» Dice subnormal para «joderme», la «cabrona» de la Marga y de su conciencia de discapacidad. Ella y yo estuvimos en el colegio de PRONISA hasta los diecisiete años. Pues bueno, pues ahora la Marga ya no dice «el colegio de PRONISA» sino que despliega las siglas una por una y dice «el colegio Pro Niños Subnormales de Arcos». ¿Tú sabes la cara que se le queda a la gente cuando escucha eso? ¡Entonces sí que se me pone a mí cara de subnormal! Y ya tampoco dice FEAPS, sino que desenrolla las mayúsculas y el otro día va y dice «la Federación Española de Asociaciones Pro Subnormales nos invita a una charla que va a dar Pablo Pineda, primer síndrome de Down europeo en sacarse un título universitario y en ganar una Concha de Plata». Pero ahí yo le replico, porque con muy buen criterio y después de cincuenta y un años FEAPS se ha cambiado el nombre. Desde septiembre de 2014 se llama Plena Inclusión, ¿eh, doña Margarita? ¿Qué pega le pones a eso, eh, eh, eh? Pues con tal de «joderla» a una, se la pone, oiga, pero se lo tiene que pensar un rato más largo y en ese tiempo en que se lo piensa Plena Inclusión y yo ya hemos ganado el asalto.

Total, que me dice que soy subnormal perdida y yo le doy la respuesta que en legítima defensa, excepcional, proporcionada y contundentemente, siempre hay que dar en estos casos: «Subnormal será tu tía.» Sonrió con su sonrisa de deprimida, esos separados dientes sarrosos que se le transforman en los barrotes de una jaula detrás de los cuales revolotea algo con desesperación, un gorrioncillo milagrosamente cazado y jamás acostumbrado al cautiverio, una mariposilla a la que se le pegan las alas por la amarilla saliva, y respondió: «Mi tía, mira tú por dónde, es tu madre.» Eso ya no es conciencia de discapacidad, perdona que te diga. Eso, en mi pueblo, es mala leche y ganas de hacer daño. Tenía agarrado el cuchillo bueno, pero como soy pacifista cogí la tapa de la olla y reanudé la «llantoterapia».

Llegó la Àngels con el móvil todavía en la mano y se quedó mirando el estropicio desde el marco de la puerta. Preguntó si es que yo también quería que nos echaran del piso, y llegó la Nati y que qué era eso de que nos echaban y que vaya «volunto» de campeona me había dado. «¡Como en los tiempos de Somorrín!», me jaleó traspasando el umbral y poniéndome una mano en el redondel de la espalda. Ya con las tres cerca mía aflojé el llorar y empecé a limpiarlo todo y a hablar de nuevo. Qué razón tenía nuestra profe de teatro del CRUDI cuando decía que con las manos ocupadas las palabras salen más verdaderas y naturales: «Nos echarán si seguimos así», dije pasando el cepillo. Así cómo, preguntó mi hermana apartándose para que pudiera barrer por su lado, y la Àngels, con su media lengua puesta al servicio de la *Aberrant Behaviour Checklist Versión Comunitaria Segunda Edición,* le respondió que así con las conductas problemáticas o perturbadoras, o alteraciones conductuales. Echó un vistazo al móvil, tecleó algo velozmente y volvió a bajarlo. Y salta la Nati, y yo viendo que ahí no se comía hasta las cuatro de la tarde, salta: «Oye, prima, ¿has contemplado la posibilidad de incrustarte el móvil en la raja del "coño", como cuando pagas con tarjeta y te pide que marques tu número *pin?*» Qué boca tiene mi hermana Natividad. Como yo ya estaba bajo la placidez «post-llanto», de muy buenas maneras y muy cariñosamente la frené diciendo que justamente eso era el lenguaje desafiante de las conductas perturbadoras por el que nos podían echar. La Àngels dijo que, para nuestra información, ella usaba tanto el móvil porque estaba escribiendo una novela, y la verdad es que tiene un temple mi prima que no le hace falta ni Valium ni Tripteridol ni «llantoterapia», porque estar todo el día con el teléfono la vuelve de un tolerante y un apacible que ya puede estar un tío en la playa diciéndole que con esas tetas de vaca hará unas «pajas» que lo flipas, que ella lo más que hace es sacarse una foto del canalillo para comprobarlo. Pero la Nati se quedó loca y no se podía creer que la Àngels estuviera escribiendo su novela por WhatsApp y mandándosela al grupo de WhatsApp del Grupo de Autogestores. Tampoco es culpa de la Nati, pobrecita. Es que, por mucho que en su día fuera al conservatorio y luego a la universidad y sacara tan buenas notas y

115

le dieran todas las becas, el síndrome de las Compuertas que le entró después no le deja pasar muchas cosas tecnológicas avanzadas adentro de la cabeza y normal que se frustre, normal que se enfade y normal que no sepa reconducir determinados comentarios y tipos de desahogo, por eso yo digo que hay que ser humilde e inclusivo y no tratarnos como ciudadanos de segunda, porque la diversidad funcional te puede tocar en cualquier momento de la vida, llega sin avisar, cuando menos te lo esperas, como le pasó a la Nati dos meses antes de sacarse el doctorado. Pero aquí está su hermana para explicarle las cosas veinte veces si hace falta. Le dije: «Nati, el libro que está escribiendo la Àngels es un punto a favor para no echarnos del piso. Y al revés, el que tú llegues a casa a las diez de la mañana, que digas palabrotas delante de todo el mundo y que te saltes el metro y malmetas a la Marga para que se lo salte es un punto en contra. Punto a favor sería si empiezas a ir a las clases de danza integrada que te dijo la Laia en la reunión de autogestores.» (Doña Laia Buedo, señoría, es la psicóloga que ejerce de persona de apoyo de nuestro Grupo de Autogestores.) Como le oí el resorte de las compuertas activándose, detuve la lista de puntos a favor y en contra de la Nati y le dije, también muy de buenas, que la culpa no era solo suya, que también la Marga tenía su lista, y miré a mi prima y renovando todo el cariño del mundo le dije: «Marga, mira, un puntazo a favor sería que te echaras novio, porque el principal punto en contra de tu lista es que sales a la calle a plena luz del día como una "buscona", que te trae la policía por escándalo público y que te metes en casa a desconocidos, lo mismo que una "prostiputa" pero sin cobrarles.» «¿Y punto a favor sería si les cobrara?», preguntó la Nati con toda la mala leche de retrasada que Dios le ha dado. Me dije: «Ni caso, Patri, so guapa, tú como el que oye llover, que la Nati no te lleve a su terreno que hoy la cocina es territorio "patricio".»

Yo hablaba intentando aplicarme lo de la profe de teatro de las manos ocupadas y las palabras verdaderas, pero para una esclerótica miope como yo hablar auténticamente y limpiar bien al mismo tiempo es bastante difícil, y lo que estaba era «enmarranando» más el suelo, «bailoteando» la fregona y armando un mejunje de aceite, leche, tomate frito y habichuelas en conserva. Por eso, mientras explicaba lo de los puntos a favor y en contra, la Marga se puso a limpiar como ella sabe, que si quisiera y disimulara las estereotipias de las caderas podría tener la tía su dinerito y su independencia trabajando en Eulen o en Limpiezas Castor, que seguro que la Generalitat le daba permiso en aras del superior interés del incapaz y seguro que a las empresas les bonificaban o hasta les regalaban las cuotas de la Seguridad Social por contratar a alguien incapacitado judicialmente, ¡y además sería un punto a favor para quedarnos en el piso! Y si no la autorizaran o si, autorizándola, las empresas no quisieran retrasadas en plantilla, podría la Marga simple y llanamente echar horas en negro en una casa, porque mire usted el talento de «chacha» de mi prima: lo primero que hace es quitar de en medio los cubiertos y los cacharros que por ser de metal o de plástico o de madera no se han roto y ponerlos en el fregadero. Luego pone papel de cocina para que absorba lo más gordo y para recoger los restos de cristales y de loza de las cosas que sí se han roto. Con eso tardó un rato porque la cocina estaba hecha una «mierda». Luego va al lavadero para coger el cubo de la fregona y llenarlo, pero primero lo enjuaga en la pila porque siempre se le queda arenilla de la última vez que se usó. Antes de pasar al lavadero se descalza para no ensuciarlo con las suelas pringadas de las chanclas: las deja japonesamente en el suelo sucio de la cocina, de losetas que imitan al parqué, apuntando, sin tocar, al suelo limpio del lavadero, de losetas aguamarina. Cuando vuelve cargando el cubo algo ladeada por el peso, el interior del brazo en ten-

117

sión hasta el puño cerrado en torno al asa como una reivindicación invertida, hacia la tierra en lugar de hacia el cielo, se calza la Marga y se pone a dar la primera pasada de fregona, sin friegasuelos todavía, destinada a que no peguemos un resbalón y a que, cuando toque barrer, el cepillo no se embadurne y en vez de cepillo se convierta en una brocha gorda con la que esparcir mi mejunje. ¿Tiene o no tiene arte la Marga? ¡A mí en la vida se me habría ocurrido esa estrategia limpiadora, y eso que tengo un 14% menos de discapacidad!

Yo comiéndole la oreja a la Nati, la Nati mirando para el salón y despotricando porque la Àngels había vuelto a poner *Los Simpson,* que si se creía la dueña de la casa o qué, que si se creía que por tener diez años más y una cuenta en el banco le debíamos obediencia, que si se creía que por habernos sacado de Somorrín y habernos traído a Barcelona podía pisotearnos como le diera la gana, y mientras tanto la Àngels a la chita callando móvil en mano, y vuelve la Nati a la carga: que si se creía que no responder era un signo de distinción o de altura moral estaba muy equivocada, que lo que era, era un signo de resignación y un «el que calla otorga», o sea que sí que se creía la Àngels que la casa era suya y que ella era más lista que nadie, cosa que en parte es verdad porque es la menos discapacitada de todas, pero como mi hermana es profunda al 70% y no tiene conciencia de discapacidad, pues no lo entiende.

Entonces me entró un retortijón pero en el alma, porque en mitad del «follón» la pobre Margarita seguía limpiando sin rechistar. Ese retortijón en el alma fue, según me dijo después la psicóloga doña Laia Buedo cuando se lo conté, remordimiento, o sea, un «comecome» por ver a mi prima en silencio pero no en silencio como la Àngels, que según la Nati es el mismo silencio del Pedro Sánchez cuando no admite preguntas en las ruedas de prensa, el mismo silencio, según la Nati, de los babosos que te dicen que tienes unos ojos que te comerían «tol coño» y cuando les pides que te repitan lo que acaban de decir, callan. ¿Por qué no me «retortijoneaba» el silencio de la Àngels y sí el silencio de la Marga? Mi hermana, a la que se lo conté antes de contárselo a doña Laia, me respondió que porque el silencio de la Marga era otra cosa y mi retortijón no era remordimiento sino que era la constatación de una injusticia, en este caso la injusticia de la Marga limpiando sin mi ayuda, sin quejarse y sin que nadie se lo pidiera el estropicio que yo solita había montado, y encima yo leyéndole la cartilla de los puntos a favor y en contra. Y que como no era remordimiento sino injusticia, el retortijón no se me iba a ir pidiendo perdón «a toro pasao» sino dándole las gracias y, otro día que a la Marga le tocara limpiar, agarrando yo otro cepillo y poniéndome a limpiar con ella. «¿Cómo?», le pregunté a mi hermana quitándome las gafas y frotándome los lagrimones, que eran, podríamos decir, la defecación de mi retortijón del alma. «¿Cómo iba a ponerme a limpiar si lo mío es degenerativo, si cada hora que pasa soy más cegata y no veo dónde empieza y dónde acaba mi propia "mierda"?» «Como fuera», me respondió la Nati. «Si lo único que la miopía te deja hacer es secar cucharillas, pues secando cucharillas.» Eso de las cucharillas lo entendí: pequeños actos que significan mucho, vale. Pero luego se me puso la Nati a hablar en su lengua «compuertera» incomprensible y yo, con el día que llevaba encima y lo sedadita que me había dejado el llorar, no tenía ganas de esforzarme en comprenderla. Dijo algo así como que lo que no debí hacer fue correr a su habitación para ponerme a lloriquear y «apalar» o «pelear» o «apalear» a un amor «farenal» o «frateal» o «fateral» entre ella y yo que, sabía muy bien, no existía. La razón como a los locos: sí, sí, yo lo sabía muy bien, le dije. Que ella no pensaba darme consuelo sino hablarme claro. Uy, sí, clarísimo, pensé yo, pero no dije nada y

119

seguí adormilándome detrás de mis cristales de culo de vaso, que por ser tan gordos la caída de párpados se nota menos. Y que debía alegrarme por mi retortijón del alma. Una alegría loca, pensé, y ella: que debía alegrarme porque fue mucho más que un retortijón, fue una «epanafía» o «efanía» o «estefanía», no sé exactamente lo que dijo, una palabra de esas incomprensibles de la Nati y que según ella significa un darme cuenta del «dominó» o «domingo» o «demonio» que yo ejercía sobre la Marga, otra palabra que no entendí, y un darme cuenta de que ese demonio era malo y doloroso. El silencio de la Marga, concluyó la Nati, era «someniento» o «sostenimiento» o «sometinto», es decir (y esta palabra sí que la entendí, señoría): su misión. «¿Y cuál es su misión?», le pregunté fingiendo interés. «O estrategia», me respondió ella. ¡Misión o estrategia limpiadora, claro, lo que yo decía!: si tener las manos ocupadas en la limpieza sirve para que las palabras salgan más auténticas, entonces estar calladita y concentrada sirve para que la limpieza salga más auténtica y mejor.

La magistrada   La declarante   El taquígrafo/transcriptor

Guadalupe Pinto   Patricia Lama   Javier López Mansilla

—¿Te acuerdas de la primera vez que fuimos al ateneo anarquista? —me ha preguntado Marga nada más verme salir de clase. Le han impuesto la tarea de llevarme y recogerme de la nueva escuela de danza. Dicen que así, asumiendo pequeñas responsabilidades cotidianas, como es llevar y traer a su prima de la otra punta de la ciudad, Marga se sentirá útil y con ello ganará en autoestima y con ello se le irá poquito a poco la depresión y de paso se la obliga a ducharse. Muy tonta habría que ser para no darse cuenta de que así lo que hacen es tenerla fuera de casa las horas en que la casa se queda sola, que es casi todas las tardes, porque con el miedo a que nos echen del piso Patri y Ángela han redoblado sus felaciones (son felaciones, no son cunnilingus) hacia la capataz Susana Gómez del campo de trabajo de mano de obra esclava (RUDI), hacia la sargento Laia Buedo en el sótano sin cámaras de los interrogatorios (Grupo de Autogestores de la Barceloneta) y hacia la doctoranda trepa Diana Ximenos en los laboratorios centrales de mejora de la raza (Plena Inclusión, antigua FEAPS). Así evitan que Marga se suba a los maromos, en ocasiones maromas, o se ponga el porno a un volumen que reúne a los viandantes debajo de nuestro balcón. Así, además, me alejan a mí de la Guardería para Adultos Barce-

121

loneta (GUAPABA), porque parece ser que molesto a los fachas, y claro, antiguo como el mundo, antiguo como los tres años que hace que Ángela nos sacó del campo de concentración y exterminio de Somorrín (CRUDI): en vez de alejar a los fascistas de mí, me alejan a mí de los fascistas, me mandan a una escuela de danza que está en la parada Les Corts de la línea verde, al lado del Camp Nou, o sea, en el puto quinto coño.

—Esto no es una escuela de danza —nos dijo el director de la escuela de danza cuando fuimos Patri, yo y la educadora social a informarnos sobre los cursos de eso que se llama danza integrada—. Esto es una fábrica de creación de movimiento.

—Esto es un gilipollas —dije yo, pero lo dije con alegría porque el sitio me gustaba.

Son unos viejos multicines reconvertidos en amplísimas salas de ensayo, los techos son altísimos, la luz es baja, es silencioso porque conserva el aislamiento de las salas de proyección, tiene cocina y comedor de libre acceso, tiene wifi con la clave a la vista para todo el mundo, tiene sofás, los vestuarios están limpísimos y el chorro de agua caliente dura lo suficiente como para no tener que pulsar el grifo veinte veces en el transcurso de una ducha. Y lo que es más importante: nadie te dice nada porque te estés allí deambulando y mirando al techo y echando la tarde aprovechándote de todas esas cosas.

—Claro que me acuerdo de aquella maravillosa primera vez en el ateneo —le he respondido a Marga, que como por el tema de okupar va por allí más que yo siempre me trae fanzines, folletos o periódicos libertarios, que sabe que me gustan. Marga no lee nada de nada porque apenas sabe leer, escoge los fanzines al azar. Hoy me traía el *Aversión* de hace tres meses, con el editorial dedicado a atacar el Día de la Mujer. Y me traía el fanzín *Quema tu móvil,* otro fanzín llamado *Sexo colectivo: De la escasez a la abundancia sexual* y un folleto de boicot al Corte Inglés. Que los coja al azar hace que yo los lea con más gusto, con el gusto que proporciona la falta de premeditación. Se da así una politización inesperada, carente de burocracia del pensamiento. Una alegría como cuando la ropa hallada al lado de los contenedores de basura te queda como un guante. Una alegría hecha de facilidad, de gratuidad y, en virtud de esos ingredientes, proveedora de una clarividencia repentina, un caérsete la venda de los ojos como cuando una tarde de hace cuatro años, sin haberlo planeado, cien anónimos prendieron fuego a la excavadora que acababa de derruir media Can Vies el día que la desalojaron. Según nos dio a saborear con su relato una integrante del ateneo, durante minutos, minutos y minutos no sonó ni una sirena y pudieron contemplar las llamas. A su alrededor todo era paz, espontánea ausencia de conflicto y asentimiento general respecto a una verdad, cosa distinta a la pacificación, que es el ocultamiento del conflicto por la fuerza, o sea la represión. Paz durante los veinte minutos que tardó en llegar la policía, los bomberos o cualesquiera violentos pacificadores cuerpos del orden. Por eso me gustan los fanzines que me trae a lo loco, pero siempre puntualmente, mi prima Marga.

El sol se ponía por el palco presidencial del Camp Nou y se la veía cansada, pero no de agotamiento sino de aburrimiento. Llevaría desde las cinco esperándome porque no le compensa coger el metro hasta la Barceloneta para al cabo de media hora salir otra vez pitando a por mí. Otras veces me recogía más animada porque lo que sí que le pillaba como para ir andando a buen ritmo era el ateneo de Sants, pero luego volvía con las piernas y las lumbares cargadas porque Marga camina con el tronco echado hacia delante, con una chepa que le prospera en los riñones en lugar de en la parte alta de la espalda. Entonces se cansa también, pero de agotamiento. He aprendido a distinguir esos dos tipos de cansancio suyos, distintos a su vez del cansancio de después de follar y resistirse al sopor y aun así obligarse a salir.

—¡Si fueras en bici, Marga, tardarías cinco minutos de reloj en ir al ateneo, porque es todo cuesta abajo, y diez en volver para recogerme, porque es cuesta arriba, y no te dolerían para nada ni las pantorrillas ni la cintura! ¿No ves que irías sentada y que la fuerza se hace en los muslos?, ¡y tú tienes buenísimos jamones! ¡Yo te enseño!

—Nati, ¿y te acuerdas del tío que aquel día hablaba de los cócteles molotov? —Marga es que ni sabe montar en bici ni quiere aprender ni le apetece oír hablar del tema porque le da miedo.

—¡Cómo me voy a olvidar! No hablaba de cócteles molotov sino que los regalaba por la boca. ¿Te acuerdas tú de lo inteligente y lo humildemente que lo explicaba todo, que hasta nosotras nos veíamos capaces de volvernos dinamiteras?

—Pues ese era secreta, Nati.

—No jodas.

—Me lo han dicho hoy en el ateneo y ya no le van a dejar entrar más, ni ahí ni en Can Vies ni en ningún sitio del rollo de Barcelona entera. Van a poner carteles con su cara en las puertas de todas las okupas.

—¿Ese mismo tío, segura?

—Un secretón como la copa de un pino. Aquel día lo estaban dejando hablar para que se flipara él solito y él solito se delatara, porque parece ser que hace diez años que en esta ciudad no se ve un cóctel surcar los cielos. Ya solo se tiran globos de pintura y huevos, lo mismo que se les tira a los quintos en las fiestas de Arcuelamora.

—Pero espera espera espera. ¿Y cómo sabéis seguro que era secreta y no un puro y simple insurreccionalista que buscaba cómplices?

—Pues, según me han dicho, porque lo de los cócteles no se hablaría jamás en una asamblea abierta a todo el mundo,

124

abierta con la mismísima puerta abierta, que fue por eso que entramos tú y yo aquella vez. Eso se habla aparte. Por eso y por las pintas. La cresta muy cuidada, siempre de punta y siempre el cráneo reluciente. Tenía que afeitárselo todas las santas mañanas. Eso era definitorio, ningún punki le dedica tanto tiempo a nada. La ropa toda Quechua. El tabaco de liar Marlboro. Y al parecer decía cosas raras. En vez de okupa, decía casa ocupada. Y en los entrenamientos de artes marciales hablaba de honor y de fraternidad y de enseñar respeto a los rumanillos y a los gitanillos de la calle.

–Qué fuerte, tía. Me lo había tragado enterito.

–Pues bueno, pues yo me lo estaba tirando antes o después de las asambleas y ahora me lo acabo de volver a tirar.

–¡Tía! ¿A un poli?

–Me lo tiraba en Can Vies, en una habitación llena de trastos de la parte de atrás. Y hoy, aquí en los aseos de la escuela. Hemos salido juntos del ateneo, yo he hecho como que no sabía nada del veto que empezará a funcionar mañana. He pensado que tenía que aprovechar, que lo mismo ya no lo volvería a ver, pero también he pensado que lo mismo en Can Vies ya no le dejarían entrar y el reloj corriendo, y yo teniendo que estar a por ti en cuarenta minutos. Así que le he dicho que me acompañara, que tenía prisa, y nos hemos metido en un baño de la escuela. ¡Que qué bien que huelen!

–Entonces, ¿no estás cansada de aburrimiento sino de polvo recién echado?

–Hombre, un polvazo no ha sido, pero siempre está bien correrse con una polla dentro, que da más calambre, y siempre hay emoción en follar silenciosamente para que no te descubran, y follar vestidos enrabia, y también te enciende el pensar que podría ser el último revolcón, aunque el otro no lo sepa y piense que el jueves siguiente va a follarte otra vez y por eso se guarda los mordiscos y los chupetones y los

125

susurros de despedida. Por lo demás, ha sido el típico polvo sentados en el váter, que si la polla no es muy grande y no te aprieta bien y no te llega al cielo del coño, pues te enteras poco. Estoy cansada de aburrimiento una mitad y de polvo recién echado la otra mitad.

—Fachotes con el rabo corto, qué novedad psicoanalítica.

—Pues es el único del rollo que he podido follarme en estas cuatro semanas largas que llevo juntándome con los okupas, Nati. Que parece mentira.

—Anarcas sexualmente reaccionarios, otra novedad psicoanalítica. Pero una cosa, Marga.

—Dime.

—Me estoy poniendo caliente de escucharte.

—Entonces sigo. Dame que te llevo la mochila como las mamás con los niños a la salida del cole.

—Otra cosa, Marga.

—Joder cómo pesa esto. Dime.

—Es la botella de agua, trae que la saco. Marga, ¿tú sabías que era secreta cuando te lo empezaste a follar?

—¡Yo qué iba a saber! A mí todo esto de las crestas y de la fantasía de los cócteles molotov me lo acaban de decir hace una hora. Para mí un secreta era un tío en bermudas por la playa parando a los lateros, o una tía en minifalda a las once de la noche por el paseo marítimo interceptando a los repartidores de flyers, o con chupa de cuero y pantalones de pitillo diciéndole que sí a un camello del Raval y acto seguido sacando las esposas. ¿Sigues caliente o esto te lo baja?

—Me va y me viene. Pero si lo hubieras sabido, y estando como estás en proceso de okupar, ¿habrías seguido acostándote con él?

—Ay, Nati, no sé. Sí, ¿no?

—¿Y él sabe que vas a entrar a okupar la casa esa pasado mañana?

—Hostia, Nati. No lo sé. ¡Soy tonta!

—¿Se lo has dicho?

—No, perdona: yo, hartarme, me harto de follar, pero discreta, soy discretísima.

—Hombre, Marga... Discretísima discretísima tampoco.

—No digo discreta follando, que a ver qué follar de mierda iba a ser ese. Digo que yo no hablo por el coño, y además yo solo le dije mi nombre de okupa, Gari Garay.

—Qué guapo tu nombre de okupa. Yo quiero también uno, de okupa no porque okupa no soy, pero artístico, de bailarina. Perdona, que te he interrumpido.

—Que digo que además él no iba a las asambleas de okupación porque ahí solo se entra recomendado de lo chungo que está el patio. Yo entré porque la PAH avisó de que iría. Nos veíamos en las asambleas abiertas, en las de asuntos generales, en las que no se dice nada comprometido. Cuándo hacer una fiesta, qué poner en los carteles, quién organiza unas charlas, quién se encarga de la barra, a cuánto poner las cervezas...

Dice eso mi prima y se me duplican las ganas de cerveza de barril que me entran siempre después de bailar, pero la caña, en el chino más barato de Les Corts, vale 1,80. O sea: por una caña en un bar, dos latas en un banco y te sobra, y por treinta céntimos menos, una litrona de Xibeca. Y encima la dificultad de dar con un camarero que nos quiera hacer una factura cambiando la cerveza por cocacola. La exigencia retórica del disimulo, la necesidad de hablar el idioma del enemigo, de tener que decir son gastos de representación, son dietas, ¿no ve que soy bailarina y que se me nota en el acento que no soy de Barcelona y que vengo de ensayar con mi compañía aquí en el centro de creación de movimiento? ¡No hay que mentir, mire! Ponga simplemente bebida, ni cocacola ni cerveza ni nada, ponga bebida 1,80 y ya está, hágame usted el favor.

—Ya sé qué nombre ponerme, Marga. Nata Napalm. ¿Te gusta?

Al final nos hemos permitido el lujo de la caña y la mezquindad de la justificación por iniciativa mía, porque con mucha razón nos decía el yayoflautas Marx que la danza es un arte burgués, y con mucha razón se decía en mi pueblo que to se pega menos la hermosura. A mí después de bailar técnica y sentimentalmente bien, o sea, después de, en la clase de esta tarde, haber hallado placer no en la pérdida de la noción del suelo y en el bucle, que son los placeres del éxtasis (tan difícil de conseguir por medios mecánicos), sino haber hallado placer en la sincronización y la repetición, que son los placeres del decoro (tan fácil de conseguir por medios mecánicos), pues me goteaba todavía el decoro, me coleaba todavía el arrobamiento por el orden, ese que veía el abuelo que provocaba las burguesas lágrimas ante las escenas de apertura de los ballets, ese que provoca los burgueses aplausos ante la gimnasta rítmica que se clava en la lona sin un tropiezo, el que provoca la burguesa euforia de haber encontrado un chollo en las rebajas, o un billete de avión barato, ese arrobamiento que le entra al burgués cuando consigue correrse a la vez que su pareja porque la simultaneidad asegura que el sexo no continuará, que puede el burgués dejar de esforzarse porque el placer, gracias a dios, ya ha llegado para todos y puede uno pasar a otra cosa. La misma atracción por el orden, en fin, que volvía insatisfactoria la idea de sentarme en un banco para compartir a morro un litro de Xibequilla floja con mi prima y me hacía desear ir a la terraza de un chino y pedir una personal e intransferible caña de justamente amarga y justamente maderosa y con justeza económicamente valorada Estrella Damm. Además, esa atracción por la exactitud con la que una sale después de haberse aprendido una coreografía me tenía convencida de que pagando más conversaría con mi prima mejor, más locuazmente, más relajada, más apreciando y aprovechando el breve tiempo de receso con el que contamos antes de que Patri empiece a echarnos de menos y a jodernos la vida.

—¿Tú dices que me follaba para sacarme información de los okupas?

—Marga, chica: blanco y en botella. ¿Nunca te preguntó nada raro?

—Nati, todo lo que me preguntaba era si se corría dentro o fuera o en mi cara o en mi boca, si me gustaba más lento o más rápido, si me gustaba más o menos por el culo, si prefería saliva o lubricante.

—Ya lo sé, tonta. Es que me calienta oírte, ¡y mira tú qué facha más cumplido! Ahora, que si no te preguntaba nada raro, ese no es secreta. Ese es un flipao que se ha creído que en Can Vies se hace la revolución, pero no menos flipao que la gente paranoica del ateneo, que ven secretas donde solo hay un tío que folla con una tía al poco de conocerla ¡y encima en dependencias anarquistas!

—No te entiendo, Nati, cariño. ¿Tú crees que ese tío va a reventarme la okupación o no?

—¡Que no, Marga! ¡Que quienes te pueden reventar la okupación son los mismos okupas!

—Nati, tú sí que flipas. Esa gente me ha ayudado.

—Esa gente es una reaccionaria, Marga. Te han ayudado y te seguirán ayudando como ayudan las hermanitas de la caridad a los leprositos, no digo que no, pero mira a qué precio: tú te tiras a un tío que tanto ellos como tú acabáis de conocer. Eso, directamente, les hace sospechar: ¿Qué pretende el flipao ese de los cócteles tirándose a una compañera nuestra, qué busca? A qué ha venido, ¿a follarse a nuestras mujeres? Ojo a la dirección de la sospecha, Marga, que ese es el quid de la cuestión: los anarquistas han sospechado de él y no de ti. Han creído que el secreta era él, no se les ha pasado por la cabeza que la infiltrada de la policía pudieras ser tú. Él les ha parecido peligroso y tú les has parecido inofensiva.

—Yo iba recomendada por la PAH, Nati, ya te lo he dicho.

—Como si la PAH no fuera Ada Colau y como si Ada Colau no fuera alcaldesa y como si la alcaldesa no saliera en defensa de la policía cada vez que les dan de palos a los manteros ¡y como si la policía no votara a la Colau! ¿Por qué un anarquista confía más en ti que vienes de la PAH que en alguien que habla abiertamente de violencia contra la policía? ¡El mundo al revés! —Marga me escuchaba con ese modo de atender suyo que no aguarda el momento oportuno para la réplica, ese modo de escuchar que no rastrea la palabra o el argumento susceptible de ser rebatido, la nula necesidad de Marga de meter cuña, su nulo deseo de debatir. Lo que hace, pues, Marga, es atesorar tu discurso y juzgarte tranquila y sobradamente. ¿Sería el Tripteridol o sería que Marga a veces tampoco me entiende?—. ¿Entiendes, Marga, lo que te digo?

—Más o menos. Pero las cosas no son tan sencillas y tan claras como a ti te parecen, Nati.

—¿Qué es lo que no es claro, Marga?

—Da igual.

—No da igual. Seré yo quien tiene que ser más clara. A ver: tú y ese tío folláis. Todo el mundo lo sabe y vosotros no lo ocultáis, ¿no? ¿U os metíais a escondidas en el cuarto ese de Can Vies?

—No.

—¿U os salíais disimulando?

—No.

—¿Os magreabais en público?

—Un poco, pero apenas. Sobre todo nos mirábamos.

—¿Os mirabais con disimulo?

—Eso ya no lo sé, pero venga, al grano, Nati, que son las siete y media.

—A lo que voy: tras dos semanas de follar abiertamente, a este tío lo botan y a ti no. ¿Qué ha pasado?

130

–Que era secreta.

–¡No! Pero vale: pongamos que de verdad era secreta. ¿No deberían también desconfiar de la tía que el secreta se está follando, dada la presumible confianza existente entre ellos? –Esto cambió la mirada de Marga y me pareció que su silencio juzgador se volvía silencio cómplice, que al fin yo había sido clara y ella me había comprendido. Eso me hizo hablar con palabras que salían de mi boca como panes recién salidos del horno–: La respuesta es sí. Siendo coherentes con sus sospechas y sus precauciones, los anarquistas también deberían empapelar las okupas con tu cara. Todo el entorno de un secreta está contaminado por el secreta, y eso el anarquista, especialista en la crítica sistémica, lo sabe. Sabe que no puede fiarse ni del perro que el secreta se ha pillado para parecer un costras. Con más razón deberían sospechar de ti porque eres una recién llegada que no conoce los códigos, que no ha estado en una manifestación en su vida. O sea, que no está politizada. Tú eres un peligro para el movimiento: ingenua y con información valiosa. ¿Por qué, insisto, no te han botado? –Esta pregunta operaba en mí de forma retórica pero Marga la tomó como una pregunta a ella dirigida y estuvo a punto de responder algo, pero en lugar de eso sonrió mínimamente, con la sonrisa de darse cuenta de una obviedad, dio un trago largo a su cerveza, se le derramó un poco por la barbilla, se lo limpió con el dorso de la mano y yo continué–: Pues no te han botado, Margarita mía, porque a ese tío tampoco lo han botado por secreta. Esa es solo la excusa para botarlo, una excusa poderosa e incuestionable en ambientes clandestinos pero que aquí vengo yo a cuestionar. Una excusa que ejerce su poder de dos maneras. En primer lugar, como justificación mental e íntima del anarquista, pues le sirve para no entrar a valorar la verdadera razón de su veto hacia el flipao de los cócteles molotov, razón que le da hasta vergüenza imaginarse, razón que es un deshonroso tabú para un

131

radical y que por ello ni la verbaliza pero que yo voy a verbalizar enseguida. Y en segundo lugar, la excusa ejerce su gran poder como justificación no ya mental e íntima sino exterior y colectiva, dado que, puesta la etiqueta de secreta, ya nadie de entre los compañeros querrá ni entrar a valorar otras justificaciones más cercanas a la verdadera razón, la razón no verbalizada que yo sí voy a verbalizar en cuanto acabe de exponer la mecánica de la excusa. Puesta la etiqueta de secreta, ya nadie querrá confraternizar con él dado el riesgo que entraña. Riesgo que, en el caso de que el flipao de los cócteles fuera de verdad un secreta, sería un riesgo cierto que podría acabar en denuncias y procesos judiciales contra algunos compañeros por su lucha, un riesgo contra el que, en efecto, habría que tomar medidas. Las medidas tomadas, las cuales constituyen la excusa ocultadora de la razón no verbalizada pero que yo estoy a punto de verbalizar, están impecablemente pertrechadas en términos ideológicos, tácticos y combativos. Son vertebradoras de la politización en la dirección radical, son medidas reafirmadoras, por tanto, de la conciencia anarquista. Generan satisfacción en los miembros del grupo individualmente considerados, satisfacción y sensación de acierto, sensación de victoria. Esto es así porque el veto al secreta significa que se señala al fascista y se le aleja de aquellos a quienes el fascista está agrediendo, todo lo contrario a lo que estamos acostumbrados a ver en nuestro fascista día a día, cuando alguien, por ejemplo, no puede más en su puesto de trabajo y se pide la baja por depresión o por ansiedad o por abusos sexuales: el fascista del jefe o la fascista de la jefa y los fascistas de los compañeros y compañeras que le lamen el culo permanecen, y quien no jugaba al juego fascista, se marcha. Todo lo contrario a lo que pasa cuando los machos te chiflan por la calle: que tú pasas de largo y el macho se queda en la puerta del bar esperando a que pase otra a la que chiflarle. Todo lo contrario a lo que Susana y Patricia hicieron conmigo sacándome de la GUAPABA: señalar a la agredida, alejarla de los agresores y dejar a los fascistas de la danza contemporánea tranquilos.

Hice una pausa más larga que las habituales entre frase y frase y Marga aprovechó para levantarse, entrar en el bar y salir con la factura de «dos bebidas 3,60» en media cuartilla de una libreta de recibos.

–Vamos, que son las ocho menos diez.

–Falta el NIF del bar –le dije, y Marga resopló y fui yo quien entró a completarlo. El dueño no entendía bien lo que le estaba pidiendo. Una china muy joven que hablaba el mismo español que todos los adolescentes de la Diagonal para abajo, es decir, sin ningún acento catalán y con acento de la tele, desenterró la cabeza del móvil el tiempo imprescindible para coger un boli y escribir el NIF de memoria con la misma caligrafía chata y redondeada de todas las adolescentes: números como globitos de colores esparcidos por el suelo en una fiesta idealmente adornada.

Aunque yo no había terminado de hablar, íbamos juntas y calladas hacia el guarro metro. No contagio de locuacidad a mi prima, es ella quien me contagia de silencio a mí. Como tantas otras veces, me arrastraba la espiral del silencio, que no consiste simplemente en callar. Consiste en, partiendo de una situación inmediatamente anterior en la que hablabas, dejar de hablar porque te sientes sola en tus motivos. Te entra el complejo de haber hablado demasiado aunque en realidad no has hablado demasiado, lo que pasa es que nadie te ha respondido, ni para apoyarte ni para contradecirte. Tampoco es que hablaras sola: había más gente, esa gente te escuchaba y puede que hasta estuviera de acuerdo contigo, pero la única que hablaba eras tú. Te quieren hacer tragar el brebaje de ideíllas religiosas según las cuales tu silencio no es claudicación y sometimiento sino elevación, distinción, respeto, cuando en realidad lo que ese silencio dice es que calladita estás más guapa. ¡Qué dolor, pensar que Marga también quería llevarme por el sumidero de la espiral del silencio!

—Marga —le dije como pidiéndole permiso.

La estación de Les Corts es de las nuevas y por eso no tiene torno sino compuertas en el control de billetes, con lo que saltar es más aparatoso y aunque yo, si llevo la repugnancia bien instalada, salto (aunque creo que ese día lo que tenía instalado era la comodonería burguesa de la caña y puede que ni yendo sola hubiera saltado), a Marga no se le da tan bien saltar y muy segura tiene que sentirse y muy de noche ser para hacerlo, así que hicimos un dos por uno en trenecito. Pasado el efecto de la dosis de adrenalina habitual que solo te deja estar pendiente de que no haya seguratas ni controladores ni trabajadores del metro fuera de sus garitas, le seguí hablando:

—Todavía no te he dicho cuál es la verdadera razón no verbalizada por la cual han echado a tu ligue. ¿Quieres saberla?

Me respondió asintiendo en silencio. Desparramó sus anchas caderas en los bancos del andén. Estaba cansada Margarita.

—Los anarquistas han echado a tu ligue para protegerte del deseo sexual, prima. Los anarquistas han echado a tu ligue porque piensan que la iniciativa sexual ha sido enteramente de él. Que tú, por tanto, has sido seducida. Presumen que tú estás en una situación de debilidad ante el macho, que se aprovecha de ti, de que eres nueva, de que eres poco punki, de que no sabes decir que no como sistemáticamente dicen que no las feministas del ateneo. ¿De qué están empapeladas sus fiestas? De carteles que dicen NO ES NO. ¿Qué grafitearon los de Can Vies en la última fiesta que hicieron en la Plaza Málaga? NO ME MIRES, NO TE ME ACERQUES, NO ME TO- QUES. ¡Coño! ¡Y en letras de medio metro cada una! ¡Si por lo menos hubiera un grafiti lo mismo de grande al lado que dijera SÍ ES SÍ...! Pero ni eso, con lo que un indiscriminado voto de castidad presidía la fiesta entera. Los anarquistas quieren protegerte porque no entienden que tú, mujer, quieras que te miren, que se te acerquen y que te toquen, y que eso te lo pueda hacer un casi completo desconocido. Estos okupas criminalizan la pulsión sexual del mismo modo que el código penal los criminaliza a ellos por vivir sin pagar el alquiler. Criminalizan la pulsión sexual desde el punto y hora en que entienden que cualquiera que te mire, que se te acerque o que te toque quiere abusar de ti. Nos animan a nosotras, mujeres, a decir que no. Quieren enseñarnos a nosotras, mujeres, a emborracharnos y a hacer pogos y a fumar porros y a encapucharnos, como siempre han hecho los varones. Sin embargo, no quieren enseñarnos otra cosa que también han hecho siempre los varones: expresar el deseo sexual y culminarlo.

El metro llegó y yo hice una pausa más larga de las habituales entre frase y frase, pero esta vez Marga no aprovechó para intervenir. Me miraba a los ojos, a veces arqueaba las cejas. No puedo asegurar que el suyo fuera el silencio de la espiral, aquel que afea a quien habla. ¿Estaba yo, acaso, descubriéndole algo de tal envergadura que no quería Marga perderse detalle?

—Para estos anarquistas tuyos, la pulsión sexual es peligrosa. Estoy de acuerdo con ellos: follar es peligroso. Follar es un acto de voluntad, un acto político, un lugar de debilidad donde caben desde el ridículo hasta la muerte, pasando por el trance, el éxtasis y la anulación. Pero los anarquistas no quieren asumir ese riesgo. Asumen otros, muchos y variados, pero ese no. ¿Por qué no asumen el riesgo del follar los anarquistas de hoy, a pesar de que sí lo asumieron los anarquistas de hace cien años? —Esta pregunta era retórica pero Marga, de nuevo, se la tomó como a ella dirigida, señal inequívoca de que me estaba escuchando. No sabía la respuesta y se encogió de hombros—. Este cambio de mentalidad merece ser estudiado con detenimiento. ¿No consideran los anarquistas de hoy la emancipación del deseo sexual parte de su lucha por la emancipación de todas las opresiones? –Marga volvió a encogerse de hombros, yo misma respondí–: Parece que no. Esa lucha, ¿les da miedo? –De nuevo alzó y descargó Marga los hombros en un gesto de niña a la que le toman la lección sin haber estudiado y sin saberse ninguna respuesta. Volví yo a responder–: Parece que sí. ¿Les da miedo follar? Por ahí van los tiros, por ahí van las pelotas de goma de los antidisturbios sexuales. Han entendido liberación sexual como mera y simple asunción y visibilización de la personalidad no heteronormativa de gays, lesbianas, bisexuales y transexuales. Han acuñado el bello concepto de «disidencia sexual» para referirse a lo más superficial del sexo: a la identidad y a las pintas, a precisamente todo aquello que follando debería disolverse. Disidente sexual es una mujer que se deja bigote. Disidente sexual es un tío que empieza a hablar de sí mismo en femenino. Disidente sexual es el que toma estrógenos o la que toma testosterona. Vale que todos ellos son disidentes sexuales del heteropatriarcado. Sin embargo, ¿es disidente sexual una tía supermaquillada y vestida como Beyoncé, una tía incluso con tetas de silicona y una liposucción practicada, que quiere que la miren y que se le acerquen y que la toquen porque esa mujer, simple y llanamente, tiene ganas de follar, no de conseguir dinero, no de conseguir un favor laboral, no de darle celos a otra persona, sino que quiere follar porque para ella lo mejor del mundo es follar, porque no idealiza ni categoriza ni clasifica el acto sexual y los cuerpos que sexualmente actúan, sino que concibe el follar como algo más alejado de lo simbólico y más próximo a la fornicación, es decir, a la tarea de poner todas nuestras potencias al servicio del placer? –No era espiral del silencio ni era niña poco aplicada. Íbamos sentadas la una junto a la otra y a veces Marga giraba no solo la cabeza, sino que dirigía hacia mí el tronco en su natural posición de adelantamiento, de Sherlock Holmes o de Pantera Rosa que sigue un rastro de huellas en mi regazo, de modo que su oreja quedaba a la altura de mi boca y yo olía su pelo de días sin lavar–. Esa mujer no es una disidente sexual para tu grupo anarquista. Esa mujer lo que está es tarada. Esa mujer se está metiendo en líos. Esa mujer está provocando, está poniéndoselo fácil a los violadores, o como poco a los machos fachos o a los machos sensibles, que vienen a ser lo mismo, y está poniendo en peligro los pilares del feminismo negador, el feminismo de la negación, el castrador feminismo en el que la mujer vuelve a desempeñar, paradojas de la vida, el rol de sumisa, pues dota al que se le acerca con intenciones sexuales de un poderío fálico ante el que solo cabe no ya atacar, lo que constituiría una digna actitud luchadora, sino defenderse. La feminista castradora se presume a sí misma objeto de dominación por parte de quien quiere follársela, al que presume en todo caso sujeto dominador. Como buena sumisa, en esa sádica relación que, lejos de combatir, asienta y en la cual se acomoda, la feminista autocastrada halla placer en la negativa que su sádico le inflige. Piensa la feminista de la negación que es ella quien niega el falo, pero se engaña: ella lo que quiere es que el falo la niegue a ella. Ella lo que quiere es revertir los clásicos roles de la calientapollas y el pagafantas. Ya no quiere ser más la seductora que no concede ni un beso después de que el tío la haya invitado a las copas. En vez de dinamitar esos roles de mierda, esa relación donde no hay ni carne ni verdad sino solo retórica y seducción, la autocastrada quiere adoptar el rol del pagafantas y que el otro sea su calientacoños, su negador de la carne, al que ella indefectiblemente se somete porque le gusta carecer de iniciativa sexual, que es una cosa muy pesada porque acarrea mucha creatividad, mucha responsabilidad y mucho riesgo. Así, negando, se evitan las consecuencias inesperadas que pueden derivarse del follar no premeditado, siendo la falta de premeditación lo que distingue, qué duda cabe, al buen follar del mal follar. Siendo además esa falta de premeditación lo que nos aleja de los fetichismos y nos acerca a la verdadera cópula desenfrenada, desenfrenada no como sinónimo de veloz sino de ilimitada, de incondicional y de carente de formalismos. –Le acariciaba el pelo. Que lo tuviera sucio, que a mí se me quedaran los dedos brillantes y que ella oliera a sábanas de muchos días sin cambiar hacía de Marga la presencia más inteligente del metro, una despreciadora natural y sin esfuerzos del supuesto medio de transporte público que es en realidad una fosa común y que Marga violentaba con su olor de persona viva. Marga había entendido la alienante función que todo metro cumple en cualquier gran población: hacernos creer que por unir las cuatro puntas de la ciudad une también a sus habitantes, cuando la verdad es que los licua y los vuelve aún más desconocidos, obligándolos a comportarse con eso que Transportes Metropolitanos de Barcelona llama civismo y que no es sino una radical ignorancia hacia tu vecino, una radical no interpelación ni en forma de palabras, ni en forma de miradas, ni en forma de olor, y un aliciente extra para no dejar de mirar el móvil–. Pero este feminismo negador pontifica con que decir no al follar es liberador porque entiende el acto sexual como una histórica herramienta de dominación del hombre hacia la mujer. Mujer: cuanto menos tiempo y energía dediques al sexo, bárbara tarea, más tiempo tendrás para ti misma, para cultivarte y hasta para hacer la revolución. Mujer que no folla es mujer independiente y liberada. ¿No suena esto exactamente a lo que suena: a la mística del celibato? ¡Se llaman a sí mismas anarquistas y andan legislando sobre los coños! Irónicamente, defienden el follar malo, el follar premeditado, el follar, en fin, burgués. Halla placer el feminismo castrador en la elección consciente y calculada de pareja sexual como placer halla el consumidor en la elección de una mayonesa u otra en el supermercado, porque entienden estos feministas que follar es cuestión de gustos. ¡Nada menos que de gusto personal! –No en vano las personas que con más fruición e impulso miran el móvil son las más aseadas. No en vano la higiene es la antesala del fascismo–. El gusto y el deseo son cosas bien distintas, esa mujer disfrazada de Katy Perry o de votante del PP en Nochevieja lo sabe. El gusto, que siempre nos viene moldeado por el poder cuando no directamente prefabricado, no es la brújula de esa mujer. Su brújula es su convencimiento de que, en este estado de escasez sexual en el que vivimos, cualquier insinuación, cualquier cadencia lúbrica de párpados, venga de quien venga, hombre, mujer o niño, es cómplice y camarada, es el salto y seña de los iniciados y de los opositores al régimen. –Yo, sin embargo, venía recién duchada de la escuela. ¿Sería esa la causa del silencio de la subversiva y fragante Marga? ¿Sería su silencio una censura, una resistencia por estar yo inhibiendo su olorosa violencia con mi olor a gel de formato familiar?–. El gusto, el elegir, viene después, ya con la lengua dentro. Puede que esa lengua no sea buena. Puede que ese dedo no atine. Puede que ese aliento no queme. Pero ¿cómo saberlo mientras no se prueba? Probar es el riesgo. Acercarse a otro para dar y recibir, ahora sí, gusto, es el riesgo. –Tampoco era censura ni resistencia. Marga se amodorró poco a poco a mi caricia hasta que terminó por apoyar la cabeza en mi pecho. Ahí dejó pasar las nueve paradas hasta el trasbordo. Yo le hablaba más flojito–: Los anarquistas de hoy apenas prueban y por eso follan muy poco y, si follan, es bajo las burguesas consignas de la premeditación y el gusto personal. Despectivamente, a quienes defendemos lo contrario nos llaman, ¿sabes cómo?, anarcoindividualistas, que es el paso previo a considerarnos lo que los yanquis llaman *libertarians,* a saber: capitalistas non plus ultra, amantes locos del parque de atracciones de la libertad y el mérito que es el mercado, detractores acérrimos del intervencionismo estatal en la economía pero no detractores, sin embargo, de todo lo que de intervención estatal tiene establecer y defender una frontera, o aprobar un código penal y formar un cuerpo de policía dedicado a proteger la propiedad y la moral machista, racista y, en resumidas cuentas, fascista, que a la propiedad sustenta. —Mi habla la acunaba y, quizás, su silencio era el silencio del niño al que apacigua el constante latido materno, y, estando recibiendo por los cinco sentidos la dosis de alienación que como barceloninas que cogen el metro nos corresponde, comunicarnos Marga y yo así, sin ser ni madre ni hija ni haber una nana entre nosotras, me dio un placer raro, raro por lo extraño y raro por lo poco frecuente, un placer que llenaba el vacío de significado de nuestras neoliberales vidas o al menos de nuestro trayecto en el metro pero lo hacía sin rebasar, porque es un placer justo en medida y en justicia, no extático, no cegador sino lúcido y consciente, un placer que no está al alcance de la mayoría porque la mayoría siempre es tautológicamente democrática y que es el placer de la politización.

Susurraba en el oído de Marga y con una mano me protegía la boca de los ruidos del metro:

—Se nos acusa de anarcoindividualistas porque, dicen, pensamos que no hay nada por encima del individuo. Se nos dice que no nos sentimos vinculados por lo decidido en la anarquista asamblea. Se nos acusa de no defender lo común y la colectividad, se nos tacha de egoístas, dicen que también nosotros tenemos una ley, la ley del deseo, ley a todas luces más tiránica que las leyes de los anarcosociales porque no ha sido adoptada en la asamblea, y en virtud de esa egotista ley nos pasamos a la comunidad por el forro. ¡Qué ironía, Marga! ¡A quienes proclamamos el sexo indiscriminado, a quienes queremos extender la promiscuidad de puerta en puerta, a quienes queremos acabar con la noción de pareja sexual y extender el sexo colectivo nos llaman individualistas! ¡Y ellos,

los premeditadores negadores del placer, los que ya con los huevos y el coño negros bajan tímidamente la mirada ante la invitación sexual de cualquiera o directamente lo tachan de invasor o invasora del soberano espacio personal, o sea, del soberano espacio del statu quo, del soberano espacio que asegura que volverás a tu casa igual de sola que saliste, en fin, del soberano espacio del aburrimiento, esos mismos que, para qué darle más vueltas, follan de uno en uno y en habitaciones con la puerta cerrada, esos mismos, digo, se atribuyen la denominación de «anarcosociales»! ¿Has visto esa otra consigna que dice SI TOCAN A UNA, NOS TOCAN A TODAS? ¡Ojalá!, digo yo. ¡Ojalá esa consigna no fuera metafórica, ojalá a ese verbo «tocar» le dieran su significado común y literal en vez de hacer de él un eufemismo de «agredir»! ¡Eso sí que sería solidaridad entre compañeros: quien estuviera siendo tocado, tocaría al resto! ¡SI FOLLAN CON UNA, FOLLAN CON TODAS! Pero nada, prima. Los anarquistas estos follan muy poco, no entienden que tú folles mucho y no quieren que folles tanto, y por eso te han quitado al ligue con la excusa de que tu ligue es un secreta. Mira si son fachas los anarquistas, carajo.

Callé las paradas restantes hasta la estación donde hacíamos trasbordo. Ahí, Marga, sin yo tener que espabilarla, se irguió todo lo poco que ella se yergue, con esa pequeña inclinación suya que le hace oscilar las tetas al caminar. Iba plácida mi prima, con un silencio como de contemplación de lo bien hecho, y yo me alegré de haberle quitado de la cabeza el miedo a que el tío ese le reventara la okupación. O eso o le había comido la lengua el gato Tripteridol, pensé. Era posible que a Marga le hubieran hecho alguna analítica, hubieran detectado que no había rastro del fármaco en sus fluidos y la hubieran llamado al orden. Subimos al tren y nos sentamos, pero esta vez Marga no se me acurrucó porque solo iban a ser tres paradas. La eché de menos.

141

–¿Vas de Tripteridol o es que se te ha pasado el susto? –Se lo pregunté con dulzura.

–No, voy bien.

No entendí su respuesta.

–No debes tener miedo, Marga. –Le puse una mano en el muslo y ahí se la dejé hasta que hubo que levantarse.

–¿Miedo de qué?

–Miedo de ese tío. Ya te digo que no es un secreta.

–Ese tío es secreta, Nati.

–Que no, Marga. Que lo que pasa es que tú eres demasiado libre para esos anarquistas reprimidos. Pero tú a lo tuyo y aprovecha, que esa casa va a ser tuya.

Puso ella su mano en mi muslo y quedaron cruzados nuestros antebrazos. El muslo de Marga es tierno y el mío duro.

–Que no, Nati. Que la cosa no va de follar mucho o poco.

–Es evidente que sí, Marga.

–No, Nati. Evidente es otra cosa.

Marga también me hablaba con dulzura, pero su dulzura era la de la condescendencia mientras que la mía era la dulzura del amor. Esa falta de correspondencia me agitó pero no creo que se me notara.

–Y qué cosa es esa –le pregunté fingiendo que mi mano seguía tocando su muslo cuando en realidad ya solo era una mano muerta y paralizada por el desamor, por la pérdida de mi amiga.

–Que yo soy retrasada mental, Nati. Es evidente que soy retrasada mental. Como eso es evidente, también es evidente que yo no puedo ser policía secreta y por eso ningún okupa de la oficina de okupación sospecha de mí, y por eso no ponen un cartel con mi cara. También es evidente que el tío al que me follaba no era retrasado mental y por eso él sí puede ser secreta y por eso sí ponen carteles con su cara. Y como es

142

evidente que soy retrasada mental, y como es evidente que los retrasados mentales no hablan igual ni de los mismos temas ni les importan las mismas cosas que a los que no son retrasados mentales, los okupas piensan que yo he podido contarle algo al secreta entre polvo y polvo o durante el polvo.

–¿Que tú eres qué, Marga? ¿Retraqué? ¿Qué de mental? Perdona, pero es que no he entendido ni media palabra de lo que acabas de decir.

–Da igual, Nati, cosas mías. Nata Napalm es un nombre tela de guapo. –Me respondió eso sonriendo con un cansancio ya sí incuestionable alrededor de los ojos y de la boca y, a pesar de ello, vigorizó la mano que tenía en mi muslo y me masajeó suavemente los cuádriceps durante las dos paradas que quedaban hasta la Barceloneta. No sé si sabe Marga el gusto que nos da a los bailarines el sobeteo en cualquier lugar, pero fue por eso, por ese gusto tan inesperado y gratuito que me estaba dando en la pierna, que no pensé en su agotamiento y no la detuve, ni le correspondí poniéndole las manos en los hombros ni diciéndole Marga, quien hoy necesita un masaje para olvidarse de la mierda del secreta, de la okupación y del Tripteridol eres tú. Date la vuelta.

Declaración de D.ª Patricia Lama Guirao, dada en el Juzgado de Instrucción número 4 de Barcelona el 12 de julio de 2018 en el proceso de solicitud de autorización para la esterilización de incapaces, a resultas de la demanda presentada por la Generalitat de Catalunya contra D.ª Margarita Guirao Guirao.

A tal punto llega su afición que si pasa por el lado de una mesa y el pico de la mesa le queda a la altura del «coño», la Marga se lo clava. A ver: no es que vaya buscando la mesa, señoría, como sí va por la calle buscando hombres y lo que no son hombres. Es que va a poner o a retirar la mesa, por ejemplo, y me la encuentro con los platos todavía en las manos y dándose golpecitos ahí, con mucha naturalidad, eso sí, como si la cosa no fuera con ella, como quien mira la tele mientras hace punto o quien mira la tele mientras plancha o como la Àngels, que mira la tele mientras escribe su novela por WhatsApp. Lo que vengo a decir es que lo hace sin maldad ni conocimiento ningunos, lo hace instintivamente, lo mismo que un animalito. Todos tenemos instintos, su ilustrísima. Yo, por ejemplo, cuando veo a un mendigo pidiendo, siempre siempre siempre miro en el monedero a ver si

144

llevo algo. Podré quedarme sin suelto para el pan o para el metro y hasta para tabaco, que a mí el instinto me hace darle sí o sí a la gente que pide por la calle.

Pero a los animales también se los adiestra, ¿no? Y de la misma manera que a un perro se le enseña que no debe «mearse» dentro de la casa ni rebuscar en la basura ni morderle a la gente, yo, por mucho que me tire el instinto, si abro el monedero y no llevo suelto no le voy a dar al mendigo un billete de veinte euros ni de diez ni de cinco ni una moneda de dos ni de un euro, vamos a ver. Pues lo mismo habría que hacer con la Marga, ¿no? Me parece a mí que no estoy diciendo nada raro. Yo misma, cuando estaba recién metida en el CRUDI de Somorrín, decía muchos tacos y era muy respondona, insultaba a los trabajadores del centro, a mis compañeros, ¡hasta a la mismísima directora! ¿Qué hicieron? Pues castigarme sin salir. Refuerzo negativo. ¿Qué más hicieron? Pues dejarme elegir la película de los viernes por la tarde cuando pedía las cosas con buenos modales. Refuerzo positivo. ¿Que no funcionaban los refuerzos? «Pirula» de Tripteridol al canto, su ilustrísima. Se combinaba la terapia conductual con la farmacológica. ¿Y funcionó? Pues ya me dirá usted. Ahora tengo mi piso, mi cuarto para mí sola, mis propios horarios. Que quiero salir, salgo, que quiero estarme en mi casa viendo la tele, me estoy, que en vez de macarrones quiero un huevo frito, pues me lo frío, que me quiero fumar un cigarro, pues me lo fumo, que quiero ponerme una minifalda, me la pongo, que me quiero poner un burka, ¡pues me lo pongo también! Que un día quiero invitar a un amigo a casa, ¡pues lo invito! Que me quiero encerrar con mi amigo en mi cuarto, ¡pues me encierro, pero con una gota de vergüenza y sin que nadie se entere de lo que estamos haciendo!, ¿o no? Pero yo soy muy mía para mis cosas y en caso de tener un amigo, pues prefiero irme a su casa en vez de traérmelo al piso, pero a dormir vuelvo yo a mi casa siempre, a dormir y a cenar porque a veces la educadora social doña Susana Gómez se presenta pues como los inspectores de trabajo en los bares, de noche, así que yo como muy tarde a las nueve menos cuarto estoy en el piso para estar sentada a la mesa a las nueve, no como la Nati, que vaya, esa ni tiene amigos ni medio amigos ni nada, con esas compuertas qué va a tener la criatura, por eso me pregunto yo que qué haría aquella noche que llegó a las diez de la mañana en plena visita de doña Susana Gómez, el disgusto que se llevó la mujer.

¿Cuándo, madre mía, cuándo, en los doce años que pasamos en el CRUDI, habríamos nosotras imaginado la libertad que tenemos ahora? ¿Alguien le ha dicho a Marga que no tenga amigos? ¡Todo lo contrario! ¡Si lo que queremos es que se eche novio y que nos lo presente y que lo meta en casa sin necesidad de andar escondiéndose! El CRUDI sí que era un convento, señoría. Ahí sí que eran carcas y nos tenían a todos infantilizados. ¡Si no le podías dar ni un beso en la boca a un compañero sin que llegara una cuidadora y te separara, y luego encima se reía de ti! ¡Si por no poder no podías ni tocarte porque la monitora de turno te sacaba la mano de las bragas! Y de mantener relaciones sexuales seguras y saludables ni hablamos, o sea, te metías con algún compañero en el cuarto de baño y te echaban la puerta abajo y luego, encima, refuerzo negativo. Salirte de tu habitación por la noche para ir a la habitación de los chicos, imposible, porque había una monitora en plan guardia jurado que te devolvía a tu cuarto, y luego otra vez refuerzo negativo. ¿Sabe usted cómo lo pasó Margarita allí? ¡Tenían hasta que atarla a la cama! Para denunciar al CRUDI de Somorrín al defensor del pueblo, que me parece que es una defensora. ¡Y estamos hablando del año 2007, eh, que no estamos hablando de la película de Almodóvar esa del internado de los tiempos de «Maricastaña»!

Pero las profesionales de aquí son muy distintas a las de allí, señoría. Los tiempos han cambiado. Es la vieja política frente a la nueva política. Es lo que es vivir en una ciudad gobernada por una activista como la Ada Colau, de un partido en el que uno de sus políticos más importantes tiene atrofia muscular espinal y otra de sus políticas más importantes se saca la teta en mitad del Congreso para amamantar a su niño. Debe de ser por eso que cuando la Marga se saca las tetas en mitad de la calle la Guardia Urbana la reconviene con tanto respeto, no como la Guardia Civil de Somorrín, que le echaban una manta por encima como a un inmigrante que acabara de desembarcar de una patera.

Aunque ella no tiene ninguna discapacidad, la Ada Colau defiende a los discapacitados. Lo único que tiene es que está un poco metidilla en carnes, pero bueno, ya con eso está defendiendo también a las mujeres, que no tienen que seguir los machistas dictados de la moda machista. En una ciudad gobernada por una política de la nueva política, las personas con diversidad funcional intelectual y/o del desarrollo tenemos derecho a una vida afectiva y sexual plena, saludable y satisfactoria, siendo obligación de las instituciones públicas y privadas dentro del sector desmontar los mitos sobre nuestra sexualidad, ofrecer orientación a las personas de apoyo de los Grupos de Autogestores y visibilizar nuestros derechos sexuales y reproductivos. O sea, que aquí nadie le ha dicho nunca a mi prima la Marga que el «ñaca ñaca» sea nada malo. Aquí nadie reprime sexualmente a Margarita Guirao Guirao, su ilustrísima. Aquí, lo que se estaba, reunión de autogestores tras reunión de autogestores, sesión de psicóloga tras sesión de psicóloga, era dándole a la Marga una educación afectivo-sexual que le permitiera distinguir entre muestras de atracción apropiadas e inapropiadas y entre prácticas sexuales o expresiones afectivas aptas para ser hechas en público y aquellas que corresponden al ámbito privado y/o íntimo; favoreciendo, fa-

147

vo-re-cien-do, que, como la misma palabra indica, significa haciéndole un favor, eh, pues haciéndole el favor de crear su espacio de intimidad.

En eso estábamos, y todo el entorno familiar de la Marga implicado. Yo, saliendo de casa una hora antes de que fuera la reunión de autogestores, ¡una hora, señoría, estando como está la RUDI tres calles más «pabajo» de nuestra casa! Pues bueno, pues aquí la prima Patricia empezaba a arreglarse a las cuatro de la tarde, todavía con el bocado en la boca, para poder salir de casa a las cinco y poder estar en los autogestores puntual a las seis, porque la Marga es «lentorra» como ella sola, sabe usted, la ataxia locomotora es parte de su discapacidad. ¿Y su prima Àngels, cómo aprendió por el bien de la Marga a ser más generosa con la tele y a dejarla ponerse una peliculilla guarra de vez en cuando? Con el volumen flojito, eso sí, flojito, para que no nos soliviantara a las demás. Le dijo la Àngels a la Marga después de la primera reunión seria que tuvimos con la directora del piso, le dijo con «to» su media lengua «Marga. Aquí todas somos adultas. Aquí ninguna es ninguna niña. Esta es tu casa lo mismo que la nuestra. A ti te gusta el "follar", ¿no? —Esas palabras usó, señoría, claro, el lenguaje que entiende la Marga—. Pues aquí tienes un *pen* con treinta películas porno que te he descargado de internet. ¿No dijiste el otro día que querías ver porno?»

Cómo se nota que la Àngels es la menos discapacitada de todas, que se acordaba del día aquel en que discutieron por la tele y la Marga le pegó el vacile de que ella lo que quería ver era una peli guarra. A la Marga le pasa como a los drogadictos, que, de tanto como lleva «follao» en su vida, una peli porno no le hace nada, ni la calienta ni nada. La relaja, le quita el «mono», pero nada más. Se nota, se nota quién es la menos discapacitada de todas, porque precisamente de eso se trataba, de que la Marga se relajara. De que viera las películas, de que se tocara un poquito, de que se quedara a gusto y de que no tuviera que poner la mesa con esa ansia suya.

¡Hasta mi hermana Natividad, fíjese usted lo que le digo! ¡Hasta la Nati estaba poniendo de su parte por la causa del piso y de la Marga! Le traía la Marga de la calle unos cuadernillos ahí mal «fotocopiaos», ahí medio «arrugaos», en blanco y negro, como los que hacíamos en el CRUDI de Somorrín en el taller de manualidades, pero bueno, que es parte también de la discapacidad de la Marga el encontrarse cosas que le llaman la atención y traértelas como un perrillo. Total, que ya me dirá usted para qué quiere esos folletines la Nati estando ella hecha a los tochos de libros de la universidad, que bueno, que digo yo que como su discapacidad es sobrevenida y aunque es difícil que abra un libro sin que lo estampe a los cinco minutos contra el suelo, digo yo que como es sobrevenida pues quien tuvo retuvo, ¿no? Si la Nati ve una revista corriente y moliente, una *Pronto* o una *Saber Vivir* o una *Muy Interesante,* con sus páginas a color y sus letras bien puestas y directamente las tira a la basura, que anda que no me he liado yo a voces con ella porque algunas eran mías y ya desde entonces las escondo. Si alguien que sabe leer tan bien y ha leído tanto y tantas cosas especializadas que no las puede entender cualquiera, si tú a esa persona le das una libretilla que parece que la ha hecho un niño de seis años, qué provecho le puede sacar, pues ninguno. Pues oiga: con tal de no hacerle un feo a su prima porque sabe que está con la depresión se ponía la exuniversitaria exdoctoranda a leer los cuadernillos esos. Esos no los tiraba a la basura. Esos es que se los merendaba, y luego encima iba y se los explicaba a la Marga, porque la Marga no sabe leer, entonces iba la Nati cuadernillo en mano y se lo explicaba, con las palabras incomprensibles compuerteras de la Nati, pero bueno, como ella podía y con toda su buena intención se lo explicaba. Ganas de llorar me entraron la primera vez que las vi a las dos ahí, en el sofá,

149

que hasta les daba igual la tele o *Los Simpson* o *La ruleta de la suerte* o lo que la Àngels tuviera puesto.

¿Ve su excelencia como mi hermana Natividad, si quiere, puede? ¿Ve como si ella quiere podemos vivir en armonía? ¡Pero si hasta en las dos semanas que duró la «espantá» de la Marga, la Nati, con tal de no echar más leña al fuego, se puso a ir a los autogestores los martes, y eso que antes los odiaba! ¡Si hasta se llevaba los cuadernillos esos cutres que le traía la Marga y nos los daba a leer a todos, y al que no supiera leer se los leía en voz alta! ¡Pero si hasta se puso a enseñar a leer a los que no sabían con las libretillas esas, por Dios bendito, que todavía no me lo creo, con lo egoísta y lo «enterá» que ha sido la Nati siempre! Hasta a hacer sus propios cuadernillos se puso en los talleres de manualidades. ¡En los talleres de manualidades, señoría, donde van los discapacitados severos a jugar con plastilina! Y lo que no terminaba allí, lo seguía haciendo en casa. Se bajó al chino y se pilló unas tijeras de punta redonda, un pegamento de barra, un paquete de folios, unos bolis, y con mucha educación me pidió revistas viejas que yo ya no leía para recortarlas y hacer sus dibujillos. Se iba a la biblioteca municipal para usar los ordenadores, escribía, se metía en internet, imprimía sus cosas. Se tiró un mes que solo presentaba facturas de la tienda de fotocopias, no se gastaba un céntimo de su dinero de bolsillo en nada más. El gusto que daba verla concentrada y calladita en la mesa del salón como una niña haciendo los deberes.

En fin, que en esas estábamos, señoría. En esas estábamos todo el ámbito familiar de la Marga, o sea yo, la Àngels y la Nati; y todo el ámbito profesional de la ídem, o sea, doña Diana Ximenos, directora del piso tutelado, doña Laia Buedo, psicóloga de la RUDI de la Barceloneta, y doña Susana Gómez, educadora social de la ídem. Todas estábamos en el favoreciendo, en el propiciando, en el garantizando el derecho vinculado al bienestar y a la dignidad humana que es darle a la Marga la oportunidad de aprender a relacionarse afectivamente. Pero falló un ámbito, señoría. Falló el ámbito institucional, o sea, los organismos y administraciones públicas vinculadas al sector. ¿Y cómo falló? Pues llegando un día la psiquiatra del Hospital del Mar, que, la verdad, no sé cómo se llama porque yo desde que llegué a Barcelona no me ha tenido que ver ningún psiquiatra, eh; pues llegando la psiquiatra y diciendo que la Marga tenía una depresión, mandando la educación sexual «a tomar por culo» y a mi prima Tripteridol de 500. Yo no sé qué «cojones» tienen los psiquiatras con el Tripteridol que «pa to» lo mandan, oiga. ¿Alteraciones de conducta? Tripteridol. ¿Esquizofrenia? Tripteridol. ¿Depresión? ¡Tripteridol también! ¿Qué tienen que ver un alterado de conducta, un esquizofrénico y un deprimido? ¡Si es que hasta parece el principio de un chiste de Lepe! ¿Les dan comisión a los psiquiatras o qué? Pues claro, pues claro que les dan, que vi yo un reportaje en La Sexta de cómo las farmacéuticas les regalan viajes a los médicos. Entiéndame su excelencia porque yo no quiero desacreditar a esa señora psiquiatra ni a nadie. ¿Yo he estudiado medicina? No. ¿Yo le voy a decir a la señora psiquiatra cómo tiene que hacer su trabajo? Evidentemente, no, porque en esta vida hay que ser, lo primero de todo, humildes. Yo no las compartiré, pero acato las decisiones de la señora psiquiatra y era yo la primera en darle la pastilla de Tripteridol a la Marga, quedarme mirándola hasta que se la tomaba y luego decirle «abre la boca» a ver si se la había tragado.

Lo que a mí me parece es que a quien le falta humildad es a la señora psiquiatra. Vale que le mandes Tripteridol, ¿pero por qué echar por tierra todo el trabajo de educación sexual y del enfoque de Atención Centrada en la Persona, en este caso en la persona de mi prima la Marga? ¿Es que el trabajo de la señora psicóloga y de la señora educadora social no valen nada? Yo no quiero ser malpensada, su ilustrísima,

151

pero lo que a mí me parece es que la señora psiquiatra, que ya le digo que ni la conozco ni tengo nada personal contra ella, es de las que piensan que los profesionales de la psiquiatría, sus carreras universitarias y sus libros y sus congresos y su trabajo, son superiores, más listos, más cultos y más útiles que los profesionales de la discapacidad, ¡que también tienen sus carreras universitarias y sus congresos y sus charlas por todo el mundo! Sin ir más lejos, en el Grupo de Autogestores hemos estado leyendo un libro sobre discapacidad escrito por un muchacho «mu apañao» que tiene síndrome de Down, que salió en una película muy bonita sobre síndrome de Down y que ahora en septiembre va a venir a darnos una charla a la RUDI. ¡Un muchacho que es el primer síndrome de Down del mundo que se ha sacado una carrera universitaria! ¡Un libro que ha vendido diez mil copias y que lo han traducido al alemán, y una película a la que le han dado premios y todo! Y el muchacho ha estado en Colombia, en Argentina, en Suiza y en todos los países esos hablando de discapacidad intelectual, y en la tele y en los periódicos y en todo. ¿Qué más hace falta para que el mundo se dé cuenta de que la discapacidad intelectual tiene mucho que aportar a la sociedad?

A mí lo que me parece es que la señora psiquiatra es una representante de la vieja política. Alguien que está más pendiente de seguir siendo de la casta, y en este caso la casta es la plantilla de psiquiatras del Hospital del Mar, que de las necesidades del pueblo, y en este caso el pueblo es la Marga. Fueron los enemigos del pueblo los que dieron lugar a la situación crítica de tener a la Marga desaparecida, alejada de su familia y viviendo en una casa sin techo ni agua corriente ¡como la pocilga en la que vivía en Arcuelamora con su padre Jose el gordo y su medio hermana Josefa! ¿Y viene ahora a decirnos la señora doña Diana Ximenos que eso lo hizo la Marga porque la vida en nuestro piso tutelado no se adapta a sus necesidades? ¿Porque la comunidad familiar no puede asumir las labores de cuidado, amor, comprensión y empatía que la Marga necesita? Yo seré discapacitada al 52 % y subiendo, excelencia, pero lo que no soy es tonta, y eso que dice doña Diana es lanzar balones fuera y encima echarnos la culpa a nosotras. Es querer ocultar que ella lo hizo mal al no tomar en consideración las medidas educativas y de acompañamiento psicológico y social, como las reuniones de autogestores tendentes a la integración afectivo-sexual de la Marga. Y también lo hizo mal al no haber pedido una segunda opinión médica, porque para cualquier profesional del mundo de la discapacidad salta a la vista que la «espantá» de la Marga no tuvo nada que ver ni con nosotras ni con el piso. Esa «espantá» solo la hace una persona que, aparte de discapacitada intelectualmente al 66 %, está con la salud mental afectada, o para ser exactos y tal y como dicen los profesionales del mundo de la discapacidad, la Marga es un ejemplo de trastorno de conducta, de conducta perturbadora, de alteración conductual o de conducta problemática en discapacitados. ¿Por qué en vez de eso la señora psiquiatra del Hospital del Mar dijo que lo que la Marga tenía era una depresión corriente y moliente que a golpe de Tripteridol se cura, corriente y moliente como la de cualquier no discapacitado en paro que no puede llegar a fin de mes, o cualquier no discapacitado profesor de secundaria al que se le suben los alumnos a la chepa, o cualquier no discapacitada señora de más de 55 años a la que se le han independizado los hijos y tiene el síndrome del Nido Vacío? Pues se lo voy a decir a usted: porque la señora psiquiatra esa ha demostrado al tratar a la Marga que para ella los discapacitados somos ciudadanos de segunda, señoría. Porque no tiene en cuenta nuestras particularidades médicas, sociales, psicológicas, biológicas, afectivas y comunicativas. Vale que todo el mundo no puede saber de todo y que los médicos se especializan cada uno en una especiali-

153

dad, ¿no? Hasta ahí llegamos los discapacitados al 52 % que hemos recibido los apoyos adecuados. ¿Pero no es de buenos profesionales preguntar cuando no se sabe algo? ¿Por qué la señora psiquiatra, al verle a la Marga la discapacidad en la cara, no cogió, se levantó de su silla, salió de su consulta y enfiló el pasillo de la planta de psiquiatría del Hospital del Mar en busca de algún colega suyo que estuviera especializado en alteraciones conductuales de discapacitados? Pues el padre ya te lo he dicho, como la adivinanza: porque la señora psiquiatra despacha pacientes como churros el churrero del aceite hirviendo, porque, si la Seguridad Social está muy colapsada por los recortes y la buena mujer no da abasto, podría sumarse a la marea blanca por la sanidad para intentar cambiar las cosas en vez de estarse «repantingá» en su silla anatómica no sea que alguien, otro psiquiatra más joven y con más ganas de trabajar y de hacer las cosas bien, se la quite; o podría por lo menos, si no está por la regeneración democrática, que tampoco se la puede obligar, podría por lo menos ser humilde y decir «yo a esta chica no la trato porque no sé, aunque sea psiquiatra y tenga treinta y cinco mil diplomas colgados de la pared yo a esta chica con ataxia "locolentorra" y rozaduras en las rodillas de bajarse las bragas no sé tratarla».

Pero ni lo uno ni lo otro, señoría. Tristemente, ni lo uno ni lo otro. Una vez más, los representantes de la vieja política abandonan a un miembro débil de la sociedad al hacer dejación de su obligación de protección, en este caso la obligación de salvaguardar el mayor interés del incapaz, porque si usted incapacitó a la Marga nada más llegar nosotras a Barcelona fue para salvaguardar su mayor interés, el de la Marga, no el suyo de usted, porque a mí me parece que su excelencia es una jueza de la nueva política, si me permite que se lo diga. Su excelencia no es una jueza de la casta que solo mira por los intereses de la casta. ¿Se cree su ilustrísima que yo no sé que se está usted tomando la molestia de hacer más trámites de audiencia que los que dicta la ley para una autorización de esterilización? Yo estoy muy puesta en el mundo de la discapacidad, su señoría, que para eso soy autogestora. Yo sé perfectamente que la ley solo obliga al juez a leerse los informes de dos médicos, el informe del Ministerio Fiscal y a explorar al incapaz, o sea a la Marga. Pero como la Marga no se deja explorar, pues su excelencia, en vez de decir «uy qué alegría, una cosa menos que tengo que hacer», coge y, ni corta ni perezosa, se toma la molestia de llamar a su prima Patricia Lama Guirao y de preguntarle a ella. Pues como tiene que ser viniendo de una profesional de la nueva política que no trata a las personas como números, y más siendo personas en situación de vulnerabilidad como lo son los menores o los incapaces.

Su ilustrísima se ha ganado a pulso nuestra confianza. ¿Se cree usted que yo antes de firmarlos me leo los papeles esos que ponen por escrito mis declaraciones? ¡Ni uno! Yo los firmo directamente porque me fío de todo lo que venga de su señoría, aparte de que cómo se piensa usted que puedo yo leerme esa cantidad de folios con esa letrilla tan chica, llevando las gafas de culo de vaso que llevo y entrándome el dolor de cabeza que me entra.

Entonces, si su excelencia ve con buenos ojos lo que dice la tutora de la Marga que usted misma nombró previa audiencia del presunto incapaz, de sus familiares y del Ministerio Fiscal, es decir, que fue un nombramiento con todas las garantías y recayendo ese nombramiento como tutora de la Marga en la mismísima Generalitat de Cataluña, o sea, que no recayó ni en un familiar ni en una fundación tutelar que se quiera quedar con las cuatro perras de la pensión de la Marga para luego encima tenerla dejada de la mano de Dios, que desgraciadamente es el pan nuestro de cada día de las personas incapacitadas y que no todos los incapacitados pueden decir que su tutora es la Generalitat de Cataluña, «cuidao». ¿Vas a comparar que te tutele un CRUDI en mitad del campo con la Generalitat con sus medios, sus recursos y su cantidad de funcionarios tutelándote? Pues que digo que si la Generalitat se lo ha dicho a su señoría y su señoría ve con buenos ojos que lo mejor para la tutelada Margarita Guirao Guirao sería hacerle la operación esa, pues qué le voy a decir yo, pues que «palante». Porque quién nos dice a nosotras que la Marga no «folla» tanto porque lo que quiere es quedarse preñada, vamos a ver. ¿Sabe usted lo desgraciadas que seríamos todas, empezando por la Marga y por el niño, un niño con diversidad funcional que, como dice el dicho, iba a salir más caro que un niño tonto? Ahora, que con lo que lleva «follao» mi prima, raro es que no se haya quedado preñada ya. A lo mejor algo ha hecho la educación sexual y ha aprendido lo que son los condones o la píldora. O a lo mejor ya nació ella así, sin poder tener hijos, como les pasa a las mulas y a los mulos. Quién nos dice a nosotras que lo mismo que del cruce de la yegua y del burro, por ser dos especies distintas, nace una mula que no puede preñarse o un mulo que no puede preñar, del cruce de mi tita Emilia que era casi ciega con su primo el Jose el gordo no nació la Marga sin poder preñarse tampoco, porque de no ser ciega como mi tita qué mujer se iba a ir con el gordo obeso del Jose Guirao, pues ninguna. Que también por eso sería que la Emilia un buen día se dio cuenta de que ella era de la especie humana de los discapacitados sensoriales y el padre de su hija de la especie de los obesos mórbidos y, ciega y todo, pilló y se fue del pueblo. Se decía que aunque gordo obeso el padre era buena persona porque, además de tener en su casa a otra hija suya que era la Josefa, de la que no se sabe quién era la madre, se quedó también con la Marga, que entonces tendría ocho años y me imagino que a esa edad, aunque todavía no la hubiera evaluado el equipo multiprofesional del Centro

Base, ya debía de notársele que salió diversa intelectualmente al 66 %. Tuvo la suerte de no salir diversa «cegatamente» como su madre, y aunque no gorda obesa como el padre sí «jamona» y «tetona» y celulítica, pero bueno, eso no es ninguna diversidad funcional. Y a lo mejor la Marga, como le decía a su señoría, aparte de su diversidad intelectual del 66 tiene también una diversidad de fecundidad de nacimiento. A lo mejor no hace falta ni operarle el «chirri», ¿no, excelencia? A lo mejor es que los multiprofesionales del Centro Base que evaluaron el grado de minusvalía de la Marga hace veinte años pasaron por alto su diversidad de fecundidad, la pasaron por alto queriéndolo o sin quererlo pero cumpliendo mal su obligación de valoración y calificación de la presunta minusvalía, viciando por tanto la determinación del tipo y grado de disminución en relación con los beneficios, derechos económicos y servicios previstos en la legislación y no haciendo prevalecer el superior interés del presunto minusválido. A lo mejor esos multiprofesionales también eran de la casta y por su desidia hacia el bien común le pusieron a la Marga un porcentaje más bajo del que le correspondía, lo que a efectos prácticos quiere decir una pensión más pequeña y una orientación terapéutica errónea, favoreciendo, en vez de su integración, como la favorecemos su familia y los profesionales de la nueva política, pues en vez de eso, favoreciendo su marginación, que es lo contrario a la inclusión, lo contrario al bienestar y lo contrario a la democracia.

¿Tengo yo algún problema en que mi prima la Marga en realidad sea más discapacitada de lo que es? Ninguno. ¿Tengo yo algún problema, o la Àngels, o la Nati como buenamente pueda, en ayudar más a la Marga y en prestarle más apoyos para su autonomía? La respuesta es no, su ilustrísima. Nosotras cuatro somos nuestra única familia. Hemos demostrado que sabemos cuidar las unas de las otras y que viviendo en un piso compartido como lo hacen todas las chicas de nues-

157

tra edad es como más y mejor nos encaminamos hacia el principio de normalización y total integración de las personas con discapacidad intelectual o funcionalmente diversas. ¿Que ahora resulta que la Marga en vez de 66 tiene un 86% de minusvalía porque no se puede preñar? ¡Es que todavía más la vamos a cuidar, señoría! ¿Que por su superior minusvalía hay que meter a una mujer en casa que la atienda allá donde sus limitaciones no le permiten llegar? ¡Pues se le pone, porque teniendo más grado, más grande será su pensión y se le podrá pagar a la cuidadora! ¿Que se le hace el nuevo examen de minusvalía y sale que los del Centro Base no eran de la casta porque efectivamente la Marga no tiene la discapacidad del preñarse y entonces hay que «discapacitarle» o «diversificarle» el «chirri»? ¡Pues se le discapacita, se le diversifica y «pa» su casa con doscientos euros más de pensión al mes!

La magistrada   La declarante   El taquígrafo/transcriptor

Guadalupe Pinto   Patricia Lama   Javier López Mansilla

Se pensaba Ibrahim el patizambo que me había olvidado de su pregunta sobre si nos podíamos hacer portés el uno al otro, pero una bastardista de pasado bovarístico jamás evade una pregunta, ni siquiera eso que llaman preguntas retóricas. Del mismo modo que para el Cortázar de *Rayuela* no existen las ideas generales, para una bastardista con pasado bovarístico, es decir, con toda una niñez, adolescencia y primera adultez de grandes placeres miserables dedicada a la negociación, firma y rescisión de esa modalidad del contrato de compraventa que es el contrato de sexoamor, abogada experta desde el parvulario en los derechos y obligaciones del deseo, prostituta, por tanto, desde la tierna edad; para una bastardista con tal bagaje bovarístico, decía, no existen las preguntas retóricas: todo, hasta lo aparentemente irresoluble o irrespondible o estúpido, debe ser respondido, respondido en el sentido de dar respuesta o bien en el sentido de ser confrontado. A veces las preguntas no deben ser respondidas sino confrontadas, esto es, debemos cuestionar las bases de la pregunta, su formulación, lo que la motiva, como cuando una cupera le pregunta a una anarquista si independencia de Cataluña sí o no y la anarquista responde que ese es un dilema burgués que no le incumbe, del mismo modo que no le incumbe el dilema de si comprarse el bolso en Dolce & Gabbana o en Victorio & Lucchino, o si comprarse el chalet en Nerja o la casa rural en Béjar. No le incumbe porque la única iniciativa que ella sostiene hacia cualquier Estado o subdivisión territorial del mismo, como lo es la propia Comunidad Autónoma de Cataluña, es su destrucción. La cupera insiste, embellece la pregunta: ¿Cataluña independiente pero también feminista, ecologista y obrera; o Cataluña no independiente y machista, taurina y pepera? La anarquista responde que no comparte esos marcos de significado con respecto al Estado, que el Estado, por ser el modelo de control de territorio y población que es, desde su nacimiento en el siglo dieciocho hasta la actualidad, jamás podrá ser feminista (será, como mucho, paritario), ni ecologista (será, como mucho, subvencionador de oenegés medioambientales), ni obrero (será, como mucho, comunista), y que ella, la anarquista, lo que quiere es ser independiente tanto de España como de Cataluña, y ya se prepara para la consabida réplica de la cupera de «qué casualidad que al final las posiciones de las españolistas y las de las anarquistas coinciden», a lo que la anarquista responde que qué casualidad que al final tanto la cupera como la españolista que tienen escaño en el Parlament cobran exactamente el mismo sueldo. «Pero las de la CUP destinan hasta dos tercios de sus 5.800 euros mensuales a la organización, cosa que no hacen los demás diputados, porque así mantenemos a la CUP autofinanciada, lo que significa ser libres del sector financiero o de otros lobbys donantes, de los cuales son esclavos los demás partidos.» Ya empieza a sonreírse la anarquista: «Tampoco comparto tu bondadosa visión de los partidos políticos que no piden préstamos, ni creo en la diferencia entre sector privado financiero y sector público partidista; creo, por el contrario, que cualquier partido político, ya sea el tuyo o el de Colau o el de Sánchez, es una empresa dedicada a producir representantes públicos.» Y así se tiran la tarde, la cupera preguntando, la anarquista confrontando las preguntas y siendo en última instancia tildada por la cupera de reaccionaria y de fascista, que son los insultos que prodigan los reaccionarios y los fascistas a todo aquel que no piense como ellos. Esto me pasó con la monitora-policía de Ibrahim el mismo día del debate de los portés. Una cosa llevó a la otra porque de hecho son la misma la ideología que sostiene los portés, la que sostiene a los indepes anticapitalistas y la que sostiene al bovarismo: la ideología de la retórica, la del dominio a través del discurso.

Frente a ellos, las bastardistas defendemos que, de entre las preguntas que sí merecen una respuesta, las que más las merecen son, precisamente, las preguntas estúpidas, las irresolubles y las irrespondibles, pues las bastardistas, cultoras del paraíso en los pisos, creemos que el criterio de posibilidad, resolución o respuesta de las preguntas que nos hacemos debe ser reformulado. Somos aguerridamente antirretóricas porque sabemos que la retórica es el lenguaje que usa el poder para distinguir lo posible de lo imposible y para crear eso que los poderosos llaman realidad, e imponérnosla. Así pues, las bastardistas cogemos las figuras retóricas y las reventamos, pero no llamando al pan, pan, y al vino, vino (otra figura retórica), sino que nos tomamos la molestia de documentar cómo todos los santos días, sin excepción, una reata de camellos pasa por el ojo de una aguja, y cada cambio de estación recolectamos los bosques de árboles caducifolios cuyas hojas son verdecitos billetes de cien euros en primavera, moraditos de quinientos en verano, amarillitos de doscientos en otoño y grisecillos de cinco en invierno; y previendo que hay besos y caricias que queman, los bastardistas siempre llevamos encima algodón y pomada. Las bastardistas, claro está, somos artistas, criaturas cercanas a los dioses presocráticos, los que hablaban con el lenguaje de las sacerdotisas drogadas,

161

o bien estamos cerca de las sacerdotisas drogadas, o bien somos las mismas sacerdotisas drogadas, despreciadoras de la filosofía, es decir de la escritura, es decir de la muerte (todo lo contrario que una bovarí, amante por encima de todo de la seducción y temerosa, por encima de todo, de la muerte). ¿Puede, pues, Ibrahim, el de la columna vertebral torcida, el que tiene una pierna más larga que otra y la cadera desnivelada, el que camina con andador, hacerle un porté a una bailarina con más de veinte años de experiencia, o puede una bailarina con más de veinte años de experiencia hacerle un porté a Ibrahim?

Esta es la cuestión que planteé en la clase de danza integrada de los multicines reconvertidos cuando, en un ejercicio por parejas, me tocó bailar con él. Era la primera clase para Ibrahim, llegó especialmente arreglado y afeitado, con gomina y camisa, como si fuera a una entrevista de trabajo en vez de a una clase de danza. Entró acompañado de la cupera con quien yo debatiría después sobre independencia y Estado. No la conocía pero se le notaba a la legua que era una monitora-policía de la residencia en la que Ibrahim vive, sospecha que luego vi confirmada. Se le notaba, en primer lugar, por las pintas de indepe cupera, las cuales constituyen el uniforme de todos los graduados en Educación Social o Trabajo Social de Barcelona nacidos a partir de 1980 (las zapatillas de montaña Quechua, los pantalones anchos a lo Oriente Medio, la riñonera, los cuatro o cinco piercings y la solitaria rasta decorativa). En segundo lugar, se le notaba porque fue ella y no Ibrahim quien se acercó al profesor para presentárselo y hablarle de él, con una mano puesta en su hombro y una gran sonrisa puesta en la cara, una de esas sonrisas extremas e injustificadas que no son provocadas por que al sonriente le haya hecho gracia algo, o algo le haya gustado, o algo le haya conmovido, sino que emergen de un convencimiento del monitor-policía de que con su sonrisa está haciendo el bien y convirtiendo en bondad todo aquello a lo que su sonrisa alcanza. Y en tercer y definitorio lugar se le notaba que era monitora-policía porque se sentó en una silla en los márgenes del linóleo junto a otros monitores-policías como ella, los cuales se dedican a mirar a los demás bailar y a sus custodiados en particular, muy atenta al comienzo porque nunca antes en su vida habría visto a una tipa cuyo cuerpo acababa en la cintura desplazándose como una orangutana con sus superdesarrollados brazos y arrastrándole los pechos, ni a un tío paralítico derrapando en la silla de ruedas, ni a otra tía, cuyo único vocabulario lo constituían tres palabras, cantando y surcando la sala en círculos. Flipó con toda esa novedad los primeros once minutos y, al igual que el resto de los policías, a partir del minuto doce pulsó el botón de off de las cervicales y la pantalla de desbloqueo del móvil y así pasó los ciento diez minutos restantes de clase, dando muestras de hartazgo en el minuto cuarentaidós y empezando a liarse un cigarro con sus marroncitos ecobiológicos filtros y papeles de fumar no blanqueados.

—Ibra, tío, ¿cómo tú por aquí?

—Pues que pregunté por ti la semana pasada en los autogestores y me dijeron que a lo mejor ya no ibas más porque eras una bailarina muy buena y te gustaba mucho bailar mucho.

Hacía dos semanas que no veía a Ibrahim y me costaba entender su hablar sin juntar los labios, su habla gutural y salival. Me pasaba como cuando llevas mucho tiempo sin escuchar un idioma extranjero que conoces y has estudiado. Identificas el idioma y sabes distinguirlo de otros, pero del discurrir de sonidos solo cazas algunas palabras sueltas.

—Perdona, Ibra, pero no estoy segura de si me has dicho que la semana pasada te dijeron que ya no iba a ir más.

—Sí, me lo dijo la Laia.

—¿La yaya? ¿Tu abuela?

—No, la Laia, la persona de apoyo.

—¡Aaah, Laia Buedo, la psicóloga! ¿Y te dijo que yo venía a estas clases?

—Sí. Me dijo que yo también podía venir a probar si quería.

—¿Probar la clase, has dicho?

—Sí.

—Claro. Además, la clase de prueba es gratis. ¿Y sigues yendo a los autogestores los martes?

—Sí, porque dice la Laia que está muy bien combinar la actividad asociativa de los autogestores con la actividad creativa del baile, y ya si me apuntara al club de Lectura Fácil nuevo que están montando me ha dicho que tendría muchas posibilidades de que me dieran un piso tutelado como el tuyo.

—Joder qué carrete tiene la Laia. —Dije eso y se rió Ibrahim con un graznido, que esta vez reconocí a la primera y que me contagió de risa. Mi risa es más bien estertórea.

—Y también dice que eres una bailarina muy buena —creo que dijo, pero como estaba graznando de risa era todavía más difícil entenderlo.

—¿Dices que soy buena bailarina?

—¡Muy buena!

—Muy buena no sé si soy, pero desde luego prefiero bailar como un pato mareao antes que volver a los interrogatorios-coaching de la psicóloga.

—No sé qué es eso, pero yo... —volvió a graznar de risa Ibrahim, y el graznido le llegó hasta los hombros, que se movieron en una lenta y redonda tracción—. ¡Yo sí que bailo como un pato mareao!

—¿No sabes lo que es el coaching? Una técnica fascista basada en el espíritu de superación.

—¿Fascista?

—Facha, ¿sabes?

—Aaaaah, ¿facha como los nazis y como Franco?

164

–Exactamente. Y como Ada Colau y como Pedro Sánchez y como Laia Buedo.

–¿La alcaldesa?

–Esa misma.

–Aaaah.

–Pues bienvenido. Ya verás como pasarse la tarde bailando como un pato mareao te sacude un poco la mierda de servir de objeto de estudio al mercado educacional y farmacológico.

–No te entiendo, Nati.

–Que bailar es un poco menos opresivo que hacer de conejillo de Indias para la industria asistencial.

–¿Cuál industria?

–Las empresas e instituciones públicas que se dedican a disciplinarnos a base de medicamentos y a base de discursos que ensalzan la democracia y la igualdad de los ciudadanos, entre ellos el discurso del coaching del que hablábamos antes.

–¿Disciplina como los soldados del ejército?

–Exactamente.

–Ya te entiendo.

Como el profesor vio que nos conocíamos y nos reíamos, nos sugirió que para el primer ejercicio nos pusiéramos juntos Ibrahim y yo. El ejercicio consistía en pesos y contrapesos. Pesos significa que yo debía apoyarme en Ibrahim o Ibrahim en mí, y contrapesos que debíamos sostenernos simultáneamente el uno al otro, manteniéndonos ambos en un equilibrio de tensión y distensión. El profesor hizo una demostración con una compañera que va en una silla de ruedas eléctrica muy tocha, con cacho de mandos de velocidad y dirección. Por no tener suficiente sensibilidad en los brazos, cuyas manos apenas le sirven para manejar los controles de la silla, ella y el profesor, que es un bailarín con todas sus extremidades funcionalmente activas, tenían que sujetarse por lugares distintos a los habituales. Se agarró él con una

165

mano a uno de los manubrios de la silla de ruedas, los que están en el respaldo y sirven para que otra persona la empuje. Ella puso la silla en punto muerto. El profesor dejó juntos los pies muy cerca de la rueda correspondiente al manubrio agarrado y dejó caer su peso lateralmente. El brazo libre lo estiró con la palma de la mano abierta, dibujando con su cuerpo un triángulo. Eso era un peso: la alumna sostenía al profesor. Después hicieron un contrapeso. Uno frente al otro a una distancia de más o menos un metro, echaron ambos el tronco hacia delante hasta que sus frentes coincidieron. Ahí, en la unión de las cabezas, se hacía la fuerza, ese era el punto de tensión y salvación: si cualquiera de los dos aflojaba, ambos se desequilibrarían, prueba inequívoca de que un contrapeso se está haciendo bien. Nuevamente los cuerpos dibujaban un triángulo.

Ibrahim se había bajado de su estilizada silla de ruedas, que más que silla de ruedas parece un supersónico taburete de bar, la había dejado aparcada al lado de su policía-monitora y había cogido el andador, que es un andador cutre de los que da la Seguridad Social si lo mendigas mucho.

El andador chirriaba al desplazarse y crujía a poco que Ibrahim o yo intentáramos agarrarlo por un lado distinto a los manillares o intentáramos apoyarnos en un lado distinto al asiento que tiene incorporado, y si nos sentábamos los dos a la vez, el andador gemía como un perro enfermo. Esa música ya era dancísticamente interesante, a mí me estaba gustando el ejercicio. Tuve esa sensación que tengo a veces de sentirme buena bailarina, una descubridora de posibilidades de acción. Sensación rara, esa. Pero Ibrahim estaba inquieto y asustado y un poco avergonzado, y al parecer yo no conseguía transmitirle seguridad ni holgura. No se atrevía a tocarme, y cuando me tocaba lo hacía flojamente y con el exceso de precaución propio de quien nunca ha bailado o ha bailado poquísimo, ni siquiera en la verbena o en la discoteca.

166

Cuando iba a tocarme pero un espasmo lo asaltaba y no llegaba a concluir el contacto, o cuando a consecuencia del espasmo me daba un manotazo, Ibrahim me pedía perdón. Esto del perdón es propio también de quien no suele bailar, pedir perdón cuando se produce un choque o un pisotón o una caída o un dedo penetra un ojo, o cuando se produce un tirón del pelo o se tocan los femeninos pechos o cualesquiera genitales o culos. En lo que dura el perdón, busca la mirada del otro y a consecuencia de ello detiene la danza o la ralentiza, y habiendo sido perdonado, no recupera la velocidad o la intensidad de la danza hasta pasado un rato o incluso no la recupera jamás, con lo que bailar se convierte en una caricia aburridísima. Quienes sí solemos bailar solo pedimos perdón cuando los accidentes son considerables, y solo detenemos la danza (nunca la ralentizamos) si el accidentado detiene la danza, y si tú eres el accidentado solo detienes la danza (nunca la ralentizas) si te has hecho mucho daño, la temida lesión. Los que no suelen bailar también piden perdón cuando sienten que un paso o un gesto no ha quedado fluido, piden perdón por lo que ellos viven como una interrupción de la calidad del movimiento, y hasta piden perdón cuando no han provocado ellos los accidentes: al estirarle un brazo, hice crujir yo las costuras de la camisa de Ibrahim, y va el tío y me dice que perdón. ¿Perdón por qué? ¿Por ir vestido? Será que se están pidiendo perdón a ellos mismos por atreverse a bailar, por hacer esa cosa prohibida que es moverse sin ninguna finalidad ni utilidad capitalista. Eso pensé pero no se lo dije, porque también pensé que sería la primera clase de danza a la que iba Ibrahim en su vida, y puede que, a sus veintiocho años, hasta la primera vez que bailaba.

Todo el rato respondía yo a los perdones de Ibrahim con un «no pasa nada» o un «no ha sido nada», hasta que se hicieron tan seguidos que ya simplemente le respondía «nada» y acabé por ni responderle, integrando su letanía de disculpas en la música que salía por los altavoces (una música cuyo ritmo no hay necesariamente que seguir porque sirve más bien de ambientación), en la música del andador y en esa otra música que componían nuestras respiraciones. A la cuarta o quinta vez que no respondí a sus disculpas, Ibrahim dejó asimismo de pedir perdón y empezó a concentrarse. Anoté mentalmente esa estrategia antidisculpas.

En los quince minutos que duraba el ejercicio conseguimos que él, sentado en el asiento del andador, me rodeara con ambos brazos la cintura, dejándome yo caer hacia delante: un peso. Y conseguimos enlazar nuestros codos al modo de las comadres, ambos de pie, enfrentados al andador y agarrando cada uno un manillar. Ahí no había ni peso ni contrapeso ni nada, tan solo una figura simétrica. Le sugerí entonces a Ibrahim que, sin soltar ni mi codo ni el manillar, se dejara caer hacia un lado. No entendió. Se lo repetí y tampoco entendió. Guié entonces su cuerpo con el mío, intenté colocarlo en la posición. Lo puso nervioso mi toque, trastabilló y lo sujeté por los hombros para que no se cayera al suelo: aunque inesperado, otro peso.

—Perdón, Nati.

—No, perdón yo, Ibra. No debí manipular tu cuerpo sin pedirte permiso y sin saber tú lo que yo iba a hacerte. Lo siento de verdad, no volverá a ocurrir. ¿Te has hecho daño?

—No no, tranquila.

—Perdóname, tío. Me he portado como una fascista controladora. Si el ejercicio no sale, pues no sale y no pasa nada, y si sale no debe ser a costa de dominar uno el cuerpo del otro. Me he portado como una mierda, Ibra, lo siento mucho.

—No pasa nada, Nati. Me gusta bailar contigo.

—Eres muy amable. Gracias. —A mí, bailar con Ibrahim, gustarme no es que me guste, pero tampoco tengo yo del todo claro lo que significa gustar, ni estoy del todo segura de que bailar deba ser una cuestión de gustos.

168

Entonces vino el ejercicio de los portés que originó el debate. Según el profesor, un porte (no dice porté porque le suena a ballet, del que suelen abominar estilística e ideológicamente los bailarines de contemporáneo) es un peso en movimiento. Comparto la definición, ahí estuvo fino Lluís Cazorla. Es una definición muy breve, muy sencilla, muy clara, muy efectiva, todos la entendimos. Ibrahim me recordó la charla sobre los portés que di hacía dos semanas en la reunión de autogestores y me preguntó si a eso mismo se estaba refiriendo el profe. Le dije que sí y le brillaron los ojos.

—¿A los portés de sexo? —me preguntó, y entonces a quien le brillaron los ojos fue a mí. Qué alegría dar con alguien que se queda con las cosas importantes.

—De sexo pueden llegar a ser, pero no lo son siempre. De hecho, que un porté proporcione placer sexual es altamente improbable, Ibra. El porté que os conté aquella tarde fue uno de mil.

—Vale vale.

Llevábamos ya varias clases haciendo portés, Cazorla tenía esa fijación por la movida escénica que le rondaba la cabeza, yo qué sé. Los portés con gente sin piernas pueden llegar a ser muy guapos cuando el cojo o doblemente cojo renuncia a la silla de ruedas o a la pierna postiza. Así puede por ejemplo María, que está amputada de muslos para abajo, meter uno de sus fuertes brazos entre mis piernas y flexionar el codo en su paso por mi periné, de modo que su mano, abierta y firme, quede sobre mi vientre. Entonces encaja María su hombro en mi nalga y me eleva unos centímetros, haciéndome dar grandes zancadas de puntillas, brincar a veces. Ella regula la velocidad y la elevación con su hombro y, con su otro superbrazo, del que se vale para sostenerse, se desplaza ella y me desplaza a mí. Eso es un porté chulísimo que nos salió con la ayuda de Lluís Cazorla, un porté de vuelo bajo y ejecución precisa.

Yo quería ponerme con María, porque al final una a lo que va a las clases de danza es a volar, sola o acompañada pero a volar. O con Juli el ciego, que, será por su particular conciencia de las alturas y el espacio, vuela y hace volar psicodélicamente. O con Rita la guapísima, cuya silla de ruedas es tan ligera como ella ágil y fuerte y sobre la que podemos girar las dos juntas a velocidades locas, y salir yo disparada de un salto. No serán portés sexuales los que me salen con ellos, no lo son porque no surgen de la improvisación (tenemos que hacer muchos ajustes y repetirlos muchas veces para quedar mi partener y yo satisfechos) y por tanto no pueden equipararse con los besos robados. Pero sí que son portés festivos, breves banquetes.

Me tocó, sin embargo, portear o ser porteada por Ibrahim. Como estas clases son de nivel abierto, cada uno hace lo que puede, llega a donde llega, pero a todos los alumnos se nos pone el mismo ejercicio. Esto quiere decir que a alguien sin brazos se le puede proponer abrazar y a alguien sin piernas saltar. A un sordo se le puede proponer seguir el ritmo de la música y a un ciego imitar los movimientos de alguien. Al que tiene memoria de pez y no es capaz ni de recordar el paso que acaba de dar se le propone montar una coreografía. Al que no es capaz de estarse quieto cinco segundos seguidos se le propone mover solo el diafragma según los meros impulsos de la respiración. Se esperaba, por tanto, que Ibrahim y yo hiciéramos portés como fuera, saliera lo que saliera, entendiéramos lo que entendiéramos por esa definición de «peso en movimiento».

—Beso en movimiento, Nati, ¡igual que tú nos contabas! —va y me dice Ibra, pero no tengo la seguridad de si dijo «beso» o «peso». Se lo pregunté:

—¿Has dicho peso o beso?

—Peso. —Juraría que esa vez dijo «peso» y no «beso».

—¿Peso?

–Eso. –Me daba la sensación de que me estaba choteando.

–Muy bien. Pues hagamos ese peso o beso o eso en movimiento –le dije, picada por su choteo pero motivada por su determinación. Le cogí las manos desasiéndolas de los manillares del andador (los tenía férreamente agarrados, el tío), entré en el pequeño espacio que quedaba entre el andador e Ibrahim y volví a colocar sus manos en los manillares, siendo yo cercada. Su frente quedaba a la altura de mi cuello y, a la altura de su cuello, mis pechos. Así, callados pero con un diálogo de respiraciones (la de Ibrahim, que suele exhalar por la boca, contenida, y la mía lenta y diafragmática), pasaron unos segundos largos. A nuestro alrededor, las otras parejas probaban posturas y agarres, se caían, se volcaban las sillas de ruedas y los andadores, rodaban las muletas, se volvían a levantar. Mi otrora partener María intentaba hacerle nuestro porté a un chaval que es muy retaco y muy bizco que no recuerdo cómo se llama, pero el tipo se moría de la risa cada vez que María le pasaba el brazo por el periné y no había manera. Los genitales del chaval debían de quedarle a María posados en la muñeca como un nidito en la rama de un árbol. Lluís Cazorla iba de pareja en pareja observando y sugiriendo cambios o subrayando aciertos, facilitando a veces las posturas buscadas por los bailarines, poniéndose en el lugar de alguno de ellos para que el sustituido mirara desde fuera las posibilidades y limitaciones de determinado movimiento. También vi a la policía-monitora con la mirada enterrada en el móvil. La música ambiental que Cazorla nos había puesto era una canción sexiblusera de Leonard Cohen.

Cuando llegó a Ibrahim y a mí se quedó mirando nuestra quietud, en silencio como nosotros. Si a Ibrahim ya le costaba soportar mi silencio (y eso que yo no estaba ni siquiera mirándolo a él, ni tan siquiera su pelo, que era lo único suyo que entraba en mi campo de visión), el escrutador silencio de Lluís, escrutador y cachondo, el silencio del espectador que espera que los intérpretes lo maravillen, era ya para Ibrahim insoportable. Pidió veinte mil perdones con su gangosa velocidad parlante y soltó una mano del manillar en una clara invitación a que saliera del hueco, a que me alejara.

—No hay que pedir perdón, no pasa nada —le dijo Lluís—. ¿Cómo era tu nombre?

—Ibrahim.

—No pasa nada, Ibrahim. Esa postura que habíais escogido era un poco complicada para iniciar un porte.

—¿Ah, sí? —pregunté yo.

—Yo creo que sí, Nati. Al tener Ibrahim que sujetarse sí o sí al andador, tú podrías cogerlo como un saco de patatas, pero nada más. Y tú —dijo mirando a Ibrahim— no tienes apenas maniobrabilidad para coger a Nati. Ella solo podría enganchársete por la cintura o el cuello y dejarse arrastrar por ti.

—¿Y eso no serían pesos en movimiento? —pregunté.

—En teoría sí, ¡pero más que portes parecerá que estáis haciendo de mozos de almacén! —Ese comentario hizo reír a Ibrahim, aunque yo no vi la gracia por ningún lado. ¿Qué pasa si nuestros movimientos se parecen a los de un mozo de almacén? ¿Tiene algo de gracioso ser un mozo de almacén? ¿Estamos acaso presumiendo que un mozo de almacén no sabe hacer portés? ¿No es dancísticamente valioso parecerse a un mozo de almacén y sí es dancísticamente valioso parecerse a un cisne?—. Pero probad, eh, probad vuestra propuesta. La posición de inicio con los dos de frente y Nati en el hueco del andador era muy bonita. Pensad en hacerla evolucionar hacia otra más fácil para iniciar un porte.

—¡Qué difícil! —dijo Ibrahim, relajado y sonriente como no lo había estado en toda la clase, cosa que interpreté como un síntoma de complicidad entre machos.

—¡Difícil no, hombre! —le palmeó Lluís la espalda, ahora sí signo inequívoco de la macha complicidad, porque ¿acaso no había estado yo tocando a Ibrahim toda la santa tarde,

172

tocándolo como para que me mirara directamente a los ojos como ahora miraba a Lluís?–. Hacedlo con paciencia y veréis como os sale. No importa que sean movimientos pequeños y pesos pequeños. Sujetar el uno el dedo del otro y conducir desde ese dedo por el espacio ya es un porté.

Cuando Cazorla, con eso del dedo desplazado, dio por cerrada la observación de nuestro dúo y se dirigió a la siguiente pareja, inicié la cuestión de los portés:

–Lluís, perdona perdona. ¿Puedes venir un momento?

–Decidme. –Se acercó de nuevo a Ibrahim y a mí.

–Pues que tiene razón mi compañero en que esto de los portés es algo difícil.

–No penséis en hacer algo complicado. Vuestros cuerpos tienen muchas posibilidades de acción, solo hay que ir descubriéndolas. A veces lo sencillo es lo más efectivo.

–No se trata de eso, Lluís. Se trata de la base de la propuesta.

–¿La base de la propuesta? No te entiendo, Nati.

–La dificultad de los portés radica en la configuración misma de los conceptos de porté y de posibilidad de ejecutar un porté.

–A ver, explícate –dijo acercándosenos más.

–Hagámonos la pregunta aparentemente sencilla que Ibrahim me hizo a mí hace tres semanas. Me preguntó Ibrahim: «Nati, ¿tú crees que yo podría hacerte un porté a ti o tú hacerme un porté a mí?» ¿Tú qué le responderías, Lluís?

–Que por supuesto que sí. Para eso existe esta clase.

–Claro, qué me va a decir un profesor de danza integrada. Pues yo creo que por supuesto que no. –Al decir esto el gesto de Cazorla cambió. Miró en torno suyo calibrando la cantidad de parejas que le quedaba por observar e íntimamente se debatió entre seguir hablando conmigo o seguir haciendo su trabajo. Yo seguí hablando–: Compliquemos un poco esa pregunta tan aparentemente sencilla que tú me has respondido sin pestañear. ¿Puede Ibrahim con su columna vertebral torcida, su pierna más larga que otra, su cadera desnivelada y su andador hacerme un porté a mí, una bailarina con más de veinte años de experiencia, o puedo yo, bailarina con más de veinte años de experiencia, hacerle un porté a Ibrahim?

Esto encendió todas las alarmas ideológicas de la sala. El tiempo habitual de ejecución del ejercicio había pasado y los alumnos, reclamantes de una nueva actividad por parte del profesor, empezaron a acercársenos a Ibrahim, a Lluís y a mí. Algún alumno había llegado a escucharme y murmuró «sobrada» o «elitista», comentarios a los que no atendí porque estaba más pendiente de la cara de Cazorla, en donde se leía el siguiente cálculo empresarial: los alumnos pagamos 35 euros al mes por sus clases o 10 euros la clase suelta. Lluís Cazorla es listo y puede que él no, pero sus alumnos son platónicos, cartesianos, liberales, y distinguen claramente entre cuerpo y mente, entre pensamiento y acción y, por tanto, también entre hablar sobre danza y danzar, juzgando el hablar sobre danza como algo impropio de una clase de danza, adonde la gente va a mover el cuerpo, que es entendido como algo distinto a la mente. Así las cosas, atender la reclamación discursiva, que no dancística, de una alumna, supone dejar de atender dancísticamente a los quince alumnos restantes. ¿Conviene más asegurarse la fidelidad de esa alumna o poner en riesgo la fidelidad de los otros quince? La matemática es obvia pero, como digo, Cazorla es listo, lo que significa que es capaz de ir más allá de lo obvio. Esa trascendencia de la obviedad también se leía en su cara. ¿Conviene plantear un debate sobre danza para dejar claro su punto de vista, cosa que le permitiría reafirmarse ante los quince alumnos no críticos, aun a costa de detener la clase de danza en el sentido platónico, cartesiano y liberal del término? Desde una concepción retórica, es decir competitiva y con-

174

vencedora del lenguaje, Cazorla se plantea la posibilidad de salir fortalecido de la discusión, y por tanto yo debilitada, suavecita como un guante y sin ganas de tocar más las pelotas. Pero ¿puede estar seguro Lluís Cazorla de que los quince alumnos compartirán su punto de vista? ¿Cómo puede estar seguro de que no saldrán voces disconformes, aun entre las filas cartesianas, disconformes al punto de no querer volver más a sus clases? ¿No es más inteligente no presentar batalla, no tomar partido, permanecer en la paragüera ambigüedad, en el paragüero buen rollo bajo el cual todos los alumnos y sus 35 euros mensuales caben? En ese cálculo andaba Cazorla enmudecido, con lo que yo misma respondí a la pregunta a la que él no había dado respuesta:

—Una bovarí diría que sí, que tanto Ibrahim como la bailarina experimentada pueden hacerse recíprocamente portés, pues la voluntad crea la aptitud y de ahí a la belleza, reaccionario objetivo absoluto del bovarismo, solo hay uno o dos pasos. Pero una bastardista diría que...

—Perdona, Nati —me interrumpió Lluís—, pero no sé si has dicho bovarí o si yo he entendido mal. Sea como sea no sé lo que es eso, y me gustaría saberlo para poder entenderte. Tampoco sé si he entendido bien eso último que has dicho de bastardista, que tampoco sé lo que es, y lo mismo, que me gustaría saberlo para entenderte, ¿sabes? —se aturulló, con lo seguro de sí mismo que se muestra siempre el profe. Eso es lo que pasa cuando concibes el diálogo como un instrumento de sometimiento y no como un medio para alcanzar la verdad, que tienes que estar todo el rato trazando estrategias discursivas para tumbar al rival hablante y, claro, se pone uno nervioso.

—Lo vas a entender enseguida, Lluís, deja que termine de explicarme —respondí yo comprensiva, valorando sus esfuerzos por salir del combate y unirse al habla verdadera.

—Vale —se conformó, y levantó las palmas de las manos

como Tina Johanes cuando le dije que no me quitaba los calcetines porque tenía una ampolla.

—Bastardismo será de bastardo, ¿no? Y bobarí será pues de ser una boba, ¿no? —preguntó Andrea, que es muy pequeñita y tiene la cabeza amelonada y se le da muy bien desencajar y volver a encajar una rueda de su silla mientras baila.

—¡Exactamente! —me entusiasmé. Ya decía yo que no todos los alumnos iban a ser unos rancios ilustrados—. Y bovarí también viene de una novela muy famosa escrita hace ciento cincuenta años llamada *Madame Bovary,* y que va de una mujer y de unos machos que la machean.

—¿Una novela de la tele? —preguntó Ibrahim.

—No, una novela en libro. Igual que las de la tele pero en libro, aunque también existe la película.

La clase ya se había detenido por completo y la mayoría de los alumnos estaba en torno nuestro escuchando. Otros, los menos, se habían asomado al corro, no les había interesado lo que pasaba y habían seguido a lo suyo, contándose la vida o agarrando el móvil. El que, bajo mi punto de vista, es el mejor bailarín de la clase, el callado y espigado Bruno, había seguido bailando. Siempre baila como siguiendo una misma música que solo él oye, que, mande Lluís el ejercicio que mande y ponga la música que ponga, él acaba siempre destinando sus movimientos hacia esa exclusiva danza suya de giros sobre un pie y sobre el otro, con la cadencia de un tentetieso y los brazos en suave cruz, no tensados, sino unos brazos como alas que le ayudan no a impulsar sino a suavizar su giro, a evitar el mareo. Mientras baila se toca la cara en un gesto de indagación de sí mismo, un gesto, a veces, de profunda concentración que sin embargo no detiene su danza; o un gesto que consiste en sonreír para sí, a veces estirando el cuello hacia arriba y moviendo los labios sin decir nada o diciendo algo inaudible, y otras veces, probablemente porque ha llegado a marearse, frenándose poco a poco y dejando caer el tronco hacia delante con las piernas completamente estiradas o descendiendo hasta quedar casi perfectamente abierto de piernas. Profundos estiramientos que forman parte de su baile y en los que se detiene un tiempo indeterminado en función del gusto que le proporcionan para después emerger nuevamente a la verticalidad, a la indagación y a los giros. Por eso es Bruno el mejor bailarín de la clase: porque solo baila por placer, y el placer continuado, visto desde fuera, es estremecedor y obnubila.

Pues Bruno se había quedado al margen de todos los demás, con los doscientos metros cuadrados de sala para bailar él solo sin ningún ejercicio de pesos, contrapesos o portés que se le entrometiera y, a esas alturas, ya hasta sin música que interfiriera en su música interior. Cazorla la había apagado porque el resultado que arrojaba su cálculo de profesional freelance era que le salía a cuenta dejar de bailar y ponerse a debatir conmigo.

–Como te decía, Lluís, una bovarí diría que sí pero una bastardista diría que no, que Ibrahim no puede hacer portés, ni como cogedor ni como cogido. No puede coger a otra persona o ser cogido por ella, elevarla del suelo o ser elevado, desplazarla por el espacio o ser desplazado y volver a dejarla en el suelo o ser dejado en el suelo sin peligro o solo con relativo peligro para ambos, y todo ello además con fluidez, es decir con poco esfuerzo, que es el ingrediente fundamental del gozo y, eventualmente, de la belleza, belleza que para el bastardismo no es sino el gozo politizado, o sea, el gozo lleno de sentido emancipador. Todo lo contrario que en el bovarismo, que configura el gozo como sometimiento a los deseos del otro: por eso a las bovarís les encanta jugar a las dominatrices, a la paradoja del sadomaso, en donde quien desempeña el rol de esclavo es en realidad el amo, porque en ese contrato de sexoamor la falsa ama gradúa su violencia (así como la altura de sus tacones, o el encaje de su lencería, o la calidad de sus cueros) en función de las peticiones del falso esclavo y verdadero amo. —Muchos de mis compañeros bípedos se habían sentado en el suelo y los no bípedos que habían descendido de sus sillas de ruedas o de sus muletas las habían recuperado. Ibrahim se sentó en el asiento del andador. Yo, como deferencia, no me senté hasta que Lluís lo hizo. Él se sentó descansadamente pero yo aproveché para cruzar alternativamente una pierna por delante de la otra y echar el tronco hacia el frente. Es mi estiramiento favorito este de los isquiotibiales, cuya extensión me supone un mordisqueo de placer por todo el reverso de las piernas. Seguí hablando con el cuello erguido a lo tortuga:

—En las clases de danza integrada los profesores habláis de bailarines bípedos y bailarines no bípedos. Yo soy bípeda, Ibrahim no, pues necesita un andador o una silla de ruedas para poder desplazarse por el espacio de un modo socialmente aceptable, esto es, de un modo que se parezca lo máximo posible al andar erguido. La bipedad en danza integrada se refiere a la funcionalidad de las piernas, no a su mera existencia. Si Ibrahim, aun con sus dos piernas, no se valiera de un andador o de una silla de ruedas, tendría que reptar para desplazarse. Es claro que Ibrahim, portés, no puede hacer. —Debió de ser la acumulación del nombre de Ibrahim en el oído de su custodia lo que le pulsó el botón de on de las cervicales y la hizo dejar de mirar el móvil para mirarnos a nosotros—. Ni puede respetar los parámetros de fluidez y seguridad de la danza occidental bípeda ni llegará a través de ellos a la emancipadora belleza bastardista, y muy difícilmente a la reaccionaria belleza bovarística. ¿En qué piensa un retórico espíritu bovarístico (es decir, un espíritu democrático, es decir, un espíritu fascista) cuando afirma que Ibrahim puede hacer portés? —La inteligencia orgánica del cuerpo de Policía Monitora, es decir el corporativismo, hizo que los demás poli-monis levantaran también la vista de sus respectivos móviles y que incluso se miraran entre ellos—. Pues piensa, ni más ni menos, en que Ibrahim puede imitar los portés bípedos. En que Ibrahim puede poner su cuerpo retorcido al servicio de los límpidos movimientos de la danza bípeda y hacerlo para demostrar que la danza no es solo cosa de cuerpos canónicos, y para reivindicar que en el cuerpo contraído, cuando hay voluntad de imitación, también hay belleza. El espíritu democrático está pensando, pues, en otro espíritu: el espíritu de superación, axioma de una fórmula fascista no por clásica menos vigente: superar lo que uno es significa olvidarse de lo que es uno para convertirse en otro. —«¿Qué pasa?, ¿qué hacemos?», se preguntan unos a otros los poli-monis con la mirada, una mirada pestañeante y deslumbrada porque está adaptándose a la blanca luz de la sala tras haber permanecido mucho tiempo en la penumbra de los píxeles—. Convertirse en ese otro es deseable porque ese otro es mejor que tú. El espíritu de superación existe allá donde hay modelos a seguir, o sea, donde hay jerarquía, o sea, donde hay deseo de dominio de uno sobre otro. El espíritu de superación es el eslogan urdido por el departamento de márketin del darwinismo social para hacernos creer en el esfuerzo como medio de consecución de la felicidad y, en este caso, para hacerle creer a Ibrahim que si se esfuerza en hacer un porté bípedo occidental, aunque no consiga nunca hacerlo, habrá valido la pena (¡joder con la expresión de angustia!) por el simple hecho de que se habrá esforzado. —Los poli-monis evalúan desde su asiento si deben intervenir para interesarse por la interrupción de la clase y, eventualmente, restablecer el orden dancístico, o si deben, tal y como dicta la circular distribuida por Jefatura, permitir que sean sus custodiados, muchos de ellos autogestores, quienes por sí mismos afronten cualesquiera circunstancias imprevistas propias de la vida en sociedad, evitando los poli-monis caer en actitudes paternalistas, fomentando la autonomía individual de sus custodiados en su faceta colectiva y solo interviniendo si la situación se vuelve ostensiblemente inabarcable para estos–. Para los creyentes en la superación, es decir, en la acumulación, es decir, en el capital, es decir, en el progreso, lo hecho sin esfuerzo, lo hecho con facilidad, es menos valioso o no valioso en absoluto, y esa escala de valores es sobre la que se asienta la jerarquía antes mencionada y se justifica el dominio de unos sobre otros antes mencionado. ¿Qué es más valioso: el beso conquistado tras semanas de cortejo o el polvo entre desconocidos echado sobre la marcha? ¡No solo nos dicen qué es mejor por su valor añadido en esfuerzo, sino que hasta se atreven a decir que el beso del amor cortés sabe mejor que el beso con gusto a alcohol y a cigarrillo! ¿Quién es más valiosa: la que le toca la lotería o la que se levanta todos los días a las seis de la mañana; la que se levanta todos los días a las seis de la mañana o la que vive de los subsidios y de los contenedores de basura; es más valiosa la que saca un cinco en el examen habiendo estudiado la noche anterior o la que saca un siete habiendo estudiado dos semanas? ¿Vale más Ibrahim desplazándose a rastras por el escenario o vale más Ibrahim puesto en proscenio habiendo soltado el andador y guardando el equilibrio con los brazos todo lo extendidos que puede, que es poco y que se le quedan como las pinzas de un cangrejo? ¿Vale más Ibrahim desplazándose a rastras por el escenario o Ibrahim en su silla de ruedas cómodamente sentado y siguiendo el ritmo de la música con la cabeza? —La monitora de Ibrahim consideró que se estaba hablando mucho de su monitorizado sin que su monitorizado hiciera uso de su autonomía individual en su faceta colectiva respondiendo a las alusiones. En efecto, Ibrahim, a mi lado, escuchaba atentamente pero no decía ni mu. La monitora, móvil en mano con la pantalla en negro reposo cual pistolera que avanza con el arma baja, calibrando el peligro, abandonó su puesto de guardia en los márgenes del linóleo y se internó en la blanca superficie con sus zapatillas de senderismo dominguero, sabiéndose protegida por la retaguardia de monitores-policía, quienes, sin necesidad de palabras, le habían dejado claro su apoyo en caso de necesitar refuerzos–. Como yo no solo no creo ni en el progreso ni en el esfuerzo, sino que además los combato de día y de noche; como yo en lo que creo es en la atenta escucha de las pulsiones y en su alianza con las pulsiones de los otros como motores de la vida, pues que no voy a ser yo cómplice de un acto de superación fascista intentando revolear a Ibrahim por los aires cuando en realidad lo más que puedo hacer es acunarlo, ni voy a dejar que Ibrahim intente sostenerme a mí por la cintura exagerando yo mi movimiento en el fingimiento de que es Ibrahim quien me mueve. Yo, mientras sea partener de Ibrahim, renuncio a los portés, así como a cualquier otra figura dancística clásica o contemporánea que implique pericia o velocidad bípedas, y esto es así porque, desde una perspectiva bastardista, o sea, desde la persecución de un horizonte emancipador, Ibrahim no tiene que bailar adaptándose a ningún modelo de movimientos preestablecido ni teniendo por guía un ideal de reaccionarias fluidez, seguridad y belleza. Yo, como partener de Ibrahim, me niego a someterme a tales dictados de la danza occidental dado que ello supone la subsunción de las posibilidades de movimiento de mi compañero dentro de los movimientos bípedos, clase social privilegiada a la que yo pertenezco. –Se sumó la monitora al grupo de bailarines, si bien ocupó la posición más exterior. Yo la veía cuando en la modulación de mi discurso miraba a aquella parte de los escuchantes, pero dada su actitud, si bien estrictamente silenciosa, también estrictamente amenazante y juzgadora, reorienté mi posición hacia ella, dejé de hablar mientras estiraba los isquiotibiales en el suelo y me puse, sin más, de pie, teniendo sus ojos a la altura de los míos, gesto este que desperezó mis compuertas y las

181

puso en guardia, todavía resguardadas detrás de la cara, invisibles pero expectantes–. Pues bien: yo renuncio a todos mis privilegios de bípeda a la hora de bailar con Ibrahim. No quiero propiciar la estilización de los movimientos de mi compañero. No quiero ver cómo Ibrahim intenta unificar la intensidad de sus trompicados espasmos en pos de la fluidez, ni quiero servirle yo de muleta a su precaria verticalidad en pos de la seguridad, ni quiero forjar una armonía de gestos y pausas entre Ibrahim y yo que suponga la contención de los espasmos de Ibrahim en pos de la belleza. Porque parece que de eso va la danza integrada, con cinco clases ya me voy enterando. Va de que los cuerpos y las mentes no normalizados se integren en el sistema gobernante de cuerpos y mentes normales, esto es, respetuosos con las normas. –Lluís Cazorla también estaba callado pero su silencio no era el del cazador que espera el momento propicio para disparar; era más bien el silencio del público ante el espectáculo, era atención y predisposición a ser sorprendido. Y el silencio de mis compañeros, ¿qué silencio era? Pues no era un silencio total porque había quien resoplaba y quien murmuraba cosas, o sea que había ganas de hablar, disintiendo o matizando o afirmando, pero los bailarines no hablaban, lo que quiere decir que no era silencio sino acallamiento, represión, por tanto, de la palabra propia–. Eso busca la estilización: la normalización. Eso quiere decir el tridente dancístico de fluidez, seguridad y belleza: normalización. Hasta eso quiere decir superarse: normalizarse: volverse ciudadano, volverse igual. El espíritu de superación, qué sibilinas que son las palabras, es el espíritu de normalización. Deja de ser quien eres para convertirte en un mediocre más. El espíritu de superación es, pues, el espíritu de la mediocridad. ¿Y qué es un mediocre? Mediocre no es un corredor que queda el vigesimoctavo en la clasificación, no. Ese puede ser, simplemente, un mal corredor. Mediocre es el ganador de la carrera que en el podio

182

agradece su victoria al banco o a la petrolera que lo patrocina. Mediocre es lo inofensivo. Mediocre es la superestrella del pop Rihanna siendo reiteradamente maltratada por su novio. Brillante es el ama de casa sirviendo la tortilla de patatas y después pegándole un sartenazo en la cabeza a su marido. Mediocre es el no politizado, mediocre es el integrado y por tanto mediocre es la danza integrada. –Hice una pausa, esperé réplicas pero solo encontré miradas desviadas, incluidas las de Cazorla e Ibrahim. La oreja del ciego Juli hacía rato que descansaba y apuntaba en dirección distinta al torrente de mi voz, levantándose por último, tentando las paredes hasta encontrar su bastón y marchándose. El cuerpo de monitores se había movilizado y ayudaba a los monitorizados que salían del grupo de escuchantes a vestirse. Aunque tengo bien aprendido que el hecho de que los demás callen es una máxima posmoderna neutralizadora de los conflictos, aunque sé que estoy ante la enésima demostración práctica de la teoría de la espiral del silencio y que los demás, cuando callan, lo que quieren es que yo también me calle y así todos vivamos calladitos y guapitos, aunque sé que el discurso hegemónico cuando más se impone es cuando no se digna a dirigirte la palabra, los silencios de mis compañeros, en quienes yo había hallado tanta inteligencia con sus danzas rotas, me desalentaron, sobre todo el de María, que de hecho aprovechó esta pausa para irse. Solo la poli-moni de Ibrahim intervino:

–Tu crítica me parece muy bien. ¿Cómo decías que te llamabas?

Todas las caras se giraron hacia ella con renovada atención. El sonido de una voz distinta a la mía después de tanto monólogo resultó dramático e impactante porque detuvo el circular avance de la espiral del silencio. Hacía nacer una frontalidad, una dialéctica.

–No lo he dicho.

—¿Ah, no? Me pareció que sí.

—Pues no. —Mecanismo compuertero activándose, dentados engranajes que empiezan a girar.

—Vale, disculpa. Será que escuché antes al profe llamarte por tu nombre y me sonaba de eso. ¿Cómo te llamas?

—Natividad.

—Encantada, Natividad. Yo me llamo Rosa. Te decía que toda esa crítica tuya está muy bien. Está muy bien que digamos lo que pensamos de las cosas que no nos gustan y lo compartamos con todos. —Compuertas que salen de sus ranuras e inician su tránsito facial—. Pero te quería hacer una pregunta que me ha surgido escuchándote, ¿te importa? —La amabilidad extrema, innecesaria e infantilizadora propia del poder. Compuertas clausuradas.

—No me importa en absoluto, adelante.

—Pues que me pregunto yo si toda esta crítica tuya no será porque a ti, simplemente, lo que te pasa es que no quieres bailar con Ibrahim.

—¿Esa es la pregunta? ¿Que si mi crítica no es más que una excusa para no bailar con Ibrahim?

—Eso te pregunto, sí.

—Pues mira, no, y además me parece alucinante que nada de lo que he dicho sea lo que haya motivado tu pregunta. —Lluís Cazorla inició un sutil movimiento pacificador que yo detuve con otro sutil movimiento de mi mano, y seguí hablando—: Lo que motiva tu pregunta es una sospecha de que todo lo que llevo diciendo desde hace una hora es un puro fingimiento. Me acusas de retórica, cuando lo primero que he dicho al empezar a hablar ha sido que soy aguerridamente antirretórica. Aunque, claro, cómo me ibas a escuchar, si has estado ahí sentada mirando el móvil desde las cinco de la tarde.

Los compañeros, incluido Cazorla, sonrieron y miraron a la monitora esperando una respuesta a la altura del gol. No

184

así Ibrahim, que vacilaba. Tenía en el rostro la misma compunción que cuando me pedía mil perdones en el ejercicio de los pesos y contrapesos, como si se sintiera culpable o avergonzado de que fuera su nombre el centro del debate.

—Tienes razón con que no he escuchado todo lo que has dicho, y te pido perdón. Pero lo que no puedes poner en mi boca es que yo te haya acusado de nada ni de fingir, ¿eh? —«De donde no hay no se puede sacar»: recordé la sabia sentencia de mi madre—. Y si no quieres bailar con Ibrahim, dilo abiertamente como has dicho todo lo demás, ¿no?

—Nuevo movimiento pacificador de Lluís Cazorla, esta vez dirigido a la moni-poli en forma de mirada reprobadora y esta vez repelido por ella en forma de mano haciendo una señal de espera.

—Al menos reconoces el hecho de que no has escuchado ni tres cuartas partes de lo que he dicho. Y yo, todo lo que digo, lo digo abiertamente, absolutamente todo, porque es parte del proceso emancipador bastardista, eso de lo que no te has enterado porque estabas con el móvil.

—Lo reconozco. Estaba con el móvil mirando unas cosas del trabajo. —Qué carcajada interior me entró, pero no la exterioricé como tampoco exterioricé el «de donde no hay no se puede sacar», porque si te ríes de los monitores-policías se acabó la argumentación, la risa les ofende que te cagas, los desautoriza más que cualquier insulto, más que si los llamas torturadores, más que si los llamas fascistas, y ya no quieren escucharte más sino que directamente te apresan, y yo quería que la facha esta siguiera escuchándome.

—De acuerdo. Aprovechemos ahora que has terminado de trabajar y puedes atenderme. Hasta el momento he hecho una crítica del estado de la cuestión, pero ahora viene la parte propositiva, la alternativa frente a la miseria que os he presentado, con la cual ya no te cabrá duda alguna de que yo sí quiero bailar con Ibrahim.

Me acerqué a él y él, aun sin llegar a alejarse, se movió como si le incomodara mi cercanía, igual que revolotean los canarios enjaulados cuando metes un dedo entre los barrotes. ¿Temería Ibrahim que, igual que pasa con los niños cuyos padres les pegan cuando han tenido un mal día en el trabajo, su moni-poli tomara represalias contra él, tratándose, además, como se trataba, de la primera clase de danza a la que él tanto había insistido en venir? ¿Podría consistir la represalia en no permitirle venir a clase nunca más, en devolverlo a las reuniones de autogestores? Barajar esto hizo que retomara mi exposición con más vehemencia, con mayores deseos de hacerme digna de confianza para Ibrahim:

–Siendo las cosas como son y estando donde estamos, mi partener y yo debemos tomar una decisión. O bien dejar estas clases de danza, lo que sería para mí la segunda derrota danzofascista en menos de un año tras la expulsión de la GUAPABA; o bien combatir la fascista danza integrada haciendo danza desintegrada. Animo a Ibrahim a lo segundo porque es uno de los caminos que llevan a la libertad. Frente a la estilización, lo que yo le propongo a mi partener es envilecimiento. Frente a la superación, abyección; y frente al espíritu de superación, el espíritu de la fornicación. Frente a la fluidez que aprendidamente, tras muchos años de danza, está en mí, me propongo una aproximación al aturullamiento de Ibrahim. Frente a la seguridad, que yo puedo proporcionarme a mí misma y a Ibrahim gracias a mi complexión física y a mi conciencia corporal, me propongo asumir el riesgo de caídas y lesiones que supone moverse con la atonía muscular y el desconocimiento anatómico de Ibrahim. Frente a la belleza, la cual yo puedo alcanzar con determinados movimientos y hasta estándome quieta en determinada postura y con determinada ropa, o hasta desnuda, quiero que se me caiga la baba como a Ibrahim, quiero mearme encima como Ibrahim y oler a meado como Ibrahim, tener la boca torcida, las piernas combas, las muñecas y los dedos en tensión, quiero repeler a los normalizados democratafascistas que me rodean como Ibrahim los repele. Pido a Ibrahim que me enseñe y propongo a Ibrahim que ahonde en esa repelencia que siempre ha sembrado a su alrededor y que siempre le ha hecho sufrir. Ante los envites del poder no hay que doblegarse ni deprimirse: hay que radicalizarse. Debemos conseguir repelerlos hasta el punto de que ni se planteen encomendarnos al espíritu de la superación, hasta el punto de que esa repelencia que despertamos en los normalizados deje de ser condescendencia y empiece a ser miedo, a ser asco y a ser insalvable.

Terminé de hablar y Lluís Cazorla esperó unos segundos a que surgiera alguna réplica. Solo entonces, y al no surgir ninguna, pidió que fuéramos recogiendo nuestras cosas porque ya nos habíamos pasado unos veinte minutos de la hora y otra gente iba a usar el espacio. Ibrahim, aliviado, renqueó con su andador hasta la silla de ruedas y se pegó a las faldas de su moni-poli. Sufrí por eso mientras me calzaba. Ella, con Ibrahim a la zaga, enfadada pero rumbosa porque debía de vivir la cercanía de su monitorizado como una victoria, vino y me dijo que si no me daba vergüenza decir esas cosas horribles sobre Ibrahim, que yo a ella no la engañaba, que yo con Ibrahim no quería bailar, que solo quería llamar la atención y que esto no iba a quedar así. Terminé de hacerle el lazo a las zapatillas, me puse de pie y, sin dejar de atender la petición de Cazorla de que por favor saliéramos, le dije que se fuera con sus amenazas al Parlamento y a los consejos de administración de las empresas con participación pública, que es donde les gusta estar a las cuperas, y que cuando llegue su turno de palabra amenace desde la butaca a sus colegas diputados y consejeros con hacer la revolución catalana, pero que conmigo las amenazas no funcionaban porque yo me cagaba en su placa de policía-monitora y con mi mierda le dibujaba el mapa de los Països Catalans encima de la estelada que seguro que tiene colgada del balcón.

Fue entonces cuando, acercándoseme hasta hacerme oler el aroma dulzón de su champú Fructis, me miró con el odio que las vanguardias tienen reservado no a sus enemigos políticos sino a los lúmpenes, y, dejando de hablarme en castellano para solo hacerlo en catalán, como si cambiando de idioma estuviera invocando a los dos millones de catalanoparlantes del mundo y formando el ejército más poderoso de la tierra contra el que yo nada podría hacer, me dijo que encima de mentirosa y mala persona era españolista. Me encanta que me llamen españolista porque es el último recurso retórico de los independentistas, lo que te sueltan cuando se les acaban los argumentos para defender su basura burguesa. Tuve que renunciar a la preciada ducha en los vestuarios de la escuela e irme toda sudada, y encima cargando con la toalla, la muda y el jabón en balde, porque se imponía plantear el falso dilema sobre la independencia y con él en la boca llegamos hasta la parada del metro. Falso dilema que, al parecer, a Ibrahim no le interesaba lo más mínimo, y debió de ser por eso que se quedó unos pasos por detrás de la cupera y de mí charlando con Marga, que había venido a buscarme como todos los días, y a quien la independencia de Cataluña le interesaba tanto como un palo pinchado en una mierda reseca por el sol mediterráneo.

Ateneo de Sants. Acta de la asamblea del grupo de okupación. 2 de julio de 2018

Tarragona: Quién hace el acta hoy.

Ceuta: Pues tú mismo ya que lo has dicho.

Tarragona: Yo lo he dicho porque Jaén las lleva haciendo muchos días y me parece que es una tarea que deberíamos repartirnos entre todas, lo mismo que la limpieza o que encartelar.

Jaén: Yo la hago hoy otra vez sin problema. Además, a mí me gusta hacerlas.

Oviedo: Además, tú eres el que mejor escribe. Las actas de Palma, por ejemplo, no hay dios que las entienda.

Palma: Vaya gracias.

Oviedo: ¿Es verdad o no?

Badajoz: Es verdad tío jajaja.

Coruña: Hostia el acta aquella que escribiste jajaja.

Palma: La verdad es que luego las leo y no las entiendo ni yo.

Tánger: Pero a todo se aprende. Estoy de acuerdo en que lo de escribir las actas debe ser rotatorio.

Mallorca: Yo pienso como Tánger porque si no, caemos

en roles, en especializaciones, en profesionalizaciones de las tareas. Igual que hemos subvertido el hecho de que siempre limpiaran o cocinaran las tías, debemos subvertir el hecho de que siempre escriba el escritor.

Tarragona: Yo pienso igual, y no pasa nada por que cada una escribamos de una manera, poco a poco la que no escriba tan bien irá escribiendo mejor.

Oviedo: Bueno sí que pasa si las actas de tan mal hechas como están no se entienden.

Coruña: Peña pues como hacemos con todo, el que sabe enseña al que no sabe ¿no?, y colectivizamos nuestros conocimientos y nuestras habilidades ¿no? La compañera Gari no sabe escribir y le dictó su caso de querer okupar a Jaén. Eso para mí es el comunismo libertario.

Murcia: Peña y por qué mejor no tratamos primero el tema de cómo ha ido la okupación de Gari. Aunque esté fuera del orden del día la tratamos al principio en vez de al final como solemos hacer, porque ella siempre se tiene que ir antes.

Gari Garay: Ya no tengo que irme antes porque ya no tengo que ir hasta la Barceloneta.

Murcia: Ah ¿ya entraste en la casa de la calle Duero?

Gari Garay: Sí.

Murcia: ¡Tía genial felicidades! ¡No lo sabía!

Tánger: Yo tampoco, felicidades.

Gari Garay: Gracias.

Nata Napalm: Pero yo sí me tengo que ir antes porque yo sí tengo que ir hasta la Barceloneta y me interesa lo de Gari. Yo solo he venido por lo de Gari y no me interesa en absoluto el resto de las cosas de la asamblea que vayáis a hablar.

Murcia: Viva la honestidad.

Varias compañeras: Jajajajajajaja...

Gari: Esta es mi prima.

Murcia: Ah vale, que es tu prima.

Ceuta: Venga pues primero lo de Gari.

Mallorca: Vale pero sigue sin resolverse quién va a levantar el acta hoy.

Palma: Venga va yo la escribo.

Oviedo: ¡Que tú escribes fatal!

Varias compañeras: Jajajajajaja...

Palma: Vosotros reíos que desde que empezasteis a meteros con mis actas puse la grabadora del móvil y lo estoy grabando todo.

Tánger: ¡Hala tío! ¿Sin avisar ni nada?

Badajoz: ¡A lo secreta total!, ¿que no?

Nata: ¿Secretas de qué?

Badajoz: Pues eso, grabando como un secreta.

Nata: Estáis flipaos con los secretas.

Badajoz: Tan flipaos no estamos ¿eh, Nata? Que los mossos nos echaron abajo la puerta del ateneo hace dos meses, te recuerdo.

Nata: Bueno otro día hablamos de los secretas y de los flipes, que hoy tengo prisa.

Badajoz: Que conste en acta Palma. Ponlo para el próximo orden del día.

Nata: Joder con la burocracia y el politburó.

Varias compañeras: Jajajajajaja...

Palma: Sí sí yo luego paso la grabación a un Word y ya no me podréis decir que si escribo mal o que si escribo bien.

Jaén: Vale, pero cambias nuestros nombres por las ciudades de siempre.

Palma: Claro tío.

Oviedo: Y destruyes la grabación, como las cartas que le mandaban al inspector Gadget.

Palma: Jajajaja tía, que sí.

Tánger: Eso no resuelve el asunto, pero venga que nos cuente Gari para que Nata pueda irse antes y luego seguimos hablando.

Nata Napalm: Gracias.

Gari Garay: Pues nada, me ayudaron Badajoz, Mallorca, Coruña, Oviedo y Nata Napalm. Conseguí entrar hace tres días. Hoy es el primer día que salgo por lo de las setenta y dos horas seguidas que hay que estar dentro que me dijisteis.

Murcia: ¿Ha habido movimientos raros? ¿Policía, vecinos, alguien que llame al timbre?

Gari Garay: Timbre no hay.

Mallorca: Espera vamos por orden. Primero os contamos cómo se hizo la entrada.

Oviedo: Sí vale, mejor. Que no se líe Palma al picar la grabación.

Palma: Tía ya vale ¿no? Que no soy un mono de feria.

Jaén: Tía Oviedo no te pases.

Tarragona: Sí tía si tan mal te parece la iniciativa de Palma ponte tú a escribir, ¿no? Tu actitud es muy destructiva y muy niñata y tampoco propones nada.

Oviedo: Perdón perdón tenéis razón. Perdona Palma. Culpa mía, que es que vengo un poco fumada.

Coruña: Pues si eso mejor te sales a que se te baje un poco. Estás interrumpiendo mucho y una compañera ha pedido por favor que habláramos de la okupación de Gari.

Mallorca: Peña estamos muy dispersas. Por favor, nos centramos un poco. El principio, la entrada. Fue muy fácil, ¿verdad, chicas?

Badajoz: Sí. La idea inicial era hacerlo de madrugada, como a las cuatro, pero como Gari tenía problemas para llegar al barrio por la noche, lo hicimos por la mañana en plan teatrito.

Gari: Sí, yo no podía llegar por la noche porque no hay metro y porque de día podía salir del piso tutelado sin dar tantas explicaciones.

Badajoz: Quedamos a las cinco de la tarde porque a esa hora salen los niños de un colegio que hay muy cerca, hay mucho trasiego, están las tiendas abiertas, hay unas obras alrededor...

Mallorca: Yo iba disfrazado de cerrajero con un mono azul y la caja de herramientas, Oviedo iba disfrazada de agente inmobiliaria con la falda y la chaqueta y los tacones, el maletín y demás. Si quiere, ahora cuando vuelva ella de afuera que os cuente la agresión machista que sufrió de camino a la casa.

Tánger: Hostia.

Mallorca: Sí un macho de mierda que le dijo mierda. Y, en fin, esto sería un tema a trabajar, porque Oviedo no le saltó porque estábamos disimulando por la okupación pero luego se quedó mal.

Badajoz: Saltó Nata.

Nata Napalm: Sí.

Badajoz: Sí, reaccionó muy contundentemente y con las palabras precisas, pero dado que nuestro objetivo era pasar desapercibidas y poder abrir la casa, a mí me parece que la reacción de Nata nos hizo correr un riesgo innecesario.

Nata Napalm: Estoy de acuerdo con que corrimos un riesgo, pero no estoy de acuerdo con que fuera un riesgo innecesario.

Badajoz: Llámalo como quieras. Pero fue un riesgo excesivo.

Nata Napalm: No lo llamo como quiero Badajoz. Lo llamo por su nombre y su nombre es riesgo necesario. Riesgo que hizo falta correr para que la okupación que nos traíamos entre manos, que debía ser una herramienta emancipadora, no se convirtiera en todo lo contrario, esto es, en un acto de opresión hacia una compañera. Guardar silencio ante esa agresión es ser cómplice de la misma, es convertirnos nosotros mismos en agresores. Y vicia la okupación, dejando esta de ser una herramienta emancipadora. Y pasa lo que ha pasado, que Oviedo se queda mal, que es un modo eufemístico de decir que se siente oprimida, que se siente macheada y que siente que no hubo una expresión de solidaridad a su alrededor cuando precisamente ella, en los momentos en que se sustanció la agresión, estaba siendo solidaria con la okupación de Gari Garay. Cuando tú dices que nuestro objetivo era okupar y que por tanto había que disimular, estás claramente diciendo que el fin justifica los medios, esa máxima maquiavelista de realpolitik que tan sabiamente el asesino de anarquistas que fue Trotski echó por tierra al decirnos que si el fin es la revolución, los medios solo pueden ser revolucionarios. Si no lo son, jamás se llegará a la revolución.

Jaén: ¿Pero tan grave fue lo que le dijeron a Oviedo?

Nata Napalm: Para mí fue gravísimo, pero no creo que tengamos ni que entrar a valorar la gravedad o levedad para intervenir. Si hay agresión se interviene ¿no? ¿O no están llenos vuestros espacios de los carteles esos de FUERA BABOSOS? Mira, desde aquí veo dos. Bueno pues ese tío no es que le dijera algo a Oviedo, es que se lo escupió.

Palma: Me parece que no es un asunto menor la valoración de la gravedad de la agresión. Me parece que la agredida es quien debe decidir hasta dónde se siente agredida, ser ella quien inicie la respuesta a la agresión y después contar con los apoyos y la solidaridad de las demás compañeras por supuesto.

Murcia: A ver yo no estaba allí cuando la agresión machista ocurrió, pero estoy de acuerdo con Palma. Si no, si no nos esperamos a que la agredida valore su agresión, a que empiece ella su defensa o su autodefensa, estaremos yendo los demás de salvadores, y más si somos tíos. Estaremos haciendo lo que hemos visto hacer toda la vida, eso de que un macho le diga algo a una tía y salga el novio, el amigo o el hermano de la tía a encararse y eso se convierta en una pelea de gallos, en una lucha de sables.

Nata Napalm: Te recuerdo que quien intervino fui yo y que yo soy una tía.

Murcia: Hablaba en términos generales.

Nata Napalm: En términos generales es mejor no hablar si sientes un poco de respeto por tu interlocutora.

Murcia: Vale tía. Solo quería abrir un poco el alcance del debate, lo mismo que tú te has puesto a hablar de Maquiavelo y de Bismark y de Trotski. No era mi intención ofenderte.

Nata Napalm: Es que Maquiavelo, Bismark y Trotski vienen al caso porque su pensamiento político influyó en nuestras actitudes y en nuestro pensamiento político de aquella tarde. Pero hablar de peleas de sables cuando ningún pene salió en defensa de Oviedo no viene al caso.

Murcia: Vale disculpa tienes razón.

Nata Napalm: Vale.

Mallorca: Yo sigo diciendo que como la cosa fue entre Oviedo, Mallorca, Gari, Badajoz y yo, y Oviedo fue la agredida y no está, propongo que avancemos un poco hablando de la apertura de la casa. ¿Qué opinas Gari?

Gari: Sí, vale.

Nata Napalm: Perdona perdona pero eso de que Oviedo fue la agredida tampoco es del todo verdad. Agredidos fuimos todos. ¿O no tenéis las paredes llenas de esos carteles de SI TOCAN A UNA NOS TOCAN A TODAS? ¿No significa eso que cuando agreden a una compañera todos los demás también hemos sido agredidos?

Mallorca: Sí por supuesto que si tocan a una nos tocan a todas, pero también es igual de cierto que no debemos hablar por boca de nadie, ni representarlo.

Nata Napalm: Estamos de acuerdo, pero ¿lo flipo o yo no he hablado ni un solo momento por boca de Oviedo? ¿Acaso no estoy hablando yo todo el rato de lo que yo pienso, de lo que yo percibo y de lo que yo leo en vuestros carteles y en vuestros fanzines? ¡Menos mal que Palma está grabando y podremos contar las veces que yo pretendo sustituir a alguien en su expresión!

195

Palma: Hombre menos mal que alguien valora mi rollo.

Nata Napalm: Claro tío está chapó que grabes. Ya verás la risa cuando nos escuchemos todos diciendo gilipolleces.

Badajoz: Creo que no podemos avanzar si somos tan quisquillosas con cada palabra que decimos.

Nata Napalm: ¿Somos tan quisquillosas? ¡Falso plural, pacificador plural! ¿No querías más bien decir «si eres tan quisquillosa», refiriéndote a mí?

Badajoz: ¿Y no querías tú más bien decir «os escuchéis diciendo gilipolleces», porque parece ser que aquí la única que habla con propiedad eres tú?

Nata Napalm: Mira pues puede ser, no me había dado cuenta pero no te digo yo que no. Somos las dos unas mierdas, Badajoz, usando el falso y pacificador plural. Tengamos la decencia de penetrar hasta el fondo nuestro conflicto como anarquistas que somos.

Tarragona: No os entiendo desde hace un rato.

Mallorca: Peñita, sigamossss.

Badajoz: Vale Nata nuestro conflicto queda abierto. Pero como todas tenemos interés en esta asamblea, propongo que nuestro conflicto no la monopolice y que lo continuemos aparte.

Gari: Sí Nata que si llegas tarde al piso van a empezar a sospechar y a hacerte preguntas.

Nata: Eso que tú llamas nuestro conflicto no es un conflicto solo tuyo y mío, perdona. Es un conflicto que habla de todo el grupo, de un tema y de unas actitudes que afectan a todos. Entenderlo como un conflicto personal entre tú y yo es poco menos que confinarlo a eso que los burgueses llaman intimidad, es cercenar su potencial político y es alejarnos de la colectivización de todos los ámbitos de la vida o, como tan hermosa y justamente ha dicho Coruña hace un momento, alejarnos del comunismo libertario.

Badajoz: Vale tía, tú misma. Yo por mí nos tiramos debatiendo hasta pasado mañana, pero es que a lo mejor las demás comunistas libertarias de la sala no quieren hablar de este tema sino de otro, porque esto te recuerdo es la asamblea de okupación, o sea que todas las que estamos aquí lo hacemos empleando nuestro tiempo, nuestra energía y nuestra dedicación por la okupación. Tú estás queriendo imponer un tema de debate, hacer prevalecer tu interés en ese tema sobre el interés de nueve compañeras más.

Ceuta: No quiero pacificaros ni hacer de árbitro. Sin embargo sí quiero seguir hablando de cómo se desarrolló fácticamente la okupación de Gari Garay.

Tánger: Estoy de acuerdo con Ceuta.

Mallorca: Yo también.

Murcia: Y yo.

Varias compañeras: Y yo y yo y yo...

Gari: Anda, Nata.

Nata Napalm: ¿Me queréis sumisa al poder de la asamblea?

Badajoz: ¡Eso es una demagogia como un pino, tía qué dices!

Tánger: No es eso para nada Nata. Estamos hablando de organización. La organización asamblearia también es parte, y muy importante, del anarquismo. La organización asamblearia es lo que asegura que todas seamos escuchadas y que nadie imponga su opinión sobre la de las demás.

Tarragona: Y asegura la circulación de los saberes y su colectivización.

Nata Napalm: Asegurarlo sería mucho decir ¿no?

Tarragona: Bueno vale lo intenta.

Murcia: Un momento un momento. ¿Pero a ti no te interesaba el tema de la okupación de tu prima y por eso lo hemos adelantado en el orden del día?

Nata Napalm: Sí.

197

Murcia: Tía ¿entonces? Deberías reconocer que nosotros nos hemos adaptado a tus necesidades y preferencias. Esa adaptación que hemos hecho nosotras con respecto a ti creo yo merece ser correspondida por tu parte no sacando nuevos temas de reflexión, que además a muchas de nosotras nos gustaría preparar y reflexionar antes por nuestra cuenta. Corresponder a la generosidad que se te ha brindado con tu generosidad también es, creo yo, parte del anarquismo. Es reconocernos entre iguales y valorar los deseos y las necesidades de la otra. Si solo una de las partes reconoce los deseos de su interlocutora, o si una parte infravalora los deseos de la otra, o los olvida, o los desprecia, se acaba nuestra horizontalidad y nace o bien el liderazgo o bien la condescendencia, que es el paso previo al asistencialismo, gran blanqueador de dinero y de conciencias de los capitalistas. Y perdonad que meta cuña, que ya bastantes cuñas llevamos metidas, pero me parece que comunismo libertario y anarquismo los estamos usando como sinónimos y no lo veo yo tan así y quería decirlo.

Nata Napalm: Dices la verdad. ¿Murcia era tu nombre? Dices la verdad Murcia. No es que me hayas convencido ni que tengas la razón. Es que dices la verdad y yo antes, embebida de un individualismo más cercano al liberalismo que al comunismo libertario, no la veía. Yo estaba en la mentira del capital y me has hecho ver la verdad de la sociedad anarquista. Las compuertas se me estaban cerrando, pero en cuanto has empezado a decir las verdades, se han ido retrayendo.

Murcia: Me he dado cuenta.

Varias compañeras: Sí nos hemos dado cuenta sí...

Nata Napalm: Qué alegría.

Ceuta: Alegría la nuestra de tenerte aquí compañera.

Tarragona: Yo querría profundizar algo más en lo que ha dicho Tánger, porque me parece que Nata es del parecer de que la estructura colectiva de este grupo es autoritaria. Me parece que para Nata la organización de esta asamblea

198

con sus actas y sus puntos y su orden del día es autoritaria y limita la libertad de expresión y la espontaneidad en el debate. Te lo pregunto: ¿piensas así?

Nata Napalm: Pienso así salvo por eso que has dicho de la libertad de expresión. Libertad de expresión es una denominación legalista, del orden de los derechos, el derecho a la libertad de expresión, como si el derecho, siempre configurado en su naturaleza, extensión y límites por el poder, fuera previo a nuestra expresión, como si una solo se expresara porque el poder, derecho mediante, lo permitiera. Así que sí, pienso que esta asamblea es burocrática, o sea autoritaria, pero no pienso que limite la libertad de expresión sino que simple y llanamente no quiere voces díscolas en su seno, entendiendo por voz díscola aquella que cuestiona no los detalles de a cuánto poner las cervezas o qué película poner en el cine-fórum, sino aquella que cuestiona las bases de la asamblea y hasta su misma existencia.

Tarragona: Pues yo creo que ese modo de pensar es muy inocente. Me explico. A mí la experiencia y lo poco que he leído en esta vida me dicen que en los grupos, consciente o inconscientemente, se forman estructuras. Pretender no tener ninguna equivale a pasar por alto la cuestión del funcionamiento interno del grupo, a no pensarla. Las reuniones no estructuradas y espontáneas en donde todo el mundo habla a su rollo no están libres de relaciones de poder. A las reuniones y a las asambleas llegamos todas con la mierda jerárquica y competitiva que nos han inculcado en la familia, en la escuela, en la tele y toda la vaina. La fe en la espontaneidad de nuestro modo de expresarnos y de relacionarnos suele dar pie a que, mira tú por dónde, reproduzcamos las relaciones de dominación de las que estamos contaminadas y de las que queremos huir. Y ya me callo a ver si pasamos de una vez a la okupación de Gari.

Nata Napalm: Te respondo antes ¿no? Ya que tú hablabas antes de derechos, me parece que derecho a réplica se tiene hasta en el Congreso de los Diputados.

Varias compañeras: Joder uy madre mía, jajajajaja...

Nata Napalm: ¿Tarragona era tu nombre? Pues mira Tarragona me parece que tú también has dicho unas cuantas verdades emancipadoras, como la de que todas traemos comido el tarro de casa y eso hay que reconocerlo e identificarlo para poder combatirlo. Pero también has dicho unas cuantas mentiras dominadoras. La más flagrante de todas es la doble equiparación que has hecho, asimilando espontaneidad con autoritarismo por un lado, y organización con antiautoritarismo por otro. Una simplificación como la copa de un pino. Pero yo como tú también me callo ya para tratar la okupación de Gari.

Varias compañeras: Sí por favor sí yo también estoy de acuerdo por favor avancemos...

Mallorca: Bueno por dónde íbamos. Ah los disfraces. Pues eso, que íbamos disfrazadas. Gari y Coruña vestidos normal pero más arreglados, en plan dos miembros de una misma familia que van a que el cerrajero les abra la puerta de su casa porque alguien ha echado silicona o lo que sea ¿no?

Gari: Sí me acababa de duchar y de lavarme el pelo.

Coruña: Y yo me había afeitado y me había puesto un niqui y unos pantalones de esos de pinzas.

Tarragona: Pa hacerte una foto y enmarcarla.

Coruña: Pues no me quedaba mal ¿eh? Hasta zapatos de esos de entierro me puse.

Jaén: Qué fuerte tío.

Mallorca: Bueno pues eso de escaparate de Zara que íbamos. Y Badajoz y Nata se quedaron vigilando cada una en un extremo de la calle.

Ceuta: ¿Ellos también disfrazados?

Badajoz: Bueno, igual, yo con menos pintas y ya está, me recogí las rastas en una cola y me puse vaqueros de pitillo y una camiseta así medio pija con un dibujo de unos pajaritos.

200

Nata Napalm: Yo iba con las mallas de bailar y las zapatillas y la mochila.

Badajoz: Y empezamos el teatrito. ¿Quieres contarlo tú Gari?

Gari: Pues nada llegamos a la puerta y normal, todo estaba como el día anterior, que lo comprobamos todo de nuevo por si acaso.

Coruña: Era una cerradura antigua, la puerta era de madera normal, no blindada ni nada, y estaba la madera un poco carcomida de agujeros. Nuestro temor era que por el otro lado estuviera asegurada con tablas y toda la movida del cerrajero no sirviera para nada.

Mallorca: Sí porque vimos que la casa tenía otra puerta por la que habrían podido salir los propietarios dejando apuntalada la puerta principal.

Coruña: Por esa puerta secundaria no podíamos entrar nosotras porque da a un patio compartido con otras vecinas y allí íbamos a estar muy expuestas. Descubrimos esa puerta al subir a la azotea de otro edificio, del piso de un colega, y la verdad es que era un poco impracticable.

Gari: Sí.

Mallorca: ¿Quieres contarnos tú cómo lo viste Gari, que estabas ahí cuando yo empecé a usar el taladro?

Gari: Pues nada sacó Mallorca un taladro y le dio al ojo de la cerradura. Hacía mucho ruido. Oviedo estaba allí de pie, y yo y Coruña todos mirando, y Mallorca pues agachado. Yo a veces me entraban ganas de mirar a los lados a ver si alguien nos miraba, pero habíamos dicho que no miraríamos a los lados porque eso parece que estamos nerviosas. Yo me tenía que aguantar las ganas. Para mirar y vigilar ya estaban Nata y Badajoz.

Jaén: ¿Todo esto fue ya pasada la agresión machista?

Varias compañeras: Sí sí sí...

Jaén: No, fue durante la entrada.

Varias compañeras: No no no...

Coruña: La agresión fue en el camino de aquí a la casa, en la calle Olzinelles, a la altura de la herboristería.

Badajoz: La verdad es que nadie miraba, las familias con los niños del cole pasaban por delante con total tranquilidad. En un momento subió un coche de urbanas por mi lado y nos cagamos un poco, yo di la señal dándole un toque al móvil a Oviedo y se separaron tranquilamente de la puerta, haciendo como si se hubieran olvidado de algo, subiendo la calle de espaldas al coche de la poli que avanzaba. El coche pasó a la velocidad normal, no se detuvo en la puerta, dobló la esquina y siguió en dirección a Plaza España como si nada.

Tarragona: Pero qué puto susto ¿no?

Badajoz: Total tío.

Nata Napalm: Pero en cuanto dobló el coche por la esquina en la que yo estaba, Gari Oviedo Mallorca y Coruña bajaron otra vez para la puerta, igual, sin prisa ni nada.

Mallorca: El tema de la cerradura estuvo fácil, en diez minutos terminamos. Usé una broca dos milímetros y pude atravesar todos los pernos a la primera.

Nata Napalm: ¿Los pernos qué son?

Mallorca: Son como unos cilindros que están dentro del bombín, en fila, y que encaja cada uno de ellos en un diente de la llave. Al encajar en los dientes de la llave, se alinean, y al alinearse la llave puede girar y la puerta se abre. Es más difícil de explicar que de ver. Si estás interesada, te enseño con unas cerraduras que tengo yo en casa para probar.

Nata Napalm: Vale gracias.

Mallorca: En cuanto conoces el mecanismo ni ganzuar es difícil. Fue por la urgencia habitacional tan grande que nos describió Gari que no le pude enseñar y asumí yo mismo la apertura.

Jaén: Bueno tan fácil no es. Hay que practicar mucho.

Mallorca: Naturalmente, igual que para aprender a leer y a escribir hay que practicar mucho. Pero vamos que abrir una puerta no es operar a corazón abierto ni hacer un curso de cerrajería, a ver si me entendéis. Y ya con taladro es que ni te cuento lo fácil que es. Solo hay que tener buen pulso para que la broca no se te vaya para todas partes.

Coruña: Eso y que tuvimos la suerte de que no estaba apuntalada la puerta desde el otro lado.

Tarragona: A mí eso me parece que hemos actuado de un modo asistencialista la verdad. Que la compañera Gari no hiciera nada y vosotros todo como si efectivamente fuéramos una empresa de cerrajería.

Mallorca: Asistencialismo o quizás generosidad ¿no?

Gari: No sabéis cómo os lo agradezco todo de verdad.

Tarragona: ¿Veis?

Badajoz: ¡Coño Tarragona a ver si ahora dar las gracias va a ser reaccionario, copón!

Jaén: Es falso que Gari no haya hecho nada Tarragona. Que ella no tenga la habilidad de abrir puertas y no haya tenido tiempo de aprender no significa que no haya hecho nada por okupar. Revisó las casas, revisó la zona varios días para ver las horas a las que había más follón de gente para pasar más inadvertidas... Decir que okupar solo consiste en abrir una puerta es bastante macho, es decir que la aplicación de la fuerza es lo fundamental.

Tánger: Pero qué duda cabe de que abrir la puerta es la operación más riesgosa y más delicada. La que en más peligro nos pone. La que puede suponer una acusación por robo con fuerza en las cosas o por usurpación de la propiedad.

Gari: Bueno si puedo decir algo quiero decir que yo sabía esos riesgos que corríais y que por eso os doy el doble y el triple las gracias.

Nata Napalm: ¡Joder con los anarquistas, qué cara vendéis la solidaridad!

203

Badajoz: Ahora le tengo que dar la razón a Nata, porque qué coño de cuestionamiento es este de que la que abre debe ser la que entre a okupar. Ocupar con «c» será una tarea individual y liberal pero okupar con «k» es una tarea colectiva en la que cada una aporta y arriesga según sus putas posibilidades y deseos. Joder es que estoy flipando con vosotras.

Nata Napalm: Gracias reaccionarias, Badajoz.

Varias compañeras: Jajajaja...

Murcia: Sí claro Badajoz pero las posibilidades y deseos de cada quien, si no están politizados en el sentido anarquista, pueden acomodarse en lo que discutíamos antes de los roles, la profesionalización y todo eso.

Nata Napalm: Yo, en pos de la verdad anarquista sobre la organización que tú mismo anunciaste antes, quiero acabar de escuchar la historia de la puerta porque como ya he dicho antes me tengo que ir antes.

Palma: No os preocupéis que en el acta yo dejo puesto que el tema no está pacificado sino abierto de par en par.

Murcia: Estoy de acuerdo con Napalm.

PAUSA DE RISAS COMENTARIOS SUELTOS.

Coruña: Bueno, pues que como con el taladro ya había dado de sí él los agujeritos del hueco de la cerradura, Mallorca encajó ahí la cuchilla de un destornillador plano, la hizo girar y vualá.

Oviedo: Cuando se abrió la puerta qué guay.

Mallorca: Mira que lo he hecho veces pero cada vez que una puerta cede al toque de tu mano y ves esa franja negra de la oscuridad de dentro ensanchándose y ensanchándose hasta que queda el rectángulo entero negro, y ese olor a cerrado o a frío de obra que sale de adentro, hostia tú qué subidón.

Jaén: Mi casa cuando la abrimos salía el olor a pintura jajajajaja. Era un bloque to moderno que habían terminado de levantar en plena crisis y no habían conseguido vender más de cuatro o cinco pisos.

Ceuta: Jajajajaja qué arte.

Gari: Y pues eso que entré. Entré con Oviedo y dimos un repaso rápido a la casa y lo vi todo bien.

Oviedo: Bajo mi punto de vista no estaba bien. El suelo estaba muy levantado y el techo, como ya hablamos en su momento, con un socavón como esta mesa de grande. Pero bueno, eso de qué está bien en una casa para unos y para otros ya lo discutimos en la asamblea de hace dos o tres semanas y Gari juzgó la casa como buena y como buena la sigue juzgando, pues ya está.

Mallorca: Yo entré un momento para poner la cerradura nueva y sí, estaba el techo hundido, pero nada que no se pudiera arreglar en dos mañanas.

Murcia: El peligro de desalojo administrativo sigue existiendo, o sea, que quieran echarte vía declaración de estado de ruina de la finca.

Palma: Pero sería desalojarte por tu seguridad jajajaja...

Varias compañeras: Jajajajaja...

Gari: Me quedó claro eso administrativo. Pero hasta ahora no ha pasado nada. Estoy muy contenta por eso.

Jaén: Terminad de contarnos cómo te quedaste dentro y eso.

Gari: Pues eso yo me quedé y los demás se fueron. Eché la llave de la cerradura nueva por dentro.

Ceuta: ¿Y dices que ni vecinos ni poli ni nada?

Gari: Nada. He estado completamente sola estos tres días, menos aquella misma noche que hicimos lo de pedir una pizza para tener el ticket con la fecha. Como yo no tengo móvil, llamó Badajoz. El dinero de la pizza sí lo puse yo.

Nata Napalm: ¿Qué es lo de la pizza Gari?

Gari: Lo de la pizza es que el día que entras a okupar o al siguiente pides una pizza, porque siempre que pides comida a domicilio el repartidor te da un ticket con la dirección a la que va el pedido y la fecha. Eso es una prueba para decir que tú llevas viviendo en esa casa desde tal día. Porque si llevas viviendo en esa casa más de tres días, ya no te pueden desalojar tan rápido ¿verdad?

Varias compañeras: Sí sí sí...

Tarragona: Sí. Si demuestras que llevas más de setenta y dos horas dentro, ya no pueden hacerte el desalojo inmediato, ya no pueden decir que te han pillado in fraganti.

Gari: También puedes pedir otra cosa que no sea pizza, pero que te den ticket.

Nata Napalm: Vale vale.

Gari: Y nada, como yo no tenía más dinero porque se lo di todo al repartidor, Nata me trajo al día siguiente comida y agua y ayer igual, y hoy ya he podido salir y juntas hemos comprado cosas para limpiar y para comer.

Coruña: ¿Tienes con qué cocinar?

Gari: Tengo una hornilla de gas pero no tengo butano.

Coruña: Siendo para ti sola, propongo que le demos a Gari la bombona que tenemos a medias aquí en el ateneo, que además por estar casi vacía pesará muy poco y la podemos llevar hasta la calle Duero fácilmente.

Tánger: No estoy de acuerdo por lo que he dicho antes del asistencialismo. Creo que debemos tener este debate antes de seguir dando cosas.

Coruña: Vale pues yo te doy la media bombona que queda en mi casa Gari.

Tánger: Eso me parece perfecto.

Coruña: Eso no debe parecerte ni perfecto ni imperfecto porque yo con mis bombonas de butano hago lo que me sale de los cojones.

Varias compañeras: Jajajajaja...

Oviedo: Lo del asistencialismo lo habréis dicho cuando estaba fuera porque no me he enterado ¿no?

Tarragona: Sí pero vamos el debate de siempre.

Oviedo: Ah vale.

Badajoz: Son las once y media, peñita, y todavía nos queda hablar de la otra okupación en marcha y del tema del rol de las actas.

Mallorca: O lo uno o lo otro porque las dos cosas no da tiempo a hablarlas en profundidad. Yo digo que lo de las actas porque lo de la otra okupación, que es la mía, está en stand by porque mi compa de okupación ha tenido que irse de viaje por una historia familiar y hasta dentro de una semana no vamos a retomar el tema.

Tánger: Vale siendo tú el principal interesado... Antes de pasar a lo de las actas ¿alguien más quiere decir algo de la okupación de Gari?

Gari: Yo solo volver a dar las gracias y decir que estáis invitados a venir cuando queráis.

Varias compañeras: No hay por qué dar las gracias de nada aquí estamos para eso gracias a ti por la invitación...

Palma: Doy por hecho que estás sin luz y sin agua ¿no?

Gari: Sí.

Palma: Cuando quieras ponerte a arreglar eso nos lo dices y te ayudamos. Ahora con el agujero en el techo porque es verano, pero imagínate en noviembre Gari.

Nata Napalm: Gracias reaccionarias Palma, porque yo quería ayudar a Gari con eso pero no tengo ni idea de cómo hacer cemento.

Palma: Por nada, por nada. Bueno, especifico. Te ayudamos quienes queramos y quien no pues no te ayuda, hablo en nombre individual esta vez.

Tarragona: Joder Palma a ver si ahora resulta que por abrir el puto debate sobre asistencialismo resulta que ya es que Tánger y yo no ayudamos a nadie en nada, tío.

Palma: ¿He dicho yo eso? Tío tú sabrás por qué te has dado por aludido.

Murcia: El retintín ha estado clarísimo Palma.

Palma: ¡Os juro por mis muertos que no ha sido retintín, que lo he dicho de verdad para no hablar en plural sabiendo que hay división entre nosotros en esto! ¿No será más bien que quien se pica ajos come?

Ceuta: Pues mirad yo creo que Palma sería un escribidor o escritor o levantador de actas o como se diga, muy bueno, porque no pillaría los reti... retentines o como se diga. No los pillaría y escribiría tal cual oye y todo sería superauténtico.

Murcia: Yo el tema de las actas es que tampoco lo veo tan superimportante la verdad. Si además luego no las leemos nadie, o, bueno al menos yo no las leo.

Jaén: Ah pues qué bien yo escribiendo para nada.

Oviedo: Qué dices Murcia yo sí que las leo.

Varias compañeras: Y yo y yo y yo...

Ceuta: Te lees un acta de Jaén un mes después de haber sido la asamblea y te pega un flashback como si estuvieras allí otra vez.

Oviedo: No, es que te lees un acta de Jaén y es como leerte un artículo sobre anarquismo, un artículo de *Aversión* o de *Subversión* o de *Cul de Sac,* que están to curraos, en serio.

Ceuta: Las actas de Jaén es que son mejores que las asambleas.

Jaén: Gracias gracias.

Ceuta: ¡Es que hablamos en las actas mejor que en la realidad jajajaja!

Palma: Sí tío lo pones todo superordenado y superclaro. Yo las leo y digo hostia ¿eso tan bien dicho dije yo en la asamblea, con lo reventao que venía del curro, que venía to reventao?

Jaén: Claro porque no hago una transcripción literal, porque según lo entiendo yo un acta no es una transcripción literal. Quito las reiteraciones, quito lo que se dice varias veces, cuando la persona duda o balbucea... Pero sin modificar el contenido ni la intención ¿no?

Mallorca: Hombre yo a veces he leído cosas en las actas que he dicho: «Tío, pero si pone aquí que yo hago una referencia a una autora ¿no?, a una teórica o no necesariamente teórica, a una autora que cuenta su experiencia ¡y resulta que esa autora no sé ni quién es!» Pero que de puta madre Jaén tío, no es una crítica, porque al final lo que haces al poner tú esas referencias es clarificar, ¿no?, clarificar el discurso y de eso se trata ¿no?

Jaén: Yo creo que sí, que de eso se trata.

Tarragona: Pues yo no estoy tan seguro de que se trate de eso. Clarificar habrá que clarificar si es para escribir pues un artículo o un fanzín, como decía Oviedo, o hacer un comunicado público o rueda de prensa, algo que va a ser para fuera del ateneo. Pero un acta es un documento interno y habría que ser fieles a lo que decimos.

Nata Napalm: Yo no sé qué queréis decir con autenticidad y fidelidad.

Ceuta: ¿No sabes lo que significa auténtico o fiel?

Nata Napalm: No sé qué significan esas palabras aplicadas a la escritura.

Tarragona: Pues yo creo que está muy claro.

Jaén: Peña perdón lo de siempre, que son las doce menos diez y yo me tengo que ir porque cierra el metro. Me interesa mucho el tema, lo continuamos en la próxima asamblea prioritariamente, propongo.

Palma: Apuntado.

Varias compañeras: Jajajajaja...

Coruña: Tío Jaén píllate ya una bici.

Jaén: Ya tío.

Murcia: Yo igual, peña, y tengo que llegar hasta Sant Andreu y ya veo que si no aprieto el culo me va a tocar el coñazo del Nit Bus que se recorre to la puta Barcelona.

Nata Napalm: Qué pena tíos con lo interesante que estaba esto de las actas, y todas vuestras opiniones son muy valiosas.

Jaén: Bueno bueno ya seguimos otro día. Déu.

Varias compañeras: Déu, déu, déu...

Murcia: Déu.

Varias compañeras: Déu, déu, déu...

Nata Napalm: Bueno pero podemos seguir las demás fuera de acta, si ese trámite de burócratas es lo que os preocupa.

Ceuta: ¡Apunta el retintín Palma!

Varias compañeras: Jajajajajaja...

Coruña: Mejor lo dejamos para cuando estén las otras compañeras porque a ellas también les interesa, en especial a Jaén ¿no?

Tánger: Sí porque además ya es tarde y hay que ir cerrando.

Nata Napalm: Bueno pero podemos simplemente quienes nos apetezca irnos a un bar y seguir hablando o pillar unas latas y sentarnos en un banco ¿no?

Badajoz: Pero ¿tú no te tenías que ir?

Nata Napalm: Sí pero es que este tema es lo más interesante que se ha dicho en toda la noche y ya pues no quiero irme. ¿No ves que soy de las espontáneas de la libertad de expresión?

Ceuta: Retintín Palma apunta.

Nata Napalm: Joder qué aburridos sois y qué cortarrollos. ¿Es que aquí nadie bebe? ¿Ni siquiera tú, Badajoz, o Tarragona, que sé que me tenéis tirria?

Palma: Venga va apunto y corto y cierro y lo de las birras lo discutimos off the record que si no me va a tocar picar veinte páginas.

NOVELA
TÍTULO: MEMORIAS DE MARÍA DELS ÀNGELS
GUIRAO HUERTAS
SUBTÍTULO: RECUERDOS Y PENSAMIENTOS
DE UNA CHICA DE ARCUELAMORA
(ARCOS DE PUERTOCAMPO, ESPAÑA)
GÉNERO: LECTURA FÁCIL
AUTORA: MARÍA DELS ÀNGELS GUIRAO HUERTAS
CAPÍTULO 3: EL CRUDI VIEJO Y LA CRISIS CREATIVA

El CRUDI viejo de Somorrín
era una casa muy grande y muy bonita
que estaba en la Plaza Mayor.

Le digo CRUDI viejo
porque al cabo de los años hubo una mudanza
y se pasó a un CRUDI nuevo,
que es el que existe ahora en Somorrín.
En este capítulo solo hablaré del CRUDI viejo,
pero ya sin decir viejo.
Cuando pase a hablar del CRUDI nuevo
lo dejaré claro desde el principio

para que el lector no se confunda.
Lo dice en la página 73
de «Lectura Fácil: Métodos de redacción y evaluación»:
«No dar opción a confusiones.»

El CRUDI viejo tenía tres plantas
y en cada planta había tres habitaciones.
En cada habitación dormían dos o tres personas,
excepto en la habitación de la trabajadora social,
que dormía ella sola.

Las personas de las demás habitaciones
podían ser dos o tres chicos
o dos o tres chicas,
pero nunca mezclados.
Mi habitación estaba en la primera planta
y era de dos camas.
Tuve la suerte de que me tocara dormir con Encarnita,
que era muy guapa y muy buena persona.

En la habitación de una sola cama
siempre se quedaba a dormir una trabajadora social,
pero cada noche una distinta.

Cuando llegué al CRUDI de Somorrín
nunca en mi vida había visto unas bañeras tan grandes
de donde siempre salía agua caliente.
Me da un poco de vergüenza decirlo,
pero lo voy a decir para que se vea
que todo lo que digo es verdad.
Cuando llegué al CRUDI de Somorrín
nunca había visto en mi vida
un váter o un bidé.

Al principio me daba asco usarlos porque todo era blanco
y se veía todo lo que hacías,
no como en el campo,
que tus cosas se mezclan con la tierra
y no se nota nada.
Pero después me acostumbré
porque Mamen me enseñó a usarlos
y a usar el papel higiénico.
Ya nunca más he hecho mis cosas en el campo,
excepto en alguna excursión.

Era como una casa de gente rica del pueblo
pero para nosotros.
Los ricos que eran dueños de esa casa
se la habían vendido a Mamen
y a otras cuatro trabajadoras sociales
que trabajaban en el CRUDI.

Los antiguos dueños de esa casa
no debían de ser unos ricos muy ricos
porque la vendieron barata.
Si no, Mamen y las demás trabajadoras sociales
no habrían podido conseguir la subvención del gobierno
para comprarla.

Subvención del gobierno significa
que el gobierno te da un dinero
para que tú hagas una cosa
que al gobierno le parece bien.
Pero para dártelo
pasa lo mismo que con las pensiones,
que es que el CRUDI
tenía que abrirse una cuenta en el BANCOREA,
como si fuera una persona.

Entonces el gobierno le daba el dinero al BANCOREA
y después el BANCOREA se lo daba al CRUDI.

Es evidente que el CRUDI no era una persona,
era una casa.
Por eso las trabajadoras sociales,
que evidentemente sí son personas,
tenían que echar ellas todos los papeles
e ir ellas al BANCOREA
para poder sacar el dinero.
Pero el dinero no se lo quedaban ellas,
sino que era para el CRUDI.

Esto lo sé seguro
porque otra cosa de las subvenciones
es que después de sacar el dinero
tienes que enviarle una carta al gobierno
justificando que te lo has gastado
en lo que le dijiste que te lo ibas a gastar
y no en otra cosa.
Y si no lo justificas,
tienes que devolver el dinero
y ya no te dan más.

Justificar significa
demostrar con papeles firmados
que has hecho una cosa de verdad.
Justificar es una palabra con dos significados,
porque como ya dije en el capítulo 1,
justificar también quiere decir
hacer una columna perfecta
con todas las frases que uno escriba,
aunque unas sean más cortas
y otras más largas.

214

Eso quiere decir que la palabra justificar
es una polisemia.

En la página 71 de los Métodos
se dice que la polisemia es un accidente semántico
y que hay que evitarlo.
Polisemia es cuando una palabra tiene varios significados.
No tiene nada que ver con la polio,
que es una enfermedad,
ni con la policía,
que todo el mundo sabe lo que es,
ni con los polideportivos,
que son gimnasios muy grandes.

Accidente es como un accidente de coche o de moto o de avión,
o un accidente laboral como el que tuvo mi prima Natividad
estando en la universidad,
y por el que se quedó discapacitada intelectual severa
por el síndrome de las Compuertas.
Y semántico es lo que significan las palabras.

Sé que síndrome de las Compuertas
es una cosa muy difícil que muy poca gente conoce,
pero en Lectura Fácil solo hay que contar
lo que el lector necesite.
Y como esta es la historia de mi vida
al lector no le hace falta ninguna
saberse las enfermedades de mi prima.
Solo lo he puesto como ejemplo
de lo que puede ser un accidente.

Yo no sabía nada de lo que era la polisemia
ni los accidentes semánticos.
Lo busqué en el móvil y seguía sin enterarme bien.
Entonces le pregunté a mi persona de apoyo

y ella también lo buscó en su móvil
y me lo explicó mejor,
y así ahora yo puedo explicárselo a mis lectores,
porque en la página 73 de los Métodos
se dice que «no hay que dar
ningún conocimiento previo por asumido».
Conocimiento es algo que sabes.
Previo es antes.
Dar por asumido es dar por sentado.
Como yo no puedo dar por sentado
que los lectores hayan leído
ni el libro de las Directrices ni el libro de los Métodos
de Lectura Fácil,
pues tengo que explicarlo todo
porque nadie nace sabiendo.

Los accidentes son algo trágico
y por eso dicen las Directrices
que hay que evitar los accidentes semánticos.
Al principio yo me sentía culpable
por usar el accidente de la palabra justificar.
Pensaba que no me iba a entender nadie
aunque lo explicara mil veces.
Pensaba que si pasaba ese accidente en el libro de mi vida
todo quedaría fatal,
como cuando pasa un accidente
y aunque no te mueras te quedas paralítico.

Pero luego leí en la página 72 de los Métodos
que «hay que utilizar un lenguaje coherente con la edad
y el nivel cultural del receptor.
Si son adultos,
el lenguaje debe ser adecuado y respetuoso
con esa edad.

Evitar el lenguaje infantilista».
Coherente quiere decir acorde.
Nivel cultural quiere decir
si has ido a la escuela, o a la universidad, o si eres analfabeto.
Receptor es lector.
Adulto es que tienes más de 18 años.
Adecuado es que queda bien.
Infantilista es que te traten como si fueras un niño pequeño.
Entonces pensé que la palabra justificar
era una palabra de adultos,
porque solo los adultos pueden pedir subvenciones.

Como en el CRUDI nunca faltaba de nada,
estoy segura de que las trabajadoras sociales,
aunque salían del BANCOREA
con unos fajos de billetes como ladrillos,
no se quedaban nada para ellas
excepto sus sueldos y la gasolina de los coches,
pero porque eran coches mitad para ellas
y mitad para llevarnos a los institucionalizados
a donde hiciera falta.

Eso quería decir que todo estaba justificado,
que al gobierno le gustaba lo que hacíamos
y por eso nos seguía dando subvenciones.
Por eso siempre pedían facturas firmadas y selladas
en todas las tiendas de todo lo que compraban:
de la comida, de las cosas del baño,
de la ropa, de las medicinas,
de las cosas para limpiar,
de las cosas para hacer manualidades,
de las herramientas, de los tornillos, de la pintura...

Hasta de la comida del periquito y de los peces
tenían que pedir factura.

Hasta en Navidad tenían que pedir facturas
del belén y de los dulces de Navidad;
en el día de Reyes, del roscón de Reyes;
en verano, facturas de los bañadores, de los flotadores,
de los manguitos, de las colchonetas y de los helados;
en Carnaval, factura de los disfraces;
en Semana Santa, de los dulces de Semana Santa;
el Jueves Santo,
el Viernes Santo,
el día del Cristo de los Nudos,
el día de la Virgen de Puertocampo
y el día de Santiago,
facturas de las velas y de los cirios;
el día de Castilla y León,
facturas de las banderas de Castilla y León
que poníamos en los balcones;
el día de la Hispanidad, el día de la Constitución
y el día que jugaba España,
facturas de las banderas de España
que también poníamos en los balcones;
el día que jugaba el Barça,
facturas de las banderas del Barça para los del Barça,
y el día que jugaba el Madrid,
facturas de las banderas del Madrid para los del Madrid,
pero esas no nos dejaban ponerlas en los balcones.

Para el Día de la Paz se iban a la mercería
y aunque no costaba ni veinte duros
pedían factura de los tres metros de cinta que compraban
para hacer lacitos blancos.
Para el Día de la Mujer, de los lacitos morados.
Para el Día del Sida, de los rojos;
para el Día del Cáncer, de los verdes;
para el Día de la Cruz Roja, de los rojos también;

para el Día del Cáncer de Mama, de los lacitos rosas
y para el Día que la ETA mataba a alguien,
factura de los lacitos negros.

El Día Sin Tabaco se iban al estanco
y en vez de tabaco compraban chicles.
Pues factura de los chicles,
y ese día ninguna trabajadora social fumaba
y a los institucionalizados que les permitían
fumar de vez en cuando
ese día se lo prohibían,
como a mi prima Patricia,
que le quitaban el cigarro de la boca,
se lo partían en dos delante de sus narices,
se lo tiraban al suelo, se lo pisaban
y le daban un chicle
vigilando que de verdad se lo comía,
pero eso ya fue en el CRUDI nuevo.

El Día de los Enamorados, factura de las rosas rojas;
el Día de los Difuntos, factura de las flores de muerto
y el Día del Libro, factura de los libros,
aunque muchos de los institucionalizados no sabían leer.
Yo sí sabía,
pero debo ser sincera
y decir que por aquel entonces leía muy mal.
Aunque leía, no me enteraba de lo que leía.
Pero el primer Día del Libro que yo pasé en el CRUDI,
y que como todos los días del libro de los años siguientes,
nos llevaban de excursión a la biblioteca,
la biblioteca me gustó tanto,
olía tan bien
y había tantos chicos jóvenes estudiando,
que yo quise aprender a leer bien.

Entonces me llevaron a la escuela de adultos,
pero ese sitio no me gustaba nada
porque en vez de chicos y chicas jóvenes
solo había viejos y viejas.
La más joven era yo.
Pero entonces algo cambió gracias a mi prima Natividad.

Ahora sí tengo que hablar de Natividad,
pero porque tiene que ver con la historia de mi vida.

Antes de que a mi prima Nati le entrara
el síndrome de las Compuertas,
ella leía muchos libros porque le gustaba mucho estudiar.
Iba al colegio
y a la vez al conservatorio de danza.
Luego empezó a ir al instituto
y a la vez al conservatorio de danza.
Y luego iba a la universidad
y seguía en el conservatorio de danza,
y encima iba a clases de inglés.
Conservatorio de danza es adonde va la gente
a aprender a bailar.

Cuando Nati tenía vacaciones,
o algún fin de semana o a veces entre semana,
venía de visita a Somorrín
a salir de fiesta con sus amigos del instituto.
Entonces aprovechaba y también me visitaba a mí en el CRUDI,
primero en el CRUDI viejo
y luego en el CRUDI nuevo
cuando ya estaba con Patricia y Margarita.

En esas visitas Natividad se ponía a leer conmigo
de una manera más divertida que en la escuela de adultos,

donde solo hacíamos cuadernillos Rubio o el Micho,
o leíamos libros de infantilismo
aunque se llamara escuela de adultos.

Pero Nati y yo nos poníamos a leer libros buenos de verdad
donde pasaban cosas que le pasaban de verdad a la gente
y no historias fantásticas de infantilismo
que no se las puede creer un adulto.

Los Métodos dicen:
«Utilizar marcadores de cortesía,
como "por favor" o "gracias".»
Marcador significa palabra o cosa que sirve para hacer una marca,
pero no una marca de comida, o de ropa,
o de coches, o de móviles,
como Coca-Cola, o Zara, o Seat,
o Samsung Galaxy 5G como mi móvil.
Que quede claro que no quiero hacer
publicidad de ninguna marca.
Solo las pongo para poner ejemplos.

Marca tampoco significa
marca como muesca de la madera que haces con una navaja,
o como doblar la página de un libro
para saber dónde te has quedado,
o como marca de nacimiento.

En este caso, lo que marca de marcador significa
es escribir una palabra que significa algo,
en este caso que significa cortesía.
Mucho cuidado con la palabra marca
porque es más polisemia todavía
que la palabra justificar.
Y cortesía significa buena educación.

Le doy las gracias a Natividad Lama Huertas
por haberme enseñado a leer y a escribir bien
y a encontrar en la biblioteca libros buenos de verdad.
Gracias a ella empezaron a gustarme los escritores
y a gustarme escribir,
y por eso ahora estoy intentando ser escritora.

Me da pena que Nati no pueda leer este marcador de cortesía
por su discapacidad intelectual severa.

Cuando tuvo el accidente
y tuvo que institucionalizarse en el CRUDI nuevo,
siempre que llegaba el día del libro y nos daban libros,
ella empezaba a leerlos,
pero a los diez segundos empezaban a cerrársele las compuertas.
Los estampaba contra el suelo, o les daba patadas,
o se los tiraba a quien se los hubiera dado
y empezaba a insultarle,
o les arrancaba las páginas, o los quemaba, o los mordía,
o los mojaba,
y se ponía a gritarnos a todos los demás institucionalizados
que no leyéramos esos libros.
Se lo gritaba a los que no sabían leer inclusive.

Aunque esos no son modos de decir las cosas,
yo entiendo por qué lo hacía.
Lo hacía porque eran libros de infantilismo.
Pero también es verdad
que hay algunos libros de infantilismo que son buenos,
como por ejemplo «Harry Potter» o «El Señor de los Anillos»
o «Crepúsculo».

No me atrevo a enseñarle a Nati mi novela en el WhatsApp
por si hace lo mismo con mi móvil.

Pero cuando mi libro esté publicado
yo haré con ella lo mismo que ella hizo conmigo.
Me sentaré a leer a su lado
y haré que le guste leer otra vez.

Hoy en día tenemos la suerte de que exista la Lectura Fácil.

En la página 21 de los Métodos se dice:
«La Lectura Fácil surge como una herramienta
de comprensión lectora y de fomento de la lectura
para atraer a personas que no tienen hábito de leer
o que se han visto privadas de él.»

Ese es exactamente el caso de mi prima Natividad.

Y luego dice:
«Esta herramienta pretende ser una solución
para facilitar el acceso a la información,
la cultura y la literatura,
debido a que es un derecho fundamental de las personas,
que son iguales en derechos,
con independencia de sus capacidades.
No solo es un derecho,
sino que permite el ejercicio de otros,
como el de participación,
para tener la opción de influir en decisiones
que pueden ser importantes para su vida,
así como la posibilidad de desenvolvimiento autónomo
de cualquier persona
en un entorno como el actual
que produce la mayor cantidad de texto de la historia,
tanto en soporte físico como en digital.
Hablar de accesibilidad a los contenidos escritos
significa no solo hablar de acceso a la literatura,

los diarios o las enciclopedias y libros de texto,
sino también legislación,
los documentos administrativos, los informes médicos,
los contratos y cualquier otro texto de la vida cotidiana.
La comprensión lectora es una habilidad
que no tienen todos los seres humanos,
desafortunadamente.»

He copiado esta parte tan larga
porque me parece muy importante.
Pero no lo he copiado exactamente igual.
Las palabras sí son iguales pero la forma es diferente,
porque en este libro sobre Lectura Fácil
las líneas están todas casi igual de largas
y van todas de un lado a otro de la página
de principio a final sin dejar casi huecos.
Es decir, son líneas justificadas y con sangría.

Ahora me doy cuenta de que esto es un poco raro.
El escritor de este libro dice que en Lectura Fácil
no hay que justificar ni hacer sangrías,
pero él sí justifica y hace sangrías.

También veo otra cosa rara.
En esas líneas hay muchas palabras difíciles,
como por ejemplo surge, comprensión, fomento,
capacidades, participación, influir,
desenvolvimiento autónomo, entorno, digital,
texto, accesibilidad, acceso,
legislación, administrativo, habilidad.
El escritor no explica ninguna de esas palabras difíciles
como hago yo,
que las explico casi todas.
Las que no explico es por no hacer muchas digresiones

y porque también es bueno que los lectores
aprendan a usar el diccionario.

Pero este escritor no explica ninguna palabra.

Es una contradicción,
porque en la página 70 él mismo dice:
«Explicar las palabras menos comunes o complejas
a través de la contextualización, el apoyo en imágenes
y la explicación del significado.»
Pero no lo pone sin justificar y sin sangrar
como lo he copiado yo.
Lo pone justificado y sangrado otra vez
y además no explica lo que es «difícil contextualización».

Estoy pasando las páginas del PDF de los Métodos
y me doy cuenta de que todo el libro está justificado y sangrado
y de que hay muy pocas palabras difíciles explicadas.
PDF es como están los libros que te descargas de internet.

Y todavía hay otra cosa más grave.
En esa parte que he copiado
hay un accidente semántico de polisemia
que es la palabra herramienta.
Porque herramientas hay muchísimas
y el escritor no explica ninguna.

Si este escritor ha escrito un libro
sobre cómo escribir en Lectura Fácil
se supone que él sabe muy bien lo que es la Lectura Fácil, ¿no?
Entonces, ¿por qué lo hace tan mal?
¿O será que yo no lo estoy haciendo bien?
Es todo muy raro,

porque mi persona de apoyo
que se lee al momento todos mis WhatsApps
del Grupo Novela de María dels Àngels
siempre me pone muchos emoticones de que todo está bien.
Emoticones son los dibujitos del WhatsApp.
Pues a mí me pone siempre caritas sonrientes,
deditos de OK, palmitas,
caritas de sorpresa, besitos, gorritos de fiesta, etcétera.
También me ponen emoticones otros compañeros del Grupo,
que aunque no son especialistas en Lectura Fácil
ni escritores de Lectura Fácil,
son personas que no tienen el hábito de leer
o que se han visto privadas de él.
Privada no significa una casa o terreno que es de tu propiedad
y al que no puede entrar nadie sin tu permiso.
Tampoco significa privada como la vida privada,
que es tu vida íntima y tus secretos que nadie puede conocer.
En este caso, privada significa todo lo contrario.
Significa que te han quitado alguna cosa.
Mucho cuidado con la polisemia de la palabra privada.

He escrito esta última explicación de la polisemia sin ilusión.
Quizás esté pasando por una crisis creativa
como las que pasan todos los escritores
en algún momento de su carrera.
Crisis creativa significa que no te viene la inspiración.
No tiene nada que ver con la crisis de la economía,
del paro, de los bancos y de los recortes.
Creativo es que inventas cosas del arte y la cultura.
Inspiración es el arte, la imaginación
y las ganas de inventarte esas cosas.
Carrera en este caso significa tu trabajo,
no carrera de correr.

Me doy cuenta de que este capítulo de mi novela
ha ocupado el doble de páginas que otros capítulos.
Quizás estoy dedicando demasiado tiempo al trabajo
y necesito desconectar un poco.
Me escaparé un fin de semana a algún lugar tranquilo,
saldré a dar un paseo, a tomar un café,
a quedar con viejos amigos y a leer libros buenos de verdad
que me sirvan para la inspiración.
Voy a preguntarle a mi prima Natividad
como en los viejos tiempos,
porque aunque ahora sea discapacitada intelectual severa
hace días que está enseñándole a leer a mi prima Margarita
y a otra gente del Grupo de Autogestores
con unos cuadernillos.

Seguro que no son cuadernillos Rubio de infantilismo
porque ella es capaz de leerlos
sin que se le cierren las compuertas.

Esto no es un adiós,
lectores y lectoras del Grupo de WhatsApp
Novela de María dels Àngels.
Es solo un hasta luego.

Hasta luego.

CONCHA... ...OR ACTOR Y MEJOR ACTRIZ SECCIÓN OFICIAL

...EMALDIA ...N SEBASTIAN FESTIVAL

PoleDANCE ...GH FESTIVAL 2010

...ACTRIZ Y MEJOR CANCIÓN   PREMIO DEL PÚBLICO

GANADORA DE 2 POYA

Estrell/ADAM INTERNATIONAL FILM FESTIVAL

YO, TAMBIÉN

HOLA SUEÑAS y PACO ~~Y~~ ALAMEDA
en una película de ÁLVARO ÁSTOR y ANTONIO CATARRO

¿Para qué quieres ser una persona normal?

QUIERO SER UN MACHO

Descubre cómo
conseguirlo en la Xarxa de biblioteques Municipals de Barcelona

11000000880831

O asistiendo a la próxima arenga heteropatriarcal que regurgitará su protagonista, Paco Alameda, en la Residencia Urbana para Discapacitados Intelectuales RUDI-Barceloneta, el próximo martes 5 de septiembre de 2018 a las 18.00 horas.

Comunicado a las semanalmente secuestradas en el Grupo de

Compañeras de cautiverio:

Como si no tuviéramos bastante con nuestro confinamiento
de todas las tardes de los martes
en esta higienista sala blanca con tubos fluorescentes,
encima va a venir un fascista a darnos la chapa.
Es un macho de la derecha católica más casposa
que ha hecho de protagonista en una película
y que ha escrito un libro.
Su nombre es **Patxi Pereda**.
La película es la que nos obligó a ver hace dos semanas
nuestra carcelera **Laia Buedo**.
Se llamaba **"Yo, también quiero ser un macho"**.

Al no ver ella saciado su sadismo
(propio de quien cobra por ejercer la violencia capitalista/institucional)
con nuestra cara de aburrimiento o de indignación o de estupefacción,
a la semana siguiente nos obligó a leer en voz alta
algunos fragmentos de la soflama machista titulada
"Niños con machedades especiales".

Como veis ya simplemente por los títulos,
la obra de este neoliberal autoritario
gira en torno a la machedad y sus beneficios.

Ante la inminente presencia del macho fascista neoliberal **Pepo Pallás**,
que vendrá acompañando a la carcelera **Buedo** y a la alcaidesa **Gómez**
el próximo **5 de septiembre de 2018 a las 18.00 horas**,
este fanzín quiere plantear una serie de preguntas
y proponer una serie de respuestas.
Su objetivo es abrir un debate verdadero
y no esos interrogatorios a los que **Laia Buedo** llama debates
y que nos obliga a mantener después de leer Los putos tres cerditos,
o una noticia sobre la puta corrupción o sobre las putas elecciones,
como si esos contubernios de las élites nos importaran lo más mínimo.
Los únicos debates que a las reclusas nos interesa mantener son dos:
1. Las condiciones que favorecen la dominación y el control
de todos y cada uno de los ámbitos de nuestra vida.
2. Los modos de sobreponernos, eliminar o esquivar tales dominaciones;
esto es, de emanciparnos del yugo de nuestros múltiples policías:
alcaides, ideólogos, patronos, capataces, esquiroles, doctores,
profesores, madams, prostituyentes, estilistas y parientes autoritarios.

Estamos hartas de que ellos decidan hasta los temas de discusión
de los martes por la tarde en el Grupo de Autogestores.
Hoy las preguntas las hacemos nosotras, pero no se las hacemos a ellos,
pues ya conocemos sus respuestas mentirosas informadas por el capital.
Hoy nosotras nos interpelamos a nosotras mismas,
sin necesidad de un moderador que, como su propio nombre indica,
se dedique a moderar, calmar y por tanto censurar
la manera en que expresamos nuestras inquietudes.

1) ¿Por qué es Pepo Pallás un macho fascista neoliberal?
2) ¿Por qué nuestras carceleras están tan entusiasmadas con que Pepo Pallás venga a hablarnos en persona?
3) ¿Debemos y/o podemos las reclusas del Rudi-Barceloneta hacer algo de cara a su visita?

Pepo Pallás: Familias que tienen una responsabilidad enorme con sus hijos y con sus familiares con Síndrome de Down y que ven en mí pues un referente. Y yo, pues, para ellos, tengo que seguir siendo un referente. No puedo hundirme. Es que nunc... es que no me puedo hundir.

Entrevistador: No te pueden temblar las piernas.

Pepo Pallás: No me pueden temblar las piernas. Tengo que seguir siendo u Quijote de los Síndrome de Down y de las familias con Síndrome de Down (sic Porque educar a un hijo con Síndrome de Down, tener confianza en ellos... e duro. Es muy difícil. Y, claro, tiene que haber alguien que sirva como ejempl como referente para poder tener fe en educar a su hijo.

BREVE INTRODUCCIÓN A LAS TRAMPAS DE LA IDEOLOGÍA

1. LA NEGACIÓN DE LA UNIDAD DE TODOS LOS REPRESORES

La distinción entre las tres categorías de macho, fascista y neoliberal
que este fanzín propone
sólo tiene sentido a efectos pedagógicos.
Nos valemos de esa diferenciación ordenada y analítica
para acercar dichos términos a las reclusas
a las que se les ha privado del placer de la politización
y que, al vivir en una sociedad capitalista, son la mayoría.

(La politización es el proceso por el cual nos desprendemos de la ideología
y nos apropiamos de la realidad.
Enseguida explicaremos lo que son la ideología y la realidad).

Sin embargo, los atributos de macho, de fascista y de neoliberal
son indisociables en el día a día,
es decir, en nuestra realidad cotidiana, que es la única que existe
en tanto que es la única susceptible de acabar con nosotras
o de ser por nosotras modificada.

Así pues, la realidad nos indica que todos los machos son fascistas
y que todos los fascistas son neoliberales
y que todos los neoliberales son machos.
Cualquier relación de identidad entre los tres conceptos es acertada.
Es lógicamente validable y además es verdadera.

Fuera de nuestra realidad cotidiana sólo hay virtualidad,

o, lo que es lo mismo, ideología.

La ideología es el conjunto de vaciles
de los que se valen los machos fascistas neoliberales y sus cómplices
para convencernos a todas las demás
de que el dominio que ejercen sobre nosotras es bueno,
cuando lo que nos indica la realidad es que ese dominio,
para nosotras, es malo, porque nos hace sufrir.
El dominio sólo es bueno para los dominadores.

Mientras nosotras hallamos placer en la politización,
ellos hallan placer en la acumulación de poder material y simbólico
a nuestra costa (explotación), a costa de ellos mismos (autoexplotación)
o a costa de ambas explotaciones combinadas.

(Esto es un resumen y adaptación de que lo dijeron en 1845
los abuelitos cebolletas Karl Marx y Friedrich Engels).

Y esta es, compañeras, la ideología del dominio.
Con decir ideología ya no hace falta decir del dominio,
por si queréis, como con la realidad, ahorraros dos palabras.

Para ella, los machos, los fascistas y los neoliberales
sí son categorías perfectamente separadas en la teoría y en la práctica,
entendiendo que los machos no tienen por qué necesariamente
ser fascistas y/o neoliberales, y viceversa y viceversa y viceversa.
Desgranaremos someramente las distinciones ideológicas
que rompen la unidad real del macho-facho-amante del capital.
Esa ruptura de la unidad es estratégica para la ideología:

pretenden hacernos creer que en eso que ellos llaman sociedades democráticas
el leviatán dominador no existe.
Lo que existen son individuos, empresas, colectivos o partidos
con unas u otras preferencias personales o políticas
que deben ser respetadas siempre que ellas respeten el orden institucional.
A eso, la ideología lo llama "pluralismo democrático" o "libertad ideológica".

La ideología apela, pues, al respeto hacia los machos fascistas neoliberales
mientras que a nosotras, por poner en entredicho el mencionado orden institucional,
nos llama irrespetuosas, exageradas, locas, odiadoras y feminazis.
Para la ideología, las fascistas seríamos nosotras, las presas.

Un argumento muy recurrente y extendido dentro de la ideología
es que hay diferentes ideologías,
siendo dos las más importantes y configuradoras del resto:
la ideología de izquierdas y la ideología de derechas.
La ideología de izquierdas por antonomasia sería el comunismo,
y la ideología de derechas por antonomasia sería el fascismo.
Entre medias estaría la llamada democracia representativa.

Sin embargo, lo que la realidad claramente nos indica
es que en un extremo, en el otro y entre medias sólo hay fachas,
diferenciados únicamente por el uso retórico del discurso,
de modo que podríamos hablar de fachas de izquierdas y fachas de derechas.
No en vano muchas veces se habla de "la unidad de todos los demócratas".

(Para la ideología, la retórica es el virtuosismo oratorio del político institucional.
Para la realidad, la retórica es la estrategia comunicativa del dominador
para la difusión del dominio y de las mentiras del capital).

Para la ideología, el fascismo es una ideología de entre las muchas existentes
que se corresponde exclusivamente con dos momentos históricos:
el del período de entreguerras y el de la segunda guerra mundial.
Pero la realidad muestra que el fascismo va mucho más allá.
El fascismo es una técnica de control de poblaciones y territorios
aplicada por todos los Estados e Imperios del mundo
desde que se crean los primeros partidos burgueses a mediados del s.XIX
y hasta nuestros días.

Y ya que mencionamos el capital, diremos que, para la ideología,
el neoliberalismo es la propuesta económica de la derecha imperialista.
La realidad, no obstante, reiteradamente evidencia que el neoliberalismo
es la propuesta económica común a todos los dominadores de nuestros días.
Los fascistas de izquierdas lo llaman colectivismo o capitalismo de Estado
y los fascistas de derechas libre mercado o libre competencia.

Por último, para la ideología, "macho" no es una categoría política.
Es biológica y va referida a la función reproductora de las especies.
En la ideología, no hay machos sino machistas.
Machista sería aquel que desprecia, ningunea o cosifica a las mujeres,
y suele haber más entre los fachas de derechas que de izquierdas,
siguiendo con su falacia diferenciadora de las modalidades de dominio.
Pero en la realidad, el despreciador de mujeres va mucho más allá:
es un despreciador de todo aquel que no folle como a él le gustaría follar,
cuando él quisiera follar y con quien él follaría.
Claramente vemos que el macho político
basa su dominio en la función reproductora que la ideología niega
y en cuyo nombre humilla, viola y asesina.

Machista es la palabra empleada por la ideología
para propiciar la asimilación de las mujeres por el neoliberalismo,
lo que la ideología llama "sufragio universal", "inserción en el mercado laboral",
"conciliación de la vida laboral y familiar", "paridad", "igualdad",
"superación del techo de cristal", "acceso a puestos de responsabilidad"
o "igualdad de oportunidades".

2. LA CREACIÓN DE UNA FALSA COMUNIDAD DE INTERESES

Ya hemos visto que la ideología
niega que su voluntad de dominio sea única e indivisible
y que esté presente en todos sus agentes.
También hemos visto cómo niega la necesaria concurrencia
de los atributos de macho, fascista y neoliberal
para poder ejercer, reproducir y perpetuar su dominio.

Pues resulta que, al mismo tiempo que la ideología se presume plural
y niega su unidad o hegemonía (como la llaman algunos fachas de izquierdas,
siendo los primeros de ellos Axelrod, Lenin y Gramsci)
afirma que dominadores y dominados
formamos parte de una única comunidad.

En esa comunidad, dominadores y dominados
compartiríamos las mismas necesidades y los mismos anhelos.

Para nosotras las presas eso es a todas luces falso, virtual o ideológico porque,
tal y como acabamos de ver,
el placer de los dominadores reside en ejercer el dominio
y el placer de las dominadas o presas reside en la politización.

Los intereses de los dominadores y los de los dominados
no sólo son distintos, sino que son contradictorios.
Ellos quieren someternos a nosotras
y nosotras queremos acabar con nuestro sometimiento.
Ellos quieren ejercer la violencia sobre nosotras
y nosotras queremos emanciparnos de su violencia.

Por tanto, esa comunidad de intereses compartidos
que se han inventado los dominadores
es claramente una falsa comunidad de intereses.
Es fácil de reconocer por los nombres que ponen los dominadores
a esa comunidad y a los integrantes de esas comunidades,
en donde ya no habría ni dominadores ni dominados, ni carceleros ni presas.
En la actualidad, la ideología sostenedora del macho-facho-neoliberal
llama a la falsa comunidad de intereses "Estado democrático"
y a sus integrantes, sean presos o carceleros,
los llama "ciudadanos" y "ciudadanas".

En otros momentos y en otros lugares del mundo,
la ideología del dominio ha llamando a la falsa comunidad de intereses "pueblo"
y a sus integrantes "obreros", "pueblo llano" o "gente honrada".

También se la suele llamar "nación" y, a sus integrantes,
"nacionales" de la nación que se trate si es una nación con Estado,
o "luchadores por la independencia" si es una nación sin Estado.

La que quizás sea la falsa comunidad de intereses más grande de todas
es "la humanidad",

integrada por "los seres humanos".

Hay falsas comunidades de intereses a escala más pequeña.
Una muy famosa es la "empresa", siendo sus integrantes "un equipo".
O el "partido",
siendo sus integrantes "los demócratas", "los trabajadores" o "los patriotas",
según se trate de fachas de izquierdas o de fachas de derechas.
Otra también muy extendida es la "familia", y sus integrantes los "familiares".

En nuestro caso concreto como presas,
a la falsa comunidad de intereses que es la RUDI-Barceloneta
nuestros carceleros la llaman "comunidad por la integración"
y a ellos mismos y a nosotras nos consideran "miembros de una gran familia".

Del mismo modo que con la ruptura de la unidad ideológica,
la falsa comunidad de intereses también es estratégica para la ideología.
Se sirve de ella para hacernos creer que sólo existen pequeñas diferencias
entre dominadores y dominados, es decir, entre los carceleros y las presas.

En la actualidad y en nuestra área geográfica,
esas diferencias serían las propias del pluralismo del que ya hemos hablado,
o sea, falsas diferencias que se resuelven mediante procesos democráticos,
o sea, mediante juegos de mesa ingeniados por los dominadores
para tenernos a los dominados entretenidos.
No en vano se llama a las normas escritas y no escritas de dichos procesos
"juego democrático".

3. TRES EJEMPLOS DE IDEOLOGÍA

Amela, Víctor-M.: "La contra" [Entrevista a Juan Soto Ivars, periodista y autor de *Arden las redes*]. La Vanguardia, 11 de mayo de 2017, contraportada.

Ejemplo nº 1

ANA JIMÉNEZ

¿Nos enmudece la poscensura?
La palabra libre genera ruido, la ofensa libre genera silencio. Nos acobardamos...y enmudecemos ¡por si acaso! La poscensura daña el pluralismo, te daña a ti, a mí..., ¡a todos!
Procuremos ofendernos menos, ¿no?
Ofenderte es legítimo, pero no te conviertas en un pajillero de la indignación.

Qué es la poscensura?
Censura posmoderna: ya no es vertical, es horizontal.
¿Horizontal?
No viene ya de arriba, no necesita un estado totalitario: la ejerce la sociedad, tus iguales, grupos de todo tipo.
¿Qué grupos?
Grupos beligerantes de animalistas, de feministas, de católicos, de izquierdistas, de derechistas, de taxistas, de independentistas, de españolistas... Di algo que les parezca incorrecto: se ofenderán...y te lincharán.
¿Linchamiento digital?
Cada día señalamos a alguien para insultarle, pedimos firmas para que le despidan, boicoteen su espectáculo, retiren sus libros...
¿Usted ha linchado?
No, porque a mí no me asusta la opinión libre, sea de un nazi o un machista: la execraré, pero prefiero que la exprese a acallarle y que se convierta en mártir o en Trump.
Y si le linchasen a usted, ¿qué?
Ya ha sucedido, y me he ahorrado pasar de víctima a verdugo.
Deme ejemplos de acoso virtual.
Hemos linchado al humorista Jorge Cremades, a las tuiteras Casandra Vera o Justine Sacco, a la escritora de literatura infantil María Frisa, al cocinero Jordi Cruz...
Su crimen fue...
Decir algo. Algo incorrecto para alguien. Casandra, por un chiste sobre Carrero Blanco. Justine, sobre los negros. La corrección política cree que lo que alguien dice –chiste, broma, opinión...– conforma la realidad. Y que cambiando la representación, cambia el mundo: censurar, pues, sería constructivo.
Censuraríamos así la mitad del arte y la literatura universal...
¡El 90%! Y el censor se verá justo, no censor.
¿Un chiste machista genera machismo?
Si acallas todos los chistes machistas, el machismo sigue... y acabas con la palabra libre.
Le llamarán machista por decir esto.
Ya me han etiquetado: "machista", "racista", "buenista", "podemita", "extremocentrista", "fascista", corto de vista... Etiquetar es clave en la poscensura: "No leáis a este porque él es (etiqueta)". Y quedas indefenso.
¿Somos más susceptibles que nunca?
Sí, debido al filtro de las burbujas virtuales.
¿Qué es una burbuja virtual?
Los algoritmos de las redes te coaligan con personas afines, y así te habitúas a un discurso monocorde, pierdes pluralismo...y ya eres

Juan Soto Ivars considera las opiniones de los nazis,
los chistes que se burlan de Carrero Blanco, los que se burlan de los negros
y los que se burlan de las mujeres
como parte de lo que él llama pluralismo, democracia o *palabra libre*.

Observemos cómo el entrevistado estima
que los ataques vertidos contra un dictador con nombre y apellidos
y las opiniones de los seguidores de una corriente fascista
también perfectamente reconocible como es el nacionalsocialismo,
conviven en el mismo saco plural, demócrata y libre
que los ataques vertidos contra dos categorías difusas
que él llama "los negros" y "las mujeres".

Así pues, el nazi que insulta a un negro
está haciendo exactamente lo mismo que el negro que insulta a un nazi:
usar la *palabra libre*.
La realidad, sin embargo, es contundente al mostrarnos
que cuando los nazis insultan a los negros
están valiéndose de su posición de poder dentro de la ideología,
la cual, al ser como ellos, les ampara y beneficia.

Pongamos un ejemplo sencillo:

Recordemos a la Guardia Urbana de Barcelona
insultando racistamente y golpeando a los manteros.
Recibieron el apoyo de su jefa, la alcaldesa Ada Colau
y nunca fueron denunciados.

Sin embargo, cuando un negro insulta a un nazi,

la ideología lo reprime y lo censura.

Recordemos a los mismos manteros defendiéndose de la misma Guardia Urbana
y de cómo el ayuntamiento de Barcelona con su jefa Ada Colau al frente
se constituyó como acusación particular contra los manteros en el juicio.

También forma parte de ese pluralismo alabado por Juan Soto Ivars
la mera existencia de *grupos beligerantes de animalistas, de feministas,
de católicos, de izquierdistas, de derechistas, de independentistas, de taxistas,
de españolistas...*, siendo una lista no cerrada.

(Nótese la sorna de Soto Ivars al tratar a los taxistas
como a los representantes de una ideología más,
dando a entender, por un lado, que hay muchas más ideologías
que las múltiples que él ya está anunciando,
y por otro, que todos los taxistas piensan igual
y que son especialmente "beligerantes").

Para Soto, cada uno de esos individuos o colectivos de individuos
posee una manera propia de entender el mundo que debe ser respetada.
*[A] mí no me asusta la opinión libre, sea de un nazi o de un machista:
la execraré, pero prefiero que la exprese a acallarle.*
He ahí el respeto debido a los machos-fachos-neoliberales
que anunciábamos en la introducción y que Soto corrobora.

De no respetarlos, el pluralismo/democracia/palabra libre se tambalea,
y ese tambaleo *te daña a ti, a mí... ¡a todos!*
Es decir, daña una comunidad de la que forman parte el entrevistador *(a ti)*,
el entrevistado *(a mí)* y cualquier otra persona *(¡a todos!)*.

Ejemplo n° 2

El odio es siempre difuso. Con exactitud no se odia bien. La precisión traería consigo la sutileza, la mirada o la escucha atentas; la precisión traería consigo esa diferenciación que reconoce a cada persona como un ser humano con todas sus características e inclinaciones diversas y contradictorias. Sin embargo, una vez limados los bordes y convertidos los individuos, como tales, en algo irreconocible, solo quedan unos colectivos desdibujados como receptores del odio, y entonces se difama, se desprecia, se grita y se alborota a discreción: contra _los_ judíos, _las_ mujeres, _los_ infieles, _los_ negros, _las_ lesbianas, _los_ refugiados, _los_ musulmanes, pero también contra _los_ Estados Unidos, _los_ políticos, _los_ países occidentales, _los_ policías, _los_ medios de comunicación, _los_ intelectuales[1]. El odio se fabrica su propio objeto. Y lo hace a medida.

El odio se mueve hacia arriba o hacia abajo, su perspectiva es siempre vertical y se dirige contra «los de allí arriba» o «los de allí abajo»; siempre es la categoría de lo «otro» la que oprime o amenaza lo «propio»; lo «otro» se concibe como la fantasía de un poder supuestamente peligroso o de algo supuestamente inferior.

Emcke, C.: _Contra el odio_, Taurus, Barcelona, 2017, pp. 13-14.

La autora de estas palabras es Carolin Emcke, periodista y escritora como Juan Soto Ivars quien, en un artículo publicado 20 días después de la anterior entrevista, la cita como uno de sus referentes:

Nos recuerda **Carolin Emcke** _en su ensayo 'Contra el odio' (Taurus) que la única forma de lograr la igualdad, o de acercarnos, es conocernos mejor los unos a los otros. Dejar de vernos como grupos enfrentados —blanco, negro,_ moro, mujer— y vernos como individuos.

Soto Ivars, J.: *Festival solo para mujeres negras, o el gueto voluntario de las minorías.* **España is not Spain, Blogs de El Confidencial, 31 de mayo de 2017.**

La maestra de Soto es una macha facha neoliberal más fina que su pupilo.
Donde Soto admitía la existencia de colectivos para alejarse de ellos,
Emcke niega hasta su existencia.
Piensa ella que todos esos grupos humanos que enumera

no son sino sumas de individuos, personas o seres humanos
de *características e inclinaciones y características diversas y contradictorias.*
Emcke, como Soto, mete en el mismo saco a *las lesbianas* y a *los policías,*
a *los políticos* y a *las mujeres,* a *los Estados Unidos* y a *los negros.*
Con eso quiere hacernos tragar la ruptura de la unidad ideológica
de un modo más sibilino que el empleado por Soto Ivars.

Carolin Emcke quiere hacernos creer que "las difamaciones", "los desprecios",
"los gritos" y "los alborotos" que se prodigan a las lesbianas,
a los negros, a los judíos o a los musulmanes
son equiparables a los que se prodigan a la policía, a los países occidentales,
a los medios de comunicación, a los políticos o a los Estados Unidos.
Para Emcke, el insulto a un policía por el hecho de ser policía
es tan injusto como el insulto a un musulmán por el hecho de ser musulmán.
Con ello, por un lado, realiza una falaz comparación
entre alguien definido por su profesión y alguien definido por su culto religioso;
y, por otro, omite lo que omiten todos los humanistas,
que es la diferencia en la posición de poder (y no de características personales)
que ocupa un policía por el hecho de ser un agente de la autoridad
frente a un musulmán por el hecho de profesar una religión demonizada,
o frente a una mujer por el hecho de no ser un hombre,
o frente a una lesbiana por el hecho de no ser un hombre y follar con mujeres.

El humanismo neoliberal de Emcke es tan exacerbado y alejado de la realidad
que dota al ente administrativo y político llamado Estado

de cualidades humanas (de esas "características diversas y contradictorias"),
del mismo modo que Disney hace hablar a las teteras.

> una masa homogeneizada a la fuerza. En la estela de
> Hannah Arendt, el plural se conforma a partir de la
> variedad de singularidades individuales. Todos se ase-
> mejan, pero nadie es igual a nadie, esa es la «extraña»
> y mágica condición y posibilidad de la pluralidad.
> Cualquier norma que conduzca a una supresión de
> la singularidad del individuo contradice este concep-
> to de pluralidad. *Ibid., p. 183.*

También debemos destacar cuan ideológicamente
utiliza la autora la palabra odio

para justificar la falsa comunidad de intereses. Solo si sustituimos estos esque-
mas de odio, si «hallamos semejanzas donde antes
solo había diferencias», podrá surgir la empatía[2].

Ibid., p. 181.

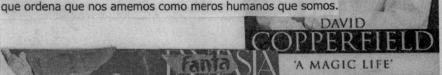

Lo que para Soto era beligerancia o linchamiento
provocado por la mentira pluralista de la diferencia de opiniones,
para su maestra es odio *a discreción.*
Quiere así Carolin Emcke despolitizar los ataques
que lanzamos las presas contra nuestros carceleros
y desideologizar los que lanzan nuestros carceleros contra nosotras.
Gracias al odio, Emcke sentimentaliza y universaliza los ataques,
dando a entender que todos, vengan de quien vengan,
son provocados por una tara en nuestra común humanidad,
que ordena que nos amemos como meros humanos que somos.

DAVID
COPPERFIELD
'A MAGIC LIFE'

Si yo ataco al policía, es por odio, no porque el policía me esté reprimiendo.
Si el policía me ataca a mí, también es por odio, no porque le paguen por ello.

> La resistencia frente al fanatismo y al racismo no solo afecta a su contenido, sino también a su forma.

> Esto *no* significa, por tanto, que uno mismo deba radicalizarse. Esto *no* significa que a través del odio y la violencia haya que alimentar el escenario fantástico de una guerra civil (o del apocalipsis). Más bien se necesitan medidas de intervención económica y social en aquellos lugares y estructuras donde surge el descontento que se canaliza en forma de odio y violencia. Quien quiera combatir el fanatismo de manera preventiva deberá preguntarse por qué para tantas personas su vida vale tan poco que están dispuestas a sacrificarla por una ideología. *Ibid.*, pp.181-182.

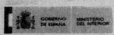

Bienvenidos | رﺤبا
Español | ﺔ

No es casual que la proclama de su libro *Contra el odio* coincida con la de la campaña

Stop radicalismos
del Ministerio del Interior.

RADICALISMOS

En esta página podrá comunicar cualquier incidencia o problemática que, posiblemente, suponga el inicio o desarrollo de un proceso de radicalización o de gestación de conductas extremistas, intransigentes o de odio por razones racistas, xenófobas, de creencias, o de ideologías

También podrá comunicar la extrema situación de radicalización de un individuo o su posible desaparición y salida/entrada del territorio nacional hacia/desde zonas de conflicto bélico

Tu colaboración es muy importante para todos.
Contacta con nosotros con total confianza.

¿De qué habla, pues, Carolin Emcke, Premio de la Paz de los Libreros Alemanes,
cuando lanza sus proclamas a favor de la libertad de pensamiento y expresión?
Habla de que podemos cuestionarlo todo, todo, todo
menos la estructura macha facha neoliberal que sostiene a su Estado ideal.

O sea, habla de que no podemos disentir en nada de nada de nada
excepto en *las ideas y prácticas distintas*
sobre lo que se considera una buena vida, el amor o la felicidad,
los distintos proyectos vitales y los *diversos rituales y fiestas,*
usos y costumbres, dice literalmente la página 185.

Y a renglón seguido, en la página 186 del premiado folletín *Contra el odio*
la pacificadora Emcke se dedica a enumerar una docena de fiestas alemanas
a las que ella asiste o no asiste y que son la prueba viviente
de que todos podemos vivir cohesionados
en una sociedad laica, abierta y liberal
donde reina la diversidad cultural, sexual y religiosa.

Personalmente, la diversidad cultural, religiosa o
sexual característica de un Estado de derecho laico me *tranquiliza* (...) En este sentido, también me tranquiliza que existan formas de vida o de expresión de las que me siento bastante alejada. No me molestan. Tampoco me asustan. Al contrario, disfruto de los más diversos rituales y fiestas, usos y costumbres. Lo mismo da que la gente se divierta en una banda de tambores y cornetas, en el festival wagneriano de Bayreuth, en el estadio del FC Union Berlin o en el espectáculo *drag* Pansy Presents que se representa en Südblock.
(...) El vínculo afectivo
refiere exactamente a eso, al hecho de vivir en una sociedad que defiende y protege mis particularidades individuales, aunque ya no sean mayoritarias, aunque se hayan quedado anticuadas, sean demasiado modernas, raras u horras. (...) *Existir realmente en plural significa sentir un respeto mutuo por la individualidad y la singularidad de todos.*

Ibid., pp.185-186.

Esa banalización de las posibilidades de disenso

reduciéndolas a los modos de ir de fiesta o a las "particularidades individuales"

constituye un excelente ejemplo de cómo la ideología

construye su facha macha concepción del mundo

en base a la lógica capitalista de la acumulación y el consumo:

cuantas más opciones sexuales, mejor;

cuantas más opciones religiosas, mejor;

cuantos más individuos y proyectos vitales, mejor;

o sea, ver la vida y hablar de ella como si fuera un asqueroso supermercado.

Ejemplo nº 3

La autonomía: tipos y ventajas

Picada, Pablo: *Niños con machedades especiales. Manual para padres*, Hércules

¿POR QUÉ ES PÍO PALOMEQUE UN MACHO?

A diferencia de la madre, el padre se centra más en los aspectos culturales y académicos, y es por tanto el que se debe dar cuenta de que ese hijo "discapacitado" no lo es y de que, por tanto, hay que estimularlo, cuanto más pronto mejor. (···)

Porque se atreve a dar lecciones a las mujeres sobre cómo ser buenas madres.

Porque su concepto de buena madre coloca a la mujer en el rol tradicional subordinado de cuidado de la familia, de sufridora abnegada y de crianza de los hijos.

Su único modo de relacionarse con ellos es mediante la dependencia.

La madre, piedra angular de la familia

ACABAS DE TENER UN HIJO

Si hay alguien que es el alma de la familia —porque la ha creado, afronta sus problemas y sinsabores, y lleva a sus espaldas esa responsabilidad— y hace que tire para adelante, esa es la madre.

Las madres sois las que afrontáis la crianza y la educación de vuestros hijos y quienes más tiempo pasáis con ellos, por eso sois tan importantes para vuestros hijos. Porque al principio estos dependen de vosotras, pero a su vez ellos pueden ser muy importantes en un futuro, porque sois vosotras quienes podéis depender de vuestros hijos.

Cuando los hijos son pequeños, vuestro papel es crucial ya que tenéis que criarlos y educarlos. (···)

Pero cuando un hijo llega a la adolescencia y a la juventud, os tenéis que revestir de especial paciencia, enseñarle a que sea disciplinado y seguirle transmitiendo valores. Y finalmente el hijo llega a la madurez y uno piensa que "la labor de la madre ya ha terminado"; craso error, ya que las madres vais a seguir siendo madres, tengamos la edad que tengamos los hijos.

Ibid. p. 26

Hay aún más razones para considerar a Pío Palomeque nuestro macho enemigo.
A continuación vamos a recordar lo que hacía su alter ego, Daniel,
en la película *Yo, también quiero ser un macho*
después del fiasco de no haberse ligado a la compañera de curro que le gustaba
tras una noche de calentón en la que ella finalmente lo rechaza:

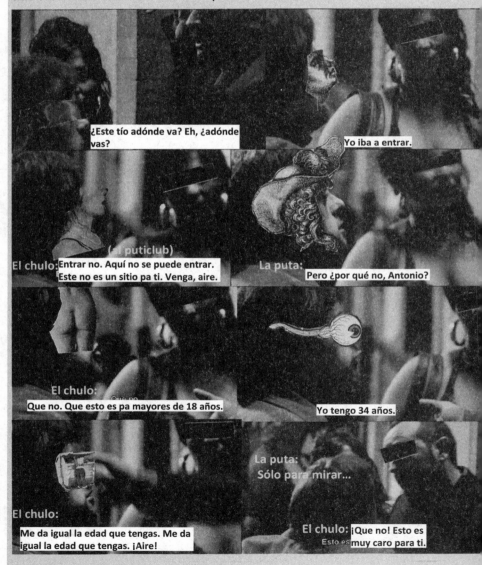

Esta mierda de película es macha
porque nos muestra
una transacción fallida
sobre una mujer
entre el macho prostituyente que es Daniel
y el otro macho que es el proxeneta.

Tengo dos tarjetas de crédito, dos.

El macho Daniel no se dirige en ningún momento
al objeto de la transacción,
es decir, a la puta que sale en escena
o a cualquier otra que hubiera dentro,
sino que tiene bien claro
que ellas son mercancía
y que a quien debe convencer
acerca de su solvencia simbólica y económica
para la adquisición del producto

El chulo (mientras la puta protesta):
Pues le compras un regalito a tu madre. Venga,
tira pallá. ¿Cómo le voy a dejar entrar?

No, chaval, por favor, no te pongas así, que no
vas a entrar. (Portazo).

Daniel: (Grita) ¡Eso no es verdad!

¡No soy un niño!

¡Tengo 34 años!

Soy un hombre y puedo entrar ahí, si quiero
¡Soy un hombre!

¡Soy un hombre! ¡Soy un hombre!

es al encargado del almacén, o sea al chulo.

La prostituta también tiene bien claro
que ella no debe negociar directamente con el prostituyente.

Las únicas dos veces que interviene
lo hace dirigiéndose asimismo a la figura del intermediario que es el proxeneta,
intentando influir vagamente en él para que cierre el trato con el prostituyente.
Por supuesto, su opinión no es tenida en cuenta.

La escena es tan asquerosamente macha porque,
ante esta situación sobre prostitución que plantea,
dirige el mensaje de que es el prostituyente
quien está siendo injustamente tratado
por no permitírsele acceder al producto sexual que ha escogido.

La escena plantea que es injusto
porque Daniel tiene más de dieciocho años y el dinero suficiente para pagar.
Dentro de la macha-facha-capitalista moral de la película
se están vulnerando dos derechos de Daniel:
el del consumidor y el del honor masculino.

En tanto que macharracos capitalones, ni a los directores y guionistas
ni al actor protagonista en sus alabanzas posteriores de la película,
jamás se les habría ocurrido lanzar un mensaje de realidad
en vez de un mensaje de ideología.
Cuando a las reclusas de la RUDI-Barceloneta nos obligaron a ver esta película
rápidamente nos chirrió el hecho
de que el sufridor de la injusticia machocapitalista
fuera el prostituyente y no la prostituta.
La realidad es que son las mujeres presentes o aludidas en esta escena
las que son tratadas como objetos por dos machos explotadores
y por tanto las que merecen nuestra empatía.

Sin embargo, la ideología nos quiere transmitir
que debemos empatizar con el hombre que pierde el duelo de machedades
porque no puede satisfacer su deseo sexual ni reafirmarse como macho
a costa de unas mujeres que no expresan ni su deseo sexual
ni el precio que eventualmente querrían ponerle a sus servicios.

La puntilla a todo este contubernio ideológico
es que a la puta nos la pintan comprensiva
con las ansias sexuales del prostituyente.
Así quieren ocultarnos la injusticia real de que a la puta la machean,
vendiéndonos, en su lugar, la fantasía ideológica
de la puta conforme y bien tratada por su prostituyente y su proxeneta.

¿POR QUÉ ES PASCUAL PÉREZ

CON OTRA MIRADA

UN FASCISTA?

¿Qué opinión tiene de los políticos?

Pascual Pérez: Yo, echar, no echo a nadie, la verdad, porque aquí todos hacemos falta, ¿eh? Y más ahora. Hay que arrimar el hombro. (...) Hay políticos... Sí, y además lo han dicho públicamente, que iban a enriquecerse. Los hay. Claro que los hay. Pero también hay políticos, cuidao, políticos honestos.
Miembro del público: Muchos.
Pascual Pérez: Y sinceros, y comprometidos. Por tanto, no es bueno generalizar con ningún colectivo, y tampoco con los políticos.

Pascual Pérez es un fascista porque cree que los dominadores,
y por tanto el dominio de ellos sobre nosotras, "hacen falta".

Pero como es un ideólogo y no un realista como nosotras, no lo dice así tal cual,
sino que emplea la retórica ocultadora que la ideología le ha enseñado.
Nos tiende la trampa número uno que vimos en la introducción
y que tan bien ejemplificaban Soto Ivars y Carolin Emcke:
la de que hay dominadores buenos y dominadores malos,
negando, por tanto, la unidad de todos ellos y la dominación misma.

En esta idea negacionista del dominio redunda el hecho
de que para Pascual Pérez la única maldad que puede concurrir en un político
es que se enriquezca ilegítimamente en el ejercicio de su cargo.
Es decir, que el hecho de que haya profesionales de la autoridad
que legítimamente ejerzan la violencia en todos los ámbitos de nuestra vida
haciendo de ella una serie inacabable de sometimientos,
no es algo malo.
Es algo bueno siempre que el dominador lo haga
con "honestidad, sinceridad y compromiso".

Hasta tal punto niega el facha de Pérez la existencia de nuestros dominadores
(y en tanto niega su existencia, niega la nuestra como dominadas)
que los considera parte de un colectivo, el *colectivo de los políticos*,
utilizando la retórica fachodemocrática de la atomización de la sociedad
en grupos diferenciados por características superficiales
y no por la cantidad de poder que ostentan
y, por tanto, del mayor o menor dominio que pueden ejercer sobre nosotras.
(Esto lo politizaremos en las páginas siguientes
cuando veamos al facha de Pérez hablar de "minorías").

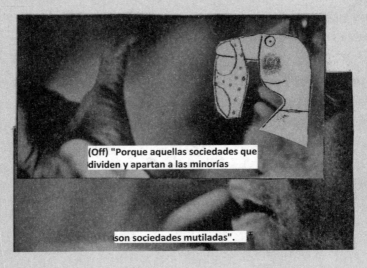

(Off) "Porque aquellas sociedades que dividen y apartan a las minorías

son sociedades mutiladas".

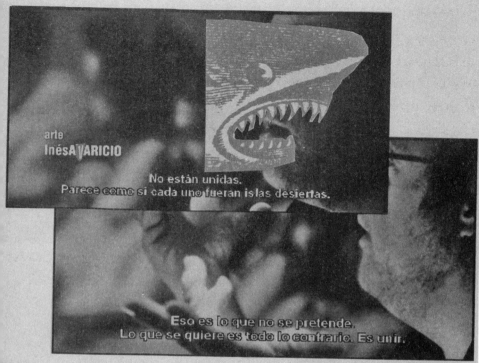

Como recordaréis, esto de meternos a todas en el mismo saco
era una estrategia de la ideología para neutralizar cualquier tipo de conflicto,
creando una falsa comunidad de intereses,
en este caso, *las personas*.

Esto de "las personas" es otra coletilla suya
que anda soltando allá adonde va.
con ella quiere darnos a entender que él y cualquiera
formamos parte de un mismo colectivo
que a todos nos iguala: las personas.

Veamos hasta qué punto niega Pascual Pérez
la existencia de diferencias reales entre *las personas:*

sonido
Eva CARIÑO
Malayo GUTIERREZ
Nacho POYO

Aquí no hay ni mujeres, ni negros, ni homosexuales, ni nada.

Aquí todos somos personas.

Tras estos dos fotogramas de *Yo, también quiero ser un macho*
ya sabemos a qué se refería Pascual Pérez cuando hablaba de minorías:
nada menos que a las minoritarias mujeres,
a los minoritarios negros
y a los minoritarios homosexuales.

El concepto de minoría a la que hay que proteger, tolerar e integrar
nace en oposición al concepto de mayoría protectora, tolerante e integradora

Si las mujeres, los negros y los homosexuales son la minoría,
la mayoría la constituyen los hombres blancos heterosexuales.

Para el hombre blanco heterosexual que es Pascual Pérez,
todo aquel que no sea un hombre blanco heterosexual,
(que es la clase activa y emisora de valores)
es un sujeto pasivo receptor de los valores del hombre blanco heterosexual.
Cuando el hombre blanco hetero hace dejadez de su función emisora,
nos dice con pesar Pascual Pérez que, entonces,
estamos ante "sociedades mutiladas que dividen y apartan a las minorías".

¿POR QUÉ ES PLINIO PACHECO UN NEOLIBERAL?

Cuando toca hablar del neoliberalismo de *Pacheco,*
distinguir su amor por el capital
de su amor por la variante fascista que es la democracia
es especialmente difícil.

Veamos cómo en los fotogramas que siguen a los de las páginas anteriores,
Pascual Pérez vincula el trabajo con el hecho de "tener voz en esta sociedad".
Considera que sólo los creadores de valor económico
son a su vez creadores del valor moral por el que merecen tomar la palabra.

Expone asimismo que la tarea capitalista del trabajo es necesaria
no ya únicamente para ser miembro efectivo
de la falsa comunidad de intereses llamada "sociedad democrática",
sino siquiera para "sentirse" parte de ella,
con ese sentimiento de pertenencia bastaría para crear la comunidad.

La falsa comunidad de intereses, en efecto,

requiere no sólo miembros activos y de pleno derecho,
sino sobre todo miembros que, con su mero sentimiento comunitario
adquirido a través de su sometimiento al trabajo,
obedezcan y legitimen a los que, en vez de sentimientos, tienen el poder.
La legitimación de los poderosos y de los dominadores es otra de las razones
que hacen de Plinio Pacheco un facha.

Que esa legitimación del poder democrático se justifique
por el desempeño capitalista consistente en ser explotado
como fuente de producción para el enriquecimiento de otros,
es otra de las razones que hacen de Plinio Pacheco un neoliberal.

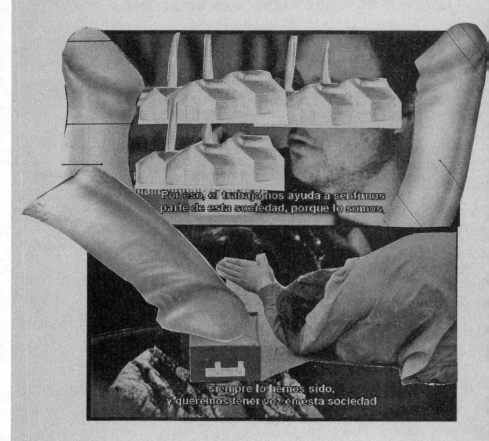

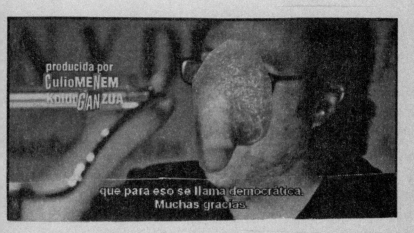

producida por
CulioMENEM
KolorGANZUA

que para eso se llama democrática.
Muchas gracias.

**POR QUÉ NUESTRAS CARCELERAS ESTÁN TAN ENTUSIASMADAS
ON QUE PORFIRIO PÁEZ VENGA A HABLARNOS EN PERSONA?**

istas las mimbres de las que están hechos

muso y protagonista de la película que nos obligaron a ver

el libro y el autor del libro que nos obligaron a leer,

s reclusas del Rudi-Barceloneta podemos hacernos una idea

e por qué nuestras carceleras lo traen al Grupo de Autogestores.

uestras carceleras consideran que Porfirio Páez es un ejemplo a seguir

que su cercanía nos animará a seguir su ejemplo.

llas cifran la ejemplaridad de Porfirio Páez

n que el tipo está perfectamente integrado en la sociedad.

. todos los carceleros les han enseñado

n la facultad, en la FP o en el curso del INEM que habilita para ser segurata

ue la integración en sociedad de los reclusos que están a su cuidado

s el objetivo último de su profesión.

uestras carceleras tienen en Porfirio Páez

a prueba viviente de que su trabajo represor funciona:

un recluso redimido que,
gracias a la tarea integradora de las instituciones,
ahora ejerce de carcelero estrella,
como esos asesinos seriales que salen de la cárcel convertidos en predicadores.

¿Y en qué ha consistido esa tarea integradora
que tan buenos resultados de integración ha dado en la figura de Porfirio Páez
y que también debe darlos en las reclusas que aún no estamos redimidas?

Esa tarea integradora consiste, como ya adivinaréis,
en hacer de nosotras unas machas,
en hacer de nosotras unas fachas
y en hacer de nosotras unas neoliberales.

Cada vez que nuestras carceleras y sus show-mans como Porfirio Páez
hablan de integración,
acto seguido hablan de normalización.
La integración de las reclusas sólo es posible si las reclusas se normalizan
Normalizarnos es, como la propia palabra indica, volvernos normales.

¿Y qué es ser normal como normal es Porfirio Páez?
¡Acertáis de nuevo!
Normal es lo macho, normal es lo facho y normal es lo neoliberal.

Sólo poseyendo esos atributos y ejerciendo la dominación a través de ellos
podremos las reclusas vivir en esta mierda de ciudad vendida al turismo
sin presentar batalla por cada actitud macha,
por cada actitud facha
y por cada actitud neoliberal con que nos topemos.

¿DEBEMOS Y/O PODEMOS LAS RECLUSAS DE LA RUDI-BARCELONETA HACER ALGO DE CARA A ESTE GRAN DÍA?

Las carceleras y Porfirio Páez
quieren inhibir la irrefrenable voluntad de conflicto que asiste a las reclusas
y que es nuestra tabla de salvación
frente a la dominación sistemática que padecemos de mano de los carceleros.

Pero ¿por qué nos salva de nuestros dominadores
el hecho de plantear un conflicto?

¿No es más cierto que, si no somos conflictivas,
tampoco seremos represaliadas por nuestros dominadores?

Efectivamente, las reclusas tenemos buenas razones
para seguir sumisas y despolitizadas,
y entre esas buenas razones se encuentra
la de que no nos hagan la vida todavía más imposible,
que es lo que nos hacen nuestros dominadores cuando no les obedecemos.

Conocemos muchos casos:
a la compañera que gustaba de follar con mucha gente
contraviniendo la prohibición de la moral macha-facha-capitalona
de que la mujer no debe estar en posesión de la iniciativa sexual
salvo si es prostituta,
la hartaron a pastillas y de lavados de cerebro inhibidores de su iniciativa.

A la compañera que no quería ir más a trabajar treinta horas semanales
envasando comida de cáterin por ciento cincuenta euros al mes,
se la puso en un salón de la Rudi diez horas semanales

a hacer manualidades en cartulina y miga de pan
para decorar el Rudi entero como el campo de golf de los teletubis
y sin cobrar un duro.

Y al otro compañero que no le salió de los huevos
ponerse a colaborar con la anterior compañera represaliada
en la elaboración de manualidades,
lo pusieron delante de la tele
a ver el programa que a la carcelera le salió del coño
sin darle opción a elegir ni darle el mando a distancia
e impidiéndole salir de la habitación de la tele.

A la que no quiere tomarse las pastillas,
lo inmovilizan entre tres, le tapan la nariz y le obligan a tragar.

De la que no se cambia de camisa todos los días
se burlan de su olor y de sus lamparones
y no la dejan salir a la calle.

A la que en el paseo a la playa se queda unos metros atrás del grupo,
se la azuza.
A la que va unos metros por delante,
se la contiene;
y si la una no acelera el paso y la otra no lo ralentiza,
las carceleras las llevan de la mano imponiendo su ritmo.

¿Cómo va a ser entonces salvador crear un conflicto?
¡Crear un conflicto nos condena, no nos salva!

Eso es verdad siguiendo la lógica del lenguaje coloquial o establecido.
Pero hablar con el lenguaje coloquial o establecido
es hablar con la lógica de las dominadoras.
Es hablar desde el entendimiento acrítico de unas palabras
que las dominadoras cargan de significado por nosotras.

Pero nosotras, las reclusas,
por el simple hecho de llamarnos a nosotras mismas reclusas,
ya hemos empezado a revelar la relación de dominio
que ocultaban las administrativas palabras de "profesionales" y "usuarios".
Nosotras ya sabemos que no somos usuarias
ni ellas profesionales.
Y si son profesionales de algo,
lo son de nuestro secuestro y encierro.

Lo primero que hemos hecho como reclusas
ha sido dejar de llamar a las cosas por los nombres que les puso la ideología
y empezar a nombrarlas por sus nombres reales.

Así, donde el lenguaje establecido enuncie "Si no obedeces, te castigaremos"
nosotras las reclusas ya hemos empezado a entender otra cosa:
"Si no permites que te impongamos nuestro modo de ver el mundo,
y mientras no nos lo permitas,
nos estarás arrebatando el ejercicio del dominio".

Todavía el lenguaje establecido quiere salvar los trastos
y nos advierte:
"Por portaros mal una tarde,
os caerán días y semanas de castigo e incluso castigos definitivos".

¡No os dejéis engatusar por las amenazas, compañeras!
Cuando el lenguaje establecido se despacha con amenazas escalofriantes
no debemos entender que las dominadoras son súper poderosas
sino que las dominadoras tienen miedo
y que ese miedo se lo hemos provocado las reclusas.

Es decir: que las reclusas estamos cada vez más cerca de dejar de ser reclusas
y más lejos del dominio de las machas-fachas-neoliberales que nos gobiernan.

Es decir: que una acción de desobediencia hacia nuestras carceleras
abre la puerta a más y mayores acciones de desobediencia.

No quedarán desterrados los castigos
pero sí relativizados y desposeídos del poder absoluto
con el cual nuestras carceleras justifican todas sus acciones represivas.

No se trata de que un castigo "valga la pena"
a cambio de la jornada de desobediencia, conflicto y emancipación
que nos habremos cobrado.

Ese "valer la pena" vuelven a ser unas palabras
que caen del lado del lenguaje establecido,
el cual nos interpela en esos términos:
"¿Vale la pena desobedecer si luego nos van a castigar?"

Pero las reclusas desenmascaramos el lenguaje del poder y decimos
que los castigos no valen la pena nunca
y que la pena no tiene ningún valor positivo.

Nosotras no somos mártires, no queremos penar.
Cuando desobedecemos y planteamos un conflicto
no lo hacemos "por" el estatus de sufridoras comprometidas
que nos otorgará el castigo.
Lo hacemos "a pesar de ello"
e intentando evadir el castigo por todos los medios.

Las reclusas no hablamos el lenguaje establecido del héroe responsable
que juzga de cobardes "tirar la piedra y esconder la mano".
Nosotras las presas, bien al contrario,
creemos que esconder la mano después de tirar la piedra
es lo único que nos asegura que no nos cortarán la mano
y que podremos volver a tirar otra piedra cuando nos dé la gana.

No hacemos actos heroicos sino que tendemos emboscadas.
No actuamos para visibilizar la causa de nuestra opresión sino todo lo contrario:
queremos ser invisibles para que nuestras opresoras no puedan señalarnos.

Pregunta: *¿Nunca le ha gustado una chica SD [síndrome de Down]?*

Respuesta: *Buena pregunta. Es uno de los grandes inconvenientes de ser pionero: nunca me he relacionado con los SD, y la verdad es que eso no está bien: siento que he perdido algo, y a veces caigo en los mismos prejuicios contra los que lucho. Voy por la calle y los veo agarraditos de la mano de su madre o de su padre y siento que un gran salto nos separa, porque ellos están educados de forma segregada y determinista, por eso no han evolucionado ni aprendido. Y en cambio con la gente normal de mis círculos habituales me siento tan cómodo.*

Pita, Elena: "Un día con Pablo Pineda". Expansión.com, 15/09/2015.

Esto es exactamente lo que quieren hacer de nosotras nuestras carceleras.
Que nos sintamos cómodas con ellas
y que nos despreciemos entre nosotras.

Esta es una táctica clásica
que han aplicado los dominadores de todo el mundo y de todas las épocas
para inhibir la unión de los dominados entre sí
y favorecer la adhesión de los dominados hacia los dominadores.

Sospechamos que eso es lo que hicieron con Poncio Pilatos cuando era recluso
y la táctica funcionó de maravilla,
pues hicieron de él un perfecto integrado normalizado que sirve a sus intereses.
Pero las circunstancias que llevaron al macho que nos traemos entre manos
a convertirse en un carcelero nuestro más
no nos interesan.

Las cadenas que nosotras queremos hacer saltar con una radial son las nuestras
y no las de aquellos que sacan beneficio de nuestra opresión.

¿Que tú eres un pionero en difundir la doctrina macha-facha-capitalista
por las Rudis y los Crudis de todo el mundo?
¿Que nosotras no hemos "evolucionado ni aprendido"
según los preceptos del neoliberalismo?
¿Que ese es "el gran salto" que nos separa?
¿Que tú te sientes cómodo con la gente normal y no con nosotras?

Sí a todo, Poncio Pilatos de los cojones,
y más incómodo te vas a sentir.
Con nosotras te has equivocado.

Nosotras ni estudiamos ni trabajamos,
ni queremos trabajar ni queremos estudiar.
Nos cagamos dentro de la hornacina
en que tienes consagradas la fábrica y la escuela
y después cerramos su portezuela de cristal
dejándote nuestra mierda en exhibición
junto con este poema de la reclusa asesinada por la policía
llamada Patricia Heras:

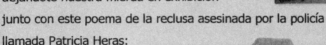

Joven sobradamente preparada NI NI
Ni se ofrece como engranaje
o prostituta del Estado
Ni se vende como correo
de la puta Inquisición.

Joven NI NI sobradamente preparada
se mea en vuestras esquinas
hartita de no poder digerir. **Heras, Patricia: *Poeta Muerta*.**

Ediciones Capirote, Barcelona, 2014.

Cada vez que aplaudan a Poncio Pilatos por hablar de la accesibilidad universal
y de la eliminación de las barreras en todos los ámbitos de la vida democrática,
sabremos que están aplaudiendo la accesibilidad universal al sometimiento
y el establecimiento de nuevas y más sofisticadas barreras contra la vida real.
La única accesibilidad universal que queremos las presas
es la accesibilidad universal al goce, a la politización
y a la vida deseosa de ser vivida y no mediatizada por los dominadores.

Somos unas jóvenes NINIS sobradamente preparadas
para quitarle las ganas de vivir al que quiera enterrarnos en vida
y sembrar sobre la tierra recién removida y aún fresca de nuestra fosa común
árboles de los que dan billetes.

-¿Qué le parece la reforma del aborto?

-Es un tema delicado e importante. Estamos hablando del futuro de esta sociedad. No quiero parecer moralizante. No me gusta juzgar a las mujeres porque cada una es un mundo. Ni quiero ni debo juzgarlas. Cada una tiene sus circunstancias. Lo que sí digo es que cuando se les pase por la cabeza la idea de abortar, que piensen en las experiencias que se pueden estar privando si no nace este niño. Si lo matas te estás quitando a ti misma todo lo que puedes vivir con él, lo que puedes disfrutar con él. Mi madre ha disfrutado muchísimo de mí, muchísimo.

-El ministro Gallardón ha dicho que el daño psicológico de la mujer debido a una malformación del feto "será el que autorice la interrupción del embarazo". ¿Cree que será un coladero para el aborto por malformación?

- Es muy delicado. Como dice la canción 'La donna è mobile', nunca sabes cómo va a reaccionar y más si se le merman las facultades, si la han violado, si tiene una experiencia traumática. También es verdad que 'hecha la ley, hecha la trampa' y se pueden agarrar a esto, como también se agarran al maltrato, pero también creo que no se puede inventar una dificultad psicológica.

-¿Qué opina de que se haga un test para saber si tu hijo tiene trisomía 21?

-El origen del aborto está en la amniocentesis. No me gustan los hijos a la carta. El hijo que nace es tu hijo. Da igual lo que tenga. La madre, si es buena madre, debe asumir lo que nazca, por lo que hacer test o pruebas no lo veo. Es una locura. Tú misma estas limitando lo que va a nacer. Qué más te da lo que nazca. Si tiene síndrome de Down, qué vas a hacer, ¿matarlo? Que nazca. No hay nada más tierno que un bebé. Yo apuesto por la vida y por la vida sana. Apuesto por los valores que tiene la vida y por lo bonita que es.

Cuando nos violan nos volvemos gilipollas

Entrevista a Plácido Panarco, "La sociedad está haciendo un genocidio con los síndrome de Down". Intereconomia.com. 05.02.2014.

¡Nos vemos el 5 de septiembre

ni amordazadas

ni domesticadas!

(un puticlub)

Soy un hombre... y puedo entrar ahí, si quiero.
¡Soy un hombre!

¡Muerte al macho!

¡Muerte al facha!

¡Soy un hombre! ¡Soy un hombre!

¡Muerte al neoliberal!

El ejercicio tenía tres fases que se sucedían en silencio, con imperceptibles transiciones y sin dejar de bailar. En la primera yo estaba quieta, en la segunda me movían más o menos, pero en la tercera es que no tocaba el suelo, y las pocas veces que lo tocaba era un instante brevísimo para volver a tomar impulso o para salir de una posición difícil y otra vez levantar el vuelo. Eran trece bailarines conmigo y contra mí, la mitad de los asistentes a los quince días intensivos de Los Multicines. A esos quince días los llaman, haciendo de la creación y enseñanza dancísticas un reclamo turístico más, Summer Stage, cuyas siglas, muy acertadamente, son SS, lo que le viene al pelo porque esas dos semanas de julio Los Multicines se ponen hasta las trancas de fascistas de la danza y de turistas de la danza, que son lo mismo. Este año, las SS dedican la mitad de los cursos a la Inclusive Dance, que suena a chill out pero que es lo puto mismo que la danza integrada. A los alumnos habituales de los jueves se nos han sumado estudiantes del conservatorio y bailarines profesionales, algunos venidos de lejos. Parece ser que los profesores que imparten son unos fascistas muy renombrados y que de ahí va a salir un espectáculo.

La primera fase del ejercicio era una simple manipulación: yo, de pie y quieta, me dejaba tocar por los demás. Al ser tantas manos tocándote a la vez, la cabeza se te va, no tienes cabeza, y eso que te la están tocando por lo menos cuatro o cinco manos. El modo de tocar no consistía necesariamente en caricias o en masajes. A veces eran barridos, pases velocísimos de las manos sobre tu ropa o tu piel; a veces suaves pellizcos, a veces suaves recorridos con las uñas, a veces dedos presionando un hueso o un punto de mucha carne, a veces solo manos quietas que daban calor. La sensación es que tu cuerpo no te pertenece para nada y a la vez es más tuyo que nunca. Tu talón se comunica con tu pezón, tu quijada con tu raja del culo, tu nuca con tu tobillo, tu nariz con tu muñeca, y así cientos de combinaciones simultáneas. No solo te apropias de tu cuerpo entero sino que además te expandes como si le hubieras dado al peyote, y en lo que dura el toque tienes un cuerpo de veintitrés manos más (había una bailarina manca y otras dos con la mitad derecha del cuerpo insensible). Si alguna de esas veintitrés manos deja de tocarte, la echas de menos como si te la hubieran amputado.

El director se anticipó al problema y en ese sentido dio la orden de que los tocadores deberían apretujarse, cambiar de niveles, negociar físicamente entre sí y buscarse la vida para que todas las manos estuvieran siempre sobre la tocada, a excepción de los breves cambios de posiciones que el tocador tuviera que hacer para seguir tocando. Visto desde fuera (lo sé porque luego yo fui manipuladora y me permití salir y observar) los tocadores parecen depredadores comiéndose vorazmente a la presa que acaban de abatir y que es la manipulada, si bien su abatimiento es vertical. Esa era otra de las órdenes para tocadores y tocada: ellos no debían ser bruscos como para hacerte caer a ti, y tú debías estar bien enraizada en el suelo y solo dar los pasos imprescindibles para reajustar el enraizamiento.

A ti enseguida se te descuelga la mandíbula y se te cierran

los ojos, se te aflojan las rodillas y empiezas a suspirar. A veces fluctúas y debes pasar todo tu peso a una pierna porque tienes mayor actividad de manos en un lado que en otro y eso te desestabiliza, y a veces te desestabilizabas del todo y, efectivamente, tienes que dar dos pasos para volver a la vertical.

Te están haciendo un regalo, dándote veintitrés manos la conciencia completa de tu propio cuerpo. Todo el ejercicio se explica al principio para que durante su ejecución reine el silencio de las palabras y la locuacidad del movimiento y de las respiraciones. Otra de las órdenes que el director les había dado a los trece manipuladores para esta primera fase del ejercicio fue: Investigad el cuerpo de la manipulada, tratadla con curiosidad, como forenses. Indagad qué partes son duras, cuáles blandas, dónde hay tensión, dónde hay flaccidez, dónde hay suavidad, dónde sequedad, y en qué grado. Hacedlo con cariño y sin hacerle daño. La orden que me dio a mí fue: Si te hacen daño, dilo.

La danza contemporánea, como ya he dicho, es un oficio muy conservador. Yo había hecho este ejercicio muchísimas veces, aunque con menos manipuladores y menos inteligentes que los que tuve la suerte que ese día me tocaran, valga la redundancia. Siempre que lo había hecho, tanto para manipular como para ser manipulada, los genitales, los pechos, el ano y a veces hasta los glúteos se omitían de los tocamientos. Esto pasa también cuando estás en una jam de contact-improvisación: que hay contacto selectivo e improvisación reglada. Por todo el cuerpo del compañero nos retrepamos, pero en cuanto sentimos la gelatinosidad de unos testículos, de unos senos o de un pene fofo, o la ternura de una vulva, sacamos la mano disparada. Se nos activa la alarma del contacto prohibido y de estar improvisando fuera del tiesto.

En una clase de contact-improvisación de la GUAPABA, el macho del profesor nos dividió por sexos para hacer el ejercicio del tentetieso, que consiste en que uno se pone en el medio y los demás lo rodean en un cerco muy estrecho, tocándose los hombros entre sí. Desde ahí deben empujar y retener al de en medio provocando en él una oscilación continuada sin que pierda la vertical y sin dejarlo caer, y a ser posible sin que ni tan siquiera separe los pies del suelo.

Interrogué al profesor de la GUAPABA por la segregación sexual y me respondió que venga, que vale, que poneos como queráis, por colores de la ropa, por estatura, como queráis, que luego si no me llamáis machista. Como es un machista muy reputado y además muy guapo, todos los alumnos y por supuesto todas las alumnas le socarronearon el comentario. Nos pusimos en grupos mixtos y entonces él ordenó que las mujeres que íbamos a oscilar nos cruzáramos las manos sobre el pecho. La otra mujer a la que le tocó en el centro se puso inmediatamente a lo tutankamón y además cerró los ojos. Es una compañera muy dulce que a mí me cae muy bien y con la que me pego cacho de viajes cuando nos toca improvisar juntas porque improvisamos de verdad. Cómo me dolió verla tutankamona.

—¿Por qué, Antón? ¿Se hace así mejor técnicamente? —le pregunté todavía con las compuertas en reposo.

—Para quien le duelan las tetas, por si os empujan o retienen desde el pecho. —La clásica cortina de humo de la salud para justificar la represión sexual: que si te masturbas mucho te quedas ciego, que si follas con mucha gente estás expuesto a muchas enfermedades.

—¿Y a los hombres es que no les pueden doler las tetas?

Chistó y sonrió y no contestó, como el galán al que pillan volviendo de la alcoba de una y dirigiéndose a la alcoba de otra. Mis compuertas, aún resguardadas, se prepararon para un eventual cierre:

—¿Y crees que es posible que a alguien le duelan las tetas con el ejercicio del tentetieso, que es lo más suave del mundo? Y, en todo caso, ¿no debería cada uno decidir lo que le duele y lo que no le duele?

—Bueno, vale, hala, hacedlo como queráis. —Se vio obligado el galán a reconocer de dónde venía y adónde iba, y sus alumnos y alumnas, cual cuadrilla de galancitos aspirantes o cual mozas que esperan su turno para ser tomadas, rieron comprensivos la macha travesura.

—Yo no tengo problema en que me toquen las tetas —le dije en aquella ocasión al macho Antón y a mis compañeros del cerco, que, por supuesto, evitaron tocármelas con milimétrica represión.

—Yo no tengo problema en que me toquen las tetas, los genitales, el periné, el culo o el ano —me he visto obligada a repetirle al director y a los alumnos de las SS después de recibir la innecesaria orden, como son la mayoría de las órdenes, de «si te hacen daño, dilo»—. De hecho quiero que me lo toquéis todo porque estoy convencida de que así bailaremos todos mejor.

Hubo cejas arqueadas como para construir el claustro de un convento, y algunos comentarios y risillas de machos y machas reprimidos:

—Si te gusta demasiado, dilo.

—Tonta que es la Nati.

—¡Yo encantado! —se atrevió a decir un abusador frotándose las manos.

—Vosotros tres no me vais a tocar un pelo —les respondí muy tranquilita rodeada por ellos y por todos los demás bailarines.

Quienes acababan de hablar eran una bípeda que siempre baila como si saltara charquitos y como si hiciera el corro de la patata ella sola, y dos tíos en silla de ruedas, uno motorizado y otro sin motorizar. El no motorizado es el abusador que se había frotado las manos. Baila bien porque se baja de la silla y se mueve desde el arrastre, es decir, que arriesga en

273

pos del placer. En cambio, el motorizado baila peor porque su danza consiste en hacer de cocherito leré de bipeditas leré que se encaraman leré en su regazo leré, en los reposabrazos o en el motor de la silla, o se le sientan a horcajadas o se le recuestan como monigotas pin-up bañándose en una copa de cóctel haciendo la bicicleta con los pies en punta. Él se limita a manejar el mando de la silla para que las bipeditas aupadas y él den vueltas por la sala de ensayo como una carroza de la cabalgata Playboy. Entre sus bipeditas habituales está la del corro de la patata.

—¿No te gustamos o qué?

—Uy, qué exquisita se ha vuelto de prontoooo...

—Si te va a encantar, mujer.

—Que no quiero hacer el ejercicio con vosotros tres. Que os estáis burlando de mi petición de que me lo toquéis todo.

—Estaba tranquila porque me sentía bien escoltada por esos trece bailarines que no se inmutaron ante mi comentario, o se inmutaron para bien, mirándome, guiñándome y asintiendo.

—Nati, era una broma.

—Era una manera de hablar.

—No te ofendas, chica, que no queríamos ofenderte.

—Si yo entiendo que os reís porque concebís la danza como un servicio proveedor de bienestar suministrado por agentes económicos públicos o privados, en vez de entenderla como una oportunidad para reventar vuestros patrones de movimiento y adquirir otros nuevos que os den más placer. O sea, que para vosotros una clase de danza es lo mismo que una bolsa de patatas fritas: un producto más de la larga cadena de actos de consumo en que consisten vuestras vidas.

Los alumnos que no me conocían me escuchaban con atención y miraban a los dos machos fachos y a la macha facha, que negaban con la cabeza, resoplaban y farfullaban algo inaudible. Lo de farfullar y no hablar claro me activó las compuertas, todavía no visibles, todavía dentro de sus ranuras. La mayoría de mis compañeros habituales mostraron hartura de oírme, querían empezar el ejercicio ya, querían rentabilizar los 260 euros que habían pagado en concepto oficial de asistencia al curso intensivo y en concepto íntimo de lucirse en aquel casting encubierto, con la esperanza de que el director les diera un buen papel en la pieza que saldrá de estas semanas de clases. Miraban al director con el gesto reclamante de los subalternos hacia la autoridad para que esta se moje y ponga orden, es decir, para que me callara la boca, que para eso habían delegado en él, aparte del establecimiento de los límites de cómo bailar, y 260 euros mediante, la resolución de cualquier tipo de conflicto.

Pero el director parecía uno de esos raros profesionales de la danza a los que no les molesta hablar de danza en una clase de danza, y me escuchaba. La autoridad que le habían concedido hacía de su escucha una escucha debida por todos, de modo que ninguno de los aspirantes a un buen papel en la pieza se atrevió a salirse del corro de tres filas que me rodeaba, aunque ampliaron un poco la distancia entre ellos. Solo el espigado y circunspecto Bruno, el mejor bailarín del grupo, que solo baila lo que su exigente cuerpo le pide, se salió de la formación y se puso a dar sus solitarios giros turcos. Su silenciosa salida accionó las típicas palabras tontas del director desafiado:

—¿Dices que no quieres hacer el ejercicio con estos tres compañeros?

—Ya me has oído. Eso es exactamente lo que he dicho.

—¿Puedes explicarnos por qué? —me preguntó muy lentamente y con mucho interés, colocándose en la primera fila del corro de manipuladores. Es un tipo alto, flaco, casi calvo, de ojos pequeños, pestañas cortas y nariz aguileña. La ropa con la que entrena es la misma con la que podría irse a la cama: camiseta de manga larga agujereada y pantalón largo con bolitas y los bajos mordidos. Piel tostada propia de hombre muy blanco que pasea por el campo, con manchas más oscuras que delatan los sesenta años de un cuerpo que podría tener treinta y cinco.

La cercanía del poder interrogándote pone alerta a cualquiera que no sea un fascista. Las compuertas se me cerraron y desde ahí dentro respondí:

—Ya he explicado el porqué. Y está claro que el resto de los alumnos no ha empezado a tocarme todavía porque esperan de ti que des el visto bueno a mi negativa a bailar con esos tres compañeros. O que des el visto malo y sea yo la expulsada del ejercicio por no querer bailar con esos tres. Porque tú eres el director y sin tu refrendo aquí no se hace nada, y eso que somos nosotros los que te hemos pagado a ti y deberías ser tú el que se pusiera a nuestras órdenes, ¿no?

Hubo comedidas risas de incredulidad, comedidas porque ningún aspirante a buen papel se atrevía a echarle leña al mono del director. Ahora venía lo que tenía que venir, como cuando me expulsaron de la GUAPABA. Que los fascistas se pusieran del lado de los fascistas y a la agredida se la depurara. Pero no vino. Victoria antifascista porque no vino pero victoria amarga porque fue la autoridad y no los devenidos subalternos quienes expulsaron a los fascistas. O sea que ninguna puta victoria. Tan solo el alivio de no tenerlos cerca un rato.

—Por favor, vosotros tres no hagáis el ejercicio esta vez —ordenó el director. Y los tres machos fachos neoliberales, que aman la autoridad, que aunque no compartan las decisiones judiciales las respetan como buenos demócratas, que han pagado 260 euros para demostrar lo obedientes que pueden llegar a ser, salieron del corro como mártires del buen rollo, conscientes de que su único delito había sido expresarse espontáneamente y renegando para sus adentros de Los Multicines, que se vende como centro de creación de movimiento pero que en realidad censura la libertad de expresión a la que todo facha, todo macho y todo neoliberal tienen derecho.

Salió al encuentro de los tres damnificados la ayudante de dirección. El director se les sumó, se agachó con sonoro chasquido de rodillas para estar a la altura de los dos que iban en silla de ruedas, y les dijo algo que los demás no pudimos oír. Estaba consolándolos, claro está. Consolando a los que me ridiculizaron y me trataron como un objeto sexual. Dándoles alguna buena razón para que no se fueran a la dirección de Los Multicines a reclamar su dinero, abandonar las SS y poner en entredicho las dos máximas de la danza integrada según las cuales todo el mundo tiene por cojones que bailar y por cojones tiene que hacerlo con todo el mundo. Fuera lo que fuera lo que les dijese, se quedaron sentados en los márgenes del linóleo junto a las mochilas, la ropa, los zapatos, las botellas de agua y los moni-polis de los alumnos que, como Ibrahim, venían escoltados de una RUDI, y desde ahí contemplaron la manipulación a la que yo me entregué durante veinticinco minutos.

El tiempo transcurrido te lo dice el director cuando todo ha acabado, porque allí nadie, ni manipuladores ni manipulada, puede estar pendiente del reloj. Debo remarcarlo, dado el momento histórico que vivimos: este gozo no se puede experimentar mirando el móvil.

A los diez minutos de depredadores y presa, y mediando una señal que probablemente fue la intervención activa del director en mi cuerpo, el toque se transformó en la manipulación más propiamente dicha. Los trece bailarines empezaron a tocarme con más vigor, movilizando las partes articuladas de mi cuerpo. Esa fue la orden para ellos: que debían articularme todo lo articulable, desde la primera cervical hasta las últimas falanges de los dedos del pie; que podían hacerlo ya no solo con las manos sino con cualquier parte del cuerpo, y que podían imprimir velocidades e intensidades distintas a su manipulación. Lanzar fuertemente un brazo desde el punto más postrero que la articulación de mi hombro les permitiera, por ejemplo, o doblarme por la cintura hasta que el pelo me arrastrara por el suelo y luego hacerme ascender lentamente, vértebra por vértebra. Podían articularme rodillas y tobillos y hacerme andar, o extenderme en el suelo y hacerme rodar, o sea, que la manipulada ahora no debía estar enraizada sino que podía desplazarse, pero no más allá de adonde los otros la hubieran conducido.

Ahora no iba a ser posible que los trece cuerpos me accionaran simultáneamente como pasaba antes con las manos. Debían, pues, tomarse el relevo entre ellos, y en esos instantes en que estuvieran separados de la manipulada, seguir conectados a ella y al resto de los accionantes visualmente, atentos al mejor momento para intervenir. El mejor momento para intervenir es aquel en el que se reconocen las intenciones de otro manipulador y se le ayuda a llevarlas a término, o, aunque no se reconozcan, se imaginan posibles maneras de continuar un movimiento ya iniciado. Por ejemplo: si un manipulador encaja su culo en tu pubis, agarra tus muñecas y pega tu pecho a su espalda con intención de cargarte, un manipulador observador podría colocarse detrás de la manipulada y presionar su espalda, provocando que el primer manipulador, dada la presión ejercida, arqueara su espalda un poco más, consiguiendo que los pies de la manipulada se separaran del suelo. Un porté.

Si el segundo manipulador sigue presionando, el primero acabará por agacharse, y ahora las manos de la manipulada, muertas, tocarán el suelo. El segundo manipulador, aprovechando que el primero y la manipulada están muy abajo, podría ponerse a horcajadas, sin llegar a sentarse, sobre las lumbares de la manipulada, y levantarle el torso tirándole a la vez de los dos hombros, provocando un arqueamiento convexo de la espalda, opuesto al anterior. El primer manipulador, el portor, saldría. Fin del porté.

Un tercer manipulador habría previamente asegurado las piernas de la manipulada clavándole las rodillas en el suelo, y un cuarto aprovecharía esa sujeción y esos brazos de la cobra que caen muertos, ese pecho expedito y esa cabeza que alguien le ha echado hacia atrás y la ha dejado con la garganta como un canalón y la boca abierta, aprovecharía esa postura de sacrificio, digo, para romperla, para salvar a la manipulada de la tos que le va a llegar de un momento a otro. El segundo manipulador, que era el que estaba a horcajadas, saldría, con lo que el arco de cobra se suavizaría al soltar aquel los hombros de la manipulada. El manipulador salvador, que no podrá olvidar que aunque vaya a salvarla deberá hacerlo sin dejar de manipular sus articulaciones, se podría poner hombro con hombro con ella, agarrarla por la cintura con una mano, con la otra levantarle el brazo del lado opuesto y así cargársela lateralmente sobre un costado. Esto último me lo hizo María, que, al no tener piernas y ser su altura tan baja respecto a la mía incluso estando yo arrodillada, no me cargó sobre un costado sino sobre los dos, o sea, sobre la espalda entera, llevándome puesta como una estola. Otro porté. Toqué con la coronilla el suelo, apoyé bien abiertas las dos manos y en esas llegó otro manipulador que separó mi cadera de la espalda de María, me puso a hacer el pino y, teniendo sujeta mi cadera allí arriba, la rotó entre sus manos con mucho cuidado mientras otros manipuladores me ayudaban a mantener el equilibrio. Y así durante quince minutos esta segunda fase del ejercicio que, visto desde fuera, recuerda no ya al festín de una manada tras cazar un venado, sino a una partida masiva de ajedrez gigante en la que cada jugador espera su turno para mover ficha.

Yo debía dejarme hacer, como antes. Ahora iba a ser un títere, pero un títere con la neurona de la supervivencia: la que me impediría desplomarme cuando nadie me estuviera sujetando y la que me permitiría resistirme o hablar cuando algo me doliera. Otra vez la orden absurda contra el dolor. Tan acostumbrado estará el director empijamado a que los alumnos de danza integrada se le fustiguen demostrando que por cojones bailan todo lo que les echen que es que tiene hasta que darles permiso para quejarse.

Pero solo te duele si no sabes dejarte hacer. Solo duele si no confías en los desconocidos que te están tocando. Con los músculos y las articulaciones tensos cualquier contacto te duele porque el otro cuerpo, por suave que vaya a manipularte, halla en ti resistencia, y en vez de comunicarse contigo, se choca. Estando músculos y articulaciones relajados, el cuerpo del otro te entra como te entra un helado a lametones, y ya ni siquiera se puede hablar de manipulación, porque, como decía un profesor de contact muy listo que yo tuve, el concepto de manipulación implica un rol activo y un rol pasivo que en este ejercicio, si se hace con gusto por el vértigo, desaparecen, y en su lugar aparece la danza. Placer mediante, la actitud receptiva del manipulado condiciona la acción emisora del manipulador, al punto que puede ser el mal llamado manipulado quien guíe, con las meras reacciones de su cuerpo, las acciones del mal llamado manipulador.

—¿Como cuando te violan, Nati? —me preguntó una del Grupo de Autogestores cuando fue mi turno en el interrogatorio de los martes y les conté todo esto.

—¡Ay qué interesante lo del baile!, ¿verdad? ¡Anda, Nati, cuéntanos cómo se hace el pino! —Mi hermana Patricia taconeando sentada como una flamenca a punto de arrancarse.

—Patricia, por favor, respeta el turno de palabra de Remedios. —La psicosargento Laia Buedo haciendo de poli buena, tomando notas y echando el tronco hacia delante en señal de máxima atención.

—Pues, Reme, a mí, creo, nunca me han violado, pero no

puedo poner la mano en el fuego porque cuántas veces las mujeres follamos con los hombres sin quererlo y nos parece lo más normal del mundo y no lo llamamos violación. Sí puedo recordar muchas veces de esas, de haber follado con un tío sin deseo, haber perdido las ganas de follar en mitad del polvo o incluso antes de iniciar el polvo, ¡o incluso no haberlas tenido nunca! Y sin embargo haberme obligado a mí misma a empezar a follar o a seguir follando con tal de darle gusto al macho y de no quedar como una estrecha o una calientapollas...

—¡Qué bonito cuando pides un deseo y se cumple!, ¿verdad, Laia? —Patricia interrumpiéndome con la mano levantada y con una tensión tal que le temblaba el brazo.

—Yo el otro día pedí el deseo de que no fueran todavía las once de la noche para no tener que volver a la RUDI y miré el móvil y se cumplió —dijo otro autogestor.

—Pues yo pedí el deseo de que no hiciera tanto calor y no se cumplió. —Otra.

—Yo pedí el deseo de bailar con Nati un día y sí se cumplió. —Ibrahim.

—No es el calor lo que da más calor. Es la humedad. —Otra más. Todos los autogestores establecieron sus conversaciones a la vez y yo hice lo mismo, hablarle a Reme aparte. La psicosargento tuvo que hacer el uso proporcionado de la violencia que de su autoridad se espera.

—¡Podemos hablar después de los deseos, que también es un tema muy interesante, pero antes debemos terminar de escuchar a las compañeras Remedios y Natividad! —atajó Laia Buedo hablando por encima del barullo. Siempre que se pone explícitamente autoritaria usa nuestros nombres completos. Cuando es implícitamente autoritaria, que es todo el día, nos llama por nuestras apócopes—. Natividad, termina de responderle a Remedios, por favor —me ordenó cuando todos los autogestores nos hubimos silenciado.

—Ya he terminado.

—¿Y tú, Remedios, le quieres preguntar algo más a Natividad? —Parecía un puto cura casándonos, la Buedo.

—Ya se lo he preguntado —respondió Reme, y a la psicosargento le jodió viva que no le agradeciéramos el restablecimiento del silencio y que no le diéramos más carnaza que apuntar en su libreta.

—Yo le quiero preguntar que si una calientapollas es alguien que te calienta la polla con las manos o con otra parte del cuerpo —preguntó el machito guaperas del grupo muerto de risa, y se inició así una nueva algarabía sin turno de palabra.

—Perdona, Laia, pero yo tenía el brazo levantado primero y Antonio ni siquiera lo había levantado. —Mi hermana pataleándole a la Buedo y la Buedo mirándola con su autoritarismo implícito.

—Mira, Antonio. La calientapollas es una mujer que le corta la polla a un macho como tú y se la calienta en el microondas.

—¡Pues claro que yo soy un macho, so guarra! —me respondió, y ya Laia Buedo tuvo que levantarse de la silla y dar palmadas para contener el festín de palabrotas que los autogestores se estaban pegando a dos carrillos. La única callada era mi prima Angelita, que había aprovechado el quebrantamiento del orden autogestor para saltarse la prohibición de estar con el móvil y echar mano de él como la normalizada que está hecha.

—Y ya se te cerrarían las compuertas y lo de siempre —afirma, impaciente, Marga, que me está escuchando repantingada en una silla roja de Estrella Damm, la única que había en su okupa cuando ella entró. Va en bragas y sujetador y el culo se le pega al asiento. Lo sé porque, cuando se levanta, la silla se levanta con ella unos centímetros, y, cuando cruza las piernas, la separación de la piel y el plástico suena. Hay dos sillas más que cogió ayer de la recogida de muebles viejos de los lunes. Parece mentira que ya lleve aquí una semana.

—Pues se me cerraron, sí, y no se me abrieron hasta que acabó la reunión y pude terminar de hablar con Reme cinco minutos, el único tiempo no vigilado del que disponen muchas presas antes de que el furgón monipolicial las devuelva a sus rudicentros penitenciarios habituales.

Yo estoy sentada en el suelo porque para que me diera tiempo a venir a ver a Marga he salido del ensayo de las SS sin estirar ni nada. Mientras hablamos, estiro los cuádriceps o ruedo con las lumbares por el suelo, un suelo de muchas baldosas rotas que dibujan figuras geométricas sobre el rugoso hormigón. En esos huecos se acumulan cantidades diminutas de mugre que Marga se entretiene en sacar con la punta de un cuchillo. Eso estaba haciendo cuando yo he llegado, puesta a cuatro patas debajo de una bombilla pelona, que yo pensaba que estaba haciendo el ejercicio masturbatorio sin manos que le enseñé. He venido a traerle ropa y comida después de las SS, aprovechando que siempre llevo a las clases una mochila y puedo sacar cosas del piso sin que Angelita y Patri se cosquen. La birra la he comprado en un paki de camino. Fresquita y con unas patatas fritas es lo que mejor entra después de ensayar.

—¿No tienes que estar en el piso para la cena? —me pregunta Marga después de darle un trago al litro de Xibeca que me deja verle el pelo castaño del sobaco. Le busco entonces las ingles con la mirada y también las encuentro bien floridas, y algunos pelos tiesos atravesándole la tela de las bragas. Como estoy en el suelo, cuando separa las piernas puedo verle una manchita reciente de flujo, aún húmeda.

—Desde que voy a salir en el espectáculo de las SS, no, porque los ensayos acaban a las diez —le digo dejando de mirarle el coño, tumbándome bocarriba y agarrándome los pies con las manos, como un bebé. Giro sobre la espalda para que mi cabeza quede apuntando hacia Marga y no hacia la pared opuesta. En la siguiente exhalación aprovecho para separar más las piernas y seguir hablando—: Se supone que tengo que llegar antes de las once, pero si llego más tarde no pasa nada porque la capataz vino anoche a pasar revista, y como ayer yo sí que estaba puntualísima ya no le toca turno de noche hasta dentro de dos semanas por lo menos, no como aquel día que vino a las diez de la mañana y yo acababa de llegar, que se pasó veinte mañanas seguidas viniendo.

Marga se levanta y la silla la acompaña hasta que la piel y el plástico terminan dulcemente de besarse. Entra en la cocina, enciende otra bombilla pelona que ilumina unos azulejos muy blancos, muy limpios y muy rotos, y trae un cacharro de barro lleno de fruta. La deja en la mesa del salón, sacada también de los lunes de recogida de muebles, obligándome con ello a abandonar el suelo para ir a mirar. Aprovecho y me levanto poniéndome primero a cuatro patas, estirando las rodillas después y subiendo por último el tronco no ya estirado sino redondeando la columna, como si fueras una persiana. Yergues la cabeza, recolocas los hombros hacia atrás y das el primer paso hacia tu objetivo haciendo de andar el privilegio que verdaderamente es.

—Gracias, Nati, pero no hace falta que me traigas comida ni ropa. La comida la pillo de las Charchas daliments de un par de okupas. Y la ropa de la tienda gratis de la Can Vies —dice dándole un bocado a una manzana y haciéndolo bajar con una cerveza.

—¡Qué de puta madre, Marga! —le digo, pero hoy rechazo las manzanas y las paraguayas porque de lo que tengo ganas es de un bocadillo, a ser posible de jamón. Estiro los extremos de la bolsa de patatas para poder volcarme en la boca los restos y le pregunto—: ¿Charcha como la charcha del metro o la charcha de bibliotecas municipales? ¿Charcha como red en español?

284

—No sé, yo te lo digo como yo oigo que lo llaman en catalán ellos, charcha le dicen, porque leer no sé.

—¿Y eso cómo va?

—La charcha más tocha es la del Entrebancs, que nos juntamos como quince personas con carros de supermercado y vamos por una docena de tiendas y de contenedores a la hora del cierre de los comercios. Sacamos de todo, carne, fruta, pan, dulces..., ¡hasta pizzas! Desperdician tantísimo pan y tantísimos dulces que llenamos dos carros enteros. Después de repartir entre nosotros todavía sobra y lo tenemos que dejar en el banco de un parque, que coja quien quiera.

Me está hablando de comida y más hambre me entra. Voy a la blanca y rota cocina y curioseo. Encuentro las bolsas repletas de pan y dulces. Las baguettes están duras, pero las hogazas y los panes de cereales duran más y están tiernos. Cojo uno negro, pequeño pero denso y pesado como un adoquín, ensartado de pipas, de semillas de sésamo, de nueces... Uno de esos que en la panadería te cuesta cuatro euros. Marga, la tía, lo consigue gratis.

—¿Tú te has metido en algún contenedor? —le pregunto buscando un cuchillo con que cortarlo. Los pocos enseres de cocina que hay están ordenados y limpios sobre una mellada encimera de mármol, tan sobada que parece de marfil. Encuentro uno de punta redonda con apenas unos dientecillos de sierra. Marga me ve con él y, sin levantarse de su trono rojo de Estrella Damm, me tiende el afilado con el que estaba limpiando el suelo y me responde:

—En los contenedores que son exclusivamente para los comercios, esos que tienen su nombre escrito, no hay que meterse porque son más pequeños. De esos directamente sacamos las bolsas y las abrimos en el suelo. En los que hay que meterse es en los grandes, en los que todo el mundo tira la basura, porque hay tiendas que no tienen contenedores propios. Me he metido como todo el mundo.

—¿Y es muy asqueroso? —le digo ofreciéndole una rebanada que ella mira del derecho y del revés, o sea que es la primera vez que le toca el pan-adoquín en el reparto. —No más asqueroso que tener que hacer cola para pagar en el supermercado. —La inmediatez y la brillantez de su respuesta me detiene la masticación. Marga piensa que el pan no me gusta y me dice—: No te lo comas si no quieres, prueba otro. Ya ves que hay muchísimo. —Yo al fin trago y pego otro bocado. El pan está bueno de verdad.

—El pan está muy bueno, Marga. Es esa respuesta tuya sobre la asquerosidad y el supermercado. Ha sido un puñetazo en mi boca burguesa al que yo he de responder dándote un beso en la boca con mi boca por ti ensangrentada. Esa es una respuesta politizada que a mí me politiza, que me hace salir de tu casa distinta a como entré —le respondo aún con el razonamiento descompuesto. Hay politizaciones paulatinas, como las que se dieron en mí, y doy por hecho que también en Marga, tras varias visitas al ateneo, hablando con los ateneístas y leyendo sus fanzines. Y hay politizaciones drásticas como esta, en la que una hace una pregunta motivada por el capital y la otra le responde con una verdad anarquista. Solo una macha-facha-neoliberal saldría ilesa de ella y dejaría de darle la razón a quien tiene la realidad, y no la ideología, de su lado.

—El contenedor huele fatal, sí, pero la comida a por la que vas está casi intacta en la bolsa, y es fácil reconocer las bolsas de basura de las tiendas. Son las negras enormes sin lacito para atar. Para sacar bandejas de carne que hayan caducado en el día, o yogures o platos preparados o zumos de esos refrigerados, ayuda meterse en los contenedores con una luz en la frente, como los mineros.

—¡Cuántas veces haces una cola eterna para pagar, no habiendo ni segurata ni nada y habiendo comprobado que nada de lo que llevas pita, y sin embargo te chupas la cola y encima pagas por miedo, por puto miedo a las represalias imaginarias, a que se chive un buen cliente samaritano que te ha visto y no soporta que tú tengas el coño suficiente para no pagar y él no! ¡A que te llame la atención una de las cajeras, que está comprobado que nunca jamás llaman la atención porque quienes están controladas son ellas, porque tienen cámaras encima de la cabeza vigilando que pasen por el escáner cien códigos de barra al minuto! ¡Hacer cola para pagar en vez de ellos cola para cobrarte es la base del orden opresor en el que vivimos!

Cuando me emociono, mi prima desconecta. Ella no se considera politizada. Ella lo que considera es que está haciendo lo que le sale del coño, cosa que la convierte en una disidente todavía más escurridiza, más difícil de detectar, más lumpen y poderosa. Lo mismo que la Banda Trapera del Río o que los Saicos, que hacían punk diez años antes de que la industria le diera nombre, que vestían como quinquis de verbena unos o con jersey de pico y pantalones de pinzas los otros, y que renegaron de que luego los punkis se empeñaran en meterlos en su saco.

Marga se va a la cocina y vuelve con un cacharro de barro perteneciente al mismo juego de cacharros que aquel en que trajo la fruta, un set diligentemente abandonado por alguien a los pies de un contenedor y que ella recuperó. Lo trae lleno de algo que parece una pipirrana. Corta un par de rebanadas más de pan negro y le echa una cuchara a cada una. Yo estoy salivando.

—Pimientos, tomates, pepinos y cebollas de la charcha. El aceite, el vinagre y la sal, prestados del ateneo.

—Esto es un festín. —Me como la rebanada en dos bocados y ya me estoy sirviendo otra. Ahora estamos las dos sentadas a la mesa. Ella ha arrimado su trono y yo me he acercado una silla de respaldo muy largo y tapicería de terciopelo, de esas incómodas en las que se sientan las familias en las cenas de Navidad.

—A ver si me consigo un infiernillo o un redondel de esos de hornilla portátil para poder hacerme un pisto de vez en cuando.

—Yo te lo compro en el chino de debajo de casa, Marga. Le pido que en la factura me lo ponga como cartulinas y rotuladores, que últimamente he estado coloreando mucho.

—Vale, gracias.

—Eso qué costará, ¿veinte euros? —Hablo con la boca llena de alegría, la alegría de estar sofocando el hambre.

—Por ahí.

—Entonces le diré que me ponga también pegamento, tijeras y unas reglas.

—Muchas gracias, Nati.

—No hay que darlas. Oye, ¿y el famoso agujero del techo? —le digo pasándole la litrona.

—En el dormitorio —dice rematándola y volviendo a enseñarme su pedazo de sobaco—. Terminamos de cenar y te lo enseño.

No conseguí que me lo tocaran todo durante el ejercicio, pero sí conseguí que, llegada la tercera fase, la mayoría de los manipuladores dejaran las manos allá donde el fragor propio de una improvisación tan masiva se las había puesto. Cuando la mano de alguien me caía encima de una teta, conseguí que ese alguien no apartara la mano, sino que continuara el movimiento desde mi teta, empujándola con la palma, es decir, espachurrándomela, provocando una torsión del costado correspondiente. Hubo un manipulador audaz que, habiéndose encontrado sin querer con una de mis tetas, buscó la simetría y me tocó la otra. Al espachurrármelas con las palmas de sus manos, provocaba o bien el hundimiento de mi pecho, o bien todo lo contrario, que me abriera como una cobra, dependiendo de si me las espachurraba hacia arriba, levantándomelas como haría un corsé, o hacia abajo, como si un lactante tirara de los pezones. Fue excepcional el manipulador que, habiéndose encontrado con mis dos pechos sobre sus dos manos, en vez de empujarlos, los apretó.

Las órdenes dadas por el director empijamado para esta tercera fase del ejercicio fueron que yo me moviera libremente y que ellos me movieran libremente. Ahora yo podía o bien oponer resistencia a los estímulos de movimiento que me llegaran, o bien seguirlos, o bien evitarlos, o hasta hacerme la muerta. Hacer las cuatro cosas las veces y en el grado que quisiera e implicando o disociando las partes del cuerpo que quisiera.

Los manipuladores, por su parte, debían igualmente moverme y tocarme con el ímpetu que les pidiera el cuerpo, ya fuera acariciarme y masajearme como en la primera fase o articularme como en la segunda, si bien ahora tendrían que hacerlo conmigo en movimiento, un movimiento que debía, según las órdenes, implicar desplazamientos por el espacio, desplazamientos que, o bien yo, o bien ellos, iniciarían, detendrían o cambiarían de rumbo. El esparcimiento de los catorce bailarines por el espacio facilitaría la participación de los trece cuerpos sobre mí, ya que cualquiera podría salir a mi encuentro y yo salir al encuentro de cualquiera. En esta tercera fase, las tácitas negociaciones que se dan in situ entre los manipuladores sobre cómo, cuándo, en qué orden y cómo aliarse para manipular mi movimiento y mi trayectoria estarían gobernadas, como en la primera y la segunda, por el cuidado hacia la manipulada, pero se añadía un nuevo gobernante: había que llevarla a donde no pudiera llegar sola y ella debía estar dispuesta a hacer ese viaje. O sea, que yo debía bailar como me diera la gana valiéndome de los otros bailarines y los otros bailarines debían expandir mi baile como a mí me diera la gana.

Esto último no lo dijo el empijamado, lo digo yo, porque el director se cuidó mucho de pronunciar la palabra baile o la palabra danza en toda su explicación del ejercicio. Este pudor es un lugar bien conocido en la geografía de la danza contemporánea: apartar la noción de danza por las connotaciones formales, académicas y exclusivistas que tiene, y sustituirla por la noción de movimiento, noción que en el mundo del contemporáneo es tratada como pura, como científica y hasta como democrática. Pura porque según los habitantes de esta extensa región del contemporáneo, el mero moverse es algo natural. Científica porque, según estos mismos habitantes, el movimiento es una categoría artística que da cabida a multitud de acciones, tanto a acciones típicamente dancísticas, o sea, acciones que cuando alguien las emprende todos estamos de acuerdo en que está bailando; como a cualesquiera otras acciones que no identificamos como un paso de baile, léase el sacarse cera del oído o el liar una tortilla. Y democrática porque esta región de la que venimos hablando no es una simple delimitación física del terreno contemporáneo sino que es toda una nación; y sus habitantes no son simples ocupantes del territorio material y simbólico sobre el que toda nación ejerce su soberanía, sino que son ciudadanos con sus derechos y sus obligaciones. La noción de movimiento es democrática porque entiende que cualquier ciudadano se mueve, cualquier ciudadano tiene acceso al movimiento: le basta con acercarse la muñeca para mirar la hora. Frente a esa puesta en valor de los movimientos que unen a todos los ciudadanos, encontramos la rancia y elitista noción de danza, según la cual no cualquier ciudadano tiene acceso a los estudios de danza, no cualquier ciudadano es bailarín porque no todos los ciudadanos pueden auparse en un grand-porté o caer a lo flying low. Por eso Los Multicines no se llaman Escuela de Danza sino Fábrica de Creación de Movimiento, que parece que estamos en las dependencias de la Bauhaus o de la Falange.

—¿Bauhaus como las tiendas de bricolaje? —me preguntó en la reunión de autogestores uno que tiene cuerpo de pera, los hombros muy estrechos y las caderas muy anchas.

—Más o menos, Vicente. Esas tiendas se llaman así por otra Bauhaus que hubo hace cien años y que era una escuela de fachas de izquierdas que se dedicaban a construirse muebles pijos y casas pijas, y que ellos decían que eran para el bien de la humanidad.

–Es verdad que la Bauhaus del Paseo de la Zona Franca es un poco pija –dijo Vicente.

–Pues eso –le dije yo.

–Es pija si buscas cosas pijas, porque tienen cosas más caras y más baratas. Te lo digo yo, que vivo al lado y he ido muchas veces a comprar cosas para el taladro y herramientas, tornillos y de todo. Además, es una tienda que trae cosas buenas que se hacen en Alemania y no en China, y por eso a lo mejor es un poco más cara, pero las cosas duran más. Hay que saber comprar –sentenció el autogestor machito fachito capitalito guapo y se quedó tan ancho, vaya, y es que cuanto más ancho se queda después de repetir sus discursos televisivos, cuanto mejor los pronuncia y menos aprieta los ojos con sus pestañas de camello, yo más me río. Su vanidad es tan grande que piensa que las risas no son por lo ridículo que es. En el grupo de autogestores, cuando alguien se ríe siempre hay otro que se contagia y que le sigue, aunque no se ría de lo mismo, aunque simplemente se ría por el placer que da reírse. Corrió la psicosargento Laia Buedo a cuestionar tanta risa injustificada, pero lo hizo al bajo volumen con que hablan las dignidades que consideran que no deben alzar la voz para hacerse oír; con lo que nadie oyó lo que decía.

–¡Que nos estamos riendo de ti, Antonio, que tienes un ego de macho que no te deja ver que pareces un anuncio de la COPE con patas! –le dije sin que se me activaran las compuertas, dejando que mi risa cacareante saliera disparada como de una metralleta, haciendo blanco en el macho e instigando a los demás autogestores a ametrallarlo. Pero como el machito juega, igual que todos los fachos, a no afectarse, a defender que todo el que le critica es un tarado por no ser facho, pues no me respondió. Se limitó a mirar a su superiora Buedo y a hacer ese gesto de flexionar los brazos y apuntar con las palmas de las manos al techo, encoger los hombros y tragarse los labios de modo que en vez de boca le quedaba

292

una línea. ¡Y Patricia lo imitó, la tía, ella, que no había dicho nada desde hacía un buen rato! Vaya fachos capitalones de medio pelo están hechos Antonio y mi hermana, que solo hizo falta que la Buedo les afeara el interrumpirme o el llamarme guarra para estarse ahora tan calladitos.

—Estarán haciendo méritos para lo que sea, Nati. Lo mismo que tú ahora yendo todos los martes. A ver si te crees que todo el mundo va a los autogestores porque le guste —me dice la sabia Marga iluminada por la claridad de farolas que arroja el agujero del techo.

—Yo no estoy yendo para hacer méritos, Marga. Estoy yendo con un propósito politizador.

—Pues yo creo que Laia te está dejando hablar tanto en las reuniones por algún motivo.

—Claro, Marga: para que les diga dónde estás metida.

Le respondo eso y la luz naranja que baña dulcemente la melena y los hombros de Marga se convierte en un foco cenital que le devora de sombras la cara y que, de las blancas copas de su sujetador, le saca dos negras medias lunas que le comen el vientre.

—Natividad —me llamó la psicosargento por el nombre completo—. ¿Te apetece terminar de contarnos cómo fue esa clase de danza integrada? A mí me estaba pareciendo muy interesante. —Qué asco me da hasta que se dirija a mí, Marga, en serio, con lo bien que me lo estaba pasando riéndome del machito fachito. Me sequé las lágrimas, tomé aire y le respondí con las compuertas clausuradas, teniendo que recordarme a mí misma que estaba entregándome al secuestro semanal de los autogestores por una justa causa:

—La danza integrada es un pueblo de la nación del movimiento, a pesar de que, paradójicamente, la danza integrada se llama danza y no movimiento integrado. A los que les va la pasta y el prestigio en esto, dicha paradoja no les parece un problema. Es más, les parece un beneficio, porque los de la integrada reivindican, precisamente, su inclusión en los circuitos de danza normalizados: en teatros, en clases, en universidades, en premios. Aunque hayan colonizado villas al amparo de la nación democrática del movimiento, su objetivo no es moverse, como dictan desde la metrópoli, sino danzar. Danzar con todas las connotaciones formales, académicas y elitistas de las que los metropolitanos se desmarcan y una más, una de la que hasta la danza contemporánea se ha desmarcado hace cinco décadas: danzar bellamente. Los integrados quieren a toda costa ser bellos. Los integrados no pueden permitirse bajo ningún concepto quedar mal ni salir feos. Los integrados matan por pisar una sala de ensayo o subirse a un escenario y demostrar que son tan guapos y tan refinados como Pina Bausch y Vaslav Nijinski.

Detengo el relato autogestor porque acordarme del hastío con que se lo relaté a la psicosargento me hastía. Marga se tumba en la cama y yo la sigo. Es un colchón de matrimonio tirado en el suelo cubierto por unas sábanas que arrastran. Siento algún muelle, pero es un colchón firme que no nos hace hundirnos hacia ningún lado.

—Entonces me están buscando —me dice.

—Claro, Marga. Pero tú tranquila, que yo no suelto prenda —le digo poniéndome de medio lado y buscándole la mirada.

—¿Cómo sabes que me están buscando, Nati? —me pregunta solo girando la cabeza.

—Están locas perdidas buscándote, Marga. Primero fueron Patri y Angelita, luego Diana y Susana y luego una pareja de mossas. Patri y Angelita estuvieron sin pegar ojo la primera noche que faltaste, que se la pasaron haciéndome preguntas, que Patricia lió una de las suyas de ponerse a tirar platos ¡y hasta me levantó la mano! Se la tuve que apartar de un manotazo y la tía, encima, va y se pone a llorar.

—¿Y tú qué les decías?

—Yo nada, Marga, nada de nada de nada. Ya te lo he dicho.

—¿Pero no respondías o les respondías mentiras?

—Les decía siempre lo mismo: que aquella tarde me habías acompañado a Los Multicines como todos los martes, que habíamos cogido el metro, que había mucho guiri de mierda como siempre pasa en la línea amarilla en verano y que de buenas a primeras ya no te vi más. Que yo seguí para mi superdanza integrada, que estaba supercontenta de estar en las SS y que qué bonita era Barcelona y cuántas oportunidades ofrecía.

—Mujer, algo de contenta estarás, ¿no? ¿No me has dicho que te han cogido para el espectáculo?

—No me han cogido, Marga. En ese espectáculo sale todo el que paga, la única diferencia es que a unos los pondrán en papeles más visibles que a otros. Y vale que me han puesto de manipulada para la escena de manipulación masiva, que es una cosa muy guapa, pero eso, contenta, no me pone. Me provoca, me desafía, me hace volar un rato, pero contenta no me pone. Contenta me pondría que los bailarines no fueran unos cumplidores de las órdenes del director y su ayudante, y que bailar con y desde las tetas y los genitales no fuera una excepción. —Marga se cruza las manos detrás de la cabeza y su sobaco peludo queda cerquísima de mi nariz. Huele a sudor bueno, no pasado por ropa sintética. Huele a haberse pasado todo el día en pelotas—. ¿Quieres que termine de contarte cómo fue cuando bailaron mis tetas y mi coño con las SS?

—Venga —me dice sonriendo y lanzándome la barbilla. Es la primera vez en toda la noche que me sonríe con la boca abierta y eso también me pone contenta, contentísima.

—Que me sonrías sí que me pone contenta, Marga. —¡Se lo digo y más que me sonríe! Será por el agujero del techo que oímos el estruendo de los camiones de la basura como si estuvieran pasando dentro de casa. Marga se tapa los oídos y

295

contrae la cara entera, pero la sonrisa no decae durante la contracción. Espero a que pase el ruido y sigo hablando–: Te he dicho que hubo un par de manipuladores que al encontrarse sin querer con mis tetas me las espachurraron con la palma de la mano abierta, así –le escenifico a Marga, pero, como estoy tumbada y voy sin sujetador, las tetas me caen a los lados. Tengo que recogerlas, llevarlas al centro y exagerar la presión–. Esa fue una bailarina de las nuevas, que qué alegría da bailar con desconocidas que no tienen instaurada ninguna simpatía ni antipatía hacia ti, que solo se comunican contigo por las pulsaciones que emiten los cuerpos. Pues bueno, pues luego hubo otro manipulador que se encontró con mis tetas, también sin querer como ella, pero que en vez de aplastármelas me las agarró. –Vuelvo a recogérmelas de los lados y las agarro con toda la mano.

–Te las magreó –puntualiza Marga.

–¡Lo nunca visto en una clase de danza! Y no solo me las magreó sino que les marcó una dirección, que tiró de ellas, así. –Me tiro de las tetas hacia arriba como si quisiera ponérmelas en punta–. El manipulador quería bailar con mis tetas. Modificó un poco el modo en que me las agarraba porque se dio cuenta de que tirar de ellas desde la cogida-magreo no era fácil, se le escurrían. Hizo entonces un agarre prensil: los dedos pulgares debajo de las tetas, encajados en las costillas, y todos los demás por encima y encajados al principio del esternón, superando la tensa estructura del sujetador deportivo. Era como si me quisiera separar las tetas del pecho. Dentro de cada mano, una bola de seno. –Intento maniobrar con mis propias tetas pero hacérselo una misma es imposible. Me incorporo de la posición de tumbada, me siento y lo hago con las de Marga.

–¡Ay! –se queja, y automáticamente la suelto.

–Perdona. Es que las tienes más grandes y hay que apretar más para que no se escurran.

296

—Hazlo más suave.

—Te habré clavado los aros del sujetador al intentar agarrarte con el pulgar, qué bruta soy, perdona —le digo haciéndole una levísima caricia a las copas del sujetador, como un sana sana curita de rana, tan leve que solo acaricio la tela. Marga incorpora un poco el torso apoyándose sobre los codos, se lleva las manos a la espalda, se desabrocha el sostén, se lo quita y vuelve a tumbarse.

—Prueba ahora.

—Qué bonitas son tus tetas —le digo, repitiendo la leve caricia pero solamente en los pezones.

—Las tuyas también —me dice metiéndome la mano debajo de la camiseta y paseándola de un pecho a otro. Yo amplío y vigorizo la caricia de sus pezones, de puntas largas como las de una madre amamantadora. Me las clavo en las palmas de las manos y hago círculos sobre ellos. Marga también vigoriza su caricia sobre mis tetas, me agarra una, me atrae hacia ella y me dice en la boca—: Hazme eso de agarrar que me has contado. —El aliento le huele a la cebolla de la pipirrana y lejanamente a cerveza, que debe de ser lo mismo a lo que me huele a mí. Nos relamemos las lenguas. Ella me habla desde dentro del beso—: Házmelo, Nati.

Las órdenes de Marga no suenan a órdenes sino a súplicas, reclama de mí no obediencia sino piedad hacia su gozo, solidaridad con su deseo. Quedo sentada como antes. Tengo que agarrarle las tetas muy fuerte porque son grandes y además está tumbada y le caen, como a mí antes, hacia los lados. Las recojo haciendo un cuenco con mis manos, las centro y ahí las agarro y tiro. Ya no se queja Marga; gime. Al principio me confunde su gemido, no estoy segura de si es una queja, pero ella me lo aclara pidiéndome que siga. La carne que no me cabe en las manos asoma entre mis dedos tersa y dura por la presión. Separo un poco los dedos para que los pezones asomen entre ellos, como reclusos que se aferraran a los barrotes, y poder lamerlos. Consigo que uno asome del todo; ese lo chupo y lo muerdo. Marga gime y vuelve a meterme las manos dentro de la camiseta. Me masajea los pezones con las yemas de los dedos, reservándose un pellizco cada vez que llega a la punta. Gimo con su pezón dentro de mi boca. Voy a lamer el otro, pero al primer cautivo no lo abandono. Agarro más fuerte esa teta y vuelvo a tirar hacia arriba. El gemido de Marga se vuelve más bronco. Yo aflojo un poco los agarres y desciendo hasta besarla a modo de disculpa y de consuelo por si le he hecho más daño del debido. Esta vez el beso es más seco, más veloz, porque el placer acucia, y ahí le susurro:

—¿Te he hecho daño, Marga?

—No, no, sigue —me susurra ella, y su llamada a la solidaridad me hace erguirme disparada, llevándome conmigo el torso completo de Marga y un grito ahogado que acaba en mi oreja. Ahora estamos las dos sentadas. Yo no puedo quitarme la camiseta porque estoy unida a sus pechos, así que ella me la remanga por encima de los míos. Los contempla y los acaricia con la boca entreabierta y los orificios de la nariz intermitentemente dilatados. Finalmente se encorva para acercarse a ellos y lamerlos con la lengua entera, como la mamífera que limpia a una cría recién nacida. Cuando llega a la curva interior, tensa la lengua y monta el pecho sobre ella, provocando al soltarlo un pequeño rebote. La visión de mis tetas relucientes por la saliva me hace salivar el coño. Cuanto más me lame, más tiro yo sus pechos, y cuanto más le tiro, menos me lame mis pechos Marga y más empieza a succionarlos, a morderlos y por último a tironearlos. Estamos tirando la una de la otra, y en función de la tracción nuestros gemidos son agudos o broncos, nuestras espaldas se arquean o se redondean, nuestros codos se estiran cuando los pechos de la otra se van o se doblan cuando vuelven, nuestros besos y mordiscos son en la boca o en el cuello. Paso de estar sentada al lado de Marga para sentarme a horcajadas sobre ella. Ahora nuestras manos agarradoras están presas entre los pechos agarrados. Soltamos cada una las tetas de la otra y así los cuatro senos se besan con la baba que Marga dejó en los míos.

Me mete una mano en las bragas. Va directa a la vagina y la encuentra a la primera. No me penetra del todo aunque podría, sino que dobla un dedo, supongo que el índice, y me pulsa el orificio con el nudillo. Yo empiezo a mover la cadera adelante y atrás y le pido que me lo meta todo. Ella se solidariza, yo abro nuestro abrazo para dejarla hacer, me bajo las bragas y los pantalones cortos por debajo del culo, que porque unas y otros son elásticos permiten que pueda seguir rodeando a Marga con mis piernas. Echo los hombros hacia atrás y me apoyo en los brazos estirados. Marga rodea mi cintura con uno de sus brazos y fija el agarre poniendo la mano en una de mis crestas ilíacas. Con esa mano regula mis embestidas para que ayuden a su penetración. Con la palma de la otra mano vuelta hacia arriba, me mete el dedo corazón. Las primeras entradas me hacen gemir muchísimo, un gemido que es un agradecimiento o una bienvenida o una exclamación de sorpresa. Aunque Marga no esté siendo penetrada, ella también gime y también mueve las caderas, aumentando así la intensidad de mis gemidos y de mis caderazos. Yo gimo más, suspirando y con un tono más grave. El gemido de Marga es una «a» entrecortada e infinita de tono y timbre idénticos a su voz. Emite sus aes y arruga el entrecejo en una expresión un poco de Dolorosa. Yo tengo una expresión más bien ida, con la cabeza bamboleante. Pero los caderazos de Marga, por la postura encorvada en la que está para poder trastearme el coño, no son tales. Desde fuera parecen frotamientos de la raja del culo con la cama, pero yo sé que lo que Marga está haciendo es, ahora sí, la masturbación sin manos que yo le enseñé, la activación de su aparato masturbatorio central pero sin necesidad de ponerse a cuatro patas siquiera. El movimiento de embestida preciso y constante que empieza en el tuétano de la pelvis y acaba en el último pelo del coño.

En una acción que no dura más de dos segundos, Marga suelta todos los agarres de donde me tiene cogida para quitarme las bragas y los pantalones, que empiezan a molestarnos a las dos, volver a encajarme a horcajadas sobre ella y recuperar la postura. Aprieta más el abrazo y me come las tetas cuando le llegan a la boca, porque para cogérmelas ya le faltan manos. Las suyas, sus tetas, caen hasta el comienzo de mis muslos abiertos y a veces me rozan.

En las sucesivas penetraciones Marga va sumando dedos hasta que me mete, creo, tres, y va animando mi cadera a columpiarse más y más hasta que mis balanceos se convierten en golpes que mi vagina propina a su mano, mano que ahora ya no solo penetra sino que además vibra de lado a lado. Es la vibración lo que me coloca en el punto de no retorno hacia el orgasmo, en ese punto que, si se abandona, ya no te corres te hagan lo que hagan, aparte de la tristeza que te entra. Suena el chapoteo de sus dedos con mi flujo. Dejo todo mi peso en uno de los brazos sobre los que me apoyaba y con la mano libre me pongo el clítoris a mil revoluciones por minuto.

–Me voy a correr, Marga –suspiro con la masturbación frenética, y Marga libera la mano con la que me tiene agarrada la cadera, se chupa dos dedos, se mete la mano en las bragas y también se masturba, y sigue penetrándome. Como no se ha llegado a quitar las bragas, parece que su mano fuera una presa que lucha por liberarse. Yo me corro, me corro, me corro, me corro y me corro, joder, con unas convulsiones de silla eléctrica. Relajo el brazo que ha estado soportando mi peso y mi movimiento los últimos cinco minutos del polvo. Casi no me da tiempo a meterle a Marga un dedo, o será

300

precisamente la breve penetración de mi dedo lo que precipita el orgasmo de Marga y la unión de sus gimientes aes en una sola, en un grito ahogado. Su curva vagina se traga mi índice, yo lo saco chorreando, lo vuelvo a meter y Marga ya se ha corrido. Me retiene dentro apretándome la muñeca.

–Quiero otro –me dice, se tumba bocarriba y le quito las bragas. Yo me pongo a cuatro patas y con mi dedo aún dentro le lamo el interior de los muslos y luego empiezo a comerle el coño. Me sorprende que sea tan compacto, simétrico y cerradito, siendo la folladora que es, y que esté tan bien depilado, siendo que no está Patricia para obligarla a depilarse.

Primero le pego lengüetazos arriba y abajo de la raja. Le huele a polla, a esas pollas que huelen a barbacoa. Ya sabía yo que Marga llevaba todo el día follando.

Mis dedos se coordinan naturalmente con mi lengua, con la introducción progresiva de dos, tres y hasta cuatro dedos que ella me pide. Yo me los lamo mucho y además le levanto las nalgas, le escupo un lento gapo en la vagina y vuelvo a posarlas en la cama. Con la mano libre le aprieto los muslos o estiro el brazo en busca de sus tetas, y al llegar a ellas me encuentro con las manos de Marga, que se las está sobando y salivando.

Está más concentrada, tiene todavía más cara de virgen dolorosa y gime unas aes muy flojitas, y sus caderazos vuelven a ser milimétricos, efectivísimos, acompañantes de mi lengua. Los pequeños movimientos de cadera de Marga se coreografían con los de mi aparato masturbatorio, que, al estar yo a gatas, rota con absoluta y serena libertad.

Paso de los lengüetazos al frenesí del clítoris, un clítoris descapuchado como un glande diminuto, y enseguida me encuentro con dos dedos de Marga que se han sumado a la estimulación. Convivimos un rato, pero ella alcanza una velocidad tal (la velocidad propia de la masturbación solitaria) que sus dedos golpean mi cara y finalmente desalojan mi lengua.

—¿Te corres? —le pregunto, y ella asiente sin levantar la cabeza de la almohada y con una cara de pena infinita. Yo dejo de tocarle las tetas y me llevo esa mano a mi clítoris mientras sigo con mis otros cuatro dedos dentro de ella. Espontáneamente se acompasan las dos velocidades, la de la penetración a mi prima y la de mi masturbación. Las rotaciones y embestidas de mi cadera en el aire se hacen ahora junto a mi dedo, que ha encontrado mi clítoris ansioso y a punto. Con solo dibujar un círculo sobre él ya siento la lágrima del orgasmo bajando por el tobogán de la vagina. Marga y yo nos acompañamos en un gemido mutuo que alarga nuestras corridas, la mía menos intensa por ser la segunda, la de ella no sé.

Descansamos unos segundos tumbadas una frente a la otra, dibujando un rombo con nuestras piernas abiertas. Volvemos a oír nítidamente los ruidos nocturnos del barrio, que entran por el agujero del techo como por un oído. Un batir de huevos, una tele, unos cubiertos en contacto con unos platos, el tubo de escape de una moto manipulado para que suene a martillo hidráulico, una conversación lejana, una conversación cercana, un timbre, una voz robótica a través del porterillo, la descarga eléctrica que abre un portal. También entra mucho fresquito.

—Marga, ¿para hacer pipí? —le pregunto levantándome. Ella, que ha caído con la cabeza en la almohada, me responde medio dormida.

—El baño está saliendo a la derecha, pero no hay agua. Tienes que echar agua de una garrafa que hay al lado del váter.

—Vale.

—Y luego me traes alguna que esté medio vacía para que beba, ¿vale?

—Vale.

–No tiene luz, tienes que dar la del salón para ver algo.

–Perfecto.

–El botón está al lado de la puerta de la calle, donde has dejado tu bici.

Me encamino en bolas, tal cual estoy. El agujero del techo del dormitorio arroja luz de farola suficiente como para pisar segura sin miedo a chocarse con alguno de los pocos muebles. Los dibujos y el frescor lacado de la vieja solería hacen que dé gusto andar descalza. Marga debe de haber estado fregándolos como una cenicienta de las que, mientras frotan a cuatro patas, activan el aparato masturbatorio.

Con la claridad procedente de la bombilla pelona del salón alcanzo a ver la bañera grande, alta y revestida de azulejos; el lavabo también grande y cuadrado como un pedestal, el espejo grande como una ventana, el bidé grande como para lavar a un bebé y el váter grande como para quedarse dormida meando, y magulladas garrafas de agua de cinco litros pegadas por todo el perímetro de la pared. Huele un poco a cañería pero mis pies descalzos siguen sin notar ninguna gran mugre. Me tiro unos cuantos peos y meo apoltronada, busco papel y lo encuentro, muy bien colocado sobre la cisterna. Son servilletas de bar, muy tiesas. Me seco el coño, las tiro a la taza, me levanto, cojo la garrafa que hay más a mano y vuelco un buen chorro. Cojo otra servilleta y limpio las gotas que han salpicado en el asiento. Como a la garrafa le debe de quedar menos de un litro y será fácil beber a morro, la llevo al dormitorio para mí y para Marga.

–Apaga la luz del salón, Nati, porfa –me dice recostada en la pared. Dejo la garrafa en el suelo, vuelvo al salón, apago la luz–. Es por precaución –me explica, y yo regreso, recojo la garrafa, llego a su lado y se la doy–. Perdona, soy una pesada, gracias.

–No pasa nada, lo entiendo. Tu baño es muy cómodo –le digo tumbándome junto a ella.

Marga levanta la garrafa con dos manos por encima de su cabeza. Al hacerlo sus pechos ascienden como dos globos aerostáticos invertidos y sus largos pezones apuntan horizontalmente, paralelos al suelo. Le lamo el agua que se le derrama por el gaznate y ella tose, casi se atraganta, y me moja a mí también.

–¡Perdona, perdona, perdona! –le lloro abrazándole un brazo–. ¡Qué bruta que soy!

Marga separa la espalda de la pared y tose sonriendo. Yo le doy golpes en la parte trasera de los pulmones hasta que la tos se va calmando.

–¿Es que quieres echar otro? –me pregunta todavía interrumpida por alguna tos.

–Es que el follar llama al follar, Marga –le digo secándole el agua de los pechos con mis manos, pasándome su humedad a los míos.

–Tú has estado follando antes y por eso quieres más –me dice.

–¿Aparte de contigo? –Se me cuelan suspiros en el habla por tener a Marga tan cerca hablándome de follar, de haber follado y de seguir follando.

–Sí.

–¿Cómo lo sabes?

–Porque a eso hueles.

–Pero ha sido un polvo sin restregarnos, Marga, y casi sin penetración. No puede habérseme quedado el olor como a ti, que te huele el coño a barbacoa. –Digo eso y Marga se huele los dedos con los que ha estado masturbándose, y hace un gesto como de que ella no huele nada.

–¿Con quién ha sido?

–Con uno de los ensayos. ¿Y el de la barbacoa quién ha sido? ¿El falso secreta?

–¿Pero no te acuerdas que a ese lo echaron del barrio? Ha sido uno del ateneo.

–¿Del ateneo anarquista? Qué grande eres, Marga.

–Cuéntame eso de follar sin restregarse, Nati, a ver si me caliento y echamos otro.

Declaración de D.ª Margarita Guirao Guirao, dada en el Juzgado de Instrucción número 4 de Barcelona el 15 de julio de 2018 en el proceso de solicitud de autorización para la esterilización de incapaces, a resultas de la demanda presentada por la Generalitat de Catalunya contra la declarante.
Magistrada: Ilma. Sra. D.ª Guadalupe Pinto García
Secretario Judicial: D. Sergi Escudero Balcells

En cumplimiento de la Disposición Adicional Primera de la Ley Orgánica 1/2015, de Reforma del Código Penal, se procede a la exploración de doña Margarita Guirao Guirao, incapacitada por sentencia judicial firme número 377/2016 de 19 de marzo de este mismo juzgado, y cuya esterilización se solicita en el procedimiento 12/2018.
Por sufrir la declarante una discapacidad intelectual que afecta a su capacidad volitiva, está presente durante la exploración D.ª Diana Ximenos Montes, representante de la Generalitat de Catalunya que ostenta la tutela. También está presente D.ª Susana Gómez Almirall, educadora social que ha convivido con ella en el piso tutelado por aquella institución.

Se niega a declarar y a responder a cualquier pregunta que le haga la señora jueza, la representante de la Generalitat o la educadora. Alentada por D.ª Susana Gómez a que responda solo lo que ella vea oportuno, la declarante se sigue negando, por lo que la señora jueza suspende la exploración.

La magistrada   La declarante   El taquígrafo

Guadalupe Pinto   Javier López Mansilla

Declaración de D.ª María de los Ángeles Guirao Huertas, dada en el Juzgado de Instrucción número 4 de Barcelona el 25 de julio de 2018 en el proceso de solicitud de autorización para la esterilización de incapaces, a resultas de la demanda presentada por la Generalitat de Catalunya contra D.ª Margarita Guirao Guirao.
Magistrada: Ilma. Sra. D.ª Guadalupe Pinto García
Secretario Judicial: D. Sergi Escudero Balcells

Antes de responder a las preguntas hechas por la señora jueza, la declarante le pregunta si todo lo que ella diga se va a escribir. La señora jueza responde que sí.

Le pregunta entonces la declarante si se va a escribir «en normal» y «en lectura fácil». La señora jueza le dice a la declarante que todo va a ser muy fácil, que la declarante se tome todo el tiempo que necesite para responder, que, si no entiende algo, que por favor lo diga y ella se lo explicará con pelos y señales, y que no se tiene que poner nerviosa porque aquí todos estamos para ayudar.

La declarante responde que lo que pasa es que ella es tartamuda de nacimiento y que a lo mejor por eso se cree la jueza que está nerviosa, pero no son nervios porque la declarante dice ser una persona muy tranquila.

La señora jueza le responde que si está tranquila, mucho mejor, así pueden comenzar. Le pregunta qué tal se lleva la declarante con su prima Margarita Guirao, a lo que la declarante responde que ella le hizo antes una pregunta y que la señora jueza aún no le ha respondido.

¿Qué pregunta, María de los Ángeles?, le pregunta la señora jueza.

Le he preguntado si todo lo que digamos se va a escribir «en normal» y «en lectura fácil».

La señora jueza le pregunta qué es la «lectura fácil». La declarante responde que cómo no sabe la señora jueza lo que es la «lectura fácil» si está en la Ley de Accesibilidad aprobada por el Parlament de Cataluña en 2014, y ella es jueza y se supone que debe saberse todas las leyes.

La señora jueza le dice que no se puede saber todo en esta vida, pero que por favor le diga lo que es porque le interesa mucho.

La declarante le dice que la «lectura fácil» son libros, documentos administrativos y legales, páginas web y así que están escritos según las directrices internacionales de Inclusion Europe y de la IFLA, que son las siglas en inglés de la Federación Internacional de Asociaciones de Bibliotecas e Instituciones.

Directrices son normas, internacionales es de muchos países distintos. Siglas es las primeras letras de varias palabras que se ponen todas juntas para resumir.

Federación es muchas asociaciones que se unen, asociación es mucha gente que se junta porque les gustan las mismas cosas, en este caso las bibliotecas y las instituciones.

Inclusion Europe es el FEAPS de toda la vida pero a nivel de toda Europa y que lo ponen en inglés, aunque a nivel de España ya no se llama FEAPS sino Plena Inclusión. FEAPS también son siglas, que significan Federación Española de Asociaciones Pro Subnormales.

La señora jueza le dice que le ha explicado muchas cosas muy interesantes pero que todavía no le ha dicho cómo son esos documentos de «lectura fácil».

Ahora iba, le responde la declarante, y le dice que la «lectura fácil» es una forma de escribir para las personas que tienen dificultades lectoras transitorias o permanentes, como los inmigrantes o la gente que ha tenido una escolarización deficiente o una incorporación tardía a la lectura, o como la gente que tiene trastornos del aprendizaje o diversidad funcional, o está senil.

Dificultades lectoras es que sabes leer pero te cuesta mucho trabajo. Transitoria es que no es para toda la vida y permanente es que sí es para toda la vida. Inmigrante es alguien que viene de fuera.

Escolarización deficiente es que has ido a la escuela pero has sacado muy malas notas o has repetido muchos cursos.

Incorporación tardía es que has llegado tarde, y lectura pues es leer, gente que nunca ha tenido tiempo de leer.

Trastornos del aprendizaje es que tienes una enfermedad que no te deja aprender las cosas que te dicen en la escuela.

Diversidad funcional es lo que ella tiene, que es un grado de discapacidad intelectual. Y seniles es viejos que «chochean».

La señora jueza pregunta si entonces es una forma de escribir más fácil para que esas personas puedan leer.

La declarante le responde que sí, pero que no solo para que puedan leer, sino para que se cumpla el derecho del acceso universal a la cultura, la información y la comunicación que está en la Declaración Universal de los Derechos Humanos. Pregunta la declarante si la señora jueza sabe lo que es esa Declaración o si también se lo tiene que explicar. La señora jueza le responde que esa sí la conoce.

La declarante dice que otra cosa por la que existe la «lectura fácil» es porque hay muchos textos con un exceso de tecnicismos, con una sintaxis compleja y con una presentación poco clara.

Exceso es demasiado. Tecnicismos es palabras muy difíciles que solo entiende muy poca gente que las ha estudiado. Sintaxis no tiene nada que ver con los taxis, son las frases. Compleja es difícil.

Por eso, para que las cosas que se escriben estén en «lectura fácil» y se cumpla la Declaración de los Derechos Humanos y la Ley de Accesibilidad de Cataluña, y también la Convención sobre los Derechos de las Personas con Discapacidad, que se le había olvidado antes decirla, pues hay que usar palabras sencillas, y las que no sean sencillas, hay que explicarlas para que todo el mundo las entienda.

La declarante dice que hay muchísimas reglas para escribir en «lectura fácil», así que solo le dirá unas pocas a la señora jueza:

No se pueden usar los verbos en tiempos compuestos todo el rato. Tiempos compuestos es cuando dices «he hecho» o «has comido» o algunos más difíciles que hay.

Hay que usar más la voz activa que la voz pasiva. Voz activa es «yo como pan» y voz pasiva es «el pan es comido por mí». Esto es un poco difícil, a la declarante le costó entenderlo. Se lo va a explicar a la señora jueza lo mejor que sepa y pueda. Voz activa es que activo eres tú porque te estás comiendo el pan, porque tú estás haciendo algo, que es comerte el pan. Voz pasiva es que el pan no hace nada, porque es un pan y no una persona. El pan no te puede comer a ti pero tú sí puedes comerte el pan, y eso en la frase se tiene que ver, tiene que ser una frase activa, donde tú claramente te comes el pan.

La señora jueza le dice que lo ha entendido muy bien y que si ahora pueden pasar a hablar de doña Margarita. La declarante le dice que ya está acabando. La señora jueza le dice que en ese caso por favor continúe.

311

No hay que poner perífrasis, que significa que no hay que decir «yo debo comer pan» o «yo debería comer pan». Las perífrasis, no hay más que ver el nombre que tienen, son muy difíciles.

Otra regla muy importante de la «lectura fácil» es que las frases deben ser cortas, sujeto, verbo, predicado y se acabó; y que en cada frase haya un mensaje y no muchos mensajes apelotonados. Por ejemplo, si dices «Yo como pan» ya tienes una frase con un mensaje. No debes mezclar «Yo como pan» con algo que no tiene nada que ver, como por ejemplo «Yo vivo en Barcelona». No se puede mezclar y decir «Yo como pan y vivo en Barcelona», porque eso son dos mensajes muy distintos, porque el pan y Barcelona no tienen nada que ver.

La señora jueza le da las gracias por su explicación tan buena porque ya se ha enterado de lo que es la «lectura fácil», pero la declarante insiste en decirle una regla muy, muy importante, quizás la más importante de todas, y que es que no se puede ni justificar ni hacer sangría.

En «lectura fácil» no se puede sangrar ni justificar el texto, que no tiene nada que ver ni con el tinto de verano ni con dar justificaciones. Significa que las líneas empiezan todas a la vez por el lado izquierdo de la página. Eso es no sangrar.

Y como las líneas van hacia el lado derecho hay que dejar que cada una llegue hasta donde llegue, aunque sean unas más largas y otras más cortas y el texto no sea una columna perfecta. Eso es no justificar.

Es como escribir WhatsApps. *(La declarante saca su teléfono móvil del bolso y se lo enseña a la señora jueza.)*

La señora jueza le da las gracias a la declarante por la explicación y la declarante dice que de nada.

La señora jueza le pregunta entonces por la salud de Margarita Guirao Guirao, por cómo la ha visto últimamente.

La declarante le dice que ella le hizo una pregunta a la señora jueza antes y que la señora jueza aún no le ha contestado.

¿A qué no le he contestado, María de los Ángeles?, le pregunta la señora jueza.

A la pregunta de si todo lo que digamos se va a escribir «en normal» y «en lectura fácil», que para eso le ha explicado lo que es la «lectura fácil».

La señora jueza le dice que todo se va a escribir tal cual salga por nuestras bocas, que para eso está esa persona sentada a su lado con un ordenador tecleando sin parar, que se llama taquígrafo. Lo que él escriba va a ser una copia exacta de lo que nosotras digamos, que por eso no se tiene que preocupar la declarante porque allí nadie se va a inventar nada. Es más, en cuanto acabe la declaración el taquígrafo se la imprimirá en la impresora que está encima de la mesa y la declarante podrá leerla, y si le parece que hay algo que no está bien, el taquígrafo lo corregirá las veces que haga falta.

La declarante dice que todo eso le parece muy bien pero que ella no le ha preguntado eso. Le ha preguntado si la declaración se va a escribir «en normal» y «en lectura fácil», o sea, siguiendo las reglas de escritura que antes le ha dicho. ¿No ha entendido la señora jueza la pregunta de la declarante?

Sí que la ha entendido. ¿Entonces?, le pregunta la declarante. Pues que el taquígrafo escribirá como siempre lo hace, que además siempre lo hace muy bien.

¿Y «en lectura fácil» no? Pregúntele usted misma, le dice la señora jueza, y la declarante le pregunta a este taquígrafo si va a escribir el texto «en normal» y «en lectura fácil», a lo que este taquígrafo responde que solo lo escribirá normal.

La declarante se ofrece a pasar el texto normal a «lectura fácil» cuando la declaración haya acabado, explicando todas las palabras difíciles y quitándole las sangrías y las justificaciones, porque la declarante dice ser una escritora de «lectura fácil» que escribe novelas.

La señora jueza le dice que eso no va a poder ser porque esto no es una novela, esto es la realidad, y para ser fieles a la realidad se debe respetar la literalidad de todo lo que se dice en sede judicial. Además, las declaraciones de los procedimientos que afectan a incapaces como doña Margarita son confidenciales y no pueden difundirse.

¿No estáis a favor de que las personas con diversidad funcional reciban una información accesible sobre las cosas que pasan a su alrededor? ¿No creéis que si no recibimos una información accesible seremos ignorados y habrá otras personas que decidirán y elegirán por nosotros? Vale que vosotros no sepáis hacerlo porque escribir «en lectura fácil» es muy difícil, pero ¿por qué no aceptáis la ayuda que la declarante ofrece, que ella lleva estudiándose las reglas mucho tiempo?, le pregunta la declarante a la jueza y a este taquígrafo.

La jueza dice que no se ponga nerviosa, que pueden hablar de eso más tarde, pero que ahora lo importante es hablar de su prima hermana Margarita Guirao Guirao, que ha pasado y está pasando por momentos muy difíciles y necesita el apoyo de la declarante diciendo la verdad.

La declarante dice que no está nerviosa, que es que es tartamuda y que es consciente de que ella tarda más en hablar, y le pregunta a la señora jueza si no será ella la que se está poniendo nerviosa por cómo la declarante habla.

La jueza le responde que no está nerviosa porque ella está haciendo su trabajo igual que lo hace todos los días desde hace diez años.

María de los Ángeles, ¿puede usted decirme si doña Margarita ha tenido pareja alguna vez?, pregunta la señora jueza.

De eso podemos hablar más tarde, responde la declarante. Pero si no se le da seguridad de que su declaración va a ser escrita «en lectura fácil», no piensa declarar.

La señora jueza dice que no se va a escribir «en lectura

314

fácil» y la declarante dice que entonces no va a declarar y que adiós.

La magistrada   La declarante   El taquígrafo

Guadalupe Pinto   María dels   Javier López Mansilla
                 Àngels Guirao

Declaración de D.ª Natividad Lama Huertas, dada en la Residencia Urbana para Discapacitados Intelectuales de La Floresta de Barcelona el 15 de julio de 2018 por impedirle a la declarante sus delicadas condiciones de salud trasladarse al juzgado que instruye el caso, según informó la Dra. Neus Fernández Prim, psiquiatra del Hospital de la Vall d'Hebron con número de colegiada 14233; y todo ello en el proceso de solicitud de autorización para la esterilización de incapaces a resultas de la demanda presentada por la Generalitat de Catalunya contra D.ª Margarita Guirao Guirao.

Al sufrir la declarante una discapacidad intelectual severa que afecta a su capacidad volitiva, así como por encontrarse judicialmente incapacitada por sentencia firme número 378/2016 de este mismo juzgado, está presente durante la declaración D.ª Diana Ximenos Montes, representante de la Generalitat de Catalunya que ostenta la tutela y directora del piso tutelado donde la declarante ha vivido en el último año.

Magistrada: Ilma. Sra. D.ª Guadalupe Pinto García
Secretario Judicial: D. Sergi Escudero Balcells

Eres una «macha», una «facha» y una neoliberal que se «pajea» y se limpia el «culo» con el mismo billete enrollado de cien euros con el que esnifa la cocaína incautada a los camellos del Raval. Los que atentaron el verano pasado en la Rambla son almas cándidas comparadas con los terroristas aniquiladores de cualquier manifestación de vida que sois tú y tu juzgado. A ti la única manifestación que te interesa es la festiva, pacífica y dominguera manifestación contra los recortes en la función pública para mantener tus privilegios de cancerbera del Estado y el capital. Ojalá te llegue una carta en la que un par de mujeres o un par de internos de RUDI cuyas denuncias por maltrato archivaste te amenacen de muerte, ojalá te lleguen varias de esas y vivas con miedo, y ojalá un día cumplan su amenaza. Aunque tú ya estás muerta en vida. Ni la coca consigue que la sangre te corra por las venas, a ti la sangre te va, como mucho, al ritmo de la marcha silenciosa contra las víctimas de violencia de género que tú misma has propiciado, asesina, asesina, asesina.

Secuestrar a mi prima Marga para obligarla a someterse a exámenes por parte de médicos, a interrogatorios por parte de psicólogos y de jueces, y a entrar en un quirófano para practicarle una ligadura de las trompas es un acto terrorista más de la larga lista de tareas de terror contra la población disidente que debes cumplir. Lo que a vuestra vomitiva hipocresía se le ha ocurrido llamar «proteger a la incapaz de las consecuencias de un eventual embarazo indeseado» es una eugenesia amparada por la ley que tú te dedicas a hacer valer. No queréis que las mujeres radicalmente capaces de ser libres como Marga se reproduzcan, pero aunque finalmente te dé por llevarle la contraria a tu comadre la Generalitat y decidas no autorizar su ligadura de trompas, aunque te creas la misma retórica con la que tú y tus gacetilleros constitucionalistas queréis hacernos tragar la pócima de los derechos fundamentales y consideres a Marga «capaz de autodeterminarse sexualmente», el calvario del desalojo, del alejamiento de sus amantes, de la medicalización, del aislamiento, de los interrogatorios y de las exploraciones psiquiátricas y ginecológicas por el que la habréis hecho pasar no tendrá nada que ver con ese otro ingrediente de vuestro brebaje que llamáis «el correcto funcionamiento del Estado de derecho», sino con vuestra necesidad de reprimir y desgastar los ardores emancipadores de una mujer que os escupe el brebaje en la cara.

La ligadura de trompas os la tendrían que hacer a las paridoras del sistema como tú, que os dejáis fecundar por la estirpe de violadores y de firmantes de la variante del contrato de compraventa que es el contrato de «sexo-amor» que vosotras, sus hembras, con tal de no perder vuestros «machos privilegios», también firmáis.

Me gusta que me tengas miedo y que te quedes en la puerta, y eso que tus «chambelanas» me han puesto una cinta de aeróbic para contenerme las compuertas y me han atado a la cama.

La jueza   La declarante   El taquígrafo

Guadalupe Pinto   Javier López Mansilla

Declaración de D.ª Patricia Lama Guirao, dada en el Juzgado de Instrucción número 4 de Barcelona el 25 de julio de 2018 en el proceso de solicitud de autorización para la esterilización de incapaces.

Yo le cuento a su señoría todo lo que su señoría me pregunte y lo que no me pregunte también, como se lo llevo contando desde el primer día que me llamó usted a declarar hace ya un mes, porque sé que hace poco ha llamado a declarar a mis tres comadres y a ninguna le ha dado la gana de contarle nada a usted, que me lo ha dicho la señora directora del piso tutelado doña Diana Ximenos. ¿Cuándo he dejado yo de venir a su despacho siempre que me ha llamado su ilustrísima? Nunca.

Ahora bien, y antes de continuar y con todos los respetos, me gustaría dejar claro que no deberíamos mezclar las churras con las merinas ni los cuadernillos de la Nati con la operación del «chirri» de la Marga. Lo primero de todo, porque la Marga no sabe leer. «Follar», sí. Leer, no. Que sí, que antes de que hiciera la «espantá» la Nati echaba ratos con ella y con los cuadernillos esos, ¿pero se cree su excelencia que una criatura con un 66 % de discapacidad intelectual apren-

319

de a leer en dos semanas? ¿Y cómo iba la Nati a darle ningunas ideas a la Marga? ¡La Nati, que tiene todavía más grado de discapacidad que ella! Pero si hasta se creía la pobrecita que estaba yendo y volviendo sola a la escuela de danza esa nueva a la que va, con lo lejísimos que está, allí por el Camp Nou. Como la Marga había hecho su «espantá» y ya no podía llevarla y traerla, y como había estado portándose muy bien la Nati en las clases, que ni la echaban ni se peleaba mucho con nadie y va a salir en una obra, pues quisieron doña Laia, doña Susana y doña Diana darle un premio, el premio de la autonomía. Con muy buena cabeza pensaron que era mejor no echar más leña al fuego de la «espantá», a las idas y venidas de la policía y de tanta gente preguntando por la Marga, y le dijeron a la Nati que en adelante iba a ir sola a sus ensayos, pero que tendría que volver lo más tarde a las once de la noche, que podía ir en bici porque sabían que no le gustaba el metro y menos en verano, pero que tendría que ponerle luces y timbre y llevar ella un chaleco reflectante. ¡Cómo le brillarían las compuertas a la criaturita que hasta se le fueron retirando conforme escuchaba! Se bajó al chino, se compró las luces, se compró el chaleco, se compró el timbre...

(La señora jueza interrumpe a la declarante para decirle que ya le ha hablado en anteriores declaraciones de doña Natividad, que de hecho le ha hablado de ella porque la misma jueza se lo pidió para conocer el entorno familiar de doña Margarita, petición a la que la declarante muy amablemente respondió con todo lujo de detalles, cosa que la jueza vuelve, de paso, a agradecerle, pero que ahora era el momento de hablar más específicamente de doña Margarita porque el proceso de solicitud de esterilización debe concluir pronto.)

Lo que le estoy contando tiene que ver con la Marga, excelencia, tiene que ver, pero es que a lo mejor su ilustrísima no conoce bien lo que es el síndrome de mi medio hermana

320

Natividad y por eso puede usted pensar que una y otra estaban compinchadas. El síndrome de las Compuertas es como unas planchas que se te ponen en la cabeza y te tapan toda la cara desde la frente hasta más abajo de la barbilla, como un Power Ranger pero transparente. Así se ve por fuera, mientras lo que está pasando por dentro es que tú no atiendes a razones y todo te parece mal, todo te parece una mierda y que todos te están atacando. Es como una depresión con manía persecutoria de toda la vida, pero que, en vez de quedarte quieta en tu casa como todos los deprimidos y los maníacos, te da por decir que tú tienes soluciones para todo, que te hagan caso porque tú tienes soluciones para todo y te pones y se las cuentas a todo el mundo. Pues bueno, pues tendrá soluciones para todo pero no se da cuenta de lo que pasa delante de sus compuertas: que el premio de autonomía era de mentira, que ella se pensaba que estaba yendo sola en bici pero en realidad una monitora de la RUDI la estaba siguiendo en la distancia, en bici también, una muchacha muy profesional y a la vez muy alternativa de la nueva política, a la que no le importaba esperar a la Nati las tres horas que duraba el ensayo por los alrededores de la escuela hasta que salía, y otra vez seguirla de lejos hasta que entraba en el portal. ¿Se cree usted que con esas pocas luces iba a ser capaz mi hermana de ayudar a la Marga a desaparecer sin que las demás nos enteráramos?

(La señora jueza interrumpe a la declarante para agradecerle sus consideraciones, que sin duda habrán sido de mucha utilidad para la policía en el proceso de búsqueda de doña Margarita, pero le pide que por favor ahora se centre en el estado de ánimo de aquella, dado que, le reitera, llevan con el presente proceso, que no debería durar más de un mes, cerca de dos meses, dándose además la circunstancia de que agosto se nos va a echar encima y la señora jueza quiere emitir su fallo antes de las vacaciones judiciales.)

Efectivamente su señoría y yo llevamos hablando del «chirri» de mi prima desde antes de que fuera la «espantá», usted misma me lo acaba de reconocer. ¿Y ahora qué pasa? ¿Que porque se le cruzó un cable a la Marga aquel día va a resultar que la Nati tampoco recibe el amor y la comprensión suficientes para vivir en el piso tutelado y se las tienen que llevar a cada una a una RUDI distinta, y a cuál más lejos? Yo entiendo que para hacerles todas las pruebas y revisarles la medicación y para que se restablezcan después del susto de la «espantá» y de la policía, está bien que pasen unos días en el hospital y unos diitas internas en una RUDI rodeadas de los mejores profesionales. Eso lo entiendo. Unos diitas, su señoría, lo entiendo, pero es que vamos ya para un mes. Y le voy a decir la verdad a su ilustrísima como siempre se la he dicho. Al principio, estando el piso entero para la Àngels y para mí, estábamos en la gloria las dos solas, no se hace su señoría una idea: la Àngels con su móvil y yo con mi tele y con mis uñas y con mis pelos sin dar un ruido. Pero es que lo que iban a ser unos días según doña Laia y doña Diana y doña Susana están siendo ya tres semanas y media, señoría. Y luego encima vienen a hacer sus supervisiones y dicen que la casa está sucia. ¿Pues cómo queréis que esté, si nos faltan dos parientas para los turnos de limpieza, que os las habéis llevado a una a la RUDI de La Floresta y a la otra a la de Sant Gervasi, en vez de dejarlas en la RUDI de la Barceloneta, que así podrían venir de vez en cuando? ¡Menos amor y menos comprensión de su familia recibirán estando la Àngels y yo en la playa, la Nati con los pijos de Sarriá y la Marga en mitad del monte! ¡Pero si allí no llega ni el metro, señoría...!

(La señora jueza interrumpe a la declarante para decirle que está al corriente de los difíciles momentos por los que la declarante y su familia han pasado debido la desaparición de doña Margarita, pero que por suerte ya ha aparecido y todo volverá a la normalidad poco a poco.)

Dios la oiga, su excelencia, Dios y doña Laia Buedo y doña Diana Ximenos y doña Susana Gómez, que se empeñan en que nuestras características personales no son las apropiadas para la inmersión en la vida social que representa vivir en un piso tutelado. Mire su señoría: si no hubiera sido por el piso tutelado, la Nati no habría vuelto ni a bailar ni a leer. La Nati no bailaba desde la lesión cerebral que la dejó «gilipollas» un mes antes de sacarse el doctorado, hace ya de eso cuatro años, ¡cuatro años sin bailar una persona que llevaba desde los seis años bailando, que me acuerdo yo de las mallas rosas y el tutú tan chiquitillos y tan monos que gastaba entonces la Nati! Pues ha sido gracias a que el piso tutelado está a cinco metros del Centro Cívico de la Barceloneta que ha podido apuntarse a los cursillos y volver a bailar. Ahora hasta la han cogido para salir en un espectáculo...

(La señora jueza interrumpe a la declarante para recordarle que ya le ha hablado de doña Natividad en esta y en anteriores declaraciones, y encarecidamente le ruega que le hable de la salud y el comportamiento de doña Margarita Guirao, o de lo contrario se verá la señora jueza obligada a suspender la declaración.)

¿Qué suspender ni suspender? Ya lo sabe su excelencia que yo voy al grano, y el grano es que no hay motivo para desconfiar de la plena inmersión en la vida social que la Marga, la Nati, la Àngels y yo hemos experimentado gracias al piso tutelado. El respeto mutuo y nuestra capacidad para vivir en comunidad han aumentado, a la vez que nuestra autonomía y nuestra autodeterminación en el día a día. ¿O por qué se cree que la Nati volvió a leer? Le hablo de la Nati otra vez porque tiene que ver con la Marga, su ilustrísima, no por gusto. Porque si la Nati volvió a leer fue gracias a la beneficiosa interacción que estableció con su prima Marga, porque fue la Marga la que empezó a traerle los cuadernos esos, que por ser tan fáciles pues le servían, porque estaba claro que el Club

323

de Lectura Fácil era demasiado difícil para la Nati, que acababa tirando y revoleando y haciendo trizas todos los libros que le daba doña Laia. Hasta el punto de que el último libro que nos dieron, uno de un muchacho con síndrome de Down que cuenta su historia de superación personal, que va a venir el muchacho de visita a la RUDI ahora después del verano, ese la Nati no solo no lo tiró por los suelos, señoría, sino que hasta se lo traía al piso para seguir leyéndolo allí. De la Marga, de la Marga va la cosa, su ilustrísima, porque ese cambio experimentado por la intransigente de la Nati se debe al ambiente de motivación personal y de escucha de los demás que proporciona el piso tutelado. Le voy a poner otro ejemplo...

(La señora jueza interrumpe a la declarante para decirle que ella no pone en cuestión los beneficios del lugar en el que la declarante y su familia viven, que le parece muy interesante e incluso un ejemplo a seguir, pero le recuerda que lo que las ha reunido a la declarante y a ella en su despacho esta mañana es el procedimiento para decidir si finalmente se autoriza o no la esterilización de doña Margarita, y le ruega que por favor limite su relato a lo que estrictamente tenga que ver con ella y con su comportamiento afectivo-sexual, ya que, debe insistirle la señora jueza, ya llevan muchas audiencias muy valiosas en las que la declarante ha hablado del contexto en que se desarrolla la vida de doña Margarita.)

Pues si a usted le parece que nuestro piso tutelado es un ejemplo a seguir, y perdone que me atreva a darle consejos a su excelencia, pues me parece a mí que debería su excelencia hacer algo, ¿no?

(La señora jueza le pregunta a la declarante que hacer algo por qué o con respecto a qué.)

¡Pero por qué va a ser?, o sea, yo tendré un 52 % de grado de discapacidad, pero no es fácil tomarme por tonta...

(La señora jueza interrumpe a la declarante para decirle

que siempre la ha tratado con absoluto respeto y consideración, tanto que hasta ha modificado el modus operandi *habitual en este tipo de procedimientos para que la declarante pudiera expresarse con libertad y sin cortapisas, prescindiendo del taquígrafo, grabando su declaración con una grabadora, pasándole luego el audio a un transcriptor profesional y volviendo a citar a la declarante dos días después para que pudiera leer la transcripción. Tanto respeto y tanta consideración ha imprimido siempre la señora jueza a su relación con la declarante que ha hecho lo que ningún juez hace y que es tomar más declaraciones que las que la ley ordena para este tipo de procedimientos, en este caso la Ley Orgánica 1/2015 de Modificación del Código Penal, y todo porque la señora jueza tiene a la integridad física y a la autodeterminación sexual de doña Margarita Guirao Guirao como asuntos de primerísimo orden por los que la señora jueza ha dejado aparcados otros expedientes anteriores en el tiempo y le ha dado prioridad a este. Porque la señora jueza considera que la integridad física y la autodeterminación sexual de una persona no se pueden decidir con dos meros dictámenes periciales y un informe del Ministerio Fiscal, ya que la preceptiva exploración de la persona objeto de la eventual esterilización, esto es, doña Margarita, no puede llevarse a cabo porque se niega a declarar. Esa, le recuerda la señora jueza a la declarante, esa es la razón por la cual la declarante ha sido oída, con esta, cuatro veces en el despacho de la señora jueza: por el superior interés de la incapaz Margarita Guirao Guirao que debe regir en todas las actuaciones que impliquen a su persona y a sus bienes.)*

(Sollozos de la declarante. La señora jueza le dice que se calme, que no pasa nada y que si quiere seguir con la declaración.)

Le pido perdón a su excelentísima, que siempre me ha tratado con una educación y un respeto con los que no me ha tratado nadie y yo fíjese cómo se lo pago, con impertinencias. Disculpe que la haya ofendido a su excelentísima diciendo eso de tonta, ha sido sin querer, discúlpeme, por favor, por favor...

(La señora jueza interrumpe a la declarante y le dice que no pasa nada, que se calme, que si quiere un vaso de agua y que continúen.)

¿Me disculpa o no me disculpa?

(La señora jueza la disculpa.)

Es que están siendo unos días muy difíciles para la familia Lama Guirao Huertas, su eminencia, viéndonos mi prima Àngels y yo separadas de nuestra Marga y de nuestra Nati y soportando las regañinas de doña Laia y doña Diana y doña Susana por no haberlas avisado de que la Marga no había vuelto al piso el mismo día que no volvió. Gracias *(por el vaso de agua).* Las regañinas y las acusaciones de ser cómplices de su «espantá», de haberla puesto en un peligro innecesario por no haberlas avisado el día que la Nati llegó sin ella cuando se suponía que la Marga debía haber ido a buscarla a sus clases de baile...

(La señora jueza interrumpe a la declarante para preguntarle si quiere más agua.)

Sí, por favor. Su eminencia, no las avisamos el mismo día que faltó porque confiamos y respetamos la autonomía de la Marga, la misma autonomía que doña Diana, doña Susana y doña Laia nos han enseñado en los dos años que llevamos yendo al Grupo de Autogestores y en estos años que llevamos viviendo en el piso tutelado. ¿O no es normal que una chica de 37 años como la Marga, guapa y sin novio, salga un viernes por la noche? ¿Y no es normal que una chica salga un viernes por la noche y empalme y el sábado por la noche tampoco llegue a su casa? ¿No querían que la Marga se echara novio? Pues lo más normal del mundo es que cuando sales una noche y no vuelves a tu casa sea porque te has quedado a dormir en casa de un tío, ¿no, señoría? Porque antes de echarte novio habrá que «echar un polvo o dos» con el «menda», vamos, que digo yo.

¿Cómo íbamos nosotras a pensar que la Marga no estaba relacionándose afectiva y sexualmente sino metida en un cuchitril con un «cacho» de agujero en el techo? ¿Y cómo pueden pensar las profesionales con las que compartimos tantos momentos de nuestro día a día que yo, la Àngels y la Nati no éramos capaces de entender el alcance de la ausencia de la Marga?, ¡o hasta pensar que lo entendíamos perfectamente pero que se lo estábamos ocultando a ellas, a las legítimas representantes de su tutora la señora doña Generalitat de Cataluña! ¡Y por eso nos quieren echar del piso, su eminencia, por eso nos quieren echar! Que echen a la Marga y a la Nati, pase, porque protagonizaron la situación traumática del día que dieron con la Marga y la Nati estaba con ella, y eso requiere mucha recuperación mental, física y social. Pero que nos echen a la Àngels y a mí no tiene ninguna justificación, sobre todo que me echen a mí, que he sido la única que se ha chupado todas las «putas» reuniones del Grupo de Autogestores, la única que no ha ido ni una sola vez al psiquiatra desde que llegamos a Barcelona, la única que cuando la «espantá» le respondió a la policía todas y cada una de las preguntas que le hicieron, la única que les enseñó a las mossas y a la directora del piso dónde guardaba la Marga todas y cada una de sus cosas y la única que ha venido a su despacho a declarar y ha declarado todas las veces que su eminencia la ha llamado. La Nati no responde por su discapacidad intelectual severa. La Àngels no responde porque, al ser tartaja, si se pone nerviosa no le salen las palabras o le tardan en salir cinco siglos. Yo he sido la única que ha colaborado con la justicia y con la autoridad en todo momento, eminencia. Y por colaborar con la justicia ¿no voy a tener ningún beneficio? A eso me refería cuando le decía lo de tomarme por tonta, a que su eminencia excelentísima ya me conoce y sabe

327

que me comporto, y sin embargo nadie habla a mi favor en todo esto de echarnos del piso, y esperaría, humildemente esperaría de su ilustrísima eminencia que su eminencia ilustrísima lo hiciera.

(La señora jueza le dice que ha hecho muy bien en ayudar a la policía en todo lo que ha podido, pues cuando se trata de encontrar a una persona desaparecida toda ayuda es bienvenida cuando no imprescindible, y es nuestro deber ciudadano colaborar. También ha hecho muy bien en acudir siempre a la llamada de la señora jueza y se lo vuelve a agradecer, pues sin sus declaraciones ella jamás podría haberse hecho una imagen fidedigna de la situación real de doña Margarita de cara a su eventual esterilización. La declarante debe sentirse orgullosa de haberse comportado con esa ejemplaridad. La señora jueza entiende las preocupaciones de la declarante con respecto al piso tutelado en el que vive, pero ese tema no es de su competencia ni el objeto de este procedimiento. La competencia de la señora jueza se limita a autorizar o no la esterilización no voluntaria de doña Margarita solicitada por su tutora, que como bien sabe la declarante es la Generalitat de Cataluña representada en la directora del piso tutelado, doña Diana Ximenos. El asunto del piso tutelado es algo que lleva la Consejería de Trabajo, Asuntos Sociales y Familia, o sea, que es o un procedimiento administrativo o una decisión política. Pero en lo que están insertas la declarante y la señora jueza no es en un procedimiento administrativo ni político, sino en un procedimiento judicial, y la declarante debe saber que en democracia existe la separación de poderes, es decir, que los asuntos del poder judicial, que es lo que pasa en los juzgados, no se pueden mezclar con los asuntos del poder ejecutivo, que es lo que pasa en las consejerías. Queda por último el poder legislativo, que es el que hace las leyes, y ese tampoco se puede mezclar ni con el ejecutivo ni con el judicial. Y esa es la razón por la cual la señora jueza no puede hablar de la declarante ni bien ni mal en relación al piso tutelado, pero la

declarante debe estar tranquila porque seguro que Asuntos So-
ciales tomará la mejor decisión para la declarante y para toda
su familia.)

¿Me está diciendo que no es su ilustrísima la que lleva el
tema del piso tutelado?

(La señora juez responde afirmativamente.)

¿Que sí lo lleva o que sí que no lo lleva?

(La señora jueza responde que no lleva ese tema.)

Pues bueno, pues si usted no lo lleva, ¿no podría su excelentísima excelencia hacer el favor de decírselo a la excelentísima excelencia que lo lleve? Si se lo dice usted, que es
jueza, a otro juez, no habrá mezcla de poderes de esa que su
ilustrísima dice, ¿no?

(La señora jueza lamenta no poder ayudar a la declarante
en este asunto y le pregunta si tiene algo más que añadir a su
declaración, porque ya sí que deben acabar.)

(Sollozos de la declarante. La señora jueza le pide que se
calme, le ofrece más agua y la declarante acepta.)

La magistrada   La declarante   El taquígrafo/transcriptor

Guadalupe Pinto   Patricia Lama   Javier López Mansilla

NOVELA
TÍTULO: MEMORIAS DE MARÍA DELS ÀNGELS
GUIRAO HUERTAS
SUBTÍTULO: RECUERDOS Y PENSAMIENTOS
DE UNA CHICA DE ARCUELAMORA
(ARCOS DE PUERTOCAMPO, ESPAÑA)
GÉNERO: LECTURA FÁCIL
AUTORA: MARÍA DELS ÀNGELS GUIRAO HUERTAS
CAPÍTULO 4: PARADOJAS EN EL CRUDI NUEVO

He vuelto, queridos lectores y lectoras.
Gracias por haber esperado
a que me volviera la inspiración.

Todos los escritores sabemos
que es importante dejar descansar los textos
durante un tiempo en un cajón.
Así los vuelves a leer con perspectiva
y es mucho mejor para el texto y para ti.

Perspectiva significa que lees tu texto
y ves cosas que antes no veías
porque estabas muy concentrado escribiendo.

Lo de guardar en un cajón es una metáfora,
porque antiguamente los escritores escribían en papel
y cogían los papeles y los guardaban en cajones.

Metáfora significa que comparas una cosa
con otra que se le parece mucho
para que la primera cosa se entienda mejor o sea más bonita.

Pero como yo estoy escribiendo mi novela por WhatsApp,
lo único que he tenido que hacer para ganar perspectiva
ha sido no mirar el Grupo de Novela María dels Àngels
durante este tiempo.

Ha sido duro
porque cada vez que sonaba el sonido del WhatsApp
yo pensaba que era algún lector del Grupo
que me daba su opinión sobre la novela
o que me preguntaba cómo iba a seguir la historia.

Pero habéis sido lectores muy respetuosos
que habéis entendido perfectamente
lo del cajón y la perspectiva
y no me habéis presionado en todo este tiempo.
Muchas gracias.

Con la perspectiva puedo ver
que quizás no dejé bastante claro
que en el CRUDI viejo nos lo pasábamos bien.
Vivir en el centro de un pueblo grande como Somorrín
era muy divertido
porque conocías a mucha gente nueva,
ibas al mercadillo todos los sábados,
a las fiestas en verano, a la discoteca,
a misa, a las procesiones
y a un montón de cosas más con tus nuevos amigos.

Eso fuera del CRUDI viejo.
Pero dentro también había diversión
porque vivías con tus nuevos amigos en la misma casa.
Te podías ir al dormitorio de uno y contarle tus cosas,
o gastarle bromas, o jugar al escondite,
o disfrazarte y hacer teatros.
También veíamos la tele juntos,
y eso era muy divertido porque muchos de nosotros
no habíamos visto una tele en la vida.
Poníamos las películas que queríamos,
veíamos las noticias, el fútbol,
los dibujos animados y los anuncios.
Hablábamos de lo que nos gustaba y de lo que no nos gustaba.
Estábamos a las duras y a las maduras.

A veces echábamos de menos nuestros pueblos.
Había gente que los echaba tanto de menos que se escapaba
y había que llamar a la Guardia Civil.
O gente que se ponía a gritar
y que les pegaba a las trabajadoras sociales
o les tiraba de los pelos
y ellas les tenían que dar una torta,
castigarlos y encerrarlos bajo llave.
Pero en general todo era divertido.

Yo, personalmente, echaba de menos a la Agustinilla,
a los gatos y a los perros de Arcuelamora,
pero no tanto como para levantarle la mano a nadie.

Todo cambió cuando nos fuimos al CRUDI nuevo.
El CRUDI nuevo era una casa
mucho más grande y más moderna
que también estaba en Somorrín,
pero no en el centro del pueblo sino a las afueras.

Si el CRUDI viejo tenía muchas cosas,
el CRUDI nuevo tenía muchísimas más:
piscina, huerto, invernadero, gimnasio,
jardines, talleres ocupacionales, sala de masajes,
sótanos, cocheras, trasteros,
comedores y cocinas como para alimentar a Arcuelamora entera
y una pecera que ríete tú de la pecera
que teníamos en el CRUDI viejo.
Esta ocupaba media pared y tenía unos peces
que ríete tú de los peces que hay en el río,
no por el tamaño
sino por lo bonitos y los colores que tenían.

Con tantas cosas grandes y modernas
se da la paradoja
de que las cosas deberían haber ido a mejor
pero fueron a peor.

Paradoja significa que algo está al revés,
que lo que debería ser blanco es negro.

Ya no podíamos ir de paseo por Somorrín
porque estábamos muy lejos del pueblo.
Había que cruzar una carretera y bajar por otra,
y eso a las trabajadoras sociales les daba miedo
y ya solo podíamos pasearnos con ellas cuando ellas quisieran.

Para entretenernos nos llevaban a la piscina
y a todas las demás cosas nuevas.
A la piscina se podía ir en verano y en invierno
porque era una piscina cubierta o descubierta según quisieras,
como un coche descapotable.

Esto del coche descapotable es otra metáfora.

Es verdad que bañarse en la piscina
cuando afuera llovía y hacía frío
mientras tú estabas adentro calentito y en bañador
era muy divertido.
Hasta los institucionalizados que iban en silla de ruedas
podían bañarse en esa piscina
porque teníamos profesores de natación y socorristas.

Pero solo era divertido porque era la novedad,
como en el CRUDI viejo con la tele,
que al principio todo lo que echaban te llamaba la atención
pero que al rato te cansabas porque siempre echaban lo mismo
y te sabías los anuncios de memoria.

Los jardines y el huerto estaban mejor
porque cada vez las flores y los tomates eran distintos,
pero tampoco era divertido
porque solo podías ir cuando te tocara,
solo se podía plantar lo que las monitoras quisieran
y cuando lo recogíamos no nos lo podíamos comer nosotros.
Había que dárselo a las cocineras para que ellas lo cocinaran.

A veces,
por solo poder ir al huerto o al jardín cuando ellas te dijeran,
se habían echado a perder lechugas
porque las monitoras no se habían dado cuenta
de que había que recogerlas, o regarlas, o echarles el producto.

Luego ellas no hacían nada de autocrítica
y te decían que no pasaba nada
porque había muchas otras cosas plantadas.

Autocrítica significa decir que has hecho algo mal
y pedir perdón por haberlo hecho mal.

A mí esto me molestaba mucho,
porque cuando ellas hacían algo mal,
no te pedían perdón.
Pero cuando tú hacías algo mal,
te obligaban a pedir perdón
y si no, te castigaban.

Todavía estoy esperando a que Mamen me pida perdón
por no haberme dejado ir al huerto
por estar fuera del horario,
y haber permitido que esa fila de lechugas se escuchimizara.
Yo llevaba sembrando lechugas desde pequeña
y sabía que eran muy delicadas,
pero nadie me hizo caso.

Otra cosa que pasaba en el CRUDI nuevo
era que había muchas más trabajadoras que antes.
Estaban las trabajadoras sociales del CRUDI viejo
y además psicólogas, enfermeras, cocineras, cuidadoras,
profesoras de natación y socorristas, como ya he dicho,
y fisioterapeutas y terapeutas ocupacionales,
además de un conductor de minibús
que llevaba y traía a la gente
que solo iba al CRUDI durante el día,
pero que dormía en su casa.

Fisioterapeuta significa
persona que te da masajes
cuando te duele algún músculo,
o que te pone a hacer gimnasia
para que no te duela ese músculo.

Terapeuta ocupacional significa
persona que te pone a hacer manualidades

con cartulina, plastilina, barro
o que te pone a plantar macetas
o a cuidar el huerto,
pero lo que haces no te lo quedas para ti
sino que se lo das a las cocineras
o lo vendes en un mercadillo o en una feria.

Que hubiera tanta gente pendiente de los institucionalizados
debería ser bueno,
pero es otra paradoja
porque en vez de bueno era malo.

Ya no había manera
de irte a la habitación de otros institucionalizados
por la noche,
o quedarte despierto hablando
con tus compañeros de habitación
aunque fuera flojito,
o incluso leyendo,
porque en el CRUDI nuevo
siempre había dos monitoras de guardia.
En el CRUDI viejo tampoco estaba permitido
no estar dormido a la hora de dormir,
pero solo había una monitora que sí que se dormía siempre
y a veces se llevaba a su novio,
que era muy buena persona.

También, al haber tantas trabajadoras,
de cualquier cosa que hicieras se enteraban súper rápido.

Por ejemplo, si yo no quería comer col hervida,
porque no me gusta,
y se la quería cambiar a mi compañero
por un puñado de pescado frito,

que sí me gusta,
siempre se daba cuenta una cuidadora
cuando movíamos los platos
y ya no nos quitaba el ojo de encima en todo el almuerzo.

A mí me pusieron a dieta
y me tenían harta.
No podía comprender
por qué se empeñaban en darme de comer
cosas que no me gustaban
si yo con mi comida no le hacía daño a nadie.
La psicóloga me decía que era
para encontrarme mejor conmigo misma,
la fisioterapeuta me decía que era por mis rodillas,
la enfermera me decía que era por mi salud,
Mamen me decía que era para estar más guapa
y las cocineras me decían
que porque se lo había ordenado Mamen.

Yo les decía que a mí no me importaba estar gorda,
que sabía que había gordos que eran muy vagos
y que no se podían mover porque les pesaban mucho las carnes,
pero que ese no era mi caso porque yo era una gorda fuerte
como otros gordos de mi familia,
y que nunca había tenido ningún problema:
he trabajado en el campo, me he subido a las peñas,
he cosido, he limpiado, he cocinado,
he bailado en las fiestas de Arcuelamora
y de los pueblos de al lado,
y en resumidas cuentas
he hecho todas las cosas que hay que hacer para vivir.

Como esto ellas no lo entendían
y me tenían pasando hambre,

con el dinero que me daban para mis gastos
me compraba las cosas de comer que sí me gustaban
como bocadillos de chorizo y torrijas,
pero esto también era muy difícil porque,
como he dicho,
ya no íbamos apenas al pueblo,
y alrededor del CRUDI nuevo no había ni tiendas ni bares,
solo había campo,
pero un campo que no era mío
y en el que yo no podía sembrar lo que me diera la gana
o criar a los animales que a mí me diera la gana
para comer luego.

Además, nos daban mucho menos dinero,
porque ya Mamen no tenía que ir al BANCOREA
a sacar el dinero de nuestras pensiones
para pagar nuestras cosas del CRUDI viejo
y darnos una parte
para que lo gastáramos en lo que quisiéramos.

Ahora el dinero de nuestras pensiones
llegaba directamente al CRUDI,
porque el CRUDI de Somorrín se había convertido
en un centro consorciado.

Centro consorciado significa que el gobierno
ya no les daba nuestras pensiones al BANCOREA
y el BANCOREA a nosotros.
Con el CRUDI nuevo,
el gobierno le daba las pensiones al BANCOREA
y el BANCOREA se las daba directamente al CRUDI.

Con el CRUDI viejo,
las cuentas de los institucionalizados

estaban también a nombre del CRUDI,
y así Mamen podía ir a sacar nuestras pensiones.

Pero con el CRUDI nuevo
todo se hacía sin ver los billetes,
porque Mamen ya no tenía que ir al banco para sacar el dinero
ni pedir facturas de todas y cada una
de las cosas que se compraban.
Los billetes y las monedas ya casi no hacían falta
porque casi todo se pagaba por transferencia.

Transferencia significa que un banco
le da tu dinero a otro banco
en vez de la persona
dárselo directamente a otra persona.

Cuando yo le pregunté a Mamen
por qué ya en vez de darme mil pesetas
me daban cuatro euros para todo el fin de semana,
me dijo que porque de mi pensión ya no sobraba nada
porque todo se lo quedaba la Gerencia
para pagar mi plaza en el CRUDI.

Gerencia significa Gerencia Territorial de Servicios Sociales,
que son las oficinas que se dedican
a organizar los CRUDIS y las RUDIS
de toda la región de Arcos,
de toda la comarca de Somorrín
y de toda la provincia.

También me dijo que yo no necesitaba más dinero
porque en el CRUDI tenía de todo,
y si necesitaba algo,
no tenía más que pedirlo
y ellas me lo darían.

Yo necesitaba bocadillos de chorizo y torrijas,
pero sabía muy bien que si se los pedía
no me los iban a dar.

Entonces,
con tan poco dinero como me daban
y como la vida con el euro se había puesto tan cara,
ya solo podía comprarme gominolas y bolsas de pipas,
que como abultaban menos que los bocadillos
me las podía esconder en los bolsillos
el día que nos bajaban en minibús al pueblo.

Todo eso estaba muy mal,
pero la peor paradoja de todas
es que ya las trabajadoras
no les podían dar tortas a los institucionalizados
aunque a los institucionalizados se les fuera la mano
y les pegaran una torta a ellas.

Se había prohibido por una ley.

Eso debía ser bueno pero en realidad era malo,
porque aunque ninguna monitora,
psicóloga, terapeuta ocupacional,
cuidadora o enfermera podía pegarte,
ni siquiera Mamen,
que por entonces ya era la directora,
en vez de pegarte te quitaban de en medio a empujones
y te daban unas pastillas que eran peores que las tortas.

Y si el institucionalizado no soltaba a la trabajadora
o a otro institucionalizado con el que se hubiera enfadado
porque lo tenía bien enganchado de los pelos o de lo que fuera
y los empujones no funcionaban,

340

como cuando hay una pelea
y se intenta separar al que está machacando al otro,
pues la enfermera directamente te clavaba una jeringuilla
que te dejaba dormido.
Y luego encima te castigaban.

Las tortas, con lo malas que eran,
eran mejores,
porque te las daban
y luego te encerraban un rato bajo llave,
pero cuando se acababa el castigo salías
y a otra cosa mariposa.

Pero esas pastillas y esas inyecciones
eran lo peor del mundo.
Te volvían tonto,
todo lo hacías muy lento,
hasta tragar la comida
o toser cuando te atragantabas.

Como eso tenía mucho peligro
porque si no toses cuando te atragantas
te puedes ahogar y te puedes morir,
a los institucionalizados que les daban esas pastillas
empezaron a pasarles toda la comida por la batidora.
Si ya estaba mala la col hervida,
pasada por la batidora tenía que ser asquerosa.

Yo ya he dicho que nunca le levanté la mano a nadie
aunque ganas no me faltaron,
y nunca me tuvieron que dar pastillas ni inyecciones de esas,
pero veía perfectamente lo que pasaba
cuando se las daban a alguien.

Debo reconocer que aunque me parecía mal
yo no decía nada porque no quería líos.
Tampoco decía nada
porque ya llevaba diez años con Mamen y con el CRUDI
y me estaba acostumbrando.
Las trabajadoras me tenían cariño
y con los años conseguí ser de los pocos institucionalizados
que bajaban solos al pueblo a tomar el café después de comer.
Teníamos que estar de vuelta a las cuatro de la tarde,
y si no llegabas a esa hora,
te tirabas dos días sin salir a tomarte el café.
Al principio yo aprovechaba
y en vez de café me pedía un bocadillo.
Pero a fuerza de ser las cosas cada vez más caras
y el dinero que me daban el mismo,
acabé por solo poder tomarme un café con un dulce
o un café con un chorreón de coñac,
o un café con un vasito de anís,
porque los del bar muchas veces nos invitaban a eso
pero no a bocadillos,
y acabé adelgazando.

Pero cuando entraron en el CRUDI nuevo
mis primas Margarita, Patricia y Natividad
y empecé a ver cómo les daban a ellas las pastillas
porque la psiquiatra había dicho
que tenían alteraciones de conducta,
empezaron a llevarme los demonios.

Patricia y Margarita entraron a la vez
porque ya habían pasado la edad límite
para estar en el colegio de PRONISA,
que era de 19 años.

Natividad entró la última
cuando tuvo el accidente laboral
en su despacho de la universidad,
y como secuela le quedó el síndrome de las Compuertas
y le dieron la invalidez permanente.

Invalidez permanente significa que antes podías trabajar
pero por un accidente que te pilla trabajando
y que te provoca una discapacidad muy fuerte,
ya no puedes.
Pero, aunque no puedas trabajar,
sigues cobrando casi el mismo sueldo que cuando trabajabas.

Yo creo que empezaron a llevarme los demonios
porque aunque las había visto muy poco
desde que todas nos fuimos de Arcuelamora,
mis primas eran de mi misma sangre
y me acordaba de cuando éramos pequeñas
y jugábamos en el pueblo.
También me acordaba de cuando Natividad
me enseñó a leer libros buenos de verdad
antes de entrarle el síndrome de las Compuertas.

Cuando empezaron a darles las pastillas
y a ponerles las inyecciones,
yo quise ayudarlas en todo
para que se aprendieran bien las normas del CRUDI.
Que Patri y Nati no les gritaran ni les pegaran a las trabajadoras
y que Marga no se tocara sus partes ni se diera besos con nadie,
para que así no les dieran las pastillas.

Pero conforme pasaban los años me daba cuenta
de que las pastillas eran una cosa normal.
Se las daban a mucha gente

no solo cuando se besaban
o cuando le pegaban o le faltaban a alguien,
cosa que yo había llegado a entender
porque a fin de cuentas la violencia es algo malo
y tocarse delante de la gente es de personas
en riesgo de exclusión social.

Vale que me hubieran quitado el gusto por la comida.
Vale que no me dejaran ir a cuidar el huerto.
Vale que no me subieran la paga de fin de semana
y vale que me obligaran a ducharme todos los santos días
aunque ni siquiera me hubiera manchado de tierra
porque no me dejaban ir al huerto.

Pero lo que no podía aguantar de ninguna manera
era que un buen día me amenazaran
con ponerme las inyecciones a mí también,
sin haberme ni dado un beso con nadie,
ni haberle pegado a nadie,
ni siquiera haberme pegado a mí misma.

Ateneu Llibertari de Sants. Acta assemblea grup okupació. Reunió extraordinària 10 juliol 2018.

Murcia: Hoy si os parece bien escribo el acta yo.

Todas: Vale vale vale...

Murcia: Lo voy a hacer como hizo Palma, que me es más fácil que como lo hace Jaén que lo escribe todo en plan libro.

Jaén: Qué exagerao.

Oviedo: No tengas falsa modestia Jaén que eres un cacho de escritor.

Murcia: Pues eso que pongo la grabadora y luego lo paso.

Todas: Vale vale vale...

Jaén: Ya verás que transcribir es veinte mil veces más pesado y más lento que hacerlo en plan libro como tú dices, porque transcribir es parar, retroceder, adelantar... Y en plan libro es tomar notas y luego hilarlas, fin.

Murcia: Bueno ya te diré.

Jaén: Tú mismo.

Coruña: Dejar claro que siempre que hagamos así las actas debe ser con grabadora-grabadora, no con la grabadora del móvil.

Todas: Sí sí sí claro...

Coruña: Ni con el móvil en modo avión ni hostias.

Todas: No tío no...

Jaén: ¿Tiene todo el mundo su cacharro quitado de en medio?

Todas: Sí tío sí...

Oviedo: Bueno pues tú dirás Jaén, convocando reuniones extraordinarias en pleno julio y a las once de la mañana, que no hay ni el tato.

Murcia: Badajoz decía que venía pero que llegaría tarde.

Jaén: Aunque estemos solo nosotras cuatro había que hacerla. Coruña ya lo sabe. Es por la chica que ayudamos a okupar hace poco.

Oviedo: ¿Gari?

Murcia: ¿Qué ha pasado?

Jaén: Ayer por la tarde estábamos Coruña y yo aquí recogiendo un poco y se presentó una pareja de mossas.

Murcia: No jodas Jaén.

Oviedo: Qué dices tío.

Jaén: Como os lo digo. Una pareja de mossas preguntando por ella con una foto de ella.

Oviedo: Hostia qué dices.

Jaén: Imaginaos cómo nos quedamos Coruña y yo cuando las vimos entrar, porque la puerta estaba abierta porque hacía muchísimo calor.

Coruña: Es que no tuvieron ni que llamar, aunque bueno sí llamaron, picaron en la puerta con los nudillos aunque estaba abierta, dijeron ¿se puede? Yo estaba flipando.

Jaén: Yo pensé ya está, vienen a identificarnos porque después de cinco años ha habido denuncia y nos van a desalojar. Pero claro, como pidieron permiso para entrar pues yo pensé no se lo doy, les decimos no, no se puede pasar.

Oviedo: Sí claro jajajajaja...

Murcia: Ya os vale peña estar con la puta puerta abierta.

346

Oviedo: Murcia, tío, todo el día con la puta en la boca. Ya te lo he dicho muchas veces, que usas el adjetivo puta o puto con intención despectiva, despreciando a las putas y a los putos o los maricones. Búscate un despreciativo menos machista, menos burgués y menos todo, ¿no?

Murcia: Tienes razón tía, cuando me caliento se me sigue escapando. Yo mismo me doy cuenta en cuanto lo digo.

Oviedo: Si te das cuenta en cuanto lo dices, dilo, ¿no? Retráctate sobre la marcha, reconoce tu mala salida de tono sobre la marcha. Eso sería de puta madre.

Todas: Jajajajajajaja...

Oviedo: ¡Peña pero yo lo estoy diciendo en sentido positivo!

Coruña: Ya ya tía pero es que ha sido muy gracioso.

Oviedo: Bueno pero que tiene razón también Murcia con que ya os vale tener la puerta de par en par. Eso antes cuando teníamos el otro local alquilado, vale, que teníamos la puerta abierta en invierno y en verano, pero ahora hay que tener un poquito de cabeza.

Coruña: Mira Oviedo hacía un calor que flipas, pero es que encima en agosto están cerrados los juzgados y todos los procesos se paralizan.

Jaén: Pero que bueno que eso da igual, que no vinieron a identificarnos ni nada.

Coruña: Bueno, sí nos identificaron, pero no por desalojarnos.

Murcia: ¿Entonces?

Jaén: Pues eso, que vinieron preguntando por Gari Garay con una foto de ella plastificada y no te lo pierdas: ¡con un tocho de fanzines de la biblioteca!

Murcia: ¿De nuestra biblioteca?

Jaén: ¡De la biblioteca fanzinera!

Coruña: Bueno, podían ser de nuestra biblioteca o de cualquier otro sitio que tenga fanzines anarquistas, podían

347

ser del ateneo de Gracia o del Entrebancs, de la Rosa de Foc, del Lokal, de Can Batlló...

Jaén: ¿Can Batlló con fanzines anarquistas?

Coruña: Jajajaja vale, de Can Batlló seguro que no, pero de Can Vies a lo mejor.

Jaén: Los fanzines de Can Vies son los nuestros, que los llevamos nosotros.

Murcia: Hombre, fanzines anarquistas, por tener, tienen también en La Clandestina de la Sagrada Familia, en La Púa de Hospitalet y en casi cualquier sitio, en el ateneo de Besòs, en Manresa, en Viladecans...

Jaén: Peña sí, pero os digo que esos fanzines eran de los últimos que yo había estado ordenando en la biblioteca, me acordaba perfectamente de ellos. Eran de los últimos de los que hice copias y estuve repartiendo por ahí. El de María Galindo sobre bastardismo, el de Quema tu móvil, el de Sexo colectivo, el de autofabricación de compresas reutilizables, el de insurreccionalismo... Todos menos uno que me llamó mucho la atención, ese no era de aquí, uno que se llamaba Yo, también quiero ser un macho.

Oviedo: ¿Así se llamaba? Jajajajajajaja...

Murcia: Pero ¿cómo fue? ¿Llegaron y dijeron estos fanzines son vuestros?

Coruña: A ver. Dejamos Jaén y yo lo que estábamos haciendo y fuimos para ellas, que se habían quedado ahí en la entrada, habían dado un paso adentro nada más. Él y yo nos miramos pero no nos dijimos nada, se nos pasaron veinte mil cosas por la cabeza pero no dijimos nada.

Jaén: Las mossas miraron para todos los lados, se quitaron la gorra y se la pusieron debajo del brazo. Así en plan venimos en son de paz. Dijeron buenas tardes y Coruña va y les devuelve el saludo jajajajajaja... Le faltó cuadrarse jajajajajaja...

Todas: Jajajajajajaja...

348

Coruña: Peña estaba cagado. ¿Tú no Jaén?

Jaén: Yo iba pensando ya está, nos identifican para empezar el proceso de desalojo y listo, nos ha tocado a ti y a mí, pues a apechugar.

Oviedo: Pero no era para eso ¿no?

Jaén: No. Nos acercamos y nos dicen...

Coruña: No era para eso pero al final nos identificaron.

Murcia: Tíos pero ¿por qué?

Oviedo: ¿Jaén tú no les dijiste ni hola?

Coruña: Este cabrón les dijo como en las películas ¿Algún problema, agente?

Todas: Jajajajajajaja...

Jaén: Y ellas van y nos dicen que están buscando a una chica con discapacidad intelectual que se llama Margarita Guirao Guirao porque ha desaparecido, nos enseñan la foto y nos preguntan si la hemos visto. ¿Se notará en la cara cuando intentas no poner cara de sorpresa?

Coruña: Yo creo que lo hicimos muy bien Jaén, que pusimos cara normal, como si nos hubieran enseñado la foto de cualquier desconocido. Tú ni levantaste las cejas.

Jaén: Obviamente dijimos que no, que no sabíamos quién era esa persona.

Coruña: Entonces fue cuando nos sacaron los fanzines de una carpeta y nos dijeron que los habían encontrado entre sus cosas, y nos preguntaron si habíamos visto esos fanzines antes.

Murcia: Y dijisteis que no.

Jaén: No, porque eso no habría colado, porque las mossas estaban en la puerta con la biblioteca fanzinera al lado y se veía que había mogollón de fanzines parecidos allí. Yo dije que algunos sí los había visto antes y que otros no.

Coruña: Ahí estuvo muy fino Jaén.

Jaén: Se los indiqué y todo, este sí, este no, este... a ver... este no... este sí...

Coruña: Yo al principio pensé que aquello era una Operación Pandora 3, secuestrando publicaciones como lo que pasó con el libro «Contra la Democracia», y que estaban siguiendo el rastro de Gari para encontrar a los autores de los fanzines esos. Pero qué va. Era que pensaban las mossas que Gari quizás habría conseguido esos fanzines de aquí, y que a lo mejor la habíamos visto.

Jaén: Otra vez les dijimos que no, que no nos sonaba su cara para nada, y entonces les cambió un poco la cara a ellas y nos dijeron que la persona desaparecida tenía un retraso mental profundo y problemas psiquiátricos, que necesitaba medicación y que además estaba incapacitada judicialmente. Que por eso estaba considerada desaparición de alto riesgo y estaban buscándola por toda Barcelona, porque era una persona que no sabía gobernarse a sí misma, que no entendía el alcance de sus actos y podía hacer cualquier cosa, empezando por herirse a sí misma.

Oviedo: Qué paternalistas asquerosas, qué fascistas de mierda.

Jaén: A todo esto, una mossa hablando y la otra tomando notas en una libretilla.

Coruña: Ya ves, Oviedo. Yo estaba asintiendo como un perrete de salpicadero de esos que menean la cabeza, en plan que se piren ya y que no hagan más preguntas, y Jaén igual, en plan perrete.

Jaén: Y nos dicen que en su casa están muy preocupados por ella y que la colaboración ciudadana es imprescindible, que si la veíamos o si sabíamos de alguien que la hubiera visto, por favor se lo dijéramos a la policía. Cuando oí lo de colaboración ciudadana sí que debió cambiarme algo la cara porque parecía que habían acabado de dar por culo pero...

Coruña: Jaén, te digo lo mismo que le dijo antes Oviedo a Murcia, que usar despectivamente expresiones que tienen que ver con la homosexualidad es una censura de todo lo que no sea la norma heterosexual.

Jaén: Perdonad peña, toda la razón, y eso que aquí el que más por culo ha dado y recibido de nosotras cuatro me parece que he sido yo, ¿no? Jajajajajajaja...

Todas: Jajajajajaja...

Oviedo: Ya tío pero no tiene nada que ver, incluso cuando creemos que nuestra sexualidad va en el sentido contrario al heteropatriarcado, seguimos teniendo grabada a hierro mogollón de basura ideológica que nos traiciona, que nos convierte en autoboicoteadoras de nuestra propia lucha por la libertad sexual.

Jaén: Sí tía, todo lo que dices es verdad. La madera no nos estaba dando por culo, por culo ya nos damos entre nosotras la mar de a gusto.

Oviedo: Jajajajaja menos lobos Jaén que aquí no nos damos por culo ni aunque se decida en asamblea jajajaja...

Todas: Jajajajaja...

Jaén: Pues si no nos damos por culo entre nosotras, ¡mucho menos por culo nos dará la madera! La madera no nos estaba dando por culo; nos estaba amargando la tarde, nos estaba silenciando y nos estaba queriendo amedrentar, porque lo último que dijeron antes de irse, y que yo creo que lo dijeron porque algo de asco me notarían en la cara cuando lo de la colaboración ciudadana, fue que encubrir o favorecer la desaparición de un incapacitado judicial era equivalente a secuestrar o encubrir el secuestro de un menor de edad. Esas palabras dijeron.

Coruña: Y entonces las pavas nos pidieron el DNI para sumarlo al atestado según ellas.

Murcia: Sí, eso es así siempre, para cualquier actuación policial piden los DNI.

Coruña: Eso será así siempre pero ya nos han fichado para el atestado este y para el desalojo cuando toque y para lo que les salga a ellas del coño.

Oviedo: Eso por descontado, vaya.

Coruña: Pero bueno total que les damos los DNI, los apunta la de la libretilla, la otra se pone a mirar hacia el fondo, hacia los lados...

Murcia: Pero sin entrar ¿no?

Coruña: Sin entrar, todo desde la puerta, levantando la barbilla así a ver si veía algo la tía, y nosotros con los brazos cruzados sin movernos un milímetro. Total, que se ponen las tías sus gorritas y ya estaba yo descansando con que se iban, ¿no? Pensando menos mal que se van ya. Pues bueno, pues no te pierdas lo que les dijo Jaén a las maderas antes de que se fueran. Jaén estaba sembrao, o sea.

Jaén: Qué exagerao eres, Coruña, tío.

Coruña: ¡Sí hombre exagerao! Pues coge el tío y les dice que si le dejan ver otra vez los fanzines, a lo que las mossas inmediatamente volvieron a abrir la carpeta y se los sacaron, y el Jaén se pone a mirarlos y remirarlos como si fuera a darles una información imprevista, como si se le hubiera iluminado la bombilla, y ellas ahí to atentas las cabronas esperando a ver qué les decía la colaboración ciudadana jajajajaja... Y coge el Jaén y les dice que si se puede quedar con ese que no había visto antes, el que de verdad no había visto antes, ese de Quiero ser un macho.

Jaén: Yo, también quiero ser un macho.

Murcia: Qué dices, tío. ¿Eso les dijiste?

Coruña: Jajajajajaja... como lo oyes.

Jaén: Es que es un fanzín muy guapo, peña.

Oviedo: Tú estás pallá, Jaén.

Coruña: Y le preguntan las maderas ¿y se puede saber para qué lo quiere usted? Y el Jaén va y les dice exactamente eso, que simplemente porque le parecía un fanzín muy guapo.

Oviedo: ¿Eso dijiste Jaén? ¿Dijiste fanzín muy guapo?

Murcia: ¿O era por otra cosa?

Jaén: Peña les dije la verdad, porque de verdad que es un fanzín muy muy currado.

Murcia: Qué fuerte tío.

Oviedo: ¿Y qué te dijeron ellas?

Coruña: ¡Eso eso Jaén, cuenta qué te dijeron ellas y qué les respondiste tú!

Jaén: Ellas me dijeron que, como usted comprenderá, no se lo podemos dar.

Coruña: Y va el Jaén y les dice que lo comprende perfectamente, pero que ahí mismo tenemos nosotros una fotocopiadora y que le podíamos sacar una copia en un momento.

Murcia: Nooooooooo... ¿Y entraron con vosotros para adentro?

Jaén: Tranquis que me dijeron que no.

Oviedo: Pues qué tontas, porque si te hubieran dicho que sí habrían entrado hasta la fotocopiadora y habrían podido oler más.

Coruña: Calla Oviedo calla, que menos mal que pusieron un poco de cordura las mossas en la flipada de nuestro amigo.

Todas: Jajajajajajajaja...

Oviedo: Bueno muy gracioso todo, pero lo de Gari es muy serio.

Jaén: Es tela de serio. Nosotros ayer mismo, en cuanto las mossas se fueron, llamamos a peña de otros centros donde tienen fanzines para preguntarles si la policía había ido a preguntarles lo mismo que a nosotros.

Coruña: Los llamamos desde un locutorio, tranquis.

Oviedo: Ah vale.

Murcia: ¿Y qué os dijeron?

Jaén: Pues que sí. En CV no pudieron preguntar porque en julio está más chapada que los colegios, pero en el AG preguntaron, en el APS también, y en la RF y en el LK.

Murcia: Qué fuerte tío.

Coruña: ¿No os acordáis de que Gari vivía en la Barceloneta? La poli ha ido ampliando la búsqueda desde allí, primero en lo que pilla más cerca, Raval y Poble Nou, y luego han ido ampliando al Poble Sec hasta que han llegado a Sants. En todos esos sitios nos han dicho que sí, que fue la misma pareja de mossas, una rubia con cola, más bien gorda y muy alta, y la otra con el pelo corto como un chico pero con flequillo de ese torcido que se mete en los ojos, tirando a rubia también pero teñidas las dos. La alta muy maquillada con mucha base de maquillaje y la otra con muchas pecas en la cara y los ojos muy azules. La alta es más joven, como de cuarenta años como mucho y con acento muy catalán, y la de las pecas con acento andaluz o extremeño y más mayor, entre 50 y 55.

Murcia: ¿A todos los sitios fueron de uniforme?

Coruña: A todos.

Murcia: Vale.

Oviedo: ¿Pero la habéis avisado a Gari?

Jaén: Como dimos por hecho que las dos mossas estarían de paseo por el barrio un buen rato, me esperé un par de horas antes de ir a su casa.

Oviedo: Es que yo creo que es por eso por lo que nos tendríamos que preocupar antes que por el recorrido policial. Nuestra prioridad debería ser coordinar una acción para ayudar a Gari.

Coruña: Conocer el recorrido policial es imprescindible para hacer bien la opción, Oviedo. No lo hacemos por jugar a polis y cacos.

Oviedo: Pues un poco parecía, porque nos llevamos despollando una hora con esto.

Murcia: Bueno fuiste a su casa y se lo dijiste y qué.

Jaén: Pues esa es una de las cosas que os quería decir. Que fui a su casa, que le dije que la estaban buscando por toda Barna, que ya estaban en el barrio, que debía tener mucho cuidado y tal, y cuando le dije que si quería esa noche la podía pasar en mi casa mientras buscábamos una solución colectiva, pues me dijo que no.

Murcia: Bueno eso tampoco es tan raro, ¿no?

Oviedo: Un poco sí, ¿no? No sé, a mí me vienen diciendo que me está buscando la policía, me ofrecen un sitio para esconderme y no me lo pienso.

Jaén: El caso es que me dijo que no a eso, pero es que también me dijo que no a cualquier acción. Le dije que podíamos entre todas estar aquí para que la policía no consiguiera entrar, igual que cuando paramos un desahucio. O que podíamos ayudarla a encontrar otra casa para okuparla, no en Barcelona sino en algún pueblo.

Oviedo: ¿Y a todo te dijo que no?

Jaén: A todo. Que agradecía mucho nuestra ayuda pero que ella quería quedarse en esa casa, que los diez días que llevaba dentro había estado mejor que en los últimos veinte años de su vida desde que la metieron en una residencia.

Coruña: Es que es muy fuerte lo que hacen con Gari y con tantos como ella.

Jaén: Pues eso le dije. Estuve más de una hora en su casa hablando con ella, que por cierto la tiene limpia que ya quisiera la mía, y diciéndole que esa casa estaba muy bien pero que ahora estaba en peligro no solo de que la desalojaran, sino de que volvieran a meterla en una residencia o en un piso de esos tutelados. Le dije que si había tenido el coraje de salir de allí una vez y okupar una casa, seguro que volvía a tener el coraje para encontrar otra donde estuviera más segura...

Murcia: Para el carro, Jaén. ¿Eso le dijiste?

Jaén: Sí. ¿Qué pasa?

Murcia: Pues pasa que eso no es verdad. No es verdad que se pueda detener la entrada de la policía a la casa de Gari lo mismo que se detiene un desahucio, porque como dijeron las mossas, al ser considerada Gari una discapacitada intelectual y encima estar judicialmente incapacitada, cualquier acción para que continúe huida es considerada no simplemente una obstrucción a la justicia, como cuando paramos un desahucio, sino algo que va por la vía penal en plan secuestro.

Coruña: Pero Murcia, y si ella quiere voluntariamente estarse en esa casa, si ella se lo dice expresamente a la policía imagínate, el día que vayan a llevársela estando nosotras allí liándola en la puerta, ¿cómo se va a considerar secuestro?

Murcia: Porque su voluntad no cuenta, Coruña. Al estar incapacitada judicialmente, ella no tiene poder de decisión sobre su vida. Todas las decisiones que afecten a su vida las toma su tutor legal, que me parece que es la Generalitat según nos dijo. Las mossas lo dijeron muy clarito: es como si Gari fuera una menor de edad, y si un menor de edad se escapa, aunque sea porque le dan de hostias en su casa o en la escuela, la policía lo encuentra y lo devuelve a rastras al lado de sus maltratadores. Una persona incapacitada judicialmente, lo mismo que un niño, ni siquiera puede poner una denuncia. Puede liarla parda cuando vayan a por ella diciendo que no quiere volver porque la maltratan en el piso en el que vive, y entonces, con suerte, será la policía la que denuncie si le da la gana hacerlo de oficio. Y si le da la gana hacerlo y mientras se tramita la denuncia, en vez de a su piso tutelado, se la llevarán a servicios sociales de urgencia, desde donde la llevarán a otro piso tutelado por la Generalitat o a otra residencia, que es precisamente lo que Gari no quiere.

Jaén: Pues con más razón se justifica una acción por nuestra parte.

Murcia: Sí, pero que sepáis todas que nos exponemos a que nos detengan por secuestro.

Oviedo: Tíos eso sería lo de menos.

Murcia: Tía Oviedo, lo de menos lo de menos...

Oviedo: Yo veo más pegas a otra cosa que ha dicho Jaén, y es que aunque Gari encuentre otra okupa, segura no va a estar nunca. Peña yo no sé si sois conscientes de que Gari, para mantenerse libre, debería vivir en la clandestinidad. Es muy serio lo que digo, o sea, estoy hablando de que, si es verdad lo que dice Murcia del trato que se les da a las personas incapacitadas, Gari no va a tener más opción que vivir escondida y fugitiva, no simplemente como una okupa, sino como una terrorista o una narco.

Murcia: Suena fuerte y suena a película pero es exactamente así.

Coruña: Qué decís peña.

Murcia: Que sí Coruña tío.

Jaén: Pero peña que todo eso da igual porque Gari no se quiere mover de su okupa, os lo estoy diciendo.

Oviedo: Pues tendremos nosotras que entrar allí para ayudarla, y que cuando llegue la policía nos encuentre a nosotras como si fuéramos simples okupas, y a Gari tenerla escondida dentro de la casa.

Coruña: Oviedo pero ¿por cuánto tiempo podemos hacer eso? Tendríamos que irnos todas a vivir allí. Y si la policía sospecha, entra con una orden de registro y pasará lo que dice Murcia, que la sacarán a rastras y a nosotras nos detendrán con cargos de secuestro.

Oviedo: Mira tío la estrategia de defensa es un paso muy posterior. La estrategia de defensa se traza cuando la cosa ha salido mal y te han pillado y se conocen los cargos. No te puedes poner a pensar en cómo te van a reprimir porque entonces no haríamos ninguna acción, estaríamos todo el día muertas de miedo. Ya sabemos que nuestra lucha siempre tiene consecuencias, pero una cosa es saberlo y con ese conocimiento elaborar acciones más difíciles de perseguir para los represores, y otra muy distinta poner el parche antes que la herida. Una cosa es adelantarnos a ellos, sabiendo cómo querrán reprimirnos, cosa que nos da ventaja; y otra muy distinta quedarnos paralizadas dando por hecho que nos reprimirán, cosa que les da toda la ventaja a los represores: la ventaja de nuestra inactividad, su campo abierto para reprimir a Gari por haberse marcado una huida tan valiente. Porque a lo mejor llevamos a cabo una acción tan bien hecha que ni nos pillan, ¿no? ¿Por qué no pensar en nuestras posibilidades de éxito, que son muchas?

Murcia: Ya, también tienes tú razón.

Jaén: Pero vamos a ver, es que Gari no quiere hacer nada de nada. Yo también le hablé de que había muchas posibilidades de éxito, de que ya había dado un paso firme hacia la libertad y podía dar otro, un paso duro y con sacrificios, pero que con nuestro apoyo sería llevadero. Y os digo que ella me dijo que nos agradecía mucho lo que habíamos hecho por ella y lo que estábamos dispuestas a hacer, pero que lo único que quería era estar en su okupa tranquilamente.

Coruña: ¿Y no le importa que la pillen?

Jaén: No es que no le importe, es que dice que no quiere pensar en eso, que ella solo quiere pensar en estar bien el tiempo que esté adentro, sin preocuparse de nada más. También por eso no ha querido venir a la asamblea, y mira que yo le dije que la hacíamos allí en su casa si prefería no salir a la calle, y ella que no y que no.

Murcia: Joder qué tía más rara.

Jaén: Tampoco diría yo eso, Murcia. Yo creo que Gari lo tiene muy claro. Yo creo que ella prevé la represión, no es algo desconocido para ella. Ha sufrido la represión muchas veces a lo largo de su vida en las residencias para discapacitados, tanto dentro por parte de los cuidadores como fuera por parte de la policía aliada con sus cuidadores. Tiene 37 años, y desde los 18 que la internaron por primera vez en una residencia ha desarrollado estrategias de resistencia. Ella no lo llama así, pero por sus palabras así lo entiendo yo. Gari no gritará la consigna de «Un desalojo, otra okupación», pero en realidad es lo que lleva haciendo toda la vida. Le quitan un espacio de libertad y ella espera el momento preciso para conquistar otro. Es lo mismo que hacemos nosotros.

Coruña: Con la diferencia fundamental, Jaén, con la fundamentalísima diferencia de que ella vive presa como quien dice, vive entre cuatro paredes controladas sistemáticamente por sus represores, cosa que nosotros no.

Oviedo: ¿Cómo que nosotros no? No viviremos presas entre cuatro paredes pero vivimos presas en una ciudad entera, bajo el absoluto dominio del totalitarismo del mercado que nos tiene muertas en vida echando diez horas de trabajo de camareras o de becarias, soportando explotaciones y vejaciones, robándonos las ganas de vivir, de follar e imponiendo que solo nos relacionemos entre nosotras a través del dinero.

Coruña: ¿Estás comparando tu situación de represión con la que ha vivido Gari en los últimos veinte años de su vida? ¿En serio tía?

Oviedo: ¡Absolutamente en serio! ¿Cómo si no iba yo a sentir solidaridad hacia la opresión que sufre Gari si no fuera comparándola con la mía propia? El que se sienta más libre que Gari por el simple hecho de vivir fuera de un régimen de internamiento que tire la primera piedra.

Coruña: Pues tendría que tirar yo muchas piedras, Oviedo, muchas muchas, porque lo que no puedes pasar por alto es que tú, yo y todas las que estamos en esta asamblea gozamos de unos privilegios otorgados por el sistema de los que Gari no goza. Gozamos del privilegio de no ser incapacitados judiciales y de poder decidir dónde queremos vivir, eso para empezar.

Oviedo: ¡Y una mierda, Coruña, y una mierda que podemos decidir dónde vivir! ¡Pero si están expulsando de esta ciudad a cientos de vecinas cada día por la subida de los alquileres para que solo los puedan pagar los turistas! ¡Pero si a la vez que nos suben el alquiler nos bajan los sueldos, agilizan los trámites para desahuciarnos con el desahucio exprés y endurecen las medidas represoras contra las okupaciones y las manifestaciones! ¿De qué privilegios me hablas, tío?

359

Coruña: Joder Oviedo ya ya sí eso es verdad. ¿Pero no crees que algún privilegio tendrás tú frente a Gari, algún privilegio que te sirva para ayudarla? ¿El privilegio, por ejemplo, de poder trabajar y decidir en qué gastas tu dinero?

Oviedo: Jajajajajaja... Coruña tío hablas como un carcamal de la Transición que cree que el clímax de la libertad fue que las mujeres al fin podían tener cuentas a su nombre en el banco y ponerse minifalda, vamos.

Murcia: Yo estoy con Coruña. No es decir que poder trabajar sea algo bueno. Los privilegios hemos de entenderlos en términos relativos frente a las compañeras que no los tienen, y no como absolutos. Un privilegio que a ti te concede el Estado o el Mercado puede ser una mierda, incluso un instrumento de sometimiento más, pero puede servir para ayudar a otra compañera que no lo tiene. Por ejemplo, nosotras, por ser blancas y europeas, la policía nos concede el privilegio de no pararnos por la calle por la cara a identificarnos sin más a ver si tenemos la tarjeta de residencia en vigor o si estamos sin papeles porque están deseando deportarnos.

Oviedo: Mirad peña es que no sé de qué cojones de privilegios me habláis, precisamente vosotros que acabáis de decir que os identificaron ayer por el mero hecho de estar en el ateneo pasando la fregona. Nos identifican y nos encarcelan por el mero hecho de parar un desahucio, por el mero hecho de insultar a los políticos que viven a nuestra costa y a los guiris que nos expulsan de nuestras casas. Nos persiguen por todo, tíos, por todo lo que sea rebelarnos contra el modo de vida que nos han diseñado. ¿Me estáis queriendo decir que poder quedarme en mi casa viendo la tele es un privilegio?

Coruña: Te estoy queriendo decir que tú tienes un pasaporte que la policía del aeropuerto no mira del derecho y del revés cuarenta veces antes de decidir si te deja pasar o si te mete en el cuartillo.

Jaén: Peña pido por favor que resolvamos algo con respecto a Gari.

Coruña: Y se me ocurre un ejemplo todavía mejor de privilegio, Oviedo. Tú, por ser una tía, cuando vas a un concierto o a un partido de baloncesto o a un combate de boxeo, los seguratas no te cachean ni te miran el bolso. A veces no lo hacen porque no hay seguratas mujeres y los seguratas hombres no tocan al público femenino, y aunque podrían miraros el bolso a fondo, solo lo miran superficialmente. De ese privilegio que el sistema te otorga, privilegio que en realidad es una minusvaloración, una concepción de ti como inofensiva por ser una mujer, de ese falso privilegio puedes tú aprovecharte. Si el tonto del poder se cree los mismos prejuicios que él fabrica y considera que tú, por ser una tía, jamás contravendrás las normas ni llevarás en el bolso alcohol o navajas, te puedes aprovechar de su estupidez y llevar alcohol y navajas.

Oviedo: Ahora nos vamos entendiendo.

Jaén: Por favor peña en serio, que es que para Gari estar libre ya es una contrarreloj.

Oviedo: Yo ya he dicho lo que pienso, y por favor que Murcia ponga muy clarito en el acta que esto de los privilegios hay que seguir hablándolo.

Murcia: Tranqui que lo pongo todo.

Jaén: Vale pues repite tu opinión Oviedo por favor.

Oviedo: Que nos vayamos con ella a su okupa.

Jaén: Ya os he dicho que no quiere.

Oviedo: Pues vayamos a convencerla, a darle seguridad y confianza.

Murcia: Yo estoy de acuerdo, quizás podríamos intentarlo.

Jaén: Que no quiere. Pero si hasta echamos un polvo y después seguimos hablando y ella seguía diciéndome que no.

Coruña: Hostia, ¿os liasteis? Qué gracia.

Jaén: ¿Gracia por qué?

Coruña: No sé, porque tú sueles ir con tíos y porque no os conocéis casi, ¿no?

Oviedo: Coruña macho estás hoy de un reaccionario que no te aguanta ni dios.

Coruña: Joder, ¿no se puede preguntar?

Jaén: Follamos porque nos lo pidió el cuerpo y punto. ¿O queréis detalles?

Oviedo: ¡Síiiiiiiiiiiiiiiiiiiiiiiiiiiiii!

Todas: Jajajajajajajaja...

Murcia: ¡Peña pero fuera de acta que si no voy a tener que picar 50 páginas!

Jaén: Ya verás el coñazo de transcribir en vez de redactar. Uy perdón por el coño aumentativo despreciativo. Bueno ¿y las demás qué pensáis?

Murcia: ¿De tu polvo con Gari?

Jaén: Ay qué tontitas os ponéis en cuanto se habla de follar, ni que estuvierais en un cole de monjitas.

Oviedo: Es que por aquí se folla muy poco Jaén.

Coruña: Yo pienso que si ella no quiere emprender ninguna acción, hay que respetarlo.

Oviedo: ¿O sea no hacer nada?

Jaén: Mirad hasta qué punto es clara Gari con lo de no hacer nada. Me dijo: «Jaén, gracias de corazón, pero yo ya no quiero más tu ayuda. Yo ya lo único que quiero es follarte.»

Murcia: ¿En serio?

Jaén: Y tan en serio. ¿No os acabo de decir que echamos un polvo?

Coruña: A ver las tontitas y las monjitas.

Oviedo: Joder qué tía más grande.

Murcia: Peña y ¿no será que verdaderamente Gari tiene una discapacidad intelectual que no le deja entender bien lo que significa que van a por ella y lo que es resistir?

Oviedo: ¿Perdón?

Murcia: Yo no tengo ni idea ¿vale? Pero se dice de las personas con discapacidad que muchas de ellas están muy pendientes del sexo y de nada más.

Jaén: Qué coño dices, Murcia. Hostia, perdón por el coño despreciativo. Qué cojones dices, Murcia.

Oviedo: No me puedo creer lo que estoy oyendo. Murcia y Coruña, estáis para iros esta noche a la tertulia de Intereconomía.

Murcia: Me cago en dios ¿qué he dicho tan grave?

Coruña: Os estáis poniendo muy dignos aquí vosotros dos y nosotros solo estamos diciendo las opciones que vemos, ¿eh?

Oviedo: Tíos ¿pero no os dais cuenta de que estáis hablando de Gari como si fuerais sus captores? ¡Los mismos captores de los que ella escapa! Que si los retrasados mentales solo piensan en follar y que si no saben qué es lo mejor para ellos. Entonces, decidimos nosotras por ella, ¿no?

Coruña: Tía pero si tú acabas de decir que quieres ir a su casa a convencerla.

Oviedo: Hostia Coruña pero una cosa es ir a convencerla y otra muy distinta ir a explicarle las cosas como si fuera tonta.

Coruña: Vale Oviedo, Murcia se ha pasado y encima ha metido una generalización de mierda sobre los retrasados mentales. Pero si Jaén dice que estuvo hablando una hora con ella explicándoselo todo, y si verdaderamente no la tomamos por una tonta que no sabe lo que quiere, deberíamos entender sus palabras tal cual dicen: que no quiere nuestra ayuda, que lo que quiere es follar hasta que la policía la pille, ¿no? Como pasó con el secreta, que se lo estuvo follando sin importarle si era secreta o no, y ella en pleno proceso de okupar.

Oviedo: Tíos ya en serio. No soporto que habléis en los mismos términos que el mismo poder normalizador que nos oprime. Los retrasados mentales solo existen para el Estado-

Mercado del Bienestar ¿vale? Los retrasados mentales son una de las muchas categorías que el poder usa para delimitar a una parte de la población y justificar sus medidas represoras hacia ella. Si no tenemos esto claro no podemos seguir hablando. ¿Y si solo piensa en follar, qué? ¿Quién cojones os creéis vosotros para juzgar cómo o con quién o a qué hora folla Gari? En todo caso habría que admirarla ¿os enteráis? ¡Ojalá tuviera alguna de nosotras el coño tan bien puesto como ella y poder decirle a un tío déjate de pollas que yo lo único que quiero es follar!

Jaén: Tía si quieres vamos tú y yo a su casa simplemente para preguntarle si está bien y si necesita algo y ya está.

Oviedo: Qué menos, qué menos. ¿Y los normalizadores quieren venir?

Coruña: Te estás poniendo un poco tocapelotas, Oviedo.

Oviedo: Mira Coruña paso de ti, no eres capaz de un mínimo de autocrítica.

Coruña: ¡Habló! Yo sí que paso de vosotros dos.

Oviedo: ¿Tú también coges la puerta y te vas como Coruña, a lo machote?

Coruña: Hostias Badajoz, ¿ahora llegas?

Murcia: Pues la verdad es que no estoy nada a gusto con cómo estamos llevando este tema.

Oviedo: Pues hala Jaén vámonos tú y yo con Gari, que para ella cada minuto de libertad que pasa es oro. ¿Tú también te vienes Badajoz?

Badajoz: ¡Yo vengo de allí! Peña perdonad el retraso, es que entre que me levanto tarde porque no pego ojo con el calor hasta las cuatro de la mañana, y entre que me he pasado por la okupa de Gari a ver qué tal estaba, que llevaba desde que la ayudamos con los muebles sin verla, y a ver si se quería venir ella también a la asamblea, ¿no? Porque ella no tiene ni móvil ni wasap ni internet ni nada, ¿no? Total, que me han dado las mil. ¿Ya habéis acabado?

Jaén: ¿De la casa de Gari vienes?

Badajoz: Sí, pero no estaba. Habrá habido follón porque estaba la puerta echada abajo y precintada, y desde afuera se veían cristales y muebles por el suelo. Os he mandado un wasap pero claro, luego he caído que no os habrá llegado porque estaríais sin los móviles. Tiene toda la pinta de que la han desalojado y no nos hemos enterado. ¿Lleváis vosotras mucho tiempo sin verla?

Murcia: Corto ya esto.

La primera parte del ejercicio de manipulación era devorar a la presa recién abatida. La segunda era la partida de ajedrez gigante. La tercera y última parte y la que dio nombre provisional al espectáculo fue la paliza. Estuvimos ensayando «La paliza» hasta que llegó el día de imprimir los carteles, entonces el empijamado y su ayudante nos vinieron con que a algunos participantes de la pieza no les gustaba el título y quizás sería bueno proponer uno que nos satisficiera a todos.

—Es que parece que en vez de bailar nos estamos pegando —dijo una bailarina que estaba sistemáticamente ladeada hacia la derecha.

—Exactamente eso es lo que parece —dije yo—, y esa es la gracia.

—A mí no me hace ninguna gracia porque yo aquí he venido a hacer danza y no a hacer artes marciales —dijo el pesado que siempre que improvisa baila hip-hop.

—Yo creo que a la única a la que le hace gracia es a Natividad porque ella es la protagonista —dijo la ladeada.

—Yo soy a la que le dan la paliza, sí, y tú eres una de las que me la dan. ¿Preferirías que te la dieran a ti? —Lo pregunté de verdad, de verdad con el deseo de que otros disfrutaran del placer de recibir la paliza de manos de trece bailarines como yo la recibía.

—¡No quiero que se la den a nadie ni yo dársela a nadie! ¡No me gusta la violencia! —dijo la ladeada, y yo me reí con la carcajada apuntando al techo.

—Yo también soy pacifista, Julia, y aquí nadie le está pegando a nadie, es evidente, ¿no? —dijo el empijamado.

—Pero lo parece, profe, lo parece total. Yo lo veo siempre desde fuera y, cuanto más se ensaya, más paliza parece —dijo el cocherito leré con todo el resentimiento de quien está excluido de una escena.

—Pues a mí me gusta que lo parezca porque es como un juego que establecemos con el espectador —dijo una bailarina de las nuevas, una bípeda que baila muy lentito pero que toca muy firmemente.

—A mí también me gusta, porque aunque parezca que somos varios dándole una paliza a alguien, en verdad no queremos defender la violencia sino criticarla, porque al final de la pieza todos acabamos en una celebración, ¿no? En la escena de todos improvisando juntos libremente —dijo otro de los bípedos nuevos, que aunque no es de conservatorio sino autodidacta baila con la precisión fascista del ballet. A mí el debate me estaba pareciendo tan ridículo que me tuve que tapar la boca. La risa se me salía por los hombros con tan buena suerte que otros compañeros, igual que pasa aquí en el Grupo de Autogestores, se contagiaron y empezaron a partirse el pecho.

—¿Quieres decir algo, Nati? —me preguntó, molesto, el empijamado. Respiré hondo para acallar mi risa y, entre las risas de los presos y las mandas a callar de sus moni-polis, respondí:

—Pues que a mí esa escena final de todos juntos improvisando sí que me parece violenta, y no la de paliza. Violenta porque a muchos bailarines se les lleva de la mano al escenario, es decir, se les lleva escoltados hasta el lugar que tú y tu ayudante habéis determinado, pero, bueno, eso es lo de menos porque aquí todos estamos a tus órdenes de dirección. Lo violento es que a estos compañeros sus escoltas los ponen ahí y entonces les sueltan las manos, les dicen que bailen y ellos bailan hasta que sus escoltas ejecutan la orden de dirección de que ya es suficiente. Entonces los vuelven a coger de la mano, les dicen que paren y se los llevan del escenario. Violento es que a eso se le llame improvisación, violento es que a esos compañeros se les aparte durante los ensayos en salas distintas a la sala de ensayo mientras no les toque actuar, y violento es que encima se intente disimular aprovechando que en ese momento estamos sesenta bailarines en escena y la música sonando a toda pastilla.

—¿Sesenta bailarines, Nati? —me preguntó la psicosargento Buedo—. ¿No erais unos veintitantos?

—Eso en las SS, pero hay otros grupos por centros cívicos de Barcelona ensayando aparte con el empijamado, y una vez por semana ensayamos todos juntos en Los Multicines de cara al espectáculo final. Esta danza masiva se llama danza comunitaria o danza social, que es un negocio en el que los bailarines pagan por actuar en una compañía en la que solo cobra el director, su ayudante de dirección y por supuesto todo el personal del teatro el día de la función, función que puede ser de entrada gratuita en caso de que los sueldos del director, del ayudante de dirección y del personal del teatro estén subvencionados por instituciones públicas y/o patrocinados por instituciones privadas íntegramente, o puede costar entre seis y doce euros en caso de que la subvención o el patrocinio solo sean parciales, o en caso de que, encima de que los bailarines no cobran y excepcionalmente los invitan a una copa de cava peleón el día del estreno, el director y su ayudante quieran sacar dinero de la venta en taquilla. No significa que se forren. El director y su ayudante son con toda seguridad clasemedieros. La danza comunitaria es uno de los tinglados para sobrevivir que ha parido la crisis. Los bailarines y los coreógrafos profesionales ya no tienen ni público ni subvenciones para montar espectáculos como antes. Para poder seguir viviendo de su oficio al margen de los escuálidos circuitos artísticos, se han inventado la práctica de la danza como bien social, como herramienta integradora y como servicio público-privado, que o bien se provee gratuitamente por las administraciones públicas y sus aliados empresariales, o bien se paga entre la administración, la empresa y el usuario. Porque los que bailan danza comunitaria no ocupan el estatus social de un bailarín ni el de un estudiante de danza, independientemente de sus habilidades artísticas. Los que hacen danza comunitaria tienen la categoría de usuarios, lo mismo que son usuarios de la piscina municipal o del autobús urbano, mientras que los artífices del chiringuito, o sea, los empijamados y sus ayudantes, conservan sus dignidades artísticas de directores, de coreógrafos, de escenógrafos, de iluminógrafos, de músicos, de diseñadores gráficos y demás personal artístico. De todo ese personal que está entre bambalinas solamente cobran el director y la ayudante de dirección, y el resto solo lo hacen en el capital simbólico de ser identificados con su nombre y apellidos en los programas de mano, pero es que los intérpretes, los que se suben a escena, los que efectivamente bailan, son anónimos. Hasta tal punto llega el agravio comparativo entre la categoría de artistas y la de no artistas que, en los carteles y programas de mano de los últimos espectáculos de danza comunitaria auspiciados por Los Multicines, los intérpretes aparecen bajo el rótulo de «Vecinos y vecinas de los barrios de Les Corts, Besòs/La Mina y La Sagrera» o «de Les Corts, La Teixonera y Bellvitge» o «de Les Corts, Trinitat Nova y el Guinardó». Les Corts siempre sale porque es el barrio en el que están Los Multicines, que es la nave nodriza de este chiringuito porque ahí las salas de ensayo son grandísimas, porque la escuela entera está perfectamente adaptada para los no bípedos y porque es la sede del sindicato de profesionales de la danza.

–¿Y tú qué opinas, Ibrahim, que también estás en el grupo de baile con Natividad? ¿A ti también te parece mal que a la gente que lo necesita se le dé el apoyo de llevarla de la mano? ¿Y te parece una falta de respeto referirse a una persona como «vecino del barrio tal»? –soltó la psicosargento con su aprendida actitud de escucha del tronco hacia delante. Vaya demagoga está hecha la tía.

–Perdona, Ibra –me adelanté yo–. Antes de que respondas tengo que responderle yo a Laia: dejando a un lado que has formulado la pregunta de manera absolutamente capciosa, demagógica y sacándola completamente de contexto, te diré que en la danza comunitaria esta nadie se ofende por ser llamado así, esa es la verdad. Todos los bailarines están conformes con su condición de usuarios y compran la explicación de que, por ser sesenta, tantos nombres no caben en el cartel. La explicación que no compran porque ni se la venden ni a ellos se les pasa por la cabeza es que la ausencia de sus nombres es consecuencia de la lógica acumulativa propia del capitalismo y de la democracia. Cuanta más gente se apunte, hagan lo que hagan y bailen como bailen, mejor, aunque lo que hagan sea llevar como perritos falderos a algunos compañeros de la mano, plantarlos en escena y jalearlos para que bailen dentro de un espacio, tiempo y formas delimitados, con el objeto no de enseñar técnicas de danza a esos compañeros, no de apoyarlos en su aprendizaje para bailar con más placer, y por tanto mejor, en un escenario. En esos compañeros no se piensa en ningún momento. En lo único que se piensa es en complacer las ensoñaciones de accesibilidad universal a la cultura con las que los carceleros justifican su represión, sus sueldos, su estatus y la tranquilidad de sus conciencias. El Premio Nacional de Danza de Cataluña se lo dieron a esto en 2012, pero por supuesto no se lo dieron a los intérpretes anónimos. Se lo dieron a la compañía del empijamado, que ni es compañía ni es nada porque sus bailarines son las docenas de innominados que rotan cada año. La compañía Empijamán solo es la forma jurídica de la que se sirve el empijamado para recibir pagos y subvenciones y para presentarse como profesional en el mundo de la danza. Pero es que hasta eso de que cada año hay gente de distintos barrios es mentira, lo único que cambian son los espacios de ensayo. Con contadas excepciones de algún incauto que cae por ahí, como este año en que estaremos bailarines de las SS, siempre es la misma gente yendo a ensayar a las distintas guarderías para adultos que hay en cada barrio de Barcelona.

—Yo soy del Raval y a mucha honra —dijo Ibrahim.

—¡Yo soy de Sagrada Familia y a mucha honra! —dijo otro autogestor.

—¡Anda ya, si Sagrada Familia es una mierda, que solo hay guiris! —Otro.

—¡Pues anda que en el Raval, que solo hay putas y drogadictos! —Otra más.

—¡Mejor ser puta y drogadicta que guiri asesino! El turisme mata els barris! ¡Un turista más, una vecina menos! —exclamó Ibrahim con el índice levantado. Seguro que ha empezado a leerse el fanzín.

—Tourists go home! Tourists go home! —dijo otro.

—Tourists go home! Tourists go home! —lo corearon, yo incluida.

—¡No se dicen tacos! —El machito guapo, el que más tacos suelta siempre, se ha aliado con la psicosargento para mantener sus privilegios y se ha vuelto policía militar.

—Gracias, Antonio —le acarició el lomo su ama Laia—. Como autogestores debéis autogestionar también el orden y el respeto entre vosotros, no puedo ser yo la que lo imponga gritando, ¿no os parece?

371

—¡Laia, Laia, Laia! —Mi prima con la mano levantada—. ¡Yo quiero decir una cosa sobre el baile de la Nati!

—¡Dejad a Patricia hablar! —El machito guapo con el brazalete blanco de la PM refulgiendo en la manga de su camiseta del Barça.

—Muchas gracias, Antonio. —Mi prima estirándose la minifalda—. Pues que a mí me parece que la Nati, aunque tenga su opinión sobre el grupo de baile en el que está metida, en realidad está perfectamente integrada con todos sus compañeros, porque aunque para ella haya cosas que no están bien, también sigue yendo, ¿no? Sigue yendo todos los días a los ensayos y va a salir en la obra que están preparando, y además con un papel principal. ¿Por qué? Pues porque mi hermana tiene sus opiniones pero las deja de lado por la cosa tan bonita que es bailar, que ha sido su vocación desde pequeña, ¿verdad, Nati? Porque habrá cosas malas, pero sobre todo habrá cosas buenas, y me parece que la actitud de la Nati es muy positiva y todos debemos aprender de ella.

—Qué buena pregunta, Patricia —le dijo Laia.

—Responde, Nati —me ordenó el PM.

—Tú a mí no me das ni media orden, ¿te enteras, machomierda? Ni me mires, ¿te enteras? —El PM se aguantó el pronto y con la mirada le pidió permiso a su superiora para reducirme, y ella le devolvió una mano en señal de alto y un:

—Las cosas se piden por favor, ¿vale, Antonio? —Y Antonio se cruzó de brazos y afirmó con la cabeza en señal de acatamiento.

—¿Cuál era tu pregunta, Patri? —le pregunté.

—Que la danza es muy bonita, que te gusta mucho y que vas a hacer esa obra, ¿verdad?

—Sí, señora, y estáis todos invitados a verla, todos menos Antonio.

—Y eso qué tiene que ver con el polvo sin restregones

que me ibas a contar, a ver —me ronronea Marga acariciándome el pelo.

—Tiene que ver que hoy fue el primer día de ensayo masivo y que cada grupo vimos lo que los otros hacían mientras el empijamado y su ayudante se dedicaban a ensamblar las partes. Es decir, que cada grupo tenía un público de entre sesenta y setenta personas, contando a los moni-polis de los compañeros presos. Y me pasó lo que pasa muchas veces cuando tienes público, eso que llaman crecerse y que significa que lo haces todo con más nervio, y eso, a mí, hacía años que no me pasaba, los mismos años que llevo sin tener público. Total, que cuando las SS nos pusimos a pegarnos «La paliza» yo me excité más de lo que suelo, yo y, me imagino, otros de mis compañeros inteligentes, porque en algunos de los quince minutos que duró la escena cundió en el grupo una reconcentración, un estado de alerta y una solidaridad tales que hasta los compañeros capitalones, los que van a las clases de danza como si fueran a un club social, al bingo o a la sala de fiestas para puretas, hasta esos, Marga, hasta esos se comportaron con menos mojigatería. Hasta a esos se les puso un gesto de entrega en la cara, una boca respiradera, unos ojos desenfocados, una necesidad de seguir.

—¿Y todo eso pegándoos? —me pregunta Marga extendiendo su caricia del pelo a la nuca, poniéndome la piel de gallina.

—¡Que no nos pegamos, Marga! Eso es solo lo que parece desde fuera, porque al estar yo bailando y desplazándome por la sala, y al estar los otros trece bailarines yendo a buscarme para moverme ellos a la par que yo me muevo, pues parece que me están persiguiendo y que yo intento zafarme. Y el caso, Marga, el caso es que es así. Es una paliza de danza, no de golpes. Imagínate: en las manipulaciones previas yo estaba siempre quieta, solo me movía y me desplazaba si los demás me movían o me desplazaban. Pero en esta variante de la manipulación que hemos dado en llamar «La paliza» yo me muevo y me desplazo mientras los demás me mueven y me desplazan. A lo mejor yo estoy yendo al fondo norte de la sala y dos compañeros me interceptan y me mandan al fondo sur, y de camino al fondo sur me pillan otros tres o cuatro que me detienen, me levantan o me hunden en el suelo. O a lo mejor yo me enfrento a los que me querían desviar y no les dejo, opongo resistencia, me clavo dura como una piedra y no pueden ni levantarme ni hacerme descender, hasta que a mí me da la gana aflojar y desplomarme, literalmente me desplomo, de modo que si no estuviera rodeada por tres, cuatro, cinco o doce personas me ahostiaría contra el suelo. Pero he ahí que cuando caigo hay no ya diez manos sino diez cuerpos salvavidas que evitan mi caída. O a lo mejor no me resisto sino que me entrego, y entonces vuelo. Uno me levanta por la cintura, otro me recoge por una pierna, otro por los brazos, otro se pone a cuatro patas para recibirme como un caballito, ¡esta vez sí que me cogieron casi por todas partes, Marga! Uno me cogió por el cuello como si fuera a asfixiarme, ¡qué grande fue eso! Qué bien me cogió del cuello ese bípedo tan alto, no tanto del cuello como de la mandíbula. Encajó los dedos índice y pulgar en mis quijadas, debajo de la mandíbula inferior, y me levantó. —Me agarro así el cuello y se lo agarro a Marga, que aprovecha para conducirme la mano hasta sus pechos—. Ese porté solo se podía hacer aprovechando mi propio impulso, aprovechando que yo venía ya volando de otras manos. Levantarme de cero por el cuello, en plan dibujos animados, habría sido o imposible o doloroso. Para que hubiera danza y no ahogamiento ni machucamiento de muelas o de lengua, yo abrí la boca, eché el cuello hacia atrás y provoqué una curva desde las cervicales a toda la espalda. Y hay momentos de pausa o transición en que se da algo colosal. Yo quedo en el centro y los trece me rodean en la distancia, abiertos en un círculo am-

374

plio. Nos miramos y nos desplazamos en esa formación, algunos estamos jadeantes por la actividad hecha hasta el momento. —A veces, como ahora, mis caricias se transforman en dibujos explicativos del movimiento sobre la piel de Marga, y ella a veces se revuelve porque le hago cosquillas sin querer—. Estamos calculando la ocasión para retomar la manipulación y aprovechando para darnos un respiro, pero lo que se vive dentro y se ve desde fuera es un corro de trece personas acechando a la única que está en el medio, que por su parte está mirando el modo de escapar, o sea, de seguir bailando. Estaba tan en mi puta salsa y estaba tan segura de que el disfrute era compartido que me quité las mallas, me quité las bragas, me quedé solo con la camiseta, y llamé a mis trece acechantes con las manos igual que los gallitos cuando quieren bronca. Que se acercaran si tenían el coño bien puesto, que a qué esperaban si tenían huevos, que esto no había hecho más que empezar y que ya el primer día acordamos que tenían que tocarme todo todo el cuerpo.

—¿Y follasteis todos juntos? ¿Cómo es posible follar catorce personas juntas sin restregarse? —me dice Marga acomodando una pierna encima de mi cadera. Estamos apoyadas sobre el costado, la una frente a la otra.

—¡Qué va, Marga! ¡Ojalá! Lo que pasó fue, primero, que el público empezó a cuchichear, que algunos aplaudieron, que otros chistaron mandando callar, que otros silbaron la musiquilla esa ridícula que los machos silban al paso de una tía buena. Algunos de mis acechantes se dejaron llevar por la tontería del público que se escandaliza ante medio desnudo y ya, aunque permanecían físicamente junto a nosotros, dejaron de bailar con el placentero envilecimiento de antes y siguieron bailando solo para el empijamado, que, para mi sorpresa, en vez de bajar el volumen de la música por entender que llevábamos muchos segundos sin bailar y que eso significaba el fin de nuestra improvisación, tomó la excelente decisión de subir el volumen, un blus tontillo que de pronto sonó a la banda sonora del duelo en una película del Oeste. —Con la pierna que tiene encima de mi cadera, Marga me atrae hacia ella. La cercanía de nuestros coños crea una cuevecita, una cálida madriguera—. Sensibles a que las circunstancias nos eran favorables, otros acechantes, los acechantes listos, los gozadores, los mejores bailarines, respondieron a mi llamada mirándose entre ellos con una sonrisilla de «esta vacilona se va a enterar de lo que vale un peine». Hubo tres no bípedos que también se quitaron los pantalones y la ropa interior y se quedaron con el culo al aire. Volvieron los chifliditos desde el público pero en general había un silencio expectante que nos ayudaba a eso de crecernos, a eso de tomar más en serio nuestro placer. El no bípedo que tenía buena movilidad en las manos ayudó al no bípedo que tenía poca a quedarse con el rabo al aire. El corro de acechantes tomó este desvestirse, que fue torpe, que no fue simultáneo, que fue hasta ridículo, como una discreta tarea de rearme, y esa actitud lo volvió serio y amenazador. Quedaron, pues, los tres genitales apuntando a los míos. Eran dos penes medio fláccidos, uno de ellos circuncidado y el otro de vello muy rubio; y un pubis femenino más cuadrado que triangular, acharolado y opaco. Entonces las trece sillas de ruedas eléctricas y manuales, andadores, muletas, bastones, prótesis y brazos y piernas canónicos se lanzaron a por mí.

—¿Y follaste con esos que medio se despelotaron? —me pregunta Marga al oído, besándome el cuello.

—Solo con uno —respondo con un suspiro.

—¿Con cuál? —me muerde Marga el lóbulo.

—Con el circuncidado, pero fue luego, no en mitad de la sala. Fue porque el calentón de haber bailado con el coño al aire me duró hasta después del ensayo, a mí y supongo que a todos los desvestidos, pero solo el circuncidado se atrevió a abordarme en el baño de minusválidos —suspiro pasándole una mano por detrás y apretándole el culo. Ahora nuestras caderas y nuestros coños están pegados como lapas. Frotamos nuestros pubis y suena a lija–. Bailar con el coño al aire es una barbaridad, Marga. No solo porque necesariamente tus compañeros te lo tocan queriéndolo o sin querer, el coño y el culo, y al tocártelos hacen surgir movimientos que nacen de ahí, de esas partes del cuerpo silenciadas para la danza. –Hablar de coños, de culos y de movimiento tan cerca de la boca de Marga acelera nuestro frotamiento hasta convertirlo en golpes de un pubis contra el otro, en un repique de nuestras caderas como si fueran campanas–. Pero es que además, y sin necesidad de que otro te esté tocando, el mero hecho de no llevar el coño apresado dentro de unas bragas hace que la vulva también baile. Los labios interiores y exteriores se mueven, se tocan entre ellos sin tú tocarlos, como si llevaras un sonajero entre las piernas. –La mano de Marga se abre paso entre nuestros vientres pegados y me agarra la suave vulva. Yo la apreso con el pubis pero Marga forcejea y se abre espacio para poder maniobrar–. Te entra aire en el coño y, al sentarte, el suelo te refresca o te calienta, según esté el suelo y según estés tú. –Me cuesta hablar porque los jadeos me ahogan y porque lo que quiero es devorarle a Marga la boca, el cuello, los pezones. Ella recibe mis besos pero los detiene porque me quiere con la boca libre:

–¿Y tú qué hacías en el baño de minusválidos, con las buenas piernas que tienes?

–Mear rápidamente para salir corriendo a tu encuentro, Marga, porque al ser de minusválidos está en el primer piso y no tenía que subir a los vestuarios para bípedos. –La mano que tiene Marga en mi coño al principio era una garra, pero se va transformando en un trineo que se desliza arriba y abajo, del pubis al periné. Es dramático cuando las yemas de sus dedos pasan, sin llegar a entrar, por mi vagina.

–¿Y cómo te entró el tío?

—Yo salía y él estaba en la puerta esperando para entrar con su andador, ya completamente vestido, por supuesto.

—Era Ibrahim el del andador.

—Sí. Le vi la erección reventándole la bragueta y me puse a cien —le digo a Marga poniéndome a cien.

—¿Te pusiste a cien? —me pregunta Marga entrando por primera vez en mi vagina.

—A cien me puse. —Gemí, agradecida, su penetración—. Tan a cien que me quedé paralizada en el umbral de la puerta corredera del baño de minusválidos, ni palante ni patrás, ahí quieta con el corazón loco.

—Y entonces qué. —Me saca Marga los dedos para ponerme ansiosa, para hacer que me la coma a besos y hacer ella por detenerlos y obligarme a seguir hablando con el calentón en la boca.

—Ibrahim, rojo como un tomate y todo que estaba, se soltó de uno de los manillares y me tocó un hombro con todo el hipertono muscular de su mano derecha. Sus dedos son tan tiesos y tan flexibles que se ponen casi en ángulo de noventa grados con el dorso de la mano. Me empujó suavemente hacia dentro. Retrocedí yo, avanzó el andador, avanzó Ibrahim y miró hacia atrás. Había gente de los otros grupos merodeando por el hall de Los Multicines, pero o nadie se dio cuenta, o se dieron cuenta pero pensaron que Ibrahim entraba con alguien en el baño porque necesitaba ayuda para mear o para ducharse, porque nadie dijo nada ni entonces ni cuando nos vieron salir juntos.

—Y cómo fue, Nati. —Me da esta vez Marga un beso largo pero medido que refrena mis besos desbocados, dosificando la excitación de esa manera que solo consigue aumentarla.

—Pues Ibrahim cerró la puerta corredera, le echó el pestillo, le dio la vuelta a su andador y se sentó en el asiento que lleva incorporado. Su cabeza quedaba a la altura de mi cintura. Yo le cogí la cara y la tenía ardiendo. Al cogérsela él cerró los ojos y suspiró, un suspiro como de llevar aguantando la respiración mucho tiempo, un suspiro que le destensó la espalda y le hizo dar con su frente en mi barriga.

—Eres muy guapa, Nati —me dijo con ese habla suya que no necesita juntar los labios.

—Yo quiero volver a verte la polla —le dije.

—Yo también quiero volver a verte el chocho —me dijo, y me bajé las mallas y las bragas. Él se encorvó y me metió la nariz en el vello y yo me encorvé para agarrarle la erección, menos dura de lo que me esperaba. Le bajé los pantalones y saqué una polla con la media tensión de una caña de pescar. Ibrahim graznó. A mí me gustan así las pollas porque me caben enteras en la boca y me gusta sentir cómo se endurecen dentro.

—Se la chupaste —me dice Marga subiéndome mi propio pezón hasta mi propia boca para que yo misma me lo lama.

—Sí, pero al final. Empecé solo masturbándolo alrededor del glande con dos dedos mientras él me metía uno de sus dedos hipertensos. Entró veloz y suave como una flecha, yo estaba lubricadísima. Entre tanto yo me tocaba el clítoris, empecé a gemir y gemimos los dos. Con la otra mano, la que tiene un tono muscular más relajado, me acariciaba las piernas desnudas, y yo con mi otra mano le acariciaba el pelo. —Miro a los ojos a Marga mientras me lamo el pezón—. Le pedí que me metiera otro dedo y metió dos, pero, como están tan tensos que no los puede ni juntar, metió el índice y el corazón en uve. Eso me dolió un poco, se lo dije, y entonces él paró drásticamente y me pidió mil perdones. —Marga suma su lengua a mi pezón y lo lamemos juntas, y nos lamemos las lenguas. Cuando hago pausas para hablar, Marga aprovecha para succionarlo y morderlo, y si me quejo, aunque sea de gusto, me manda callar mordiéndome la boca.

—No pasa nada, Ibra —le dije—. ¿No quieres comerme el

coño? —Yo eché las caderas hacia delante para que no ya el pubis, sino la raja de mi coño, quedara a la altura de su boca. Él se encorvó un poco más, rotó la cabeza y sacó la lengua de medio lado, como tiene él la boca siempre. Tiene el tío una lengua que es la punta de un lápiz, afilada y precisa. Me la metió en la vagina y parecía la polla entusiasmada de un niño. Me la puso en el clítoris y era como un pulsador de código morse. Pero estábamos en una postura incómoda tanto él como yo. Él porque tenía que encorvarse mucho y aun así la lengua no le llegaba bien, y yo porque tenía que adelantar mucho las caderas y doblar mucho las rodillas. Tenía los brazos hacia atrás agarrándome a las barras de apoyo del váter adaptado, pero en verdad todo el peso estaba en mis piernas abiertas, abiertas al ancho del andador de Ibrahim, y era muy cansado.

—Vamos al váter —le dije. Yo me senté en la tapa y él se levantó del andador y se puso de rodillas. Así la cosa iba mejor, no tenía que combatir la sensación de cansancio con la de placer. Ibrahim podía meterme la lengua hasta el fondo y maniobrar más libremente. Ahora sí que me cabían los hiperdedos en uve. Yo movía las caderas adelante y atrás sobre la tapa del váter, cada vez con las nalgas más recostadas. Le pedí que me metiera su hiperdedo meñique en el culo.

—Eso no lo he hecho nunca —me dijo separando la boca babeada de mi coño. ¡Qué cortada de rollo cuando te dejan de comer el coño para decirte cualquier cosa!

—¿Te da asco? —le pregunté.

—¡Noooooooo! Me da miedo.

—Chúpate un dedo y para adentro. Y no pares de penetrarme y de comerme el coño, por favor, que me está gustando mucho.

—Vale. —Tenía, pues, dedicadas a mi masturbación, la lengua, la hipermano y la mano normal de Ibrahim, y mi propia mano cuando me apetecía. Con la otra me sobaba una teta por debajo de la camiseta y el sujetador, que no me los había quitado.

—¿Y te dio bien por el culo? —me pregunta Marga pasando de los mordiscos a los suaves tirones de pelo que te dan escalofríos reflejos por todo el cuerpo. Me la quiero comer y no me deja. Me lleva las manos a donde exactamente quiere ella que la toque. Le clavo un inesperado dedo en su curva vagina que la hace gritar. Se ríe con la sonrisa de quien admite el buen golpe que le ha encajado su adversario. La penetro con una cadencia anormalmente lenta que le hace volver a gritar mientras le digo:

—Pues para ser su primera vez me dio muy suavemente, la verdad. No sentí el ahogo de otras veces de cuando te bloquean el culo que sientes que te asfixias. La hipertensión muscular de Ibrahim es que lo facilita todo. Además, era solo el meñique.

—¿Quieres que te meta yo un meñique también? —me pregunta Marga súbitamente solícita.

—¡Sí! —le respondo, y ella se retira de mis dedos penetradores para ponerme a cuatro patas.

—Nati, una cosa —me dijo Ibrahim con otra cortadita de rollo, pero yo seguía con mi dedo de seguridad masturbadora para no perder el crescendo.

—Dime.

—Que me duelen las rodillas.

—Vale. —Le ayudé a ponerse de pie levantándolo por los sobacos y yo me puse de pie sobre la taza del váter. Mi coño quedaba lejos de su cabeza y además la taza del váter era estrecha y no me permitía abrir mucho las piernas, pero tenía de bueno que Ibrahim podía agarrarse a las barras para no caerse. Pensé entonces que solo nos quedaba acabar el polvo con una penetración de su polla, con Ibrahim sentado en la taza del váter y yo sentada encima de él. Se lo dije sin dejar de masturbarme y me dijo:

—Es que a mí no se me pone dura del todo.

—¿Y eso? —me pregunta Marga no con el meñique en mi culo, sino con todo el largo corazón. Yo me sostengo no a cuatro patas sino a tres, porque alargo un brazo entre las piernas para encontrar el coño de Marga, que lo tiene bien pegado a mi culo. Como apenas puedo masturbarla, ella me guía el dedo como si fuera un consolador.

—¿Y eso? —le pregunté yo a Ibra.

—De nacimiento —me respondió él.

—¿Ni si te la chupan? —volví a preguntarle.

—Chúpamela, por favor.

—Es que estoy a punto de correrme y no quiero perder el orgasmo. ¿Me corro y te la chupo luego?

—Vale —me dijo, y se me ocurrió usar a mí también las barras del váter adaptado. Me deshice de las bragas y de las mallas, que había tenido hasta el momento en los tobillos. Subí entonces un pie a cada barra y me puse en cuclillas como una rana. Al principio me agarré también con las dos manos. Solté la mano de seguridad masturbadora y seguía en un equilibrio estable. Solté la otra para atraerme la cabeza de Ibrahim. Eran muy firmes las barras, no se resintieron en absoluto.

—¡Viva la accesibilidad! —dije muy contenta. —Marga me saca el dedo del culo, me yergue el torso pegándome la espalda a su pecho y agarrándome por las tetas—. No sé si Ibrahim entendió lo que dije pero entendió mi contento. Mi coño caía ahora abierto de par en par y podía viajar por él con sus hiperdedos y con su lengua cómodamente mientras se agarraba a una de las barras con la otra mano, y yo podía recostar la espalda en la pared. Sus dedos subieron y bajaron como un ascensor, su lengua me oprimía el clítoris como si jugara a llamar a todos los timbres de un bloque de pisos. Empecé a subir y bajar las rodillas como una rana que saltara, y ya no tenía Ibrahim que subir y bajar sus dedos sino que era yo la que caía sobre ellos. Me corrí así, con el grito del orgasmo ahogado por la discreción impuesta, y casi me caí de las barras al estremecerme.

Marga me susurra al oído lo caliente que está y me pregunta si yo ya estoy lo suficientemente caliente como para follármela. Y yo le respondo:

—Quédate ahí —le dije a Ibra. Deshice mi postura de rana, le besé la boca babeada, me senté en el váter y empecé a chupársela. Tenía los huevos afeitados, y las pollas depiladas suelen oler menos a polla y más al suavizante de los calzoncillos. Como Ibrahim no puede cerrar la boca del todo, al ahogar su gemido ya de por sí ahogado por su forma de hablar resultaba que se ahogaba de verdad, tosía, me caían sus babas encima de la cabeza. Protagonicé yo otra cortada de rollo porque me asusté:

—Tío, Ibra, que te vas a ahogar.

—Tranquila que no.

—Vale. —Volví a meterme su polla pescadora en la boca y a apretarle los aterciopelados huevos y alguien intentó entrar.

—¡Ocupado! —guturéó Ibrahim.

—¡Venga ya, hombre! —dijeron desde el otro lado.

—¡Estoy cagando! —volvió a guturear, y yo, sin dejar de mamársela, levanté el brazo libre por encima de la cabeza y le hice un gesto de «chapó» con los dedos.

—¿Qué ha dicho? —se preguntaron entre dos que estaban al otro lado, y ellos mismos se respondieron:

—Que está acabando.

—¡Pues acaba rápido, campeón! —lo azuzaron, y el azuzamiento algún efecto tuvo porque fue solo entonces cuando su polla floreció dentro de mi boca hasta acariciarme la campanilla. Viéndolas venir, me puse a masturbarme a toda leche, pero antes de empezar a subir la cresta de mi segundo orgasmo, azuzada ahora yo por los estertores de Ibrahim, él ya me había depositado unas gotas de semen en la garganta. Como no estaba segura de si había acabado de correrse, me pasé su polla de la boca a la mano para seguir masturbándolo y le pregunté con sigilo:

—¿Ya?

—Sí —susurró también él. Cuando susurraba era más fácil de entender su carencia de vocalización.

—Yo voy a correrme otra vez.

—¿Quieres te vuelva a meter la lengua?

—Pero te van a doler las rodillas.

—¡Pero vamos, por dios! —volvían a incordiarnos desde fuera.

—¡Le estoy ayudando a limpiarse el culo! —respondí yo, e Ibrahim se aguantó la risa y volvió a susurrar:

—¿Vas a tardar mucho?

—Qué va, si yo me corro con pensarlo.

—Pues venga —dijo arrodillándose. En su descenso hacia el suelo, Ibrahim me pegó un lametón en el cuello con su lengua hipertonificada. Yo la intercepté y me la metí un segundo en la boca, y de ahí me acomodé en el váter para la comida de coño. Recorrió Ibrahim con su lengua la entrada de mi vagina, me pegó unos lametones, y eso, sumado a la máquina de coser que era mi dedo sobre el clítoris, hizo que en pocos segundos estuviera lista. Mis segundos orgasmos siempre son menos intensos pero más precisos. La corriente eléctrica solo me circula por las piernas pero lo hace como una carrera de bólidos.

—Hay que darse prisa. —Le entró entonces prisa a Ibrahim y empezamos a recomponernos y a vestirnos. Marga y yo nos estamos penetrando en un sesenta y nueve cuando oímos pasar una sirena tan de cerca que tengo que decirle las cosas muy alto para que me oiga:

—¿Te está esperando tu monitora la cupera coñazo? —le pregunté a Ibrahim.

—¿Quién? —me preguntó él limpiándose la boca con papel higiénico.

—Esa tía que se enfadó conmigo poniéndote a ti de excusa.

—¡Ah! ¡La Rosa!

—Esa.

—No, esa vino solo ese día conmigo porque le tocaba. Va con la gente según le toque. Hoy me ha traído otro monitor.

—Claro, los carceleros tienen turnos, no tienen custodiados fijos. Los presos somos una mercancía perfectamente intercambiable —le respondí ayudándole a subirse los calzoncillos.

—¿Presos como en la cárcel?

—La cárcel de la RUDI.

—Es verdad que muchas veces no nos dejan salir ni aunque lo pidamos por favor.

—Tú no votas, ¿verdad, Ibra?

—¿Votar en las elecciones?

—Sí, o en el referéndum independentista o en lo que sea que pongan urnas.

—No, porque estoy incapacitado y la sentencia no me deja. —Ya decía yo, Marga: no podía estar yo follando con alguien que fuera español o que votara.

Oigo las sirenas muy de cerca pero lo achaco al agujero del techo. Oigo cuatro portazos de coche y carraspeo de radios.

—Marga, ¿has oído eso? —le digo asomándome por su culo, a un volumen muy alto debido al escándalo de las sirenas.

—Me he tirado un pedo, ¿te ha molestado? —le grita Marga a mi coño sin dejar de abrazarme el culo y sin dejar de embestir con el suyo, a pesar de que yo he dejado de penetrarla y he alargado el cuello como una antena.

—¡Eso no, Marga! ¡Que tenemos a la policía aquí al lado! —le digo rompiendo el sesenta y nueve porque las compuertas se me han cerrado y ya no me dejan sacar la lengua—. ¡Vienen a desalojarte!

385

–No grites, Nati –dice Marga recostada en el colchón como una odalisca. Yo salto desnuda de la cama al salón. La puerta de entrada retumba porque están intentando echarla abajo. Los oigo dándose órdenes los unos a los otros.

–¡Ayúdame, Marga! –le grito arrastrando la mesa hasta la puerta–. ¡Ayúdame para que no entren! –Pero Marga no se mueve.

–¡Si os resistís será peor! ¡Dejad salir a las chicas discapacitadas! –grita un megáfono. Los golpes del ariete contra la puerta y de la puerta contra la mesa hacen que se me clave una esquina en la cadera y que suelte un me cago en san dios.

–Nativitat, Margarita, sóc la Rosa de la RUDI, no us preocupeu, tot sortirà bé! –grita otro megáfono, y en los segundos que tardo en darme cuenta de que la que acaba de hablar es la moni-poli cupera, un mosso le ha pegado el primer hachazo a la ventana del salón que está cegada por tablones. La hoja del hacha asoma por la madera como en la puta película de *El resplandor*.

–¡Marga! –La llamo con un alarido y no me responde. Corro al dormitorio y la tía se ha dado la vuelta en postura fetal.

–¡Soltad a las chicas! –repite el megáfono, y el no entender a qué cojones se refieren ni a quién cojones le hablan me exaspera, me hace gritar hasta que me duele la garganta.

–¡Qué putas chicas vamos a soltar, fascistas, torturadores!

–¡Si no abrís os esperan cargos de violación cualificada! ¡Sabemos que habéis estado manteniendo relaciones sexuales con ellas! –El megáfono de un poli.

–Nativitat, tranquila, estem aquí per ajudar-te! –El megáfono de la cupera y el primer mosso entrando por la ventana. Yo, en pelotas como estoy, le lanzo la silla de Estrella Damm con tan buena suerte que lo hago recular dos segundos por el agujero que acaba de abrir, el tiempo que tardan otros dos

386

mossos en terminar de echar la puerta abajo y entrar al grito de alto, policía, apuntándome con la pistola. Les lanzo mi bici y tienen que encogerse en el suelo, y aprovecho para, a los dos que vuelven a entrar por la ventana, tirarles las otras dos sillas con las que acaba el mobiliario del salón.

—¡Arriba las manos! —Mientras una ristra de ocho o diez mossos entra corriendo por el hueco de la puerta dibujando semicírculos con las pistolas, yo corro a la cocina, cojo el cuchillo de punta afilada con el que Marga limpiaba el suelo y se lo clavo en el muslo al mosso que me intentaba inmovilizar por detrás.

—¡Salid de donde estéis! —grita otro.

—¡Cuidado, Marga, que van a por ti! —Me zafo con el cuchillo por delante, me encaramo al mostrador de la cocina y les tiro el menaje de cacharros de barro al poli herido y a los dos que han venido en su ayuda. Se protegen con las manos, pero a uno le acierto en todo el casco con tanta fuerza que le hago caer de culo.

—¡Arriba las manos! —repiten apuntándome tres pistolas.

—¿No sabéis decir otra cosa, so mierdas?

—Compte! La que crida és una d'elles! La que té unes comportes a la cara! —grita la cupera por el megáfono.

—¡Suelta el cuchillo! —me gritan desde el interior de un casco.

—¡Suelta tú la pistola, no te jode! —respondo yo desde el interior de mis compuertas.

—¡Suelta el cuchillo y no te pasará nada! —Qué risa de mensaje tranquilizador.

—¡Bajad las armas! —dice otro casco, que debe de ser un jefe porque los otros dos obedecen.

—¡Qué obedientes! —les digo yo.

—¡Suéltalo y no te pasará nada! ¡Es la última vez que lo digo!

—¡A ver si es verdad que es la última!

–¡Suéltalo y no te pasará nada!

–¡Ya decía yo! –Sin dejar de tenerlos de frente y de apuntarlos, camino por el mostrador hacia la salida de la cocina. Uno de los robocops se interpone y la bloquea con la porra en alto, salto sobre él con el cuchillo por delante y, antes de recibir el porrazo que me resquebraja las compuertas, el que me rompe una costilla y el que me dobla por la cintura, le acierto con el cuchillo en el único centímetro de brazo no cubierto por las protecciones antidisturbios.

NOVELA
TÍTULO: MEMORIAS DE MARÍA DELS ÀNGELS
GUIRAO HUERTAS
SUBTÍTULO: RECUERDOS Y PENSAMIENTOS
DE UNA CHICA DE ARCUELAMORA
(ARCOS DE PUERTOCAMPO, ESPAÑA)
GÉNERO: LECTURA FÁCIL
AUTORA: MARÍA DELS ÀNGELS GUIRAO HUERTAS
CAPÍTULO 5: HACIA LA LIBERTAD

Las puertas de los dormitorios del CRUDI nuevo
se dejaban cerradas con llave durante el día
para que nadie pudiera entrar hasta la hora de dormir.

Pero una mañana,
una trabajadora se olvidó puesta la llave
del dormitorio que compartían
mi prima Margarita y mi prima Patricia.

Se encerraron por dentro,
se subieron a la ventana,
se sentaron en el poyete

y se pusieron a gritar que o las sacaban del CRUDI
o se tiraban.

Estaban cogidas de la mano
y gritaban y lloraban como descosidas.
Suerte que la ventana no era muy alta
y si se tiraban no se matarían,
pero se iban a hacer mucho daño
y las responsables iban a ser Mamen
y las trabajadoras del CRUDI.
Gerencia las denunciaría, les quitaría el dinero
y puede que alguna hasta fuera a la cárcel.

Reconozco que como por esa época
yo estaba enfadada con Mamen
y con otras muchas trabajadoras,
me habría gustado mucho que Patri y Marga se tiraran
y que Mamen y las otras fueran a la cárcel.

Me he acordado de ese día viendo una obra de baile
en la que salen varios discapacitados
cogidos de las manos de gente no discapacitada
y dos chicas se sientan en el filo del escenario
con las piernas colgando,
igual que Patri y Marga aquel día,
pero sin llorar y sin gritar,
solo moviendo los brazos
como si bailaran unas sevillanas o una jota
pero sin soltarse.
Es decir, como si bailaran una sardana,
que son las sevillanas y las jotas de Catalunya,
pero sentadas.

Es el baile en el que iba a salir mi prima Natividad,
hasta que tuvo una crisis compuertera muy grave
y tuvieron que institucionalizarla en la RUDI de La Floresta,
que es especial para discapacitados intelectuales severos.

La Floresta es un barrio de Barcelona
que, como su nombre indica,
tiene muchas flores,
además de árboles, jabalíes y hasta un riachuelo.

Discapacitado intelectual severo significa
que eres lo máximo de discapacitado intelectual
que se puede ser.

Pero como Natividad me había dado las invitaciones
antes de la crisis,
pues he ido.
Y como me sobraban invitaciones porque nos dio tres,
para Marga, para Patri y para mí,
y como Marga está hospitalizada por su esterilización
y Patri está enfadada porque nos han echado
del piso tutelado,
pues he ido con dos amigos autogestores,
porque, aunque Nati no actuara, sí actuaba Ibrahim,
que es otro autogestor de nuestro grupo
y nos hacía ilusión verlo
porque es nuestro amigo
y es muy buena persona.

Fin de la digresión sobre la obra de baile
y la crisis de mi prima Natividad.

Continuación de Marga y Patri en la ventana
del CRUDI nuevo.

Patri y Marga estuvieron así un buen rato.
Todos los institucionalizados y todas las trabajadoras
nos salimos al jardín y nos pusimos a mirar para arriba
y a decirles cosas.

Yo les decía que tuvieran cuidado,
otros decían que estaban locas,
las trabajadoras les decían que no pasaba nada,
que no se pusieran nerviosas
y que si bajaban se sentarían a hablar
para escuchar todas sus quejas.

Mi prima Natividad les decía que aguantaran,
que no se tiraran pero que tampoco se bajaran
porque estaban en el buen camino
para conseguir que las sacaran.

Algunos institucionalizados se pusieron a decirles lo mismo,
a aplaudirles y a corear sus nombres.

Las palabras de Nati no fueron exactamente esas
porque la discapacidad del síndrome de las Compuertas
no le deja hablar normal.
Ella usa palabras muy extrañas que nadie entiende.
Yo he escrito lo que significan sus palabras
para que las entiendan todos los lectores
y lectoras de mi novela.

Las trabajadoras la mandaron callar,
pero ella no se callaba por culpa de su discapacidad.

Y aunque se suponía que las trabajadoras del CRUDI
eran profesionales de la discapacidad intelectual,
esto de Natividad no lo entendían

porque enseguida se pusieron
a abrirle las compuertas a la fuerza
y se la llevaron a rastras para adentro.

Cuando volví a verla
ya estaba con los tornillos de las compuertas flojos
y atontada por las pastillas.

Patri y Marga no se tiraron
pero no porque las dejaran irse del CRUDI,
sino porque Mamen y las trabajadoras
les dijeron muchas cosas desde abajo,
algunas de verdad, algunas de mentira y algunas paradojas.

Ellas se las creyeron todas
y al final se metieron para adentro,
abrieron la puerta del dormitorio,
se las llevaron a la enfermería,
les tomaron la tensión y les pusieron una inyección a cada una.

Las mandaron sentarse en una mesa
junto con Mamen, la psicóloga y conmigo
y se pusieron a hablar.

Pero mis primas casi no podían hablar
y lo que hablaban era todo que sí o que no
porque les acababan de poner las inyecciones.
Ni siquiera Patricia,
que parte de su discapacidad es la logorrea,
hablaba apenas.

Logorrea es una enfermedad que te hace hablar sin parar.

Las únicas que hablaban allí
eran Mamen y la psicóloga.
Yo tampoco hablaba porque estaba muy nerviosa
y con la tartamudez no conseguía terminar ninguna palabra.
Yo estaba como si me hubieran puesto
la inyección a mí también.
Lo único que conseguí decir
fue que me parecía que mis primas
no estaban en condiciones de hablar
por las inyecciones.
Lo dije con mucha tartamudez pero lo dije.

Mamen me respondió
que los problemas había que solucionarlos en cuanto pasaban.
Y yo le respondí que así no se iba a solucionar ningún problema
porque mis primas no podían hablar.
Otra vez lo dije con mucha tartamudez,
pero lo dije.

Ella y la psicóloga me dijeron
que era evidente que sí podían hablar
porque estaban hablando.
«Pero no están hablando como ellas hablan»,
les respondí yo muy tartamuda,
«porque les habéis puesto las inyecciones.»
«Están hablando como ellas hablan, Angelita,
pero tranquilas,
porque, si no,
sí que no podríamos hablar con ellas
porque estarían muy nerviosas»,
dijo la psicóloga.
«Pues entonces tendríais
que poneros las inyecciones vosotras también
para que las cuatro hablarais igual de tranquilas»,
dije yo.

Cuando terminé de decir esa frase,
que la dije con mucho esfuerzo,
ellas me miraron medio riendo, medio enfadadas,
y fue entonces cuando me dijeron
la frase que cambió mi vida:
«A ver si vamos a tener que ponerte
una inyección a ti también.»

En ese momento me quedé callada
y Mamen y la psicóloga siguieron haciendo
como que las cinco manteníamos una conversación
pero ellas dos eran las únicas que hablaban.

Estuve muchos días pensando en esa frase que me dijeron,
hasta que tomé la decisión
de que yo también quería irme del CRUDI
como Marga y como Patri,
y que, si nos íbamos las tres,
no íbamos a dejar sola a Nati,
y tendríamos que llevárnosla también.

Me dije a mí misma:
«Angelita, no te puedes portar mal
porque si no a ti también te van a dar las pastillas
o te van a pinchar las inyecciones,
te vas a quedar atontada y medio dormida
y no vas a poder salir de aquí.
Tú tienes que portarte bien
aprovechando que tu discapacidad intelectual es ligera,
y mantenerte despierta y atenta a todo.»

Así empezó mi lucha
por la autonomía y la igualdad de derechos
y así di mis primeros pasos como autogestora,

aunque todavía no sabía lo que era nada de eso,
pero ahora me doy cuenta de que yo llevaba
la igualdad de oportunidades en la sangre.

Tras muchos días de reflexionar
sobre lo que me pasaba por la cabeza
y los sentimientos que me ponían triste,
me hice las siguientes preguntas:
¿Puedes ir adonde quieras?
¿Puede alguien decirte que no vayas adonde quieras?
¿Puedes ir adonde quieras con quien quieras?
¿Quieren las otras personas ir allí contigo?
¿Adónde quieres ir?

Reflexionar significa pensar mucho.

Ahora puedo responder muy fácil a esas preguntas,
pero entonces yo no tenía ni idea
de lo que era el libre desarrollo de la personalidad
garantizado por la Constitución Española
y por la Declaración Universal de Derechos Humanos,
ni sabía lo que era el derecho a la autodeterminación
en todos los aspectos de la vida
garantizada por la Convención de los Derechos
de las Personas con Discapacidad.

Constitución Española es la ley más importante de España.
Declaración Universal de los Derechos Humanos
es la ley más importante del universo.
Convención de los Derechos de las Personas con discapacidad
es la ley más importante para las personas con discapacidad.

En aquella época yo no sabía responder a las preguntas
con la fuerza de la ley
y respondía como podía.

Por ejemplo, a la pregunta de si yo podía ir adonde quería
solo podía responder con la paradoja de «sí pero no»,
aunque por entonces yo no sabía lo que era una paradoja.
Solo sabía que pasaba algo raro.

Yo podía ir adonde quisiera porque era mayor de edad
y no estaba judicialmente incapacitada,
pero no podía ir adonde quisiera porque Mamen no me dejaba
y porque yo la obedecía.

A la segunda pregunta
de si alguien podía no dejarme ir adonde quisiera,
la respuesta era otra paradoja,
porque solo podrían no dejarme
si me ataran a la cama o me encerraran,
pero yo no estaba ni atada ni encerrada,
ni siquiera atontada por las pastillas.
Y sin embargo Mamen podía no dejarme ir adonde quisiera
porque yo no se lo discutía.

La tercera pregunta
sobre si yo podía ir adonde quisiera
con quien quisiera
era más difícil de responder,
porque cuando yo fui a preguntarles a mis primas,
un día que estaban normales y no atontadas por las pastillas,
si se vendrían conmigo a vivir fuera del CRUDI,
todas me dijeron que sí.
Entonces les pregunté que adónde
y cada una me dijo una cosa distinta:
Marga quería volverse a Arcuelamora como yo,
Patri decía que quería vivir en Somorrín,
pero no a las afueras como estábamos
sino en el centro del pueblo,

y Nati decía que le daba igual
con tal de salir del CRUDI.

Eso era un problema y tendríamos que ponernos de acuerdo,
pero antes de eso me entró la duda de que a lo mejor ellas
sí estaban incapacitadas judicialmente
por tener más grado de discapacidad que yo,
y entonces no las iban a dejar venirse conmigo.

Les pregunté si habían ido a ver a un juez
y si habían ido a los juzgados,
y todas me dijeron que no,
pero yo tenía miedo de que no se enteraran
de lo que les estaba diciendo
y de que yo no me estuviera explicando bien,
porque por aquel entonces yo tampoco sabía bien estos temas.
Solo los sabía de oídas.

Eso es autocrítica.

Tampoco me atrevía a preguntarle a Mamen
por miedo a que descubriera mis planes
y empezara a darme las pastillas.

Yo veía que era importante que todas fuéramos juntas
porque así seríamos más fuertes a la hora de irnos,
porque, como ya he dicho,
en esa época yo no conocía la fuerza de la ley
y solo pensaba en la fuerza de ser fuerte
o de ser mucha gente.

Entonces pasó otra cosa
que cambió mi vida para siempre.

El Día de las Familias
que se hace en el CRUDI una vez al año
y que consiste en que los parientes de los institucionalizados
vienen a ver el CRUDI
y las manualidades y los teatros que hacíamos,
se presentaron como siempre mi tío Joaquín y mi tío Jose
y tuve una conversación muy importante con ellos.

Os recuerdo que mi tío Joaquín
era el tío mío con el que yo me fui a vivir
y os recuerdo que mi tío Jose
era el padre de mi prima Marga.

Por entonces Patri y Nati
estaban en situación de orfandad absoluta.
La una porque su padre nunca se supo quién era.
La otra
porque, aunque su padre se sabía que era el Gonzalo joven,
nunca la reconoció.
Y las dos porque su madre,
mi tía Araceli, aunque no estaba muerta
era como si lo estuviera,
porque estaba metida en una residencia de ancianos,
y desde que Patri y Nati entraron en el CRUDI nuevo
no se habían vuelto a ver.

Pues ese Día de las Familias,
yo había conseguido librarme de salir en la obra de teatro
y mis primas tampoco salían
porque estaban enfadadas con las trabajadoras.
Aproveché que mi tío Joaquín y mi tío Jose
no tenían obligación de ver el teatro tampoco
porque no tenían a ningún pariente actuando en la obra
y me salí con ellos del salón de actos.

«Tíos, ¿las primas están incapacitadas?»,
les pregunté.
Mi tío Joaquín me respondió:
«Sí, como tú.»
Otro que no se enteraba.
Mi tío confundía incapacidad con discapacidad.
«Discapacitadas somos todas, tío,
pero incapacitadas judicialmente no.»

Miré entonces a mi tío Jose y le pregunté:
«¿Tú has llevado a la prima Marga al juzgado
para que la hagan incapacitada?»
«¡Ni que fuera una ladrona!»,
me respondió mi tío Jose.
Yo pensé para mí: «¡Perfecto!»
Volví a preguntarles:
«¿Y sabéis si alguien ha llevado al juzgado
a Patri y a Nati para incapacitarlas?»
Me dijeron que no lo sabían
pero que creían que no,
porque en Arcuelamora todo se sabe
y se habrían acabado enterando.

No había hablado tanto rato con mis tíos en toda mi vida.
Aprovechando que estaban de buenas
y que la obra de teatro acababa de empezar,
le hice a mi tío Joaquín la segunda pregunta
que le quería hacer:
«Tío, ¿yo no tengo más familia que tú y las primas?»
«El tío Jose», me dijo mirando a mi tío Jose.
Eso era verdad.
«Y la tía Araceli.»
Eso también era verdad.

400

«Y la tía Montserrat.»
«¿Quién es esa?», le pregunté.
«Una puta de Los Maderos
que cuando lo cerraron
se fue a hacer la calle en las Ramblas», dijo mi tío Jose.
«Una prima mía y de tu madre
que en paz descanse», dijo mi tío Joaquín.
«¿Está muerta la tía Montserrat?», le pregunté.
«No, tu madre, Angelita.»
«¿Y la tía Montserrat está viva?»
«A mí me parece que sí», dijo mi tío Jose.
«¿Y dónde vive?», pregunté yo.
«En Barcelona.»
«¿Donde los futbolistas?», les pregunté.

Yo en esa época no sabía lo que era Barcelona,
pero ahora lo sé perfectamente
porque vivo aquí.

«¿Y tenéis su dirección o su teléfono?»
«Pues tendría que buscarlo, Angelita, hija»,
me dijo mi tío Joaquín.
«Tío, por favor, búscalo y llámala.»
«¿Y para qué, si se puede saber?», preguntó mi tío Jose.
«Para irnos de vacaciones las primas y yo con ella.»
«Digo yo que ya no será puta
con lo vieja que estará», dijo mi tío Jose.
«Angelita, esa mujer no os ve desde el entierro de tu madre»,
dijo mi tío Joaquín.
«¿Pero es buena persona?», les pregunté.
«Pues lo normal,
pero hoy la gente no es como antes,
que metía a sus parientes en su casa,

y menos a vosotras que sois cuatro
y encima sunormales.»

En ese momento a mí me cambió la cara,
pero no porque mi tío nos llamara sunormales,
que es la palabra que se había usado toda la vida
y él no sabía otra porque tenía ya setenta años
y nunca había salido del pueblo.

Me cambió la cara por dos razones,
una mala y otra buena:
La mala, porque a lo mejor la tía Montserrat
no quería meternos en su casa.
La buena, porque a lo mejor si le decía
que no estábamos incapacitadas,
que nuestro dinero no lo manejaba ningún tutor legal
y que entre las cuatro sumábamos
cerca de 2.500 euros de pensión al mes,
a lo mejor sí quería meternos en su casa,
porque, siendo una persona en riesgo de exclusión social
como son las prostitutas,
más necesitaría el dinero.

Así pasaba en las casas de la inmensa mayoría
de los discapacitados intelectuales de la Región de Arcos.
Vivían en casa con sus padres en vez de en un CRUDI
para quedarse sus padres con el dinero.

Entonces mi tío Joaquín me preguntó una cosa
que no me había preguntado en la vida:

«¿Es que no estás a gusto aquí?»

Era mi oportunidad para pedirles ayuda.
Mi tío Joaquín era
de los que siempre me había dejado ir adonde quisiera,
como mi madre y como la madre de Patri y de Nati.
Mi tío Jose no le había dejado a Marga salir tanto,
pero tenía que aprovechar que estaban de buenas.

«Pues mirad, tíos, no estamos a gusto.
Haced el favor de decirle a doña Mamen
que nos vamos unos días de vacaciones
las primas y yo a Arcuelamora,
y después ya veremos lo que hacemos.»

Lo dije tartamudeando mucho,
pero lo dije.

Mi tío Joaquín nunca me había pedido explicaciones
y esta vez tampoco lo hizo.
Solo se quedó callado.
Mi tío Jose sí era más de pedir explicaciones,
pero ese día no me preguntó nada más
y ahí se quedó la cosa.

Al cabo de un mes mi tío Jose y mi tío Joaquín
se presentaron otra vez en el CRUDI.

No era ni el Día de las Familias
ni el Día de Puertas Abiertas
ni ningún día de visitas.

Saludaron a las trabajadoras,
saludaron a Mamen,
saludaron a Patri, a Nati y a Marga
y vinieron para mí.

Nos salimos al jardín
y me hablaron muy flojito.

Me dijo mi tío Jose:
«Angelita, si queréis que os saquemos de aquí,
tenéis que darnos un dinero.»

Yo no lo entendía.
Miré a mi tío Joaquín y él me lo explicó mejor:
«Angelita, si os vais,
a lo mejor os quitan la pensión
y ya nosotros no podremos
seguir sacando dinero de la cuenta del banco.
Por eso necesitamos que nos dejéis un dinero,
por si acaso.»

Yo en ese momento no entendía bien lo que pasaba.
Si esa misma conversación la hubiéramos tenido ahora
sabría perfectamente que mi tío Joaquín y mi tío Jose
hacían lo mismo que la inmensa mayoría de los familiares
de todos los institucionalizados no incapacitados:
la tarjeta de crédito que está a nuestro nombre
porque el banco te la da por tener una cuenta
la usaban los familiares y sacaban dinero cuando querían.

Todo el mundo sabe lo que es una tarjeta de crédito
y no lo tengo que explicar.
Pero sí debo decir
que si alguien usa una tarjeta de crédito
en la que no sale su nombre
sino el nombre de otra persona,
es ilegal.

Pero yo en ese momento solo veía que si pagábamos,
nos íbamos,
y todo me parecía estupendo
y hasta me parecía normal.

Les dije que sí a todo,
ellos entraron en el despacho de Mamen
y cuando salieron ella me dijo:
«Estarás contenta, Angelita,
que os vais unos días a tu pueblo.»

Y al día siguiente,
cuando vinieron a buscarnos en la furgoneta:
«¡Ay, qué chicas tan presumidas,
que se llevan tanto equipaje!»

«Para estar guapas, doña Mamen»,
dijo Patricia,
que siempre ha sido muy presumida.

Nos subimos las cuatro en la furgoneta de mi tío Jose
y nos fuimos directos al BANCOREA,
pero no al de Somorrín sino al de otro pueblo más lejos
para que nadie que nos conociera pudiera darse cuenta
de que estábamos sacando dinero para no volver más
y fueran a contárselo al CRUDI.

Nos pusimos los seis en el mostrador
y mis tíos nos pidieron los DNI a nosotras cuatro.

DNI son las siglas de Documento Nacional de Identidad,
que es el carné de identidad,
que todo el mundo sabe lo que es
porque todo el mundo tiene uno,
menos los extranjeros.

Como no sabíamos cuánto dinero había en las cuentas,
primero hubo que pedir un extracto.

Extracto significa papel que te dan en el banco
en el que pone cuánto dinero hay en tu cuenta.

Yo ahora sé ir al banco perfectamente
y pedirlo todo perfectamente
porque me han enseñado en el Grupo de Autogestores,
pero entonces yo no tenía ni idea
y todo tenían que pedirlo mis tíos.

Yo no podía leer lo que ponía el extracto
porque estaba tan nerviosa que los números me bailaban.
Patri no podía leer esos números tan pequeños
porque por entonces ya era muy miope.
Nati era la que mejor sabía leer,
pero había empezado a ponerse nerviosa como yo.
Marga la tenía cogida de la mano y diciéndole cosas
para que no se le activaran las compuertas
y nos pusiera más nerviosos a todos.

Mis tíos le dijeron al hombre del mostrador
que les diera 15.000 euros.
Yo entonces no sabía si 15.000 euros era mucho o poco.
Ahora sé que esos 15.000 euros era muchísimo
y que ese dinero era de la indemnización
por el accidente laboral de Nati.

Lo que es un accidente laboral
lo expliqué en el capítulo 3
y lo podéis repasar.

«¿Vosotras cuánto queréis?»,
me preguntó mi tío Joaquín.

Yo no tenía ni idea de cuánto pedir.
Miré a Patri, que estaba a mi lado,
y ella dijo que 100 euros para cada una.

«Bueno, mejor 200 cada una»,
dijo mi tío Jose.

Llamaron a Nati para firmar un papel
y eso fue lo más difícil de todo.
Marga quiso ir con ella al mostrador,
pero ella se resistía y tiraba de Marga para el otro lado.
Se le empezaron a activar las compuertas
y empezó a gritar las cosas de su discapacidad.
La gente del banco nos miraba
y cuando salió un trabajador del banco para hablar con ella
casi le pega un cabezazo con las compuertas.

Entonces pensé que qué mala suerte
que aquel día no le hubieran dado a Nati las pastillas,
porque ella por su discapacidad no entendía
que estábamos en el banco por su bien,
que tenía que firmar por su bien,
y que si se ponía así iba a estropearlo todo no solo para ella
sino para todas las demás,
que no teníamos culpa de nada.

Finalmente conseguimos que firmara
porque yo cogí el papel y un boli,
se lo llevé adonde estaba ella
y le dije que eso era lo último que había que hacer
antes de irnos de Somorrín para siempre
y no volver a entrar en un banco en la vida.

Como se lo pedí por favor y llorando,
se le echaron un poco para atrás las compuertas
y al final firmó.

El hombre de la ventanilla sacó unos fajos de billetes
como cuando Mamen tenía que ir al banco
antes de que el CRUDI fuera centro concertado
y todo se hiciera por transferencias.

Uno de esos fajos era para nosotras.

«A la tía Montserrat le tenéis que dar 4.000 euros
mientras os quedáis en su casa
y encontráis un sitio donde vivir.
Ya hemos hablado con ella
y va a ir a buscaros a la estación de autobuses de Barcelona»,
me dijo mi tío Joaquín.

Salimos del banco,
nos subimos en la furgoneta
y nos llevaron a la estación de autobuses de ese mismo pueblo
en el que nadie nos conocía,
para que ningún conocido se diera cuenta
de que Patri, Nati, Marga y yo
empezábamos nuestra nueva vida,
una vida en la que yo empezaba a comprender
que las cosas había que hacerlas con la fuerza de la ley
y no con la fuerza de las mentiras.

Una vida en la que yo empezaba a comprender
que habría que incapacitar judicialmente a Nati y a Marga,
y a Patri no estaba segura,
para que nadie pudiera sacar dinero
de sus cuentas ilegalmente

salvo un tutor legal
que velara por el máximo interés del incapaz.

Velar por el máximo interés del incapaz
significa que todo lo que hace el tutor legal
lo hace por el bien del incapacitado
y siempre lo hace legal,
como su propio nombre indica.

Y así,
subidas en el autobús,
con lágrimas de alegría en los ojos
y con un bocadillo de chorizo envuelto en papel de plata,
nos fuimos a Barcelona,
esa tierra de libertad.

Hasta aquí mis memorias
desde que me fui de Arcuelamora
hasta que llegué a Barcelona.

Pero antes de pasar al siguiente capítulo
en el que contaré cómo es mi vida aquí
quiero dejar clara una cosa:

Soy plenamente consciente
de que este capítulo no es perfecto.

Ser plenamente consciente significa
que sabes algo perfectamente.

Sé que he incumplido muchas pautas
del libro «Lectura fácil. Guías prácticas de orientaciones
para la inclusión educativa»,
escrito por el autor Óscar García Muñoz
en el Ministerio de Educación, Cultura y Deporte.

Ministerio de Educación, Cultura y Deporte
es el sitio donde están los políticos
que mandan en los colegios,
en los institutos, en las universidades,
en los museos, en los teatros, en los cines,
en las bibliotecas y en los polideportivos.

He incumplido la Pauta 2 de la página 19 que dice:
«Vigilancia de accidentes semánticos.
Evitar sinónimos.
Evitar la polisemia.
Evitar la complejidad léxica.
Evitar metáforas y abstracciones.»

Sinónimos son dos palabras que se escriben distinto
pero que significan lo mismo.
Por ejemplo, diversión y pasarlo bien
son sinónimos.

Polisemia y metáforas ya he dicho lo que es
y he puesto muchos ejemplos.

Abstracto es algo que no se ve con los ojos
ni con los otros sentidos
pero que se siente,
como violencia, hambre o libertad.

Complejidad léxica es palabras muy difíciles.

También he incumplido la norma de la página 80
del libro de los Métodos
del que ya os he hablado muchas veces,

410

escrito también por el autor Óscar García Muñoz
pero en el Ministerio de Sanidad, Asuntos Sociales e Igualdad.

Ministerio de Sanidad, Asuntos Sociales e Igualdad
es el sitio donde están los políticos
que mandan en los hospitales y en los temas de la sociedad
para que todos seamos iguales.

Esa norma dice:
«No incluir muchos personajes.
Conviene reducir su número
a los que se relacionan con la trama principal.»
Y también dice:
«Los personajes deben estar definidos,
ser poco complejos
y tener características simplificadas.»

La he incumplido porque yo he puesto
todos los personajes del CRUDI y de fuera del CRUDI
que han participado en la historia de mi vida,
y les he puesto todas las características que les hacían falta
para contar de verdad la historia de mi vida.

De la página 71 de ese mismo libro
he incumplido la norma que dice:
«Evitar palabras que expresen juicios de valor.»
Yo he utilizado las palabras «bueno» y «malo»
y «buena» y «mala» muchas veces.
También he incumplido la que dice:
«Evitar el lenguaje figurado,
las metáforas y los proverbios
porque generan confusión.»
Por ejemplo, cuando dije «a otra cosa mariposa»
o «a las duras y a las maduras»

incumplí esa norma,
porque todo eso son proverbios.

También me he saltado una norma que aparece
en los dos libros de antes
y en las Directrices de las que ya os he hablado otras veces,
escritas por la Sección de Servicios Bibliotecarios
para Personas con Necesidades Especiales,
y que manda poner imágenes de apoyo al lado del texto.

Sección es una parte.
Servicios Bibliotecarios es que la biblioteca te da cosas
o te ayuda a hacer cosas,
no son los cuartos de baño de la biblioteca.
Cuidado con la palabra servicios
porque es una polisemia.

Personas con Necesidades Especiales
somos los discapacitados y retrasados
de toda la vida.

Yo al principio ponía emoticones del WhatsApp
porque me parecía que cumplían con lo que dice la norma:
«Utilizar imágenes fáciles de entender,
precisas y relevantes en su significado,
sencillas, con pocos detalles, familiares
y que capten la atención.
La imagen debe ser útil,
no bonita.»
Pero esta es una norma opcional
que me he dado cuenta que incumplen
otros escritores buenos de Lectura Fácil,
como por ejemplo el de la adaptación
del Diario de Ana Frank,

que ha vendido muchos libros
y se ha traducido a muchos idiomas.
Solo pone una foto en blanco y negro de vez en cuando.

También he incumplido la norma de no hacer digresiones
y la de poner los diálogos con rayas.

De las digresiones ya hablé en el capítulo 1
y lo podéis repasar.

Y sobre las rayas largas de los diálogos,
no sé dónde están en el teclado del WhatsApp.

Se dice que para incumplir las normas
primero hay que conocerlas.
Por eso yo he escrito todas las normas que me salto,
para demostrar que no me las salto sin saber,
sino que me las salto sabiendo y queriendo.

Es un acto de rebeldía.

Rebeldía es cuando no estás de acuerdo con una norma
y te la saltas.

Si no conoces la norma y te la saltas igual
no es rebeldía,
solo es ignorancia.

Ignorancia es no saber algo.

Soy una escritora rebelde
porque, después de estudiarme las normas de la Lectura Fácil,
me he dado cuenta de que muchas están mal
y de que mucha gente que no es ignorante,

como por ejemplo la jueza que autorizó
la esterilización de mi prima Marga,
no conoce la Lectura Fácil.

Autorizar la esterilización
es que la jueza le da un papel
a su tutora legal la Generalitat de Catalunya
en el que se dice que le da permiso
para llevar a Marga al médico
y que el médico le haga una operación
para que no se quede embarazada nunca.

Tutora legal es la persona que es responsable
de un discapacitado
que además de discapacitado es incapacitado.
Incapacitado es un discapacitado que no puede hacer nada
sin el permiso de su tutor legal,
y su tutor legal es como su padre.

La Generalitat de Catalunya es el gobierno de Catalunya.

Lo que es el gobierno ya lo expliqué en el capítulo 1.
Lo podéis repasar si no os acordáis.

Si una persona tan lista como una jueza
no sabe lo que es la Lectura Fácil,
es porque hay que regenerar la Lectura Fácil.
Debe ser atractiva y útil para todos,
no solo para el 30 % de personas
que tienen dificultades lectoras
o que se han visto privadas del placer de la lectura.
La Lectura Fácil debe llegar a la población en general,
a la mayoría de la población
y a toda la ciudadanía.

La ciudadanía es todo el mundo,
no solo los que viven en ciudades,
también los que viven en pueblos,
incluso en aldeas,
o solos en mitad del monte.

Las novelas, las leyes, los contratos,
las multas, las sentencias,
la factura de la luz, del agua y del gas,
los papeles del banco, del ayuntamiento
y de cualquier sitio donde haya políticos
o de cualquier sitio donde haya empresas
tienen que escribirse en Lectura Fácil.

Lo he hablado con mi persona de apoyo
de mi grupo de Autogestores
y me ha dicho que yo,
como autogestora que soy,
hago muy bien en tomar iniciativas
sin cortapisas previas ni expectativas sobredimensionadas.

Tomar iniciativas significa tener una idea
y echarla para adelante.
Sin cortapisas previas significa sin que nadie,
ni siquiera yo misma,
ponga pegas antes de empezar.
Expectativas sobredimensionadas significa
que hay que ser realista y saber que las cosas
se consiguen poco a poco.

He buscado en internet y hay muchísima gente
que tiene la misma iniciativa que yo.
Gente de Bizkaia, de Leganés, de Ávila,
de Extremadura, de Galicia, de Oviedo

y por supuesto de Catalunya,
que es donde primero hubo Lectura Fácil de toda España.

Todo eso son lugares de España,
excepto Catalunya,
donde hay un debate entre gente que dice que no es de España
y gente que dice que sí es de España.

En Bizkaia pasa más o menos igual,
porque allí también hay una gente
que dice que no son de España
y otros que dicen que sí son de España.

Pero eso le da igual a la Lectura Fácil,
porque la Lectura Fácil
es la accesibilidad universal de todos los ciudadanos,
sean de España o del extranjero,
a los derechos a la información y a la cultura,
a la transparencia y a la democracia,
a la comunicación como consumidores y usuarios
y como trabajadores y trabajadoras,
porque si una empresa se comunica en Lectura Fácil
con sus clientes y con sus trabajadores
ganará más dinero
porque sus clientes se enterarán mejor de sus anuncios
y porque sus trabajadores
se enterarán mejor de lo que les manden sus jefes,
y además la empresa ganará prestigio
porque los ciudadanos verán que se preocupa
por la accesibilidad universal.

Soy una escritora rebelde y universal
que ha tomado la iniciativa
de regenerar, democratizar y volver productiva la Lectura Fácil

sin miedo a saltarse las normas,
cueste lo que cueste,
caiga quien caiga,
salga el sol por Antequera
y aunque me convierta en una escritora incomprendida,
maldita o de culto.

Incomprendida significa que nadie te comprende.
Maldita significa que te han echado una maldición.
De culto significa como el culto en las iglesias
cuando la gente va a rezarle a un santo,
a un cristo o a una virgen,
pero en vez de rezar se leen tu libro.

Esto de rezar y del libro es una metáfora.

Barcelona, 11 de septiembre de 2017
*Día en que es puesta en libertad la bailarina Maritza Ga-
rrido-Lecca tras veinticinco años de cautiverio en una prisión
peruana*

AGRADECIMIENTOS

Gracias a Araceli Pereda, primera toma de contacto mía con el mundo de la discapacidad intelectual; a Sonia Familiar, primera persona que me informó de la existencia de la Lectura Fácil y de los Grupos de Autogestores; y a R. B. A., que me habló de cómo estaba este mundo en los ochenta y en los noventa. Abusé de su tiempo y de sus conocimientos tantas veces como mi curiosidad y mi ignorancia lo requirieron, y ellas siempre, siempre, siempre atendieron a mis llamadas. Gracias por las risas, por los debates, por la documentación, por el acuerdo y el desacuerdo.

Gracias a Desirée Cascales Xalma por bailar tan apasionadamente conmigo, por hacerme sentir segura en su cuerpo y sentirse segura ella en el mío, por contarme su vida sin omitir ni un detalle y por explicarme los tortuosos caminos de la Seguridad Social hasta encontrar la salida.

Gracias a Lucía Buedo, de La Caldera de Les Corts, por hacer las funciones de entrega y recepción de material editorial como si la oficina fuera la posta, funciones que no le corresponde hacer y que sin embargo ha hecho sonriendo con sonrisas verdaderas.

Gracias a los bailarines y antibailarines del Brut Nature 2018 por pegarse conmigo la farra el día de entrega del Premio Herralde sin conocernos casi de nada. La experiencia nos demuestra una y otra vez que hay que fiarse de los desconocidos. Gracias, en particular, a Oscar Dasí, director artístico de La Caldera, que no solo festejó conmigo sino que además guardó el secreto, y que une la danza y la literatura en su práctica diaria.

Gracias a Élise Moreau y a Elisa Keisanen, dos de las tres patas de Iniciativa Sexual Femenina, por ponerse al servicio de las bizarrías de esta novela, por hacerlas suyas y por excusarme de los ensayos siempre que las labores literarias me lo impedían. De no ser por su comprensión habría pillado tres neumonías entre septiembre y noviembre.

Gracias a Ella Sher por coger los aviones y el teléfono a deshoras, por llevar la ropa de fiesta en una bolsa y cambiarse en el baño, y por ese cuidado hacia mí que no ha decaído ni bajo las presiones de la censura.

Y gracias a Guido Micheli Losurdo y a Javier López Mansilla, mis fanzineros esposos.